D1921770

Charlie Higson

James Bond – Stille Wasser sind tödlich

CHARLIE HIGSON

JAMES BOND

Stille Wasser sind tödlich

Aus dem Englischen
von Petra Koob-Pawis

Arena

Weitere Titel in dieser Reihe:
James Bond – Zurück kommt nur der Tod
James Bond – GoldenBoy

Die Originalausgabe erschien 2005 unter dem Titel
»SilverFin« bei Puffin/Penguin Books Ltd, London

In neuer Rechtschreibung

6. Auflage 2007

Aus dem Englischen von Petra Koob-Pawis
Einbandgestaltung: Peter Dazeley
Gesamtherstellung: Westermann Druck Zwickau GmbH
ISBN 978-3-401-05837-5

www.arena-verlag.de

Inhalt

Teil 3: Das Schloss

Mein Dank gilt Kate Jones, die an mich gedacht hat, und den Mitarbeitern von Ian Fleming Publications Ltd, die an mich geglaubt haben, am meisten jedoch Ian Fleming, ohne den es dieses Buch nicht gäbe.

Blut im Wasser

Der Junge kroch an den Zaun heran und sah sich um. Sein Blick fiel auf das vertraute Schild

Betreten verboten!
Privatgrund
Eindringlinge werden erschossen!

Wie um klarzustellen, dass die Warnung ernst gemeint war, hingen daneben die Kadaver einiger toter Tiere. Aufgehängt an einem Draht, sahen sie aus wie strangulierte Verbrecher.
Der Junge kannte sie gut; sie waren für ihn beinahe wie alte Freunde: Kaninchen mit leeren Augenhöhlen, zerfledderte schwarze Krähen, zwei Füchse, einige Ratten, sogar eine Wildkatze und ein Marder. Aber gestern waren zwei neue Kadaver hinzugekommen: ein Eichhörnchen und ein Fuchs.
Was bedeutete, dass jemand zurückgekehrt war.
In seiner dicken braunen Wildererjacke und der festen grünen Baumwollhose war der Junge gut getarnt; trotzdem musste er auf der Hut sein. Das Warnschild und der fünfzehn Fuß hohe rostige Stacheldrahtzaun allein reichten schon aus, um die meisten Leute abzuschrecken, aber da waren auch noch die Männer. Die Gutsarbeiter. Einige Male schon hatte er sie gesehen; mit Ge-

wehren unter dem Arm patrouillierten sie zu zweit den Zaun entlang. Es war zwar schon einige Tage her, dass an dieser abgelegenen Stelle jemand vorbeigekommen war, aber trotzdem würden sie nicht allzu weit entfernt sein.

Im Moment jedoch war der Junge, abgesehen von den erbärmlichen Tierkadavern, mutterseelenallein.

Die Nachmittagssonne ging langsam in die Abenddämmerung über und verwischte alle Konturen. Auf dieser Seite des Zauns, zwischen dichtem Ginster, Wacholder und niedrigen Weißdornbüschen, war er gut verborgen, aber bald . . . bald würde er unter dem Zaun hindurchkriechen. Auf der anderen Seite gab es keine Deckung mehr. Dort waren nur Gestrüpp und eine steinige Böschung, die hinab zu dem torfigen braunen Wasser des Sees führte.

Bald würde er dort zum ersten Mal angeln.

Der Weg hierher hatte ihn fast eine Stunde gekostet. Er war um vier Uhr aus der Schule gekommen und hatte seit Mittag nichts mehr gegessen. Wenn er auf der anderen Seite des Zauns war, würde er erst recht keine Zeit mehr zum Essen haben, das wusste er. Daher setzte er seinen Rucksack ab und holte jetzt seine Schinkensandwiches und einen knackigen Apfel hervor.

Hastig aß er alles auf und ließ dabei seinen Blick über den Berg schweifen, der über dem See thronte. Kalt, öde und gefühllos sah er aus. Seit Millionen von Jahren ragte er an dieser Stelle in den Himmel und würde es auch noch weitere Millionen von Jahren tun. Der Junge kam sich klein und verloren vor, und als der Wind mit leisem Stöhnen an dem Drahtzaun rüttelte, überlief ihn unwillkürlich ein Schauder.

Bevor der neue Schlossbesitzer gekommen war, hatte es hier keinen Zaun gegeben. Das Land war für jedermann zugänglich gewesen. Der See war ein guter Angelplatz und der alte Gutsherr hatte sich nicht um die paar Unermüdlichen gekümmert, die den

mühevollen Weg vom Dorf bis hierher nicht scheuten. Was machte es schon aus, wenn ein paar seiner Forellen fehlten? Es gab mehr als genug davon.
Das hatte sich geändert, als vor fünf Jahren der neue Eigentümer das Schloss übernommen hatte. Und jetzt war alles anders. Das Land war eingezäunt. Die Einheimischen wurden vom See fern gehalten.
Aber nicht an diesem Abend.
Der Junge wischte die Krümel weg und warf das Kerngehäuse des Apfels ins Gebüsch, dann kroch er ganz nah an den Zaun heran und hob Teile der Grasmatte weg, die er über das Loch gelegt hatte. Gehalten wurden sie von einem Gitter aus Zweigen, das er rasch beiseite räumte. Der Boden war hart und steinig; es hatte ihn mehrere Tage gekostet, mit dem Gartengerät seiner Mutter einen schmalen Tunnel unter dem Zaun hindurchzugraben. Am Abend zuvor war er endlich fertig geworden, doch da war es bereits so spät gewesen, dass er widerstrebend nach Hause gegangen war.
Heute war es ihm vor lauter Aufregung schwer gefallen, in der Schule aufzupassen. Er hatte es kaum erwarten können, hierher zu kommen und dem neuen Gutsherren direkt unter der Nase ein paar Fische wegzuschnappen.
Lächelnd machte er sich daran, durch das Loch zu kriechen. Auf der anderen Seite angekommen, schob er das Stück Sack beiseite, das den Ausgang bedeckte. Seine Angeltasche und den Rucksack zog er einfach hinter sich her, aber die große Angel seines Vaters würde er auf diese Weise ganz sicher nicht herüberbringen können. Daher kroch er zurück, packte sie aus, zerlegte sie in drei Teile und schob sie durch den Drahtzaun.
Fünf Minuten später schlich er – die lange Angel in der einen Hand, die Tasche in der anderen – zwischen kantigen Felsbrocken zum See hinab.

Als sein Vater noch lebte, hatte der ihm oft von Loch Silverfin erzählt, an dem er in seiner Kindheit geangelt hatte. Seine Geschichten waren es auch, die den Jungen auf die Idee gebracht hatten. Der Vater war ein begeisterter Angler gewesen, aber im Großen Krieg von 1914 war er von einem Granatsplitter getroffen worden. Das Schrapnell war in seinem Körper stecken geblieben und er hatte sich nie wieder von seiner Verwundung erholt. Am Ende konnte er kaum noch gehen und erst recht keine Angel mehr halten.

Der Junge war voller Vorfreude. Jetzt war er der Mann im Haus. Er stellte sich das Gesicht seiner Mutter vor, wenn er eine wunderbar frische Forelle mit nach Hause brachte. Aber das allein war es nicht. Angeln war eine Herausforderung – und in diesem See zu angeln war die größte Herausforderung, die es gab.

Loch Silverfin hatte die Form eines Fisches: lang und schmal und an einem Ende wie eine Schwanzflosse aufgefächert. Der See war nach einem riesigen Lachs aus einem schottischen Volksmärchen benannt worden – *It'Airgid*, was Gälisch war und Silberflosse bedeutete. Dieser Furcht erregende Fisch war größer und stärker gewesen als alle anderen Lachse, die es jemals in Schottland gegeben hatte. *Cachruadh*, der Riese, hatte versucht ihn zu fangen. Der Kampf dauerte zwanzig Tage lang, und am Ende verschlang der Fisch den Riesen und spuckte ihn erst ein Jahr später in Irland wieder aus.

Der Legende nach lebte der Lachs noch immer in dem See, ganz tief unten im dunkelsten Wasser. Der Junge glaubte zwar nicht so recht daran, aber dass es in Loch Silverfin Riesenfische gab, davon war er überzeugt.

Von nahem sah der See wilder aus, als er es sich vorgestellt hatte. Die Uferseite am Fuß des Bergs war steil und fast durchgängig von nackten Felsen bedeckt, nur hier und da waren verkümmerte Binsen zu sehen. Am anderen Ende des Sees, eingehüllt in Nebelschwaden, konnte er die grauen, eckigen Umrisse des Schlosses erkennen. Es stand auf einer Insel, die sozusagen das Auge des Fisches war. Das Schloss war zu weit weg, als dass ihn jemand von dort in der Abenddämmerung hätte entdecken können.

Der Junge hielt nach einem guten Platz zum Angeln Ausschau, fand jedoch zu seiner Enttäuschung keinen. Der Kiesstreifen am Seeufer war ungeschützt und von allen Seiten her einsehbar. Wenn einer der Wachleute auch nur in die Nähe kam, würde er den Eindringling sofort bemerken.

Bei dem Gedanken an die Männer sah sich der Junge unbehaglich um. Er gestand sich ein, dass er Angst hatte. Die Männer waren nicht aus der Gegend; sie ließen sich fast nie im Dorf blicken, sondern lebten völlig abgeschieden in niedrigen, hässlichen Betonschuppen, die der Gutsbesitzer in unmittelbarer Nähe des Schlosstores hatte errichten lassen. Schritt für Schritt hatte er das alte Gemäuer in eine Festung verwandelt und die Männer waren seine Privatarmee. Der Junge hatte keine Lust, heute Abend einem von ihnen zu begegnen.

Er war kurz davor, seinen Plan fallen zu lassen und wieder nach Hause zu gehen, als er plötzlich den perfekten Angelplatz entdeckte. An einer Spitze der Schwanzflosse hatte der See einen schmalen Wasserzulauf, den man allerdings auf den ersten Blick nicht bemerkte, da das Ufer mit großen Steinen bedeckt war. Hier, das wusste der Junge, würden die Forellen sich verborgen halten, um bei der Mündung auf Nahrungssuche zu gehen.

Etwa zwanzig Fuß weit im See stand ein einzelner Granitfelsen. Wenn er es ungesehen bis dorthin schaffte, konnte er sich dahinter verstecken und die Angel in Richtung Wasserzulauf auswerfen. Dort würde er weder von Fisch noch Mensch bemerkt werden.

Der Junge setzte sich ins Gras und zog seine Anglerstiefel an. Es war eine Schinderei gewesen, sie mitzuschleppen, aber jetzt konnte er sie gut gebrauchen. Genau genommen, war es eine wasserdichte Hose mit Schulterträgern, die an den Füßen in Stiefel überging und ihm bis zur Brust reichte. Sie verströmte den muffigen Geruch von altem, feuchtem Gummi.

Geschickt befestigte er die Rolle an der Rute und zog die Schnur durch die Laufringe. Dann nahm er seinen Lieblingsköder, eine Lachsfliege, und befestigte ihn am Ende der Angel.

Entschlossen ging er am Ufer entlang, bis er auf Höhe des Felsens war, und watete dann ins Wasser. Er musste seine Schritte vorsichtig setzen, daher dauerte es ein paar Minuten, bis er den großen Felsbrocken erreicht hatte. Der Boden des Sees war rutschig und uneben und einmal musste er sogar einen Bogen um eine tiefe Stelle machen, aber je näher er dem Felsen kam, desto seichter wurde das Wasser. Seine Zuversicht wuchs.

Er suchte sich eine Stelle, an der er einen festen Stand hatte und seine Angel gut in Richtung Wasserzulauf auswerfen konnte. Dann überprüfte er noch einmal den Köder, bevor er mit einer schnellen Armbewegung die Angelschnur zuerst hinter sich schleuderte und sie anschließend kunstfertig nach vorne auswarf, sodass sie blitzschnell über die Wasseroberfläche schoss und genau an der Zulaufmündung landete.

Dieser Teil des Unterfangens hatte sehr gut geklappt, doch von nun an verließ ihn das Glück. Er köderte nicht einen einzigen Fisch. Egal, was er auch versuchte, keiner biss an. Wieder und wieder warf er die Angelschnur aus, wechselte die Köder, versuchte es mal näher, mal weiter entfernt – nichts.

Währenddessen wurde es immer dunkler. Bald würde er nach Hause gehen müssen. Enttäuscht unternahm er noch einen letzten Versuch. Diesmal würde er es mit einem Wurm probieren. Er hatte eine Dose mit Würmern dabei, für alle Fälle. Rasch zog er sie aus seiner Hosentasche, wählte einen hübschen, fetten

Wurm aus und spießte ihn am Haken auf. Der Wurm zappelte einladend hin und her. Welcher Fisch konnte da widerstehen? Bei einem solchen Köder musste man behutsam vorgehen. Mit einer leichten Bewegung des Unterarms warf der Junge die Angel aus. Zu seiner Verblüffung biss sofort ein Fisch an. Kaum war der Köder im Wasser gelandet, spürte der Junge auch schon einen kräftigen Ruck. Er zog die Angel leicht an, damit der Haken sich richtig im Maul des Fisches festsetzte, und bereitete sich auf einen Kampf vor.

Was auch immer am anderen Ende der Angel hing, es war sehr stark. Wild zerrte es mal in die eine, mal in die andere Richtung. Die Angel bog sich Richtung Wasseroberfläche. Der Junge ließ den Fisch eine Weile zappeln, damit er müde wurde, dann rollte er langsam die Schnur ein. Seine Beute jagte im Zickzack durchs Wasser und tat alles, um freizukommen. Der Junge grinste übers ganze Gesicht: Er hatte einen dicken Fisch an der Angel; so einer würde nicht so schnell aufgeben.

Vielleicht hatte er ja sogar den berüchtigten Silverfin am Haken? Er verbrachte einige Zeit damit, die Schnur langsam aufzurollen, jedoch immer nur so weit, wie er es wagen konnte. Dabei betete er im Stillen, dass der Fisch nicht vom Haken glitt oder die Schnur riss. Das war gar nicht so einfach, denn er musste bei jeder Bewegung vorausahnen, was der Fisch als Nächstes tun würde. Doch schließlich war es so weit. Als er bereits sehen konnte, wie sich etwas am Ende der Angelschnur wand, holte er tief Luft, hob die Angel an und . . . sein Herz machte einen Satz.

Es war nicht Silverfin, sondern ein Aal. Genau in dem Augenblick, als der Junge erkannte, um welchen Fisch es sich handelte, spürte er, wie etwas um seine Beine strich, und zwar so heftig, dass er beinahe das Gleichgewicht verloren hätte. Er sah nach unten und bemerkte einen zweiten Aal.

Es blieb ihm wohl nichts anderes übrig, als die unerwünschte

Beute einzuholen und vom Haken zu nehmen. Er zog den Fisch ganz aus dem Wasser und versuchte nach ihm zu greifen, aber der Aal schnalzte hin und her, verschlang sich zu einem Knoten, wickelte sich um die Schnur, und als der Junge ihn schließlich doch zu packen bekam, ringelte er sich um seinen Arm. Es war ein monströser Kerl, mindestens zwei Fuß lang, graubraun, kalt, glänzend und mit Schlick bedeckt.

Der Junge hasste Aale.

Er versuchte ihn abzuschütteln, aber das Tier war ungewöhnlich kräftig und hartnäckig und schlang sich sofort um den anderen Arm. Der Junge fluchte laut und fuchtelte so wild herum, dass er beinahe hingefallen wäre. Er ermahnte sich zur Ruhe, stapfte näher zu dem Felsen hin, schlug den Aal mit aller Kraft dagegen und hielt ihn dabei am Kopf fest. Der Fisch zappelte und zuckte wie verrückt, sein Gesicht jedoch war völlig ausdruckslos. Es war eine kalte, tote Maske, flach, mit kleinen dunklen Augen.

Schließlich gelang es dem Jungen, den Kopf des Aals ganz still zu halten, sodass er den Haken ergreifen konnte. Ihn herauszudrehen war schwierig. Er hatte einen besonders großen ausgewählt, der vorne mit Widerhaken versehen war, damit er nicht aus dem Fischmaul glitt.

»Komm schon«, murmelte der Junge vor sich hin. Er ächzte vor Anstrengung. Und dann – er wusste selbst nicht, wie es passieren konnte, alles ging so schnell – bekam er den Haken frei, der Aal machte einen hohen Satz und das Nächste, was er sah, war, dass der Haken tief in seinem Daumen steckte.

Es tat fürchterlich weh. Ein brennender Schmerz jagte durch seine Hand bis hoch in den Arm. Der Junge schnappte nach Luft und biss gleich darauf die Zähne zusammen, um nicht laut aufzuschreien. Es war ein ruhiger Abend, jedes Geräusch würde über Meilen hinweg zu hören sein, weil es von den hohen Felsen und dem Wasser widerhallte.

Der Aal schlüpfte weg und platschte ins Wasser. Eine Welle der Übelkeit erfasste den Jungen. Er schwankte und war nahe daran, ohnmächtig zu werden. Zuerst brachte er es gar nicht über sich, seinen Daumen genauer anzusehen, aber schließlich tat er es doch. Der Haken war in den Handballen gedrungen, dort, wo er in den Daumen überging, und stak auf der anderen Seite des Daumens heraus. An der Stelle, wo sich die Widerhaken durchs Fleisch gebohrt hatten, war die Haut tief eingerissen. Blut tropfte von der Wunde in das eisige Wasser.

Der Junge hatte Glück, dass die Spitze nicht im Daumen stecken geblieben war, aber er wusste auch, dass er den Angelhaken nicht einfach herausziehen konnte. An der gebogenen Seite waren die Widerhaken und am anderen Ende befand sich der Metallring, an dem die Leine befestigt war.

Es gab nur eine Möglichkeit.

Der Junge lehnte die Angel an den Felsen, griff mit der anderen Hand in die Tasche und zog seine Anglerzange heraus.

Er holte tief Luft, setzte die Zange da an, wo die Leine festgeknotet war, und *schnapp!* brach der Ring ab. Rasch, damit er gar nicht erst darüber nachdenken konnte, packte der Junge den Haken an der Spitze und zog ihn heraus. Erneut durchzuckte ihn ein stechender Schmerz. Er ließ sich gegen den Felsen sinken, weil seine Beine nachzugeben drohten.

Für heute, das war klar, würde es nichts mehr mit dem Angeln werden. Bei dem Gedanken fing der Junge an zu weinen. All die Mühe waren umsonst gewesen: Ein lausiger Aal und ein verletzter Daumen war alles, was ihm sein Abenteuer eingebracht hatte. Es war so ungerecht!

Dann nahm er sich zusammen. Er musste etwas unternehmen, denn die Wunde blutete immer noch. Also wusch er die Hand im See. Das Blut verfärbte sich in dem kalten Wasser dunkel und sah ölig aus. Aus seiner Hemdtasche zog der Junge ein Taschentuch hervor und wickelte es fest um seinen Daumen. Er zitterte am ganzen Körper und ihm war schwindlig. So vorsichtig wie möglich nahm er seine Rute und machte sich auf den Weg zum Ufer, watete durch das von seinem Blut getrübte Wasser.

Und dann spürte er es.

Ein Schlag gegen sein Bein.

Und dann wieder einer.

Noch mehr Aale. Was war nur mit ihnen los? Für gewöhnlich griffen Aale Menschen nicht an. Sie ernährten sich von Abfallresten und Fröschen und kleineren Fischen . . .

Der Junge stakste weiter. Vielleicht hatte er sich das auch nur eingebildet.

Nein. Da war es wieder. Ein kräftiger Schlag.

Er spähte ins Wasser. Unter der dunklen Oberfläche sah er sie. Es waren hunderte. Es war eine zusammengeballte, zuckende Masse, ein wirres Medusenhaupt. Aale. Wohin er auch sah, waren Aale. Sie waren verschieden groß. Es gab kleine und dünne, aber auch riesige Biester, die zweimal so lang waren wie der, den der Junge an der Angel gehabt hatte. Das Wasser brodelte nur so von ihnen. Sie stießen gegen seine Beine und er suchte strauchelnd nach Halt. Seine verletzte Hand tauchte ins Wasser und sofort zerrten gierige Mäuler an dem blutigen Taschentuch und rissen es in Fetzen.

Panik erfasste den Jungen. Er versuchte mit großen Sprüngen ans Ufer zu gelangen, doch er rutschte aus. Seine Füße traten nach einem festen Untergrund und dabei glitt er ungewollt in den tieferen Teil des Sees. Für einen Augenblick tauchte sein Kopf unter Wasser. Aale streiften sein Gesicht. Dann spürte er wieder festen Boden unter den Füßen und stieß sich nach oben. Er schnappte nach Luft. Seine Stiefel waren nun allerdings mit Wasser gefüllt. Mit Wasser und mit Aalen. Er spürte, wie sie zwischen Gummistiefel und Beine gepresst wurden.

Wenn er es schaffte, seine Füße freizubekommen, würde er sich im Wasser fortbewegen können. Entsetzt stellte er fest, dass seine Glieder ihm den Dienst versagten.

»Hilfe!«, schrie er. »Hilfe!« Dann sank er wieder in die Tiefe.

Diesmal schienen ihn sogar noch mehr Aale zu bedrängen. Einer von ihnen stieß gegen seinen Mund und grub die Zähne in seine Lippen. Der Junge schleuderte ihn von sich. Sein Zorn verlieh ihm neue Kraft. Er streckte die Füße aus und fand tatsächlich Halt auf dem Grund des Sees. Und dann war sein Kopf wieder über dem Wasser. Überall um ihn herum tanzten wild gewordene Aale.

»Hilfe, Hilfe . . . Bitte! Warum hilft mir denn niemand?« Sein Mund tat weh und Blut tropfte von der Lippe, wo der Aal ihn gebissen hatte. Er ruderte mit den Armen, aber nichts konnte die Aale abschrecken.

Da sah er aus den Augenwinkeln eine Gestalt. Es war ein Mann und er rannte am Ufer entlang. Der Junge hob den Arm, winkte und schrie erneut um Hilfe. Ihm war egal, ob es einer der Wachleute vom Schloss war . . . alles war besser als diese widerlichen Kreaturen im See.

Der Mann rannte weiter und hechtete schließlich ins Wasser.

Nein!, wollte der Junge rufen. Nicht in den See. Nicht zu den Aalen. Gleich darauf sah er den Kopf auftauchen. Es war alles in Ordnung. Die Rettung war nahe.

Mit kräftigen Zügen schwamm der Mann auf ihn zu. Gott sei Dank. Gott sei Dank. Er würde gerettet werden. Man würde ihn hier rausholen. Für einen Moment vergaß der Junge sogar die Aale und richtete seine Aufmerksamkeit ganz auf den Schwimmer, der stetig näher kam. Doch dann brachte ihn eine neue Attacke aus dem Gleichgewicht.

Nein. Nein, er würde nicht aufgeben. Er ruderte mit den Armen, stieß mit den Beinen – und plötzlich war er wieder an der Was-

seroberfläche. Aber wo war der Mann? Er konnte sich doch nicht einfach in Luft aufgelöst haben? Verzweifelt schaute der Junge sich um. Hatten die Aale den Mann überwältigt?
Alles war ruhig. Die Bewegungen im Wasser schienen aufgehört zu haben, so als sei nichts von all dem wirklich passiert ...
Da entdeckte er ihn, unter Wasser – einen großen dunklen Schatten zwischen den Fischen. Im selben Augenblick schoss die Gestalt wie ein Pfeil aus dem See empor. Der Junge schrie laut auf.
Das Letzte, was er sah, bevor er in die dunkle Tiefe sank, war das Gesicht des Mannes. Nur dass es gar nicht das Gesicht eines Mannes war ... Es war das Gesicht eines Aals. Ein Gesicht wie aus einem Alptraum: kinnlos, glatt, grau, die Haut straff und völlig unbehaart, dicke, wulstige Lippen, die fast bis zu der Stelle reichten, wo eigentlich die Ohren sein sollten. Es war ein grässlich verzerrtes Gesicht, lang gezogen, mit einer platt gedrückten Nase und breiten Nasenlöchern. Die hervorquellenden Augen standen so weit auseinander, dass sie in keiner Weise mehr menschlich aussahen.
Da öffneten sich die scheußlichen, dicken Lippen und hervor kam ein unverständliches, blubberndes Zischen. Und dann schloss sich das Wasser über dem Jungen und er verlor das Bewusstsein.

Teil 1
Eton

Der neue Schüler

Der Geruch, der Lärm und das Durcheinander in einer Eingangshalle voller Schuljungen um zwanzig nach sieben am frühen Morgen kann ziemlich unangenehm sein. Am schlimmsten war der Geruch; dieser wirren Menschenmenge entströmte so etwas wie ein Gemisch aus Schweiß, saurem Atem und dem Dunst ungewaschener Körper, vermischt mit dem zweihundert Jahre alten Geruch nach Karbol und Fußbodenpolitur.

Fast alle Schüler nahmen das überhaupt nicht wahr, weil sie mit anderen Dingen beschäftigt waren. Mit einer Ausnahme. Während alle anderen aufgescheucht umherrannten und sich gegenseitig anrempelten, stand ein Junge ganz allein in der Mitte der aufgeregten Schülerschar und wünschte sich weit weg. So viele Menschen war er einfach nicht gewöhnt.

Der Neuankömmling war schlank und für sein Alter sehr groß. Er hatte blasse blaugraue Augen und schwarze Haare, die er offensichtlich zu bändigen versucht hatte – was jedoch wie üblich fehlgeschlagen war. Eine Strähne fiel über sein rechtes Auge herab wie ein schwarzes Komma.

Wenige Augenblicke zuvor war die Eingangshalle noch leer gewesen und der Junge hatte sich schon gefragt, wo denn all die anderen waren ... Doch jetzt quoll sie über vor lärmender Schüler, die die Treppe hinab- und in den Speisesaal strömten.

»Heda!«, dröhnte eine Stimme. Der Junge drehte sich um.

Ein Mann stand da und starrte ihn an. Er war klein, kleiner sogar als einige der Schüler, wirkte aber wichtigtuerisch.

»Ja, Sir?«
»Name?«
»Bond. James Bond.«
»James Bond – *Sir.*«
»Ja, tut mir Leid, Sir.«
Der Mann starrte ihn durchdringend an. Er war hager, blass und hatte tief in den Höhlen liegende, blau geränderte Augen, struppiges graues Haar und einen kurz getrimmten pechschwarzen Bart, der fast die Hälfte seines Gesichts bedeckte. Er erinnerte James ein wenig an König George.
»Wissen Sie, wer ich bin, Mister Bond?«, fragte er schneidend.
»Ich fürchte nein, Sir. Ich bin soeben erst angekommen.«
»Ich bin Mister Codrose. Ihr Hausvater. Solange Sie hier an der Schule sind, werde ich Ihr Vater, Ihr Priester und Ihr Gott sein. Ich hätte Sie bereits gestern Abend begrüßen sollen, aber irgend so ein verfluchter Dummkopf aus meinem Haus ist auf der Straße in ein Auto gelaufen und ich habe die halbe Nacht im Krankenhaus verbracht. Ich nehme an, Sie haben die Hausdame bereits kennen gelernt?«
»Ja, Sir.«
»Gut. Sie sollten sich beeilen, sonst kommen Sie zu spät zum Morgenunterricht. Wir werden vor dem Abendessen miteinander plaudern.«
»Ja, Sir«, sagte James und wandte sich zum Gehen.
»Moment!« Codrose starrte James mit kalten Fischaugen an. »Willkommen in Eton, Bond.«

Tags zuvor war James auf dem Bahnhof von Windsor angekommen.
Durch eine dicke Dampfwolke hindurch hatte er einen ersten Blick auf die hohen Mauern und Türme von Windsor Castle geworfen und sich gefragt, ob der König sich wohl zurzeit da auf-

hielt. Vielleicht saß er ja gerade am Fenster und schaute sich die vielen Züge an?

Vom Bahnhof aus war James einer Schülergruppe bis nach Windsor gefolgt, wo sie die breite graue Themse überquerten, die die Stadt teilte. Auf der einen Seite befand sich das Schloss, auf der anderen Seite war Eton College. Die Größe der Schule erstaunte ihn. Sie erstreckte sich beinahe über die Hälfte der Stadt und uferte in alle Richtungen aus. Über tausend Jungen gingen hier zur Schule und wohnten in den zahlreichen, weit verstreuten Internatsgebäuden.

Er hatte mehrmals nach dem Weg gefragt, was dazu führte, dass er schließlich allein und verloren einen Pfad entlangging, der *Judy's Passage* hieß, und etwas hilflos die namenlosen, hoch aufragenden Gebäude rechts und links des Weges betrachtete.

Da kam ein dicklicher Junge auf ihn zu. Er war indischer Abstammung und trug einen weißen Turban auf dem Kopf.

»Bist du vielleicht der Neue?«, fragte er.

»Könnte durchaus sein«, antwortete James.

»Heißt du James Bond?«

»Ja.«

Der Junge lächelte und schüttelte seine Hand. »Pritpal Nandra«, stellte er sich vor. »Ich habe dich schon gesucht.«

Er führte James in ein nahe gelegenes Gebäude, das bereits etwas baufällig war.

»Ich habe das Zimmer neben dir«, sagte Pritpal. »Ich werde mit dir zu Tisch sitzen.«

»Zu Tisch sitzen?«

»Wir werden gemeinsam unser Abendessen zubereiten«, erklärte Pritpal, »und es dann abwechselnd in einem unserer Zimmer einnehmen. Du, ich und noch ein dritter Junge. Wir haben uns schon gefragt, wie du wohl sein würdest.«

»Und? Bist du zufrieden?«

Pritpal lächelte. »Ich denke schon.«
James folgte ihm in das düster wirkende Innere des Hauses, durch die Eingangshalle und drei uralte Treppen hinauf bis zu einem langen Korridor.
»Da sind wir«, sagte der indische Junge und stieß eine quietschende, dick mit blauer Farbe gestrichene Tür auf. James warf einen ersten Blick auf sein Zimmer.
Es war winzig, mit einer Dachschräge, die fast bis zum Fußboden reichte, und einem großen schwarzen Dachbalken, der den Raum teilte. Erleichtert bemerkte James, dass seine Truhe bereits eingetroffen war. Sie war ein Erinnerungsstück an sein früheres Leben.
»Dein neues Zuhause«, sagte Pritpal. »Nicht gerade umwerfend, was? Aber du kannst es dir gemütlich machen. Da ist dein Sekretär.«
»Mein was?«
»Dein Sekretär.« Pritpal deutete auf ein etwas ramponiertes Möbelstück, eine Art Kommode mit Schubläden und einer Schreibtischplatte obenauf, zu der auch ein kleines Bücherbord gehörte. Es war ziemlich zerkratzt, denn die Vorbesitzer hatten sich mit ihrem Namen darauf verewigt. Ein besonders enthusiastischer Schüler hatte seinen Namen sogar mit einem heißen Schürhaken eingebrannt.
James sah sich um. Außer dem Sekretär gab es noch einen kleinen Tisch, eine Waschschüssel, einen Windsor-Stuhl und neben dem Kamin lag ein dünner, zerschlissener Läufer. Er runzelte die Stirn. Etwas fehlte.
»Und wo schlafe ich?«, fragte er.
Pritpal lachte.
»Dein Bett ist dahinten«, sagte er und deutete auf einen Vorhang, der ein unförmiges Gestell an der Wand verdeckte. »Das Hausmädchen klappt es vor dem Abendgebet herunter. Du wirst dich

an vieles gewöhnen müssen, aber du lernst es bestimmt sehr schnell. Als Erstes solltest du dir das eine oder andere an Einrichtungsgegenständen besorgen. Du wirst eine Ottomane benötigen, einen Sessel, einen Schuhständer, ein Bürsten-Set, Bilder von Blundell's . . .«

»Stopp!«, sagte James und ließ sich auf den Stuhl sinken. »Nicht so schnell.«

»Tut mir Leid, alter Knabe«, sagte Pritpal. »Aber es ist wichtig, dass du deine Bude nett einrichtest. Immerhin wirst du die Hälfte deines Lebens hier in diesem Zimmer verbringen.«

Die Hälfte des Lebens? Das musste James erst einmal verdauen. Alles war so fremd. In den vergangenen Jahren war er zu Hause von einer Tante unterrichtet worden. So unvermittelt mit einer ganz anderen Welt konfrontiert zu werden, einer Welt voller alter Traditionen, fremder Menschen und seltsamer, unverständlicher Ausdrücke, war wirklich irritierend.

»Komm jetzt«, sagte Pritpal und zerrte James aus seinem Stuhl hoch. »Kein Müdigkeit vorschützen, es gibt eine Menge zu tun. Als Nächstes finden wir heraus, wem du zugeteilt bist.«

»Zugeteilt?«

»Na, wer dich unterrichtet. Komm mit. Dazu müssen wir nämlich in den Schulhof.«

Pritpal und James verließen Haus Codrose und gingen zurück zur *Judy's Passage* und dann weiter bis zum *Long Walk*, wo Pritpal stehen blieb und in Richtung eines kunstvoll gestalteten Lampenpfostens wies, der auf einer Insel mitten auf der Straße stand.

»Das ist der Brennende Busch«, sagte er. »Es ist ein berühmter Treffpunkt in Eton. Weißt du schon, wo's langgeht, alter Junge?«

Bevor James antworten konnte, zog Pritpal ihn über die Straße hin zu dem breiten Eingangstor eines lang gestreckten Gebäudes.

»Das ist die *Upper School*«, erklärte Pritpal, als sie durch die düstere Torpassage gingen und einen belebten Backsteininnenhof betraten. »Das eigentliche Herz Etons. Die Statue in der Mitte zeigt den Schulgründer, König Henry VI. Und gleich dahinter befindet sich *Lupton's Tower*. Diese Turmuhr wird von nun an dein Leben bestimmen. So, und jetzt wollen wir mal sehen, welches Schicksal dir beschieden ist.«

Sie drängten sich durch eine Schar von Schülern, die sich vor einer Anschlagtafel versammelt hatte, und dann erklärte Pritpal James das komplizierte System der Unterrichtsstunden und Lehrerverteilungen. James bemühte sich ihm zu folgen, aber er verstand nur die Hälfte. So viel begriff er immerhin: Einige Lehrer, die Pritpal zufolge in Eton nur *Beaks* genannt wurden, waren gut und einige waren schlecht. Und einige waren Dämonen aus dem tiefsten Abgrund der Hölle.

Bei Mr Merriot, seinem Tutor für alte Sprachen, der zudem auch für seine Fortschritte in den meisten anderen Fächern verantwortlich war, handelte es sich offenbar um einen guten.

Nachdem sie die Notizzettel der Anschlagtafel eingehend geprüft hatten, gingen sie zur *High Street* und kauften einige Bücher über lateinische Grammatik, allerdings nicht ohne dass Pritpal James zuvor ermahnt hatte, wie alle jüngeren Schüler ausschließlich auf der Ostseite der Straße zu gehen.

»Selbst wenn du von *W.V.Brown's* kommst und nur noch rasch bei *Spottiswoode's* vorbeischauen willst, das nur zehn Yard entfernt ist, musst du auf die Ostseite gehen und erst unmittelbar vor dem Laden die Straße überqueren.«

»Und warum?«, fragte James.

»Es steht uns nicht zu, nach dem Warum zu fragen«, sagte Pritpal.

»Aber es muss doch einen Grund dafür geben. Das ist ja lächerlich.«

»Du wirst bald begreifen, dass es in Eton eine ganze Reihe von Traditionen gibt, deren Bedeutungen mittlerweile verloren gegangen sind. Niemand weiß, warum wir das meiste von dem, was wir tun, eigentlich tun. Wir tun es einfach.«

James hatte nicht sehr gut geschlafen. Sein Zimmer war eisig kalt und die Sprungfedern seiner Matratze hatten ihn durch den dünnen Stoff hindurch gedrückt. Er hatte von seinen Eltern geträumt, und als er mitten in der Nacht aufgeschreckt war, wusste er nicht, wo er sich befand. Es hatte lange gedauert, bis er wieder eingeschlafen war – nur um bereits um Viertel vor sieben von einem Hausmädchen namens Janet aufgeweckt zu werden, einer rotgesichtigen, alten Frau mit geschwollenen Fußknöcheln. Sie hatte mit lärmendem Klappern einen Topf heißes Wasser vor seine Tür gestellt und ihn lauthals aufgefordert aufzustehen. Dabei hatte er das Gefühl, als sei er gerade erst eingeschlafen!

James war aus dem Bett gekrochen, hatte das Wasser hereingeholt, es in die Waschschüssel gegossen und sich Hände und Gesicht gewaschen. Dann hatte er tief Luft geholt, um sich innerlich auf die schwerste Aufgabe des Morgens vorzubereiten, die darin bestand, zum ersten Mal seine Schuluniform anzuziehen.

Bei jedem neuen Kleidungsstück war sein Unbehagen gewachsen: die lange schwarze, kratzige Hose; das weiße Hemd mit dem breiten, steifen Kragen; die Weste; die knifflig zu bindende schwarze Krawatte, die so starr war wie ein schmaler Streifen Karton; sein Eton-Blazer, der so kurz war, dass man sich das Hinterteil abfror, und – das Lächerlichste überhaupt – ein hoher Zylinderhut. Für einen Jungen wie James, der gewöhnt war, schlichte, bequeme Kleidung zu tragen, war das die reinste Tortur. Er kam sich fehl am Platz und verkleidet vor, so als sei er auf dem Weg zu einem Kostümfest. Das waren keine Kleider – das war nur ein weiterer Teil dieser völlig unwirklichen Welt. Während er die Schnürsenkel seiner schweren schwarzen Schuhe zuband, fluchte James laut. Er hasste Schnürsenkel.

Fertig angezogen, war er die Treppen hinabgeeilt. Er hatte eigentlich erwartet, in der Halle auf seine Mitschüler zu treffen, aber niemand war zu sehen. Das Haus war totenstill. Nervös schaute er auf die Uhr. Es war zehn nach sieben. Man hatte ihm gesagt, dass die Morgenschule um halb acht anfing, wo also waren die anderen abgeblieben?

Er warf einen Blick in den Speisesaal: leer. Vielleicht hatten sie ihn nur necken wollen? Vielleicht spielte man Neuankömmlingen immer so einen Streich? Er trat hinaus vor die Tür: Keine Menschenseele war zu sehen. Er ging wieder hinein und beobachtete, wie der Minutenzeiger der Uhr unendlich langsam vorrückte. Viertel nach . . . zwanzig nach . . .

Gerade wollte er die Treppe hinaufgehen und sich auf die Suche nach Pritpal machen, als er ein donnerndes Geräusch hörte. Es war wie das Dröhnen einer Lawine. Eine Horde Jungen trampelte die Stufen herab, an ihm vorbei in den Speisesaal. Dort stopften sich die Schüler trockene Milchbrötchen in den Mund und tranken mit hastigen Schlucken Kakao, bevor sie wie eine wild gewordene Herde weiterrasten.

James stand da, strich sich eine widerspenstige Strähne aus dem Gesicht und überlegte fieberhaft, was er Mr Codrose, der zu ihm getreten war, sagen sollte.

»Haben Sie mich denn nicht gehört?«, fragte der finster dreinblickende, kleine Mann und fuhr sich über den Bart. Es klang wie das Schleifen von Sandpapier. »Beeilen Sie sich, sonst kommen Sie zu spät in die Morgenschule.« Dann stolzierte er davon. Eine Gruppe von Schülern stob auseinander, um ihm Platz zu machen.

»Ja, Sir, danke, Sir«, rief James ihm nach.

Der Schülerstrom ergoss sich nach draußen in die engen Gassen und James folgte ihm, auch wenn er nicht so recht wusste, wohin er eigentlich gehen sollte. Er bemühte sich mit den anderen Schritt zu halten und kam sich dabei vor wie in einem Traum, in dem seltsame Regeln galten. Er lief mit den anderen mit und konnte nur hoffen, dass es die richtige Richtung war. Als er Pritpal bemerkte, war seine Erleichterung groß. Sofort rannte er zu ihm.

»Soeben hast du deine erste Lektion in Eton gelernt, James«, sagte Pritpal laut schnaufend. »Steh niemals vor Viertel nach sieben auf.«

James lachte. »Ob ich das alles je richtig begreifen werde?«

»Aber sicher. Mach dir keine unnötigen Gedanken. Komm lieber mit. Ich zeige dir deinen Unterrichtsraum.«

»Danke.«

»Wie war deine alte Schule denn so?«, fragte Pritpal. »Jede Wette, dass sie viel kleiner war als Eton.«

»Das stimmt«, sagte James. »Sehr viel kleiner.« Und dann erklärte er Pritpal, dass er von seiner Tante zu Hause unterrichtet worden war.

»Das klingt nach jeder Menge Spaß.«

»Zumindest war es völlig anders als hier.«

Pritpal lachte. »Stell dir vor, wie es für mich gewesen ist, als ich aus Indien hierher kam. In England ist es so kalt und die Sonne ist so trüb. Und dann erst das Essen! Mein Gott! Ihr Engländer seid richtige Barbaren. Achtung . . .!«

»Was?«

Aber es war schon zu spät. James war um die Ecke gebogen und hatte dabei zwei Jungen angerempelt.

»Pass auf, wo du hintrittst, Grünschnabel«, sagte einer von ihnen hämisch. Es war ein hoch aufgeschossener Junge mit einem großen, eckigen Kopf, störrischen Haaren und einer Lücke zwischen den Vorderzähnen.

»Tut mir Leid.«

»Das reicht nicht«, sagte der zweite Junge, der augenscheinlich einige Jahre älter war als James. »Du kannst nicht einfach andere Leute anrempeln.«

»Lass ihn in Ruhe, Sedgepole«, mischte sich Pritpal ein. »Er hat sich bereits entschuldigt. Wir sind ohnehin schon spät dran für den Morgenunterricht.«

»Na, dann solltest du wohl besser deine Füße in die Hand nehmen, Nandra«, sagte Sedgepole. »Du willst doch keinen Ärger kriegen, nicht wahr?«

»Nein«, murmelte Pritpal. Er warf James einen um Verzeihung bittenden Blick zu und rannte los. Als er an einem großen Jungen vorbeikam, wollte der ihm wie nebenbei einen Klaps gegen den Kopf versetzen, doch Pritpal konnte gerade noch ausweichen.

Der dritte Junge gesellte sich zu James und den beiden anderen.

»Was ist hier los?«, fragte er lässig.

»Nichts«, sagte James. »Ich bin nur aus Versehen in jemanden hineingerannt.«

»Ach ja?«, sagte der Junge und stieß James den Finger gegen die Brust. »Ich glaube nicht, dass ich dich kenne.« Er war groß, gut aussehend, blond und so um die fünfzehn Jahre alt. Er sprach mit amerikanischem Akzent.

»Mein Name ist James Bond, das ist mein erstes Semester hier . . .«

Die drei Jungen wieherten los. »Semester?«, wiederholte der Amerikaner. »Semester? Was ist das? Weißt du, was ein Semester ist, Sedgepole?«

»Ich vermute, er meint Halbjahr«, sagte Sedgepole.

»Ja, das habe ich ganz vergessen«, sagte James. »Ihr nennt das Halbjahre; das meinte ich natürlich.« Er bemühte sich mit ruhiger Stimme zu sprechen und wich ihren Blicken aus, denn er wollte nicht gleich am ersten Tag in einen Streit verwickelt werden.

»Hör zu, James Bond«, sagte der amerikanische Junge. »Es passt mir nicht, wenn jemand meine Freunde über den Haufen rennt.«

»Ich habe sie nicht über den Haufen gerannt«, widersprach James. »Ich bin spät dran und . . .«

»Und du bist schuld, dass wir uns ebenfalls verspäten«, sagte der Amerikaner. »Das ist gar nicht nett von dir.«
James war sich bewusst, dass die drei Jungs nicht nur größer waren als er, sondern ihn auch eingekreist hatten. Langsam bekam er es mit der Angst zu tun. Er hatte Angst vor dem, was sie mit ihm vorhatten, Angst davor, zu spät zum Unterricht zu kommen, Angst vor dem Unbekannten.
»Wir sind tatsächlich spät dran«, mahnte Sedgepole.
Der Amerikaner nickte langsam. »Wir haben jetzt keine Zeit, uns mit dir zu befassen, Bond«, sagte er. »Das verschieben wir auf später.«
Die zwei anderen Jungen trollten sich davon, aber der Amerikaner rührte sich nicht vom Fleck, sondern starrte James nur an. Ganz offensichtlich wollte er ihn provozieren.
»Du hast etwas an dir, was mir nicht gefällt, Bond«, sagte er schließlich. »Ich werde dich im Auge behalten.« Er beugte sich vor und James nahm ihn etwas genauer in Augenschein.
Er war anders als die englischen Schuljungen. Er sah gesünder aus – so als sei er mit Vitaminen und anderen guten Sachen voll gestopft, mit Orangensaft und Milch und nahrhaften Steaks. Er hatte breite Schultern und eine makellose, sonnengebräunte Haut. In seinem großen, kräftigen Kiefer saß eine Reihe strahlend weißer Zähne und seine Augen waren so blau, dass sie unecht wirkten. Er war fast zu perfekt, um wahr zu sein; etwa wie ein tollkühner Flieger, der einem bebilderten Abenteuerbuch entsprungen war. Aber hinter der glänzenden Fassade entdeckte James einen Anflug von Wildheit, der ihn beunruhigte.
Er wandte den Blick ab und starrte auf seine Schuhspitzen.
»Du bist hier nicht daheim«, sagte der Amerikaner mit gespielt weinerlicher Stimme. »Du kannst nicht einfach zu Mami rennen.«
Heißer, unkontrollierter Zorn wallte in James auf. Er spürte, wie sein Hals eng wurde und Tränen der Wut in seine Augen traten.

»Hey, du bist doch nicht etwa eine Heulsuse, was, Bond?«, sagte der Junge spöttisch.

Aber James würde niemandem den Gefallen tun, loszuheulen. Er kämpfte seine Wut nieder und riss sich zusammen.

»Ich muss jetzt gehen«, sagte er tonlos. Dann drängte er sich an dem Amerikaner vorbei und ging weiter. Halb erwartete er, dass der andere Junge ihn aufhalten würde, aber der rief ihm lediglich etwas hinterher.

»Milchbubis greinen, Angsthasen weinen . . .«, sang er laut.

James biss die Zähne zusammen. Bereits an seinem ersten Tag hatte er es geschafft, sich Ärger einzuhandeln. Was, so fragte er sich, würde in dieser seltsamen Schule noch alles auf ihn zukommen?

Lord Hellebore

Ein *Dry Bob* ist ein Junge, der Cricket spielt, und ein *Wet Bob* ist einer, der stattdessen rudert.«

»Tatsächlich?«

»Ja, tatsächlich.«

»Und wie nennt man einen Jungen, der keines von beiden tut?«

»Einen Faulpelz.«

James schüttelte den Kopf und lachte. Zusammen mit seinen beiden Tischgenossen Pritpal und Tommy Chong saß er beim Abendessen in seinem Zimmer. Tommy war ein schmächtiger, aber robuster Junge aus Hongkong, der Streitgespräche liebte, Karten spielte und den umfangreichsten Wortschatz an Flüchen besaß, den James je gehört hatte. Alle drei hatten es sich mit den Tellern auf den Knien am Kamin gemütlich gemacht, um wenigstens ein bisschen Wärme abzubekommen.

Es gab nur jeden zweiten Tag neue Kohlen und der heutige Abend zählte zu den »heißen« Tagen. An den kalten Tagen war es in den Zimmern eisig und James würde sich wohl nie daran gewöhnen, die Hälfte der Zeit bis auf die Knochen zu frieren. In den Unterrichtsräumen war es nicht viel besser: Sie waren alle nicht beheizt und viele Schüler trugen während des Unterrichts Handschuhe.

Pritpal und Tommy waren gerade dabei, James die etwas ungebräuchlicheren Begriffe der Eton-Sprache zu erklären, damit er für den anstehenden *Colours Test* gut gerüstet war. Bei dieser Prüfung mussten die Neuankömmlinge unter Beweis stellen, dass sie sich in der Schule zurechtfanden.

»*Mesopotamia?*«, fragte Pritpal.
»Das kenne ich«, sagte James. »Heißt so nicht das Cricket-Feld?«
»Im Sommer wird dort Cricket gespielt, im Winter Fußball«, erklärte Pritpal.
Mittlerweile kannte James Pritpal recht gut. Er war der Sohn eines Maharadschas, ein Genie in Mathe und Physik und völlig uninteressiert an allen anderen Dingen – mit Ausnahme von Essen.
James hatte es sich in einem Korbstuhl bequem gemacht und widmete sich ganz seinem Abendessen. Der Stuhl war seine jüngste Anschaffung. In den paar Wochen, die James an der Schule war, hatte er es fertig gebracht, sein Zimmer in ein kleines Zuhause zu verwandeln. Er hatte Bilder aufgehängt: eine ziemlich wilde Darstellung einer Seeschlacht, ein Porträt von König George und das farbenfrohe Gemälde einer heißen, sonnigen Südseeinsel. Darüber hinaus hatte er das eine oder andere Möbelstück erstanden, wovon die Ottomane, auf der Pritpal gerade lümmelte, sich als besonders nützlich erwiesen hatte. Es war eine längliche Truhe mit gepolsterter Sitzfläche, die ein wirres Durcheinander an Habseligkeiten barg: Kleidungsstücke, Sportzeug, vor allem aber Süßigkeiten, Kekse und so manche andere Leckerei.
»Und was sind *Pops?*«, fragte Tommy Chong.
»Das sind Aufsichtsschüler, nicht wahr?«
»Ja«, bestätigte Pritpal.
James hatte rasch gelernt, dass in erster Linie die Jungen selbst für die Disziplin an der Schule verantwortlich waren. Ältere Schüler übernahmen die Aufgabe, die jüngeren zu beaufsichtigen. Sie waren auf den ersten Blick an ihren farbigen Westen zu erkennen und daran, wie sie voller Stolz herumspazierten. Die Oberstufenschüler, die mit der Aufsicht über ein Internatshaus betraut wurden, bezeichnete man als *Library*. Ihre Befugnisse waren sehr weit gefasst. Sie konnten einen jüngeren Schüler so-

gar schlagen, wenn sie der Ansicht waren, dass sein Benehmen zu wünschen übrig ließ. Zum Glück war James das bisher erspart geblieben.

»Weißt du über deine Scheine Bescheid?«, fragte Tommy Chong.

»Ich glaube schon ...« James konzentrierte sich und ging im Geiste die verhassten Zettel durch, die sein Leben in Eton beherrschten. Es gab Haus-Scheine, die man unterschreiben lassen musste, wenn man abends noch einmal das Haus verlassen wollte. Außerdem gab es auch noch Absenz-Scheine, wenn man das Schulgelände für längere Zeit verlassen wollte. Es gab weiße Scheine, wenn man etwas falsch gemacht hatte, und gelbe Scheine, wenn man etwas sehr, sehr, sehr falsch gemacht hatte.

Sie aßen Spiegeleier und Würstchen, die sie sich draußen im Gang unter den wachsamen Augen des Hausmädchens auf dem kleinen elektrischen Kocher zubereitet hatten. Alle Schüler versorgten sich mit zusätzlichen Lebensmitteln in den schuleigenen Geschäften oder bei *Jack's* oder *Rowland's* in der Stadt; das war auch bitter nötig, um nicht den Hungertod zu sterben, denn die Mahlzeiten, die Codrose ihnen vorsetzte, waren so gut wie ungenießbar. Wie gut oder wie schlecht das Essen in den einzelnen Häusern war, bestimmte der Haustutor, und Codrose wurde nachgesagt, in dieser Hinsicht der Schlimmste von allen zu sein. Das Mittagessen an diesem Tag hatte aus einem Stück zähen Fleisches bestanden, dazu wässrige, gekochte Kartoffeln und scheußlich matschig graue Bohnen.

»*Calx?*«, fragte Pritpal.

»Ähm ... oh, ja, das sind die Tore beim so genannten *Wall Game,* das nur hier in Eton gespielt wird. «

»Wir sagen dazu nicht Tore, sondern Würfe. Es gibt gute *Calx* und schlechte *Calx.*«

»Ich bin mir nicht sicher, ob ich die Regeln dieses Spiels wirklich verstehe«, sagte James. »Kriege ich dafür Minuspunkte?«

»Keine Sorge«, beruhigte ihn Tommy Chong. »Niemand versteht die Regeln.«

In der Tat hatte James sich gut eingelebt. Auch wenn er wohl nie Preise für seine Schularbeiten einheimsen würde, so war er doch ein kluger Kopf und besaß eine gute Beobachtungsgabe. Als er erst einmal begriffen hatte, wie der Unterricht ablief und was man im Schulalltag beachten musste, fand er sich rasch in die Routine ein. Und obwohl er ein halbes Jahr später als die anderen Neulinge angefangen hatte, konnte er recht gut mit ihnen Schritt halten.

Wie die meisten Jungen war er nicht sonderlich erpicht aufs Lernen, gleichzeitig wurde ihm bewusst, wie gut seine Tante ihn unterrichtet hatte. Abgesehen von Latein, das er hasste, fand er viele Fächer sogar viel zu leicht. Die Französischstunden waren gähnend langweilig, denn er beherrschte diese Sprache ebenso gut, wie er Englisch sprechen konnte. Das kam daher, dass seine Mutter Schweizerin gewesen war und er die Hälfte seiner Kindheit in der Schweiz verbracht hatte. Ebenso fließend sprach er Deutsch, allerdings gab es keinen Deutschunterricht an der Schule. Um nicht aus der Übung zu kommen, unterhielt er sich gelegentlich mit einem deutsch-jüdischen Jungen namens Freddie Meyer, der mittlerweile zu seinem weiteren Freundeskreis gehörte.

Dennoch fühlte sich James als Außenseiter. Er hatte den Schuljargon gelernt, er trug die Schuluniform, aber er gehörte nicht dazu. Daran gewöhnt, auf sich allein gestellt zu sein, empfand er die vielen Menschen, denen er in der Schule auf Schritt und Tritt begegnete, immer noch als seltsam.

Gleiches galt für die Regeln.

Für die zahllosen Regeln und Traditionen.

James hasste Regeln.

Den Großteil des Tages verbrachtet er zwar allein in seinem Zimmer beim Lernen. Aber davon abgesehen konnte er kaum einen

Schritt in Eton tun, ohne sich darüber im Klaren zu sein, dass vor ihm schon tausende von Schülern genau diesen Schritt getan hatten und er verpflichtet war, ihn auf die gleiche Art zu tun wie sie.

»Du bist gut gerüstet, James«, sagte Pritpal. »Der Test dürfte für dich kein Problem sein.«

»Es ist die reinste Schwerstarbeit«, klagte James und strich Butter auf eine Scheibe Brot. »Ich komme nicht aus einer Etonfamilie. Mein Vater besuchte eine Schule in Schottland, die *Fettes* heißt.«

»Von der habe ich schon gehört«, sagte Pritpal. »Da soll es sehr hart zugehen.«

»Du erzählst wohl nicht gerne von deiner Familie, was?«, sagte Tommy.

»Nein«, erwiderte James tonlos.

»Umgibt sie etwa ein Geheimnis, über das wir Bescheid wissen sollten?«, fragte Pritpal und lächelte bedeutungsvoll.

»Ich wette, es sind Verbrecher«, mutmaßte Tommy. »Deine Eltern sitzen im Gefängnis und du schämst dich, darüber zu reden.«

»Nein, jetzt weiß ich es«, sagte Pritpal. »Sie sind Geheimagenten Ihrer Majestät und arbeiten als Spione.«

»Nein«, sagte Tommy. »Ich hab's. Sie sind durchgeknallte Wissenschaftler, die eine Weltraumrakete entwickelt haben und damit zum Mond geflogen sind.«

»Es gibt kein Geheimnis«, widersprach James kurz angebunden. »Ich bin ein ganz normaler Junge wie ihr auch.«

»Das bist du *nicht*«, sagte Pritpal. »Bei deinem endlosen Gerenne. Es gehört sich einfach nicht, wie ein Gestörter durch die Gegend zu rasen.«

Es stimmte. Trotz des umfangreichen Sportangebots in Eton, das von Rugby über Fußball bis zu Squash reichte, bevorzugte James es, zu laufen. Mannschaftssport war nicht nach seinem Geschmack, der Langstreckenlauf hingegen kam seiner eigenbrötlerischen Natur entgegen. Zugleich entfremdete er ihn aber noch weiter von den anderen Schülern.

»Welchen Sinn hat es, zu rennen?«, sagte Pritpal. »Du bist ein ausgezeichneter Sportler, James. Du solltest dich anderswo engagieren . . .«

James wollte gerade eine Antwort geben, als sie etwas hörten, das alle Unterstufenschüler fürchteten. Es war ein lang gezogener Ruf.

»B-o-o-o-y-s!«, erscholl es vom oberen Treppenabsatz.

Das war der so genannte *Boy Call*. Die drei ließen alles stehen und liegen, rasten aus dem Zimmer, den Korridor entlang, eine Treppe hinunter und eine andere wieder hinauf. James war natürlich der schnellste, er überholte sogar drei andere Schüler. Pritpal war der langsamste und somit auch der letzte. Und der musste den Auftrag der älteren Schüler ausführen, ganz gleich, worum es sich dabei handelte.

»Kommt schon, ihr kleinen Tintenkleckser aus der Vierten«, sagte Longstaff, der Oberschüler. Er war es gewesen, der gerufen hatte. »Oh, Nandra«, sagte er, als Pritpal schnaufend die letzten Stufen erklomm. »Du schon wieder. Ich möchte, dass du eine Nachricht für mich überbringst. Sie ist für David Clasnet bestimmt, einen unserer Wissenschaftler.«

Pritpal nahm den zusammengefalteten Zettel entgegen und trottete die Treppe hinunter.

»Siehst du«, sagte James, als er ihn eingeholt hatte. »Manchmal ist es ganz nützlich, schnell zu sein.«

»Das ist nicht fair«, murrte Pritpal. »Jetzt wird mein Essen kalt und dabei habe ich solchen Hunger.«

»Gib her«, sagte James. »Ich mach's für dich.«

»Nein, James . . .«

»Kein Problem. Wenn wir nicht schon so früh im Haus sein müss-

ten, würde ich jeden Abend noch eine Runde laufen. Außerdem habe ich bereits fertig gegessen. Komm schon, es wird mir Spaß machen.«
James schnappte sich den Zettel von Pritpal und eilte die Treppe hinab, wobei er gleich vier Stufen auf einmal übersprang. Er suchte Codrose auf, damit dieser den Hausschein unterschrieb, und dann rannte er hinaus in die kalte Nachtluft.

Judy's Passage lag verlassen da. James hatte das Bedürfnis, die Trägheit abzuschütteln, die das schwer verdauliche Essen und das Kaminfeuer in ihm hervorgerufen hatten. Er überquerte die Straße am Brennenden Busch und ging durch den Torbogen in den Schulhof hinein. David Clasnet war ein Wissenschaftler, daher würde er im College wohnen, dem ursprünglichen Schulgebäude, das Henry VI 1443 hatte erbauen lassen. Die Wissenschaftler bildeten die akademische Elite Etons und hatten ihre ganz eigenen Regeln und Traditionen.
James war vorher noch nie im College gewesen und wusste nicht genau, welchen Eingang er benutzen sollte. Unschlüssig blieb er im Innenhof stehen und warf einen suchenden Blick auf den Zettel. Als er Stimmen hörte, drehte er sich um. Ein gut aussehender, grauhaariger Mann mit dem weißen Kragen eines Priesters kam auf ihn zu. James hatte schon oft in der Kapelle gesessen und genug der leidenschaftlich vorgetragenen Predigten angehört, um zu wissen, dass es sich bei dem Mann um den Schulleiter handelte, Reverend Dr. Alington, von einigen Schüler nur *Creeping Jesus* genannt. Er schlenderte über das Kopfsteinpflaster und war ganz in ein angeregtes Gespräch mit zwei Begleitern versunken. Als sie näher kamen, stöhnte James laut auf.
Einer der drei war ein Junge – der Amerikaner, mit dem James gleich nach seiner Ankunft aneinander geraten war. Bei dem anderen Erwachsenen handelte es sich zweifellos um den Vater

des Jungen. Die Ähnlichkeit zwischen den beiden war außergewöhnlich. Der Vater schien einfach die größere, vollkommenere Ausgabe des Sohnes zu sein. Er strotzte geradezu vor Vitalität und Energie. Mit seinem goldbraunen Teint und den dichten gelbblonden Haaren schien er förmlich zu glühen. Der einzige definitive Unterschied zu seinem Sohn war sein großer Schnurrbart.

James sah, wie er den Kopf zurückwarf und laut über eine Bemerkung des Schulleiters lachte. Sein Gelächter hallte in den Gemäuern wider. Der Direktor, zweifellos der wichtigste Mann an der Schule, sah ihn bewundernd an wie ein Junge, der seinem Kindheitshelden gegenübersteht.

Alles an dem riesigen Mann drückte aus, dass hier jemand Reiches und Kraftvolles kam, jemand, der es sich zutraute, die Welt zu beherrschen. Ein wahrer römischer Imperator. Sogar seine Kleidung unterstrich seine Bedeutung: Sein Tweedanzug war an den Schultern breit und um die Hüften schmal geschnitten und die Schuhe waren hochglanzpoliert. Zugleich jedoch wirkte der Mann so, als wolle er den Anzug jeden Augenblick sprengen und halb nackt und röhrend wie Tarzan im Urwald durch die Schule springen.

James trat in den Schatten zurück, um nicht gesehen zu werden, aber da hatte der Schulleiter ihn bereits entdeckt und rief ihn zu sich.

»Was haben Sie hier verloren?«, fragte Dr. Alington. James zeigte ihm den Zettel und erklärte, dass er als Botenjunge unterwegs war.

»Und wie lautet der Name, junger Mann?«

»Bond, Sir. James Bond.«

»James Bond?«, dröhnte der bullige Amerikaner. »Ich kannte mal einen Andrew Bond. Ein Verwandter?«

»Ja, Sir. Mein Vater, Sir.«

»Sieh einer an! Wie klein die Welt doch ist. Andrew und ich sind in der gleichen Branche.«
»Waffen?«, fragte James.
»So ist es. Ohne Waffen können Soldaten nicht kämpfen. Nach dem Krieg hatten wir jede Menge zu tun. Viele Länder brauchten neue Waffen, weil die alten in tausend Stücke zerbombt waren.« Er lachte laut. Dr. Alington nickte. Auf seinen Lippen lag ein leichtes Lächeln.
»Arbeitet Ihr Vater immer noch mit Vickers zusammen?«, fragte der Riese und strich über seinen Schnurrbart.
»Nein, Sir, das tut er nicht«, sagte James.
»Er ist ein guter Mann. Sicher, wir waren Konkurrenten, aber ich mochte ihn. Ich freue mich, Sie kennen zu lernen, Mister Bond. Ich bin Lord Randolph Hellebore.« Er schüttelte James' Hand. »Vielleicht kennen Sie meinen Sohn George ja bereits?«
James blickte nervös zu dem Jungen hin und nickte. »Wir sind uns schon einmal begegnet«, sagte er. George zog drohend die Augenbrauen zusammen.
»Und sind Sie auch so wie er?«, fragte Hellebore und beugte sich ganz nah zu James heran. »Können Sie laufen? Können Sie schwimmen? Können Sie mit Alligatoren kämpfen?«
Lord Hellebore lachte James ins Gesicht und sein warmer Atem, der sauer und schwefelig roch, schlug ihm entgegen. James dachte unwillkürlich an einen Tag, als er im Londoner Zoo gewesen war und zu nah am Käfig des Löwen gestanden hatte. Das riesige Biest hatte gebrüllt und sein Atem hatte nach Fleisch gestunken und nach noch etwas anderem, etwas Unmenschlichem und Beängstigendem. Ohne die Gitterstäbe zwischen ihnen wäre das der Geruch des Todes gewesen.
Aber es war nicht nur Lord Hellebores Atem – sein ganzer Körper strahlte einen unangenehmen, tierischen Geruch aus wie ein tödliches Gas. Seine Pupillen waren sehr groß und sehr schwarz,

wie zwei tiefe schwarze Löcher, umgeben von dünnen blassblauen Ringen.

Es entstand ein langes, unruhiges Schweigen, als Lord Hellebore in James' Augen starrte. James wusste nicht recht, was er tun oder sagen sollte, und war sich qualvoll der Gegenwart des Direktors bewusst. Aber selbst der Schulleiter scharrte nervös mit den Füßen.

»Boxen Sie, Mister Bond?«, fragte Hellebore endlich und zeigte ein Lächeln, das zwei Reihen makellos strahlender weißer Zähne enthüllte.

»Ein bisschen«, sagte James.

»Dann mal los! Zeigen Sie mir, was Sie wert sind.« Hellebore hielt die Fäuste vors Gesicht und James wusste weniger denn je, was von ihm erwartet wurde.

»Na los, schlagen Sie zu.« Hellebore klang wie ein Cowboy oder ein Gangster in einem amerikanischen Film.

James holte halbherzig zu einem Haken aus, den Hellebore mit Leichtigkeit mit der Fläche seiner riesigen Hand abfing.

»Ist das alles, was Sie können?«, bellte er und wandte sich dann an Dr. Arlington. »Es heißt, Ihre Schule sei voller Schwächlinge und Waschlappen. Es heißt, Sie nähmen Sport nicht wirklich ernst. Nun, das werde ich ändern. Na los, Bond, geben Sie Ihr Bestes!«

James holte aus und diesmal legte er sein ganzes Gewicht in den Schlag. »Dad!«, rief George verlegen, so als wollte er seinen Vater an seinem Vorhaben hindern. Hellebore warf ihm einen Blick zu und genau in diesem Moment traf James sein Kinn.

Für Hellebore war es gewiss kein allzu schlimmer Treffer. James hingegen kam es so vor, als habe er gegen eine Steinmauer geschlagen, so heftig war der Schmerz, der durch seinen Arm jagte. Einen kurzen Augenblick lang starrte Hellebore James mit so wilder, unverhohlener Wut an, dass James unwillkürlich zurück-

wich. Aber gleich darauf war es vorbei und Hellebores Lippen verzogen sich zu einem Lächeln.
»Hey, Sie haben mich erwischt, als ich gerade nicht aufgepasst habe.« Hellebore rieb sein Kinn. »Nicht übel. Ich muss Sie im Auge behalten, Mister Bond. Sie könnten Ärger machen.«
»Kommen Sie mit, Lord Randolph«, sagte Dr. Alington nervös. »Wir wollen doch nicht zu spät zum Abendessen kommen. Und dieser Junge sollte schleunigst wieder in sein Haus zurückkehren.«
»Gewiss«, sagte Lord Hellebore. Er richtete sich zu seiner vollen Größe auf, drehte sich auf dem Absatz um und ließ James ohne ein weiteres Wort stehen.
Dr. Alington führte seinen Gast eilig weg. George trottete hinter den beiden Männern her, allerdings nicht ohne James zuvor einen letzten hasserfüllten Blick zuzuwerfen.
Was hatte er da angestellt? James spürte, wie sein Herz raste. Er holte einige Male tief Luft und rang um Fassung, bevor er das Gebäude betrat.
David Clasnet lächelte freundlich, als James ihm die Nachricht überreichte.
»Ich habe alles vom Fenster aus beobachtet«, sagte er. »Ein guter Schlag. Ich muss gestehen, es hat mir Spaß gemacht.«
»Das kann ich von mir nicht gerade behaupten«, erwiderte James. »Es wird mir nichts als Scherereien einbringen.«

Der alte Bootsmann

Sind Sie bereit, Bond?«
»Ich glaube schon, Sir.«
»Guter Junge. Ich werde Sie nämlich heute hart rannehmen.«
»Das ist nichts Neues, Sir«, sagte James. »Das tun Sie jedes Mal.«
»Bond, Sie wissen, Sie sollen einem Lehrer nicht widersprechen. Wenn ich streng wäre, würde ich Sie dafür ein paar Runden rennen lassen.«
»Tut mir Leid, Sir.«
»Wenn ich's mir recht überlege, werden Sie trotzdem ein paar Runden laufen. Viermal um *Dutchman's* herum. Los geht's!«
Bond seufzte und rannte los. Nicht dass es ihm tatsächlich etwas ausmachte. Er war nie glücklicher als beim Laufen. Dann spürte er, wie seine Muskeln arbeiteten, sein Herz pochte, seine Lunge sich mit Sauerstoff füllte. Es verschaffte ihm einen klaren Kopf, weckte ihn auf und half ihm, den dicken Klumpen in seinem Magen zu verdauen, der von Codroses unbekömmlichen Mahlzeiten herrührte.
Wenn er rannte, fühlte er sich lebendig.
Schon immer war er lieber gerannt als gegangen, aber erst in Eton war ihm klar geworden, was für ein guter Läufer er wirklich war. Mr Merriot hatte sein Talent auf den ersten Blick erkannt.
Mr Merriot war sein Tutor und zu seinen Aufgaben gehörte es, James in Eton zu betreuen. Außerdem war er Betreuer der Leichtathleten. Er war ein großer, schlanker Mann mit grauen Augen, wirren Haaren und einer mächtigen, krummen Nase, die

wie eine Flosse aus seinem Gesicht hervorstach. Der schwarze Talar war zu schmal für ihn und spannte fast um die Taille. Man sah Merriot so gut wie nie ohne Pfeife im Mund, die allerdings die Hälfte der Zeit nicht brannte.
James mochte Merriot. Er war freundlich und hilfsbereit und wurde nicht müde zu betonen, dass er für die Schüler da sei und nicht umgekehrt, so wie es einige andere Lehrer zu glauben schienen. Seine Fächer machten Spaß und es war nicht schwer, ihn dazu zu bringen, abzuschweifen und über seine Lieblingsthemen zu reden, anstatt den eigentlichen Stoff zu unterrichten. Und er glühte förmlich vor Begeisterung, wenn es ums Laufen ging.
Immer wieder erzählte er den Jungen von seiner Zeit in der königlichen Marine. Damals hatte er Großbritannien bei den Olympischen Spielen von 1924 vertreten und sogar eine Bronzemedaille gewonnen. Ein Reitunfall hatte seiner Karriere ein jähes Ende gesetzt und so war er Lehrer geworden. Sein Enthusiasmus und sein Eifer hatten dazu beigetragen, dass das Laufen in der Schule immer beliebter wurde. Es war mühevoll gewesen. Anfangs gab es keine richtige Laufbahn und abgesehen vom jährlichen Hindernislauf fanden die meisten Rennen auf der Straße statt. Um zu trainieren, mussten die Jungen auf ein freies Stück Land ausweichen, das man allgemein *Dutchman's Farm* nannte.
Heute zeigte sich der Himmel in einem düsteren Grau und ein gelber Nebel lag über dem Feld und verschluckte alle Farben. An einem Tag wie diesem verfiel man leicht in eine trübe Stimmung, aber James hatte die Erfahrung gemacht, dass Laufen ein gutes Gegenmittel war, und überdies konnte man dabei sehr gut nachdenken.
Als er seine Runden gedreht hatte, stand er, die Hände auf die Knie gestützt, da und rang nach Atem.
»Wir müssen an Ihrer Kraft arbeiten«, sagte Mr Merriot. Den Blick

auf die Stoppuhr gerichtet, baute er sich vor James auf. »Ich sehe Sie als Langstreckenläufer, Bond.«

»Wirklich, Sir?«

»Ja. Der Sprint ist nur was für Angeber, die eigentliche Bewährungsprobe findet auf der Langstrecke statt. Sie sind groß gewachsen, mein Junge, das ist gut. Und obwohl Sie noch ein Neuling sind und ein Unterstufler, kann ich mir nur schwer vorstellen, dass es viele gibt, die es auf der langen Distanz mit Ihnen aufnehmen können. Und wenn wir erst einmal an Ihrer Kondition gearbeitet haben . . .«

James wusste nicht, was er sagen sollte, also sagte gar nichts.

»Und jetzt werde ich Ihnen ein kleines Geheimnis verraten, Bond«, sagte Merriot und zündete erneut seine Pfeife an. »Sie müssen mir versprechen, es für sich zu behalten.«

»Natürlich, Sir.«

»Natürlich, Sir!« Merriot hatte die Angewohnheit, das, was man gerade gesagt hatte, zu wiederholen. »Ende des Halbjahres findet ein Riesenereignis statt«, erklärte er. »Ein Wettlauf gehört auch dazu. Also werden Sie ab sofort härter trainieren als je zuvor.«

»Was für ein Wettkampf ist das denn, Sir?«

»Der Vater eines Schülers hat eine neue Eton-Trophäe für die Unterstufe gestiftet. Ihre Chancen stehen also gut.«

»Und was für eine Trophäe ist das, Sir?«

»Das ist was ganz Verrücktes. Etwas für echte Alleskönner, bei dem man Kraft, Schnelligkeit, Mut, Ausdauer und Treffsicherheit unter Beweis stellen muss.«

James konnte sich nicht vorstellen, was für eine Sportart das sein sollte, aber Mr Merriot klärte ihn auf.

»Der Wettkampf besteht aus drei Disziplinen, die alle innerhalb eines Tages absolviert werden: Laufen, Schwimmen und Schießen.«

»Schwimmen, Sir? Aber es ist doch noch nicht Sommer.«
»Ich weiß, Bond. Man muss schon ein wenig verrückt sein, um da mitzumachen. Sind Sie verrückt?«
James zuckte mit den Schultern. »Ein Versuch kann ja nicht schaden.«
»Ein Versuch kann ja nicht schaden«, äffte Merriot ihn nach. »Guter Mann, wenn alles klappt, halten Sie den Hellebore-Cup in Händen.«
»Hellebore?«, rief James unwillkürlich aus.
»Ja. Kennen Sie diesen amerikanischen Jungen, George Hellebore?«
»Ja«, sagte James so unbeteiligt wie nur möglich. Seit dem Vorfall im Schulhof hatte der »amerikanische Junge« alles daran gesetzt, ihm das Leben schwer zu machen. Und Bond hatte wiederum alles getan, um ihm aus dem Weg zu gehen, war dabei jedoch nicht immer erfolgreich gewesen. Einmal hatten Hellebore und seine Freunde ihn quer über das *College Field* gejagt. James hatte sich gefragt, was sie wohl mit ihm anstellten, wenn sie ihn kriegten, herausfinden wollte er es jedoch lieber nicht.
»Es ist alles die Idee seines Vaters«, sagte Merriot. »Lord Randolph Hellebore. Ein sagenhaft reicher Kerl. Allerdings auch sehr spendabel. Hat 'ne Stange Geld für Wissenschaft und medizinische Forschung bereitgestellt, wissen Sie, damit endlich Heilmittel für einige der schlimmsten Geißeln der Menschheit gefunden werden. Bin mir aber immer noch nicht sicher, ob ich den Burschen mag. Hat sein Vermögen im Krieg erworben . . . Waffenhandel und so weiter. Ich nehme an, deshalb gehört auch Schießen zum Wettkampf: Waffen sind sozusagen Teil seiner Familie.«
James biss sich auf die Zunge, denn Mr Merriot sollte nicht erfahren, dass sein Vater ebenfalls im Waffengeschäft tätig gewesen war. Er erinnerte sich an das Gespräch mit Lord Hellebore an je-

nem Abend auf dem Schulhof. Damals war Hellebore vermutlich in Eton gewesen, um mit Dr. Alington über den Cup zu sprechen. Das würde auch erklären, warum es bei dem Gespräch um Sport gegangen war und um Kraft.

Mr Merriots Blick ging in die Ferne. »Zu viele Schüler und Lehrer dieser Schule sind im Krieg gefallen«, sagte er. »Eton wird nie mehr so sein, wie es war. England wird nie mehr so sein, wie es war. Glauben Sie ernsthaft, die hätten einen Stümper wie mich zum Unterrichten angestellt, wenn sie unter besseren Männern hätten wählen können? Aber diese Männer liegen tot im Morast der *Somme* und *Ypes*. Und nicht nur Männer, sondern auch junge Burschen – Jungs von achtzehn oder neunzehn Jahren. Was für eine Verschwendung! Junge Männer, die großartige Sportler hätten werden sollen, Politiker, Wissenschaftler, Schriftsteller, Künstler, Musiker . . . alle für immer von uns gegangen.« Merriot zog an seiner Pfeife und blies einen dicken Rauchkringel in die Luft. »Aber genug von davon.« Er klatschte in die Hände. »Und jetzt machen Sie sich startklar, Bond . . .«

Am darauf folgenden Tag nahm Pritpal James mit zu einer Besichtigungstour der Schwimmplätze. Zuerst gingen sie zu *Athens,* einem Uferstreifen der Themse, an dem eine Betonkonstruktion errichtet worden war, von der aus man ins Wasser springen konnte.

»Das wird Akropolis genannt«, sagte Pritpal. »Ein ziemlich pompöser Name für einen so hässlichen Betonklotz, findest du nicht auch?«

James starrte in das trübe Wasser, das die Farbe kalten Tees hatte. Voller Entsetzen hatte er sich sagen lassen, dass es in Eton kein Schwimmbad gab und man stattdessen im Fluss schwamm.

»Was hat dein Mister Merriot dir noch gleich gesagt?«, lachte

Pritpal, als er die Abscheu in James Gesicht sah. »Dass bei dem Wettbewerb Stärke und Mut getestet werden? Ich fürchte, darüber hinaus brauchst du auch noch die Haut eines Nilpferds.«

Sie gingen zu einem kleinen, toten Flussarm, der *Ward's Mead* genannt wurde. Man hatte ihn verbreitert und mit Uferstegen versehen. Gleich unterhalb davon war *Cuckoo Weir*, wo die nicht ganz so geübten Schwimmer sich unter dem wachsamen Auge einer Aufsicht vergnügten.

»Und dann gibt es noch *Romney Weir*«, sagte Pritpal, während sie am Ufer entlangschlenderten. »Aber das ist nur was für die allerbesten Schwimmer.«

»Vielleicht sollte ich den Plan ganz einfach fallen lassen«, sagte James mit einem Schaudern. »Ich kann nicht gerade behaupten, dass der Fluss sehr einladend aussieht.«

»Oh, im Sommer ist das Wasser sehr erfrischend«, sagte Pritpal. »Aber den Rest des Jahres, darauf kannst du wetten, halte ich da nicht mal eine Zehenspitze rein. Bei diesem Hellebore-Cup werden sich einige Jungs den Tod holen.«

»Es ist eine merkwürdige Zusammenstellung der einzelnen Disziplinen«, sagte James und stieß mit dem Fuß einen Stein ins Wasser. »Schwimmen, Laufen und Schießen.«

»Nicht unbedingt«, widersprach Pritpal. »Das hat schon seinen Grund.«

»Und welchen?«, fragte James verblüfft.

»Na ja, es sind genau die Sportarten, in denen George Hellebore am erfolgreichsten ist.«

James lachte. »Ist das so? Ich wusste bereits, dass er ein guter Schwimmer ist, und Merriot sagte, er sei auch ein guter Läufer, aber Schießen?«

»Er scheint auf dem Gut seines Vaters in Schottland ständig rumzuballern.«

»Schottland? Sie sind doch Amerikaner oder nicht?«

»Stimmt. Aber ihnen gehört unter anderem auch ein Landsitz in Schottland.«

Nandra hob die Hände, so als hielte er eine Flinte hoch. *»Peng, peng!* Kein Vogel ist vor George Hellebore sicher. Hast du schon mal geschossen?«

»Einmal«, sagte James. »Während der Ferien in Italien.«

»Ich habe einmal einen Tiger erschossen«, sagte Pritpal.

»Einen Tiger?«, sagte James staunend.

»Ja, es war eine bedauernswerte, kranke, alte Kreatur, die ohnehin bald gestorben wäre. Ich bin mir nicht sicher, ob sie ihn nicht sogar an einem Bein festgebunden haben. Wir sind auf Elefanten in den Dschungel geritten. Mein Vater behauptete, es würde einen Mann aus mir machen.«

»Und hat es das?«

»Nein. Es hat lediglich dazu geführt, dass ich mir geschworen habe nie wieder ein anderes Lebewesen zu töten.«

Kurz darauf kamen sie an einer gebückten Gestalt vorbei. Es war ein alter Mann, der angelte. Sein Name war Croaker und er war der älteste und berühmteste unter den Bootsleuten der Schule. Zu dieser Jahreszeit hatten er und seine Kollegen nicht allzu viel zu tun, daher verbrachte er den Nachmittag beim Fischen.

Croaker war steinalt, war es schon immer gewesen. Die Schüler erzählten einander, dass er bereits alt gewesen war, als ihre Väter noch die Schule besucht hatten. Er war klein und gedrungen, hatte einen großen Schnurrbart, kleine rote Augen, eine dicke Knollennase und man sah ihn nie anders als mit einer Mütze auf dem kahlen Haupt.

Die zwei Jungen gingen zu ihm hin. »Was angeln Sie heute, Croaker?«, fragte Pritpal.

»Das wirst du gleich sehen«, kicherte der alte Mann. »Das wirst du gleich sehen.«

Und im nächsten Augenblick rollte er die Leine auf.

Am anderen Ende der Angelschnur befand sich etwas, das aussah wie ein Knäuel Wolle, in das sich mehrere schwarze Aale verbissen hatten.
James verzog angewidert das Gesicht, betrachtete jedoch fasziniert, wie die Fische zappelten, durch die Luft sausten und sich ineinander verschlangen.
»Sie lassen die Wolle nicht los«, sagte Croaker. »Ich habe nämlich Würmer hineingesteckt. Oh ja, Aale sind sehr gierige Burschen.«
»Soll das etwa heißen, dass ich in einem eiskalten, schmutzigen Wasser schwimmen muss, in dem es noch dazu von Aalen wimmelt?«, fragte James.
»Aale sind harmlos«, sagte Croaker, nahm einen zappelnden Fisch vom Haken und ließ ihn in einen Eimer fallen. »Es gibt zwei Arten von Menschen. Diejenigen, die Aale zu schätzen wissen, und diejenigen, die das nicht tun.«
»Wollen Sie die wirklich essen?«, fragte Pritpal.
»Klar doch. Die kommen in den Kochtopf. Schmecken prima. Sehr zartes Fleisch haben diese Kerle. Kommt mit, ich zeig's euch.«
Croaker nahm den Eimer und ging mit ihnen zu seiner Hütte. Dort angekommen, holte er einige Werkzeuge aus dem Schuppen und wählte den fettesten Aal aus dem Eimer aus.
»So geht das«, sagte er und nagelte kurzerhand den Aal mit dem Kopf an die Tür. Dann machte er einen sauberen Schnitt dort, wo der Kopf in den Leib überging, nahm ein Zange, setzte sie an und zog mit einer schnellen, kraftvollen Bewegung die Haut des Aals ab.
»Wunderbar«, sagte er und strich mit der Hand ganz leicht über das silbrig blaue Fleisch. »Ganz wunderbar.«
James und Pritpal waren viel zu überrumpelt, um schockiert zu sein. Die Einladung des Alten, ihm beim Abendessen Gesellschaft zu leisten, lehnten sie jedoch ab.

»Und? Willst du immer noch den Cup ergattern?«, fragte Pritpal. James schluckte. Niemand würde James Bond je einen Feigling nennen. »Warum nicht?«, sagte er. »Morgen werde ich mit dem Training im Fluss beginnen.«

Unter Wasser

James zitterte. Sein Körper fühlte sich an, als habe man ihm die Haut abgezogen wie Croakers Aal. Er rieb sich die Arme, damit das Gefühl in sie zurückkehrte, und bekam dabei eine Gänsehaut, so rau, als striche er über Schleifpapier.
Wenn es schon außerhalb des Wassers so kalt war, wie würde es dann erst drinnen sein?
Es gab nur einen Weg, es herauszufinden.
Er musste sich beeilen, denn in einer halben Stunde fing der Nachmittagsunterricht an. James stand auf einem niedrigen Steg am *Ward's Mead* und starrte in das Wasser, das so aussah wie eine von Codroses unappetitlichen Suppen. Wie ein kalte Suppe. Eine eiskalte Suppe.
»Komm schon«, sprach James sich laut Mut zu. »Tu's einfach.«
Er holte mit den Armen Schwung, atmete tief ein und hechtete vorwärts. Beim Eintauchen ins Wasser war es, als würde er von einem Cricketschläger mit voller Wucht getroffen. James war wie betäubt von der Kälte und konnte sich einen Augenblick lang nicht bewegen. Doch dann kam wieder Leben in ihn: Er paddelte an die Oberfläche und japste nach Luft. Alle Glieder taten ihm weh und sein Kopf fühlte sich taub an. Und er wusste eines: Wenn er nicht sofort losschwamm, würde er schnurstracks wieder aus dem Wasser springen! Also unterdrückte er den übermächtigen Wunsch, das Ufer zu erklimmen und wieder zurück in sein Zimmer zu gehen, und kämpfte sich bis zur anderen Seite hinüber.

Einige schwache Sonnenstrahlen stahlen sich durch die Wolkendecke. Wenigstens war es etwas wärmer als tags zuvor, von idealen Bedingungen war jedoch keine Rede. Aber der Wettbewerb sollte bereits in drei Wochen stattfinden; wenn James sich auch nur den Hauch einer Chance sichern wollte, musste er sich schleunigst an das Wasser gewöhnen.

Nach drei Runden stellte er fest, dass sich sein Körper an die Temperatur anpasste, und auch wenn er weit davon entfernt war, Spaß an der Sache zu haben – sterben würde er daran nicht. Er drehte noch ein paar Runden, und als er endlich genug hatte, schwamm er zu der Stelle zurück, an der er seine Kleider abgelegt hatte. Er zog die Knie an, um sich ans Ufer hochzustemmen, als jemand ihm einen Fuß ins Gesicht trat und ihn ins Wasser zurückstieß.

James blickte hoch. Vor ihm stand George Hellebore.

»He, wenn das nicht mein alter Kumpel Jimmy Bond ist«, sagte er.

»Hallo, Hellebore.« Wieder versuchte James sich auf das grasbewachsene Ufer hochzuziehen.

»Wohin so schnell?«, sagte Hellebore und drückte ihn zurück ins Wasser.

»Ich will mich anziehen.«

»Immer in Eile, nicht wahr, Bond? Immer unterwegs nach irgendwohin.«

»Mir ist kalt und ich will hier raus.«

»Ja, das kann ich mir vorstellen. Aber heute habe ich die Aufsicht am Fluss.« Hellebore kniete sich hin und grinste hämisch. »Wenn du rauswillst, musst du vorher einen kleinen Test bestehen.«

James sah George forschend an. Ein hässliches Lächeln umspielte Hellebores Lippen und aus den porzellanblauen Augen leuchtete hämisches Vergnügen.

»Hör zu, Hellebore«, sagte James und hielt sich am Uferrand fest. »Du hast hier nicht die Aufsicht.«

»He, wenn ich sage, dass ich die Aufsicht habe, dann habe ich sie auch.«
Es war zwecklos, mit ihm zu streiten. Denn wie üblich hatte Hellebore seine Gang dabei: Wallace mit dem großen Quadratschädel und dem Zahnlückengrinsen, Sedgepole, der einen geradezu winzig kleinen Kopf hatte, dafür jedoch riesige, abstehende Ohren, und Pruitt, der gut aussah und elegant war. Sie glotzten James boshaft an und schienen förmlich darauf zu warten, dass er etwas unternahm.
»Was willst du von mir?«, fragte James und bemühte sich nicht mit den Zähnen zu klappern.
»Du hältst dich anscheinend für einen Schwimmer, was, Bond?«, sagte der Amerikaner. James zuckte mit den Schultern. »Ich habe in diesem Land hier niemanden getroffen, der auch nur halb so gut schwimmt wie ich. Ich bin sozusagen im Wasser groß geworden.«
»Ja«, sagte Bond und trat mit den Füßen Wasser, um nicht völlig vor Kälte zu erstarren. »Man sagt, du bist recht gut.«
»Recht gut?« Hellebore riss in gespielter Verwunderung die Augen auf. »Recht gut? Ich bin der Beste, Bond. Lust auf ein Wettschwimmen?«
»Nicht jetzt, Hellebore.«
»Aber das ist genau der Test, den du bestehen musst, Bond. Du musst ein Wettschwimmen gewinnen.«
»Ich schwimme nicht gegen dich, Hellebore . . .«
»Wer sagt, dass du gegen mich schwimmen sollst? In tausend Jahren schlägst du mich nicht. Nein, du schwimmst nicht gegen mich.« Hellebore stieß einen Pfiff aus, woraufhin ein Junge in Badehose hinter einem Gebüsch hervorkam, wo er sich offensichtlich verborgen gehalten hatte. Es war Leo Butcher, ein stämmiger, freundlicher Junge, der in der Schulblaskapelle mitspielte. Erst vor kurzem hatte James ihn bei einem Konzert in der Schul-

aula gesehen, wie er mit aufgeblasenen Backen drauflosgeschmettert hatte.
»Hallo, Bond«, sagte er verlegen. Es war offensichtlich, dass er nicht freiwillig hier war.
»Hallo, Butcher«, sagte James.
»Die Aufgabe besteht darin, Butcher zu schlagen«, verkündete Hellebore.
Bond runzelte die Stirn. Butcher sah nicht gerade wie ein Meisterschwimmer aus. Wo also war der Haken?
»Was sagst du dazu, Bond?« Hellebore versetzte Butcher einen Schlag auf die Schulter, dass dieser vor Schmerz zusammenzuckte.
»Ein Wettschwimmen gegen unseren fetten Butcher hier. Der Verlierer schuldet mir . . .« Hellebore zögerte absichtlich kurz. »Wie wär's damit: Der Verlierer schuldet mir seinen Hut?«
Bond warf Butcher einen Blick zu, doch der Junge starrte unverwandt auf den Boden.
»Das wird ein prima Wettkampf«, sagte Hellbore. »Aber ich warne dich, Bond. Butcher ist gut. Er ist der Beste.« Seine Freunde lachten.
»Wenn du nichts dagegen hast«, sagte Bond, »würde ich gerne darauf verzichten.«
Hellebore packte James an den Haaren und drückte ihn unter Wasser. Überrumpelt von der Attacke, schluckte James einen Mund voll brackiges Wasser. Hustend kam er wieder an die Oberfläche.
»Du wirst gegen Butcher schwimmen, Bond, oder ich und meine treuen Freunde spielen Fußball mit deinem Kopf. Verstanden?« George zog James unsanft aus dem Wasser. »Also, wie hättest du's denn gern?«
James stand auf. Da, wo Hellebore ihn so grob gepackt hatte, waren rote Druckstellen an den Armen zu sehen.

»Also gut«, sagte er ruhig.
Hellebore klatschte in die Hände. »Braver Junge«, sagte er. »Möge der Bessere gewinnen.«
James und Butcher stellten sich auf. Butcher zitterte so heftig, dass seine Knie aneinander schlugen. James fragte sich, womit Hellebore ihm gedroht hatte, damit er bei der Sache mitmachte.
»Seid ihr so weit?«, rief Hellebore. »Eine Runde hin und zurück, der Verlierer schuldet das Pfand.«
Sosehr er sich auch das Gehirn zermarterte, James kam nicht dahinter, was Hellebore mit dieser Veranstaltung bezweckte. Er würde Butcher mit Leichtigkeit schlagen. Dieser blonde Amerikaner führte etwas im Schilde, das war klar. Aber was?
»Auf die Plätze, fertig . . .« Im letzten Augenblick hielt Hellebore inne. Butcher aber war so angespannt, dass er ins Wasser plumpste.
Hellebores Freunde johlten.
»Oh, ich vergaß, Bond«, sagte Hellebore, während Butcher ungeschickt aus dem Wasser stieg. »Eines noch.«
James sah ihn abwartend an. Er wusste, gleich würde Hellebore die Katze aus dem Sack lassen.
»Du musst die Strecke unter Wasser schwimmen.«
»Was?«
»Du hast mich genau verstanden. Es ist ein Unterwasserwettschwimmen. Sobald einer von euch nach oben kommt, um nach Luft zu schnappen, ist er aus dem Rennen. Wenn ihr es nicht bis hierher zurückschafft, gewinnt derjenige, der am weitesten gekommen ist.«
James sah zu Butcher hinüber, doch der wich seinem Blick aus.
Er hatte es von Anfang an gewusst.
Egal, dachte James. Er hatte immer noch eine Chance. Butcher konnte gar nicht so gut sein, dass er nicht doch zu schlagen wä-

re. James war zuversichtlich. Warum sollte es ihm nicht gelingen, den Atem eine Zeit lang anzuhalten?
»Fertig, los!«, schrie Hellebore da schon. Die beiden Kontrahenten hechteten ins Wasser.
Diesmal war James auf die eisige Kälte vorbereitet. Allerdings war es viel schwieriger, unter Wasser zu schwimmen. Er konnte kaum etwas erkennen. Es war, als wolle man einen besonders scheußlichen grünlich braunen Nebel durchdringen. Undefinierbare glitschige Fetzen trieben an ihm vorbei und einmal glaubte er einen Schatten vor sich zu sehen, bei dem es sich möglicherweise um Butcher handelte. Doch da war der Schatten auch schon wieder verschwunden.
James hatte keine Ahnung mehr, wie weit er bereits vorangekommen war, aber ihm war klar, dass es Kampf bedeuten würde, das andere Ufer zu erreichen, ganz zu schweigen davon, auch noch den Rückweg zu schaffen. Ihm war hundeelend, sein Kopf fühlte sich an, als sei er in einen kalten Eisenkäfig eingeklemmt.
James wollte nur noch eines: auftauchen – dahin, wo es frische Luft, Wärme und Licht gab. Aber er widerstand dem Verlangen, strengte sich stattdessen noch mehr an und schwamm in kraftvollen, exakten Brustzügen. Je schneller er war, so rechnete James sich aus, desto eher würde er wieder nach Luft schnappen können. Allerdings verbrauchte er dabei auch mehr Sauerstoff und bald begannen seinen Lungen zu brennen. Auch das Pochen in seinem Kopf wurde immer schlimmer. Einige wenige Züge noch, dann musste er etwas Atemluft abgeben, und dann noch einmal und noch einmal, bis seine Lunge völlig leer und der Schmerz unerträglich war. Noch ein Zug und noch einer und noch – nein, es war zu viel. Sein ganzer Körper schrie geradezu nach Sauerstoff.
James tauchte auf und schnappte nach Luft. Keuchend und von

Würgkrämpfen geschüttelt, trat er Wasser. Er war deutlich vom Kurs abgekommen, das andere Flussufer war weit entfernt – aber wo war Butcher? Er musste noch irgendwo im Wasser da unten sein. Ging es ihm gut? Vielleicht hatte er sich im Tang verfangen?

Da sah James zwei Füße im Wasser platschen. Gerade erreichte Butcher die andere Flusseite. Aber er tauchte nicht auf, sondern machte sich verbissen auf den Rückweg. Bond dachte nicht darüber nach, dass er der Verlierer war, und er achtete auch nicht auf die johlenden Jungen am Ufer. Seine Aufmerksamkeit war ganz auf Butcher gerichtet. Er bewunderte ihn. Es war unglaublich, was für ein Atemvolumen der Junge hatte. Erst als Butcher fünf oder sechs Fuß vom Ufer entfernt war, ließ er sich an die Oberfläche treiben, um Luft zu holen. Und dabei wirkte er nicht so, als sei er außer Atem.

»Gut gemacht, Butcher«, rief Hellebore. »Du bist eine Champion-Schildkröte.«

James schwamm ans Ufer. Er musste so schnell wie möglich ins Warme und Trockene. Doch als er hinauswollte, packte Hellebore ihn erneut bei den Haaren und drückte ihn unter Wasser. James hatte nicht einmal die Zeit, Luft zu holen. Er wehrte sich mit allen Kräften, doch egal, was er auch tat, es gelang ihm nicht, sich aus Hellebores unerbittlichem Griff zu befreien. Seine letzte Atemluft stieg in einer großen Blase an die Wasseroberfläche und er schluckte Wasser.

Er durfte jetzt nicht in Panik verfallen, das würde alles nur noch schlimmer machen. Der Amerikaner würde ihn ganz gewiss nicht ertrinken lassen . . . nein, das würde er nicht . . .

Oder etwa doch? Nicht mehr lange und er würde Wasser in die Lungen bekommen. Sich nach oben zu stoßen schaffte er nicht, dazu war Hellebores Griff zu stark. Aber wenn er schon nicht nach oben konnte . . . wie wäre es dann in die andere Richtung?

Es war drastisch, aber es war die einzige Möglichkeit.
Ohne Vorwarnung packte er Hellebores Handgelenk und zog daran. Hellebore, der nicht damit gerechnet hatte, verlor das Gleichgewicht, ließ James los und landete mit einem lauten Platschen im Wasser. James kroch ans Ufer und würgte einen Schwall Wasser hervor.
Hellebore schäumte vor Wut. Er schrie etwas und Sedgewick und Pruitt packten James und hielten ihn fest. James war klar, dass er in der Patsche saß. Aber alles war besser, als zu ertrinken.
Hellebore stapfte ungeschickt ans Ufer. Seine Kleider trieften vor Nässe. Seine Augen waren rot, die Lippen blau. Das Gesicht war zu einer Grimasse verzerrt und sein Haar war an den Kopf geklatscht. Von dem gut aussehenden, jungen Mann war nicht mehr viel erkennbar, übrig blieb ein wild gewordenes Tier.
»Das hättest du nicht tun sollen, Bond«, schrie er.
Aber bevor er etwas unternehmen konnte, tauchte plötzlich Croaker auf.
»He, ihr da«, rief er. »Was habt ihr im Wasser zu suchen?« Sein Blick fiel auf Hellebore. »Was zum Teufel ist hier los? Warum sind deine Kleider pitschnass?«
Hellebore sah Croaker mit Unschuldsmiene an. Wie in allen Schulen gab es auch in Eton ein ungeschriebenes Gesetz: Man petzte nicht. Man heulte den Lehrern nicht die Ohren voll. Wenn man ein Problem mit einem anderen Jungen hatte, machte man das unter sich aus. Croaker war zwar kein Lehrer, aber er besaß Autorität und konnte der Schulleitung Bericht erstatten.
Würde Hellebore sich an die Regeln halten?
»Also, was geht hier eigentlich vor, hm?«
»Es ist meine Schuld, Croaker«, sagte Bond rasch. »Ich hatte Schwierigkeiten . . . ein Krampf in den Beinen . . . Hellebore ist mir zu Hilfe gekommen und hat mich rausgezogen.«

»Stimmt das?« Croaker blickte von einem zum anderen. »Na, dann trocknet euch ab, bevor euch ein Lehrer sieht. Los, fort mit euch!«
Hellebore und seine Freunde trollten sich, während James und Leo Butcher sich so gut es ging trockenrieben und in ihre Kleider schlüpften.
»Tut mir Leid, Bond«, sagte Leo. Mit einem dünnen Handtuch rubbelte er sein Haar trocken. »Es war nicht fair.«
»Schon gut«, sagte James. »Wie hast du das nur gemacht? Wie hast du es geschafft, die Luft so lange anzuhalten?«
»Ich spiele Trompete«, sagte Butcher. »Und Tuba.« Mehr sagte er nicht, so als würde das schon alles erklären.
James sah ihn fragend an.
»Ich muss dabei meinen Atem kontrollieren«, fügte Butcher hinzu. »Man braucht eine große Lunge und sehr viel Luft. Ich mache ganz spezielle Übungen.«
James war ebenso beeindruckt wie neugierig.
»Mein Vater ist Musiker«, fuhr Butcher fort. »Er hat mich praktisch seit meiner Geburt unterrichtet. Hellebore hat herausgefunden, wie lange ich die Luft anhalten kann, als er mich nur so zum Spaß ersticken wollte.«
»Netter Spaß«, sagte James und mühte sich ab, sein Hemd über den nassen Oberkörper zu ziehen.
Butcher grinste.
Auf dem Rückweg zur Schule löcherte James ihn weiter mit Fragen. »Du musst mir das beibringen«, sagte er. »Es ist einfach unglaublich.«
»Das ist kein Trick oder so«, sagte Butcher.
»Nein, ich weiß. Aber ich denke, es wird mir beim Laufen sehr nützlich sein.«
Plötzlich tauchten Wallace und Pruitt vor ihnen auf. Pruitt riss James den Hut vom Kopf. »Das Siegespfand!«, schrie er und warf

den Hut in die Themse, wo er flussabwärts trieb. Dann rannten die beiden lachend davon.
»Du wirst Schwierigkeiten kriegen«, sagte Butcher ruhig zu James.
»Ich weiß«, erwiderte James. »Aber es hätte noch viel schlimmer kommen können.«

Bei der ersten Gelegenheit, gleich nach dem Unterricht, sprach James mit Mr Merriot und erzählte ihm von seiner Idee, Atemübungen zu machen.
»Schaden kann es auf keinen Fall, Bond«, sagte Merriot und mühte sich ab, an seiner Pfeife herumzuzündeln. »So was verbessert die Lungenkapazität. Wissen Sie eigentlich, was genau beim Atmen passiert?«
»Na ja, ich weiß, dass die Lunge den Sauerstoff aus der Luft aufnimmt und in den Blutkreislauf abgibt«, sagte James. »Und das Blut transportiert ihn dann in alle unsere Muskeln.«
»Genau so ist es. Wichtig ist noch, dass die Lunge das Kohlendioxid aus dem Blut aufnimmt, das beim Ausatmen dann wieder in die Luft abgegeben wird. Wenn Sie zu schnell atmen, kommt zu viel Sauerstoff in Ihr Blut und Ihnen wird schwindelig; atmen Sie zu langsam, wird Ihr Körper träge. Ein Athlet muss es genau richtig machen, denn wenn die Muskulatur nicht ausreichend mit Sauerstoff versorgt wird, tut es richtig weh. Also, was ist, sehe ich Sie morgen auf der Laufbahn?«
»Ja, Sir . . . ähm, Sir?«
»Was ist?«
»Einige der Jungs behaupten, dass dieser Hellebore-Cup ein einziger Schwindel ist, Sir.«
»Ein Schwindel? Wie das?«
»Na ja, sie sind der Meinung, alles läuft von vorneherein nur darauf hinaus, dass George Hellebore gewinnt.«
Merriot lachte. »Das behaupten sie?«

»Einige der Jungs tun es, Sir.«

»Aber Sie nicht?« Merriot sah ihn amüsiert an und vergrub seine großen Hände in den Hosentaschen.

»Ist er so gut, Sir?«

»Oh, er ist ein recht passabler Läufer, das stimmt. Vielleicht nicht ganz die richtigen Beine für die Langstrecke, aber dieser neue Querfeldeinlauf durch den Park ist nur etwa fünf Meilen lang, daher stehen seine Chancen nicht schlecht. Und wie ich gehört habe, kann ihn im Wasser niemand schlagen. Was das Schießen anbelangt, kann ich ihn nicht richtig einschätzen. Aber um Ihre Frage zu beantworten: Wenn jemand den Hellebore-Cup gewinnen kann, dann wohl er.«

»Das ist doch dann nicht fair«, sagte James.

»Hör sich das einer an«, lachte Merriot. »Sie klingen wie ein Kommunist. Was bringt Sie auf die Idee, dass es in der Welt fair zugeht? Es ist das Privileg der Reichen, die Regeln zu bestimmen. Und unser Lord Hellebore ist einer der reichsten Väter an der Schule.«

»Aber das heißt doch noch lange nicht, dass –«

»Er spendet eine sehr ansehnliche Summe für Eton, Bond«, unterbrach ihn Merriot. »Dafür dass dieser Cup seinen Namen trägt. Da fließt viel Geld in die naturwissenschaftliche Ausstattung der Schule. Wenn mich nicht alles täuscht, nennt man so etwas: *Eine Hand wäscht die andere*. Sie werden mich nicht dazu bringen, das zu verurteilen. Tatsächlich finde ich diesen Wettkampf eine sehr gute Idee. Wie oft schon habe ich dem Direktor damit in den Ohren gelegen, endlich einmal alle die Sportler zu ermutigen, die nicht Cricket spielen, rudern oder etwas in der Art. Was das Schießen angeht, habe ich so meine Zweifel – ich finde, das ist eher etwas für das Korps. Trotzdem zolle ich Lord Hellebore Respekt. Ich nehme an, er will damit als einer von uns erscheinen. In Wahrheit bleibt er natürlich ein Amerikaner.«

»Was meinen Sie damit, Sir?«

»Oh, die Amerikaner sind schon tolle Kerle. Freundlich, mutig, gut gelaunt, energiegeladen . . . aber für sie zählt immer nur der Sieg. Ja, Siegen, das können sie.«

»Also glauben Sie, dass George den Cup gewinnen wird?«

»Wie ich schon sagte, seine Chancen stehen gut.« Sie traten gemeinsam hinaus auf die Straße. »Aber wir sollten uns nicht den Kopf darüber zerbrechen, wer den Cup gewinnt, meinen Sie nicht auch?«

»Oh . . .«

»Lassen Sie nicht gleich den Kopf hängen, Bond. Uns interessiert ausschließlich das Querfeldeinrennen.«

»Ich hoffe, ich schneide einigermaßen gut dabei ab, Sir.«

»Einigermaßen gut, Bond? Vergessen Sie es!«

James machte ein enttäuschtes Gesicht.

»Sie werden mehr als nur einigermaßen gut abschneiden«, sagte Mr Merriot lächelnd. »Sie werden das Rennen gewinnen, mein Junge.«

Fehlstart

»Ich komme aus einem Land, in dem kein Cricket gespielt wird, und ich gestehe, dass ich diese Sportart nicht verstehe.« Lord Hellebore hielt inne, die Hand theatralisch erhoben wie ein drittklassiger Schauspieler. »Um die Wahrheit zu sagen – die *Dry Bobs* unter Ihnen mögen es mir verzeihen –, ist dieses Spiel für uns Amerikaner nicht schnell und nicht hart genug . . .« Er lächelte und zeigte dabei seinen großen weißen Zähne.

Tommy Chong, der direkt neben James stand, stieß diesem in die Rippen und flüsterte, ohne die Mundwinkel zu verziehen: »George Hellebore hat nie mehr wieder Cricket gespielt, seit er bei seinem ersten Match von einem Ball getroffen wurde.«

James unterdrückte nur mit Mühe ein Lachen. Sie standen in der Nähe des Schießstandes und warteten darauf, dass der Wettkampf begann. Im letzten Moment war Lord Hellbore auf eine niedrige Mauer geklettert und hatte darauf bestanden, eine Ansprache zu halten.

Er schwadronierte lautstark vor sich hin, wobei ein kleiner Sprühregen aus seinem Mund auf die erste Reihe niederging. »Für mich liegt der Wert des Sports darin, aus einem Jungen einen Mann zu machen. Wettkämpfe machen stark und fit. Man sagt, dass die Schlacht von Waterloo auf den Spielfeldern von Eton gewonnen wurde. Nun, dann sollten wir gespannt kommenden Schlachten und Kriegen entgegensehen. Denn wir müssen einfach die Besten sein!« Bei diesen Worten riss er seine blassblauen Augen weit auf. Langsam glitt sein Blick über die Zuhörerschaft. »Die Welt da draußen ist unbarmherzig, und wenn ihr nicht darauf vorbereitet seid, zu kämpfen, werdet ihr sterben. Ja, sterben. Ich habe im Großen Krieg Dinge gesehen – Männer, deren Gedärme heraushingen, deren Haut verweste und sich grün verfärbte . . .«

James und Tommy sahen einander an. Worauf wollte Hellebore hinaus? Seine Rede passte wohl kaum zu einem Schulsportereignis. Aber der Lord war noch lange nicht fertig.

»Ich habe Männer gesehen, die ihr Augenlicht verloren hatten«, rief er, »Männer ohne Arme oder Beine. Ich stieg über Leichen wie über Trittsteine, um nicht im Morast zu waten, und dachte mir nichts dabei! Oh ja, einige der Männer verloren auf dem Schlachtfeld ihren Verstand. Aber ich nicht.«

»Darüber lässt sich streiten«, murmelte James und Tommy schnaubte vor Lachen.

Hellebore blickte in ihre Richtung, redete jedoch sofort weiter. »Das hat mir die Augen geöffnet. Zum ersten Mal erkannte ich klar und deutlich, wie die Dinge waren. Ich begriff, wie es in der Welt zuging. Ich verstand, dass man allein war im Leben und dass man alles tun musste, um sich bis an die Spitze emporzuarbeiten, wenn man nicht unter den Exkrementen der weniger starken Männer begraben werden wollte.«

Ein schockiertes Schweigen folgte seinen Worten. Vereinzelt wurde applaudiert. Dann rief Hellebore theatralisch: »Die Spiele sind eröffnet!«

Das Wetter war in den vergangenen Tagen umgeschlagen; die Sonne schien freundlich vom Himmel herab und es war wärmer geworden. Es war ein Samstag kurz vor Beginn der Halbjahresferien und es war eine ausgelassene Stimmung spürbar. Niemand außer Lord Hellebore nahm den Wettkampf übermäßig ernst.

James wartete am Schießstand, bis er an der Reihe war, genoss unterdessen den Sonnenschein und plauderte mit anderen Schülern. Pritpal und Tommy traten selbst zwar nicht an, waren jedoch gekommen, um James zu unterstützen. Tatsächlich machte keiner von James' Freunden bei dem Wettbewerb mit, seine Konkurrenten waren alle älter als er.

Nach einer Weile rief Captain Johns, der die Aufsicht über den Schießstand hatte, James' Namen auf, und James nahm das für ihn bereitliegende Gewehr in die Hand.

Anfangs war James noch nervös, doch bald fand er das Schießen aufregend. Er mochte den Kick, wenn er den Abzug durchzog und das Gewehr gegen seine Schulter schlug. Dann der laute Knall, der Geruch nach verbranntem Schießpulver, die erwartungsvolle Spannung, bis das Ergebnis verkündet wurde – die Freude, wenn er getroffen hatte, die Enttäuschung beim Fehlschuss.

»Nicht schlecht, Bond. Gar nicht so schlecht«, sagte Captain Johns, als er am Ende James die Zielscheibe reichte. »Das ist ein sehr respektables Ergebnis.«

»Anfängerglück«, sagte James.

»Was es auch ist, ich freue mich schon darauf, Sie zu unterrichten, wenn Sie dem Korps beitreten.«

Vom Schießstand drangen Lärm und aufgeregtes Geschrei zu ihm herüber. James drehte sich um und sah, dass George Hellebore an der Reihe war. Er lag auf dem Boden, das Gewehr im Anschlag, und zielte. Und natürlich feuerten seine Freunde ihn an. Captain John stapfte zu ihnen hin und ermahnte sie zur Ruhe.

James betrachtete den jungen Amerikaner, der wie ein professioneller Soldat dalag, registrierte die kräftigen Arme, das ordentlich gekämmte Haar. Er war beeindruckt davon, wie entspannt und selbstbewusst Hellebore das Gewehr in den Händen hielt. Beeindruckt, aber auch ein wenig beunruhigt. James fragte sich, wie viele unschuldige Kreaturen auf dem Landsitz des Lords bereits auf diese Weise ihr Leben gelassen hatten.

James hielt sich im Hintergrund. Bisher hatte er es geschafft, Hellebore nach dem Zwischenfall am Fluss aus dem Weg zu gehen, und er wollte nicht, dass der ihn ausgerechnet jetzt bemerkte.
Ein lauter Knall durchschnitt die Luft. Sofort lud Hellebore nach. Er hielt kurz inne, dann kniff er ein Auge zusammen und gleich darauf war ein zweiter lauter Knall zu hören. Er schoss insgesamt achtmal. Jede seiner Bewegungen strahlte Gelassenheit und Ruhe aus und erneut war James wider Willen beeindruckt.
Captain Johns brachte die Zielscheibe heran. Hellebores Freunde scharten sich um ihn, johlten und schlugen ihm anerkennend auf die Schulter. Offenbar hatte er genauso gut geschossen, wie sie es von ihm erwartet hatten. Umringt von seinen Speichelleckern, verließ Hellebore den Schießstand und nahm unterwegs die lautstarken Glückwünsche seiner Bewunderer entgegen, die sich im Glanz seines Erfolgs sonnten.
James gelang es nicht mehr rechtzeitig, in Deckung zu gehen, und als Hellebore an ihm vorbeikam, trafen sich ihre Blicke. Der Ausdruck in Hellebores Gesicht war der eines Menschen, der sich gerade Dreck von den Stiefeln kratzt. Dann glitt sein Blick an James vorbei hin zu seinem Vater. Der hünenhafte Mann strahlte voller Stolz. Als George vor ihm stand, packte der Vater ihn an den Schultern und schüttelte ihn überglücklich. Lord Hellebore war Mitglied der Jury und schien sich prächtig zu amüsieren. Der Einzige, der noch selbstzufriedener aussah als er, war sein Sohn George.
»Ich bezweifle, dass heute einer besser schießt«, sagte Captain Johns und griff nach dem Stapel Zielscheiben, der auf einem Tisch neben James lag. »Hellebore ist der beste Schütze der Schule und ohnehin . . .« Der Captain hielt inne und warf einen Blick auf die Trefferliste. »Ohnehin steht nur noch ein Teilnehmer aus. Andrew Carlton. Der ist allerdings so was wie eine un-

bekannte Größe. Ich habe ihn schon sehr lange nicht mehr hier auf dem Schießstand gesehen.«
Carlton war ein zurückhaltender blonder Junge in Hellebores Alter. Er war Champion der *Dry Bobs* und Held des Ruderteams. Stets sah man ihn unermüdlich den Fluss hinauf- und hinabrudern. Er war ein kraftvoller, athletischer Schüler und hatte das Zeug zum Alleskönner. Aber er hatte sich dazu entschlossen, nur auf eine Sportart zu setzen. Sein Vater war in seiner Jugend Mannschaftskapitän der Ruderer gewesen und hatte viele Rennen in Cambridge gewonnen, daher wurden von dem jungen Andrew selbstverständlich ebenfalls nur Höchstleistungen erwartet.
»Viel Glück, Carlton«, sagte James, als der ältere Junge an ihm vorbeiging.
»Danke«, sagte Carlton freundlich lächelnd. »Das werde ich brauchen. Ich wollte eigentlich gar nicht mitmachen. Habe mich erst in allerletzter Minute angemeldet. Dachte, es könnte ein Spaß werden. Ach übrigens, ich habe dich am Schießstand beobachtet. Nicht schlecht für einen Grünschnabel.«
Carlton ergriff sein Gewehr und nahm seine Position ein.
Nach den ersten Schüssen war klar, dass er ein exzellenter Schütze war.
Schweigen senkte sich über Schüler und Lehrer. Irgendjemand schien George Hellebore informiert zu haben, denn er kam herbei, drängte sich durch die Zuschauer bis ganz nach vorn und stand dann mit ausdruckslosem Gesicht da.
Gerade gab Carlton seinen letzten Schuss ab. Captain Johns eilte zur Zielscheibe hin. Er betrachtete sie eine Zeit lang und rief dann einige Lehrer herbei, um sie zu Rate zu ziehen. Schließlich nickten alle einvernehmlich und Captain Johns trat vor, um die Platzierungen vorzulesen.
James hatte es nicht bis unter die ersten Fünf geschafft, belegte

jedoch immerhin einen respektablen siebten Platz. Da er in den vergangenen drei Jahren kein Gewehr mehr in der Hand gehalten hatte, konnte er mit dem Resultat wahrhaftig zufrieden sein. Doch die größte Überraschung war, dass Hellebore und Carlton punktgleich bewertet worden waren und beide den ersten Platz belegten.

Als die Ergebnisse verkündet wurden, sah James hinüber zu Lord Hellebore, doch dessen Gesicht blieb ausdruckslos.

Seinem Sohn gelang das allerdings nicht so gut. »Beim Schwimmen krieg ich dich!«, rief er Carlton zu. Er versuchte, es wie einen Spaß klingen zu lassen, aber James kannte ihn inzwischen gut genug, um zu wissen, dass George in seiner Verzweiflung alles daran setzen würde, Carlton zu schlagen.

James sah, wie Lord Hellebore seinen Sohn zu sich winkte und von den anderen wegführte. Neugierig geworden, folgte er ihnen, achtete jedoch darauf, genug Abstand zu halten. Die ganze Zeit über redete Hellebore aufgeregt auf George ein, der immer nur mit dem Kopf nickte. Zuletzt packte Hellebore George am Kinn und beugte sich ganz nah zu ihm herab. Sein Gesichtsausdruck war so unerbittlich, dass George ganz verängstigt wirkte.

James erinnerte sich daran, wie er Randolph Hellebores Atem in seinem Gesicht gespürt hatte, und fühlte beinahe Mitleid mit George. Dann geschah etwas sehr Seltsames. Hellebore zog ein kleines Glasfläschchen aus der Jackentasche, schaute sich rasch vorsichtig um, ob jemand ihn beobachtete, und ließ einige Pillen in seine Handfläche fallen. George protestierte und wollte weggehen, aber Randolph Hellebore schüttelte ihn kurz und drückte ihm dann die Pillen in die Hand. Gehorsam schluckte sie George und kehrte dann zu seinen Freunden zurück.

James hatte keine Zeit, über das, was er gerade gesehen hatte, nachzudenken, denn nun wurden alle gebeten den Schießstand zu verlassen und sich für den zweiten Wettkampf des Tages –

das Schwimmen – durch die Stadt hinunter zum Fluss zu begeben.

Unterwegs fand James sich Seite an Seite mit Carlton wieder.

»Das war ziemlich gut«, sagte er und Carlton grinste.

»Ich war im Sommer in einem Camp, das von der Armee geführt wurde«, sagte er. »Wir machten dort auch Schießübungen. Aber ich bin selbst überrascht, wie gut ich heute abgeschnitten habe.«

»Ich glaube, du hast Hellebore einen gehörigen Schrecken eingejagt.«

»Ach, ich weiß nicht, er ist ein ausgezeichneter Schwimmer.«

Später, als sie sich in der Umkleidehütte umzogen und Carlton bereits ohne Hemd dastand, sah James, wie muskulös er war. Alle Ruderer waren auch gute Schwimmer – man durfte ohnehin nur mitmachen, wenn man eine Schwimmprüfung bestanden hatte –, aber wie gut Carlton tatsächlich war, wusste niemand so genau.

An einer ruhigen Stelle des Flusses hatte man Flöße festgemacht, die als Startblöcke dienten. Die Teilnehmer mussten zuerst flussabwärts schwimmen, eine Markierung umrunden und anschließend wieder zurückkehren, dann allerdings gegen die Strömung. Es war eine echte Herausforderung und ein oder zwei Teilnehmer gaben sofort auf, als sie hörten, was von ihnen verlangt wurde.

Wie schwer es tatsächlich war, merkte James erst, als er sich auf sein erstes Wettschwimmen einließ. Das Wasser war ein klein wenig wärmer als die Tage zuvor, doch noch immer blieb einem beinahe die Luft weg, wenn man hineinsprang. Flussabwärts bis zur Markierung zu schwimmen war leicht, der Rückweg jedoch war mörderisch. Manchmal hatte man das Gefühl, überhaupt nicht vorwärts zu kommen, und wenn die Schwimmer schließlich an den Flößen anschlugen, waren sie völlig erschöpft und rangen nach Atem.

Carlton war in der ersten Startergruppe. Mit gut zehn Fuß Vorsprung ging er als Erster durchs Ziel. Im zweiten Durchlauf siegte Hellebore mit beinahe doppelt so großem Abstand und ging daher als Favorit in die nächste Runde. James gelang ein guter Start und er wurde Dritter in seiner Gruppe, beim zweiten Durchgang blieb er allerdings hinter den älteren Schülern zurück und wurde lediglich Vierter.

Im Finale traten acht Jungen an, wobei vier von ihnen klare Favoriten waren: Hellebore, Carlton, Gellward und Forster. Gellward war ein stämmiger, breitschultriger Bursche und Forster war von allen Wettkampfteilnehmern der Älteste. Der Älteste und auch der Größte. Er war ein kräftiger, lauter Kerl mit einer gespenstisch blassen Haut und einem wirren schwarzen Haarschopf. Entweder er lachte dröhnend oder er schäumte vor Wut, dazwischen schien es bei ihm nichts zu geben.

Die Schwimmer bezogen ihre Plätze auf den Flößen und Croaker stand mit seiner Trillerpfeife bereit. Am Ufer hatte sich eine lärmende Zuschauerschar eingefunden. Croaker bat um Ruhe, aber niemand achtete auf ihn. Im Verlauf des Tages war die Stimmung immer ausgelassener geworden.

James, dessen Hemd am nassen Rücken klebte und dessen Haar noch feucht war, gesellte sich zu Pritpal, Tommy, Leo Butcher und Freddie Meyer, die auf einer Bank saßen.

»Pech gehabt«, sagte Pritpal.

»Macht nichts«, erwiderte James. »Ich bin ohnehin nicht davon ausgegangen, den Cup zu gewinnen. Mir geht es nur darum, beim Querfeldeinrennen gut abzuschneiden.«

Da rief Croaker auch schon: »Auf die Plätze, fertig . . .« Noch bevor er »Los!« sagen konnte, stieß ein Witzbold unter den Zuschauern einen lauten Pfiff aus und drei der Wettkämpfer sprangen voreilig in den Fluss. Das Gelächter unter den Schülern war groß, die meisten Lehrer machten jedoch finstere Mienen. James bemerkte allerdings, dass einige von ihnen, darunter auch Mr Merriot, insgeheim ein Lächeln unterdrückten.

Lord Hellebore war wütend. »Das reicht!«, brüllte er. »Etwas mehr Ernst, wenn ich bitten darf!«

Einer der drei beschämt aus dem Wasser steigenden Jungen war George. Er schüttelte den Kopf und lachte gezwungen. Auch wenn es nur ein Scherz gewesen war, zählte es dennoch als Fehlstart, daher machte sich eine leichte Nervosität unter den Schwimmern breit.

James beobachtete Carlton und Hellebore. Carlton stand ganz entspannt da, er schien auch diese Disziplin mit der gleichen Gelassenheit anzugehen wie das Schießen. Er nahm ausschließlich zum Vergnügen an dem Turnier teil und machte sich keine Hoffnungen auf einen Sieg. Hellebore hingegen war das Lachen sofort vergangen. Jetzt stand er in gebückter Haltung da, angespannt bis zum Äußersten, und starrte mit grimmiger Miene in das schiefergraue Wasser.

Von Lässigkeit war bei ihm nichts mehr zu spüren, er hatte die Kiefer zusammengepresst und wirkte verkrampft. James fragte sich, welchen Wirkstoff die Pillen wohl enthalten hatten.

»Auf die Plätze, fertig . . . los!«

Ein Raunen ging durch die Menge. Hellebore hatte schon wieder einen Fehlstart hingelegt. Er war so darauf versessen gewesen, von Anfang an in Führung zu gehen, dass er zu früh losgesprungen war. Einen Moment herrschte verblüfftes Schweigen, dann fingen einige Jungen an zu kichern, aber Hellebore kletterte ans Ufer und sah so zornig aus, dass sie rasch verstummten. James richtete seine Aufmerksamkeit auf Randolph Hellebore, der bei den anderen Wettkampfrichtern neben den Flößen stand. Seine Miene hatte sich verdüstert; er saß mit zusammengepressten Lippen da, zeigte ansonsten jedoch keine Regung.

»Los jetzt, Jungs«, sagte Mr Merriot. »Konzentration bitte! Ein

weiterer Fehlstart, Hellebore, und Sie sind raus aus dem Rennen.«
Hellebore warf ihm einen säuerlichen Blick zu. Er wollte nicht auch noch daran erinnert werden.
Die Spannung schien inzwischen mit Händen greifbar. James schlug das Herz bis zum Hals. Der Druck, der auf Hellebore lastete, musste schier unerträglich sein.
»Auf die Plätze . . . fertig . . .«
James konnte es nicht fassen. Gellward hechtete noch vor dem Pfiff ins Wasser und Hellebore sprang in Panik hinterher. Als er wieder auftauchte, schlug er mit den Fäusten auf die Wasseroberfläche und fluchte vor sich hin. Trotz allem tat er James Leid. Er hatte um jeden Preis gewinnen wollen und jetzt hatte er das Wettschwimmen verloren.
Randolph Hellebore hatte den Blick abgewendet, doch als Croaker auf die Jury zumarschierte, drehte er sich wieder um. Die Kampfrichter steckten die Köpfe zusammen und diskutierten hitzig. Mr Merriot bemühte sich die Gesprächsleitung zu übernehmen, aber der wütende Lord ließ keine andere Meinung außer seiner gelten. Am Ende hieb er mit der Faust auf die Bank und die Diskussion war beendet. Mr Merriot erhob sich. Er musste sich anstrengen, um das Rauschen des Flusses und die lauten Stimmen der Zuschauer zu übertönen.
»Wir haben folgende Übereinkunft erzielt: Obwohl Hellebore drei Fehlstarts verursacht hat und aus diesem Grund eigentlich disqualifiziert werden müsste, hat die Jury entschieden, dass der erste Fehlstart nicht gezählt wird, da er von einem noch unbekannten Schüler aus dem Publikum verursacht wurde. Auch wenn dem Schwimmer der verfrühte Start nicht als Fehler anzulasten ist, muss er mit einer Strafzeit von zehn Sekunden geahndet werden. Beim ersten Pfiff werden alle anderen Schwimmer starten, beim zweiten Hellebore.«

Ein Raunen ging durch die Reihen der Zuschauer. Alle redeten durcheinander – wobei einige Schüler die Entscheidung befürworteten, andere sie ablehnten –, bis schließlich Merriot um Ruhe bat und Croaker sich bereitmachte für den Startpfiff.

Natürlich hatten die Jungen inzwischen so große Angst vor einem erneuten Fehlstart, dass sie sich alle zurückhielten und beim ersten Pfiff erst mit einiger Verzögerung lossprangen. Auch Hellebore wartete, bis der zweite Pfiff beinahe verklungen war, bevor er ins Wasser hechtete und mit Höchstgeschwindigkeit die Verfolgung aufnahm.

Er war fraglos ein großartiger Schwimmer. Mit kraftvollen Kraulzügen überholte er zunächst einen und gleich darauf einen weiteren Konkurrenten. Als er die Markierung umrundete, hatte er bereits die Führenden eingeholt und es sah ganz danach aus, als würde es zu einem knappen Schlussspurt kommen. Es bestand kein Zweifel: Ohne die Strafzeit hätte Hellebore das Rennen überlegen gewonnen, doch jetzt fiel die Entscheidung zwischen ihm, Carlton und Forster, dem großen Jungen mit den Locken. Alle drei kämpften verzweifelt gegen die starke Strömung der Themse.

»Komm schon, Hellebore! Schneller, Carlton! Forster! Forster!«

Das Gebrüll der Zuschauer war ohrenbetäubend.

Auch James stimmte mit ein und feuerte lautstark Carlton an. Aber Carlton zeigte Anzeichen von Ermüdung und fiel zurück. Hellebore lag gleichauf mit ihm und war nun direkt hinter Forster. Forster musste das gespürt haben, denn er machte noch einmal Tempo und schlug den Bruchteil einer Sekunde vor den beiden anderen am Floß an.

Forster hatte also gewonnen, aber wer war Zweiter? Gespanntes Schweigen legte sich über die Zuschauer.

Einer der Kampfrichter, Mr Warburton, hatte sich an den Rand des Floßes gekniet, um den Endspurt mitzuverfolgen. Jetzt stand er auf. Sein Gesicht war aschfahl. Er strich die Hosenbeine glatt und eilte nervös zu den anderen Jurymitgliedern, unter ihnen auch Lord Hellebore, der starr wie eine riesige Bronzestatue dasaß und wartete.

Mr Warburton sagte etwas und Lord Hellebore riss die Augen weit auf. Dann erhob er sich.

»Erster Platz: Lawrence Forster«, verkündete er widerwillig. »Zweiter Platz . . .« Er ließ seinen Blick über das erwartungsvoll lauschende Publikum schweifen. »Andrew Carlton.«

Die restlichen Worte gingen unter in dem Tumult, der nun losbrach. Niemand hatte vorhergesehen, dass der Wettkampf so enorm spannend werden würde und man mit Carlton einen neuen Schulhelden feiern konnte.

Das Gespräch beim Mittagessen im Codrose-Haus drehte sich natürlich um die Ereignisse des Vormittags: Carltons überraschend gutes Abschneiden beim Schießen, Hellebores Fehlstarts und Forsters Sieg beim Schwimmen. Spekulationen machten die Runde und man fragte sich, wie wohl das Querfeldeinrennen ausgehen würde.

Pritpal hatte sich die Wertung ganz genau angesehen. Nach jeder Disziplin wurde unter den Schülern viel über die Punkteverteilung diskutiert und darüber, wer die besten Chancen hatte. Um sicherzugehen, dass es einen eindeutigen Sieger gab, hatte man ein furchtbar kompliziertes Bewertungssystem entwickelt. Pritpal war einer der wenigen, die es tatsächlich durchschauten.

»Wie wir alle wissen«, sagte er und schob seinen Teller beiseite, »hat Forster zwar das Schwimmen gewonnen, aber trotzdem fällt die Entscheidung zwischen Carlton und Hellebore. Die Sache ist ziemlich knapp. Hellebores Schlappe beim Schwimmen hat ihn viele Punkte gekostet.«

»Heißt das, wer von den beiden den anderen beim Querfeldeinlauf schlägt, gewinnt auch den Cup?«, fragte Tommy.
»Nicht unbedingt«, sagte Pritpal. »Wenn Carlton Hellebore schlägt, ist er ganz klar der Sieger. Für Hellebore ist die Sache komplizierter.«
»Was meinst du damit?«, fragte James.
»Gesetzt den Fall, Carlton kommt unter die ersten drei, muss Hellebore den Lauf gewinnen, um den Cup zu kriegen.«
»Mit anderen Worten: Nur wenn Hellebore Erster wird, hat er noch eine Chance?«
»Genau so ist es. Ich vermute jedoch, dass er Carlton schlagen kann. Bleibst nur noch du, James. Was ist, kannst du es schaffen?«
»Ich weiß nicht«, sagte James. Er schob sich einen Löffel von Codroses geschmackloser Pampe in den Mund und dachte darüber nach. Er bemühte sich so viel wie möglich zu essen, damit er genug Kraft für das Rennen hatte, aber das Essen war so scheußlich wie immer: Geflügelpastete aus zähem Hühnerfleisch umhüllt von einem gummiartigen grauen Teig, eine Portion steinharte Erbsen, die bereits Altertumswert hatte, und matschig gekochte Kartoffeln.
James beschloss, kein Mitleid mehr mit Hellebore zu haben. Nach dem Schwimmwettkampf, umringt von seiner Gang, hatte George sich so widerlich verhalten wie eh und je. Er war in der Schule umhergerannt, hatte sich lauthals beschwert, Leute bedroht und sich wie ein verzogenes Kind benommen. Vielleicht war das Rennen ja die Gelegenheit, die Sache zwischen ihnen beiden ein für alle Mal zu klären.
»Ich weiß nicht, ob ich ihn schlagen kann oder nicht«, sagte James schließlich. »Ich werde es jedenfalls versuchen. Hellebore und ich haben noch ein Hühnchen miteinander zu rupfen.«

Das Rennen

Die ungefähr vierzig Jungen, die bei dem Turnier angetreten waren, hatten sich zu Grüppchen zusammengefunden und warteten auf den Beginn des Querfeldeinlaufs. Es war ein warmer Nachmittag und James hoffte, dass ihn die unbekömmliche Mahlzeit, die schwer in seinem Magen lag, nicht träge machen würde. Eine Weile lief er auf der Stelle, um seinen Blutkreislauf anzukurbeln und die Muskulatur aufzuwärmen. Er brannte darauf, dass es endlich losging. So ähnlich musste sich George Hellebore gefühlt haben, als er am Fluss auf den Startpfiff gewartet hatte.

Hellebore. Wie ihm jetzt wohl zu Mute war? Bestimmt hatte er fest darauf gesetzt, beim Schießen und Schwimmen in Führung zu gehen, sodass er beim Laufen nur eine halbwegs gute Platzierung gebraucht hätte. Nun aber musste er diesen letzten Wettkampf unter allen Umständen gewinnen, um noch Sieger zu werden.

James hielt das lange Warten fast nicht mehr aus. Er beschloss, Dehnübungen zu machen, aber als er sich umdrehte, um sie etwas abseits von den anderen auszuführen, stieß er mit Lord Hellebore zusammen.

»Nicht so hastig, junger Mann«, sagte dieser. »Wohl ein wenig übereifrig, was?«

»Tut mir Leid«, entschuldigte sich James. Er schaute empor in das gebräunte Gesicht mit der glänzenden Haut und dem ausladenden Schnurrbart. Erneut wurde er sich des seltsam animalischen Geruchs und der Wärme bewusst, die Hellebore ausstrahlte.

Lord Hellebore sah ihn an, wie eine Schlange ihre Beute betrachtet, bevor sie zustößt. »Sie kenne ich doch, nicht wahr?«, sagte er.
»Ich bin James Bond . . . Andrew Bonds Sohn.«
»Ah ja.« Randolphs Gesicht hellte sich auf, um sich gleich darauf zu verdüstern. »Sie haben mir einen Kinnhaken verpasst.«
»Ja . . .«
Hellebore machte einen Schwinger in James' Richtung, so als wolle er ihm einen Haken gegen die Zähne versetzen, hielt aber im letzten Augenblick inne und grinste. Und wieder fiel James die seltsame Wildheit auf, die manchmal in den Augen des Lords aufzuckte. Es war die gleiche Wildheit, die sein Sohn noch nicht zu kontrollieren oder zu verbergen gelernt hatte. Randolph Hellebore konnte sie verbergen und doch hatte James schon einmal einen Schimmer maßlosen Zorns in ihm aufblitzen sehen. James fragte sich, was passieren musste, damit dieses verzehrende Feuer zum Ausbruch kam.
»Nehmen Sie Ihren Platz ein, mein Junge«, sagte Hellebore.
Erleichtert eilte James zu den anderen Teilnehmern und stellte sich neben Carlton.
»Hast du schon die Neuigkeiten gehört?«, fragte der ihn sofort.
»Welche Neuigkeiten?«, erwiderte James und holte tief Luft, um Hellebores Geruch loszuwerden.
»Während der Mittagspause sind bei den Streckenposten einige Veränderungen vorgenommen worden.«
Diese Posten waren Schüler, die an strategischen Stellen entlang der Rennstrecke verteilt waren, um ein Auge auf die Läufer zu haben. Ihre Aufgabe bestand darin, sicherzustellen, dass niemand sich verlief oder von dem vorgegebenen Streckenverlauf abwich.
»Was für Veränderungen?«, fragte James.
»Einige der Streckenposten wurden durch Hellebores Freunde ersetzt.«

»Ist das wahr?« Einen Moment lang kreisten James' Gedanken einmal nicht nur um den bevorstehenden Lauf; stattdessen überlegte er, was diese Nachricht zu bedeuten hatte. »Wie viele denn?«

»Na, es sind schon einige«, sagte Carlton. »Unter anderem natürlich Sedgepole, Wallace und Pruitt.«

»Das gefällt mir nicht«, sagte James. »Andererseits würde Hellebore es doch gewiss nicht wagen, zu betrügen?«

»Darauf würde ich nicht wetten«, sagte Carlton. »Er fürchtet sich mehr vor seinem Vater als vor irgendetwas sonst. Stell dir mal vor, er verliert . . .«

James betrachtete die große Gestalt von Lord Randolph Hellebore und dachte an den irren Ausdruck seiner Augen. Dann fiel ihm sein eigener Vater ein: ein ruhiger, ernsthafter und zurückhaltender Mann. Als er noch jünger war, hatte James sich manchmal ein wenig vor ihm gefürchtet, aber er konnte sich beim besten Willen nicht vorstellen, wie es sein musste, einen Vater wie Randolph Hellebore zu haben.

Mr Merriot schlenderte von Junge zu Junge und sprach allen Mut zu. Schließlich kam er auch zu James.

»Bereit, Bond?«

»Ja, Sir. So bereit ich eben sein kann.«

»Geben Sie einfach Ihr Bestes . . .« Merriot lächelte. »Viel Glück. Und denken Sie daran, Ihre Kraft einzuteilen. Es ist ein langes Rennen.«

»Ich weiß, Sir.«

»Ich weiß, dass Sie das wissen«, sagte Merriot und ging weiter, um mit anderen Schülern zu plaudern.

Es war das erste Mal, dass ein solches Querfeldeinrennen im *Windsor Great Park* veranstaltet wurde. Eine große Zahl lautstarker Zuschauer hatte sich entlang der Strecke postiert und wartete darauf, die Läufer anzufeuern. Aber James wusste genau:

Wenn das Rennen erst einmal lief, würde er nichts mehr davon wahrnehmen. Der Lauf erstreckte sich über fünf Meilen, begann und endete auf offenem Feld und führte im eigentlichen Teil des Rennens auf und ab durch bewaldetes Hügelgelände.
Lord Hellebore ließ es sich nicht nehmen, höchstpersönlich den Startschuss zu geben. Und wieder konnte er es sich nicht verkneifen, vorher ein paar Worte zu sprechen.
»Sport macht aus einem Jungen einen Mann. Er bereitet ihn auf das Leben vor. Deshalb lauft jetzt los, lauft so schnell und so ausdauernd ihr könnt. Und wenn ihr glaubt, dass eure Füße euch nicht mehr länger tragen, dann sagt zu euch selbst: Ich schaffe es, ich laufe weiter, ich will gewinnen – auch wenn es am Ende natürlich nur einen einzigen Sieger geben kann.«
James war sich nicht sicher, ob auch die anderen es bemerkt hatten, aber als Lord Hellebore dies sagte, blickte er für einen kurzen Moment zu seinem Sohn hin, dessen Lippen sich zu einem listigen Grinsen verzogen.
»Und jetzt nehmen Sie Ihre Plätze ein«, rief Lord Hellebore mit dröhnender Stimme. Stille breitete sich unter den in einem Pulk beieinander stehenden Teilnehmern aus.
»Auf die Plätze . . . fertig . . .«
Peng!
Er feuerte die Startpistole ab und die Teilnehmer rannten in einem ungeordneten Haufen los, wobei jeder die beste Position zu ergattern versuchte. Die Zuschauer schrien und pfiffen, doch recht bald ließen die Läufer den Lärm hinter sich.
James hielt sich zurück und reihte sich ganz außen ein, wo am meisten Platz war. Es war ein langes Rennen, er hatte diese Distanz oft geübt und wusste, dass er nicht vorzeitig ermüden durfte. Training war allerdings das eine – der Wettkampf etwas ganz anderes. In einem echten Rennen gab es viele Unwägbarkeiten: flatternde Nerven, die Anspannung und Aufregung, die anderen

Läufer, das Wetter, die Bedingungen der Laufstrecke . . . James wäre ein kühlerer Tag lieber gewesen, aber das Wetter betraf sie alle gleichermaßen und niemand hatte einen Vorteil davon. In den vergangenen Wochen hatte es häufig geregnet, daher war der Untergrund aufgeweicht, was das Laufen erschwerte, aber zumindest fühlte sich der Boden unter den Füßen weich und federnd an.

Bereits nach einigen Minuten brach das Feld auf; die schwächeren Läufer fielen zurück und eine kleine Gruppe setzte sich an die Spitze. James beschleunigte sein Tempo, überholte mehrere Bummelanten und lief zur führenden Gruppe auf. Er entdeckte Carlton und Hellebore, die sich an die Spitze gesetzt hatten, ebenso Gellward und Forster und noch ein paar ältere Schüler, von denen einige bereits erste Anzeichen von Erschöpfung zeigten und zu keuchen anfingen.

James checkte im Geiste seinen Körper durch, fast wie ein Beobachter von außen, und stellte zufrieden fest, dass es ihm gut ging, dass er locker lief und noch genügend Reserven hatte. Bis jetzt verlief das Rennen nach Plan.

Als sie den ersten größeren Hügel erreichten, verlangsamten zwei oder drei der Führenden das Tempo und fielen zurück. Ihre Schwäche ermutigte James. Er bohrte die Füße in den weichen Untergrund und flog geradezu den Hügel hinauf. Als es auf der anderen Seite wieder abwärts ging, zog sich das Feld noch weiter auseinander, sodass die Spitzengruppe nun klar umrissen war. James achtete auf seine Schritte, bemühte sich gleichmäßig zu laufen und strengte sich nur so weit an, dass er sich nicht verausgabte. Seit dem Wettschwimmen gegen Butcher hatte der pausbäckige Tubabläser täglich mit ihm Atemübungen gemacht. James stellte sich bildlich vor, wie seine Lungenflügel sich weiteten und zusammenzogen wie eine mechanische Pumpe, sanft und gleichmäßig, wie sie sich langsam mit Luft füllten und den

kostbaren Sauerstoff aufnahmen, um dann das verbrauchte Gas langsam auszustoßen.
Schließlich aber half es nichts: Auch bei ihm zeigten sich die ersten Zeichen von Überanstrengung. Seine Kehle war rau und sein Herz hämmerte in der Brust wie ein Schmied am Amboss. Das Blut pumpte durch seine hungrigen, gequälten Muskeln, aber in gewisser Weise fühlte er sich trotz des Schmerzes gut. Er war ganz auf sich allein gestellt, lief ebenso sehr gegen sich selbst wie gegen seine Konkurrenten.
Sie erreichten den zweiten Hügel, den sie ohne Zwischenfall bewältigten, und dann den dritten und zugleich größten: *Parson's Hill*. Der Anstieg war anstrengend, denn der Pfad wand sich zwischen Bäumen hindurch und wurde immer steiler. James musste kürzere Schritte machen und er spürte, wie die Belastung an seinem Körper zehrte. Doch es war ihm egal, er wusste, er würde es aushalten. Bestimmt würde er besser damit zurechtkommen als Gellward, hinter dem er eine Zeit lang gelaufen war und den er als Tempovorgabe benutzt hatte. Auf halber Höhe war der untersetzte Junge plötzlich vornüber gebeugt stehen geblieben und hatte sich die Seiten gehalten und nach Luft geschnappt. James war an ihm vorbeigezogen und sogar ein wenig schneller gelaufen, um zum nächsten Läufer aufzuschließen.
Es gab ein kurzes, flaches Teilstück auf dem Hügelgrat, dem ein Abstieg folgte, der noch steiler war als der Aufstieg. Zwei Streckenposten standen hier und zählten die Teilnehmer. Es waren Sedgepole und Pruitt. James dachte sich nichts dabei, sondern konzentrierte sich ganz auf seinen Lauf.
Die Spitze von *Parson's Hill* markierte zugleich die Hälfte der Strecke. Von nun an würde es richtig hart werden. Der Pfad war bedeckt mit lockerem Kies und Steinen, die die vorderen Läufer losgetreten hatten. James musste sehr aufpassen, um nicht den Halt zu verlieren, und er war ausschließlich damit beschäftigt,

auf seine Füße zu schauen. Bei der verrückten Jagd bergab verlor er die Übersicht über die anderen Läufer, nur einmal sah er einen Jungen stolpern und ins Gebüsch schliddern. Sofort wurde James langsamer; nicht auszudenken, wenn er durch eigene, dumme Achtlosigkeit aus dem Rennen fallen würde. Doch er schaffte den Abstieg ohne Missgeschick und zog mit der führenden Gruppe gleichauf.

Erst jetzt nahm er sich die Zeit, einen Blick auf seine Konkurrenten zu werfen. Da waren Carlton und Forster, aber wo war Hellebore? Was war in dem hügeligen Gelände mit ihm passiert? James drehte sich um und hielt nach ihm Ausschau. Gellward hatte sich an die Spitze einer kleineren Verfolgergruppe gesetzt. Vielleicht war Hellebore mit dabei? Die Läufer waren allerdings zu weit weg, als dass man einzelne Personen ausmachen konnte ... Oder war es möglich, dass Hellebore tatsächlich ganz vorne lief? Was, wenn er im Alleingang vorweggestürmt war?

James wusste, dass sie den schwierigsten Teil der Strecke hinter sich hatten, daher konnte er es riskieren, das Tempo ein wenig anzuziehen. Also quälte er sich voran, zog an schwer atmenden Läufern vorbei, bis er Carlton erreicht hatte. Der drehte den Kopf zur Seite und schnitt eine Grimasse, die besagen sollte: Das ist eine echte Schinderei, nicht wahr?

»Hast du Hellebore gesehen?«, keuchte James.

Carlton schüttelte den Kopf.

»Ist irgendeiner vor uns?«, fragte James.

»Bin nicht sicher«, stieß Carlton hervor. »Denke nicht.«

Es gab nur einen Weg, es herauszufinden. James beschleunigte seine Schritte noch mehr und bald ließ er die anderen hinter sich. Jetzt war er ganz allein auf sich gestellt. Er rannte schneller, als er es eigentlich geplant hatte. Und dass, obwohl er sich eine Kraftreserve aufsparen musste für die lange, gerade Schlussetappe bis zur Ziellinie. Aber wo war Hellebore? James

verfluchte sich, dass er nicht genauer auf die anderen Läufer geachtet hatte.
Keuchend rannte er den nächsten, gnädigerweise nicht ganz so steilen Hügel hoch. An dieser Stelle beschrieb der Pfad einen weiten Bogen und seit *Parson's Hill* verlief die Laufstrecke parallel zu einem langen, hohen Hügelkamm. Plötzlich sah James, wie sich etwas rechts hinter den Büschen bewegte. Etwas Weißes blitzte auf, dann war es auch schon verschwunden. Hatte er gerade einen Jungen gesehen? War es ein anderer Läufer gewesen? Gewiss nicht. Bestimmt hatte er sich das nur eingebildet.
Mit hohem Tempo nahm James eine enge Wegbiegung, die auf beiden Seiten von einer steilen Böschung begrenzt wurde. Und da sah er ihn. Direkt vor ihm lief Hellebore! Aber wie war das möglich, dass er, James, ihn so rasch eingeholt hatte? Wenn George bereits vorher diesen Weg gelaufen wäre, hätte James ihn doch viel früher sehen müssen.
Es gab nur eine Erklärung.
Hellebore hatte betrogen und eine Abkürzung genommen, statt den steilen Abstieg von *Parson's Hill* zu wagen. Er hatte sich heimlich seitwärts in die Büsche geschlagen, als die anderen Läufer sich abmühten, nicht den Abhang hinunterzurutschen, und nicht auf ihn achteten. James trat auf heruntergefallene Zweige und Fallholz. Das laute Knacken machte Hellebore auf ihn aufmerksam. Der Amerikaner drehte sich um und wirkte sehr überrascht, dass James unmittelbar hinter ihm war.
In geringer Entfernung sah James einen Streckenposten stehen. Wenn Hellebore tatsächlich eine Abkürzung genommen hatte, musste der Junge das mitgekriegt haben. Beim Näherkommen stellte James zu seiner Enttäuschung fest, dass es sich um Wallace handelte. Zufrieden grinsend stand er da und kratzte sich an seinem großen, quadratischen Kopf.
Plötzlich blieb Hellebore stehen und presste die Hand auf die Brust.

James drosselte das Tempo.
»Alles okay mit dir?«, rief er.
»Stiche«, japste Hellebore. »Es geht gleich wieder.«
James rannte weiter. Falls Hellebore getrickst hatte, war er nicht sehr weit damit gekommen. James grinste, aber seine Freude währte nur kurz. Er hatte bei seinem Vorpreschen viel Energie verbraucht und jetzt fühlte er sich völlig ausgelaugt. Sein Körper, der vor kurzem noch beinahe schwerelos gewesen war, kam ihm jetzt wie totes Gewicht vor. Aber was spielte das schon für eine Rolle? Immerhin lag er in Führung. Er konnte es ruhig etwas langsamer angehen lassen, denn alle anderen kamen nach ihm und Hellebore hatte, wie es schien, ganz aufgegeben.
James machte lange, leichte Schritte. Als er das dichte, hohe Geäst hinter sich ließ und zu einer kleinen Lichtung kam, spürte er die warme Sonne auf seinem Rücken. Die Blätter der Bäume funkelten leuchtend gelb und golden und der Himmel über ihm erstrahlte in einem wunderschönen klaren Blau. Er streckte sein Gesicht empor und atmete die samtweiche Luft ein . . . Da sah er es wieder: etwas Weißes, das ganz kurz aufblitzte. James blieb stehen und spähte zwischen die Bäume.
Es war Hellebore! Schon wieder hatte er abgekürzt. Der Pfad machte an dieser Stelle einen weiten Bogen um eine Anhöhe herum, aber Hellebore war mitten durch das Unterholz gepflügt und hatte sich die große Kurve gespart. Also hatte er nur so getan, als hätte er Seitenstechen. In Wirklichkeit sollte James nur nicht mitbekommen, wie er den vorgeschriebenen Weg verließ. Der Einzige, der Bescheid wusste, war Wallace.
James dachte nach. Was sollte er jetzt tun? Der Ehrenkodex der Schule verbot es ihm, Hellebore ohne Beweis des Betrugs zu bezichtigen. Der einzige Zeuge war Wallace und der würde alles leugnen.
Verdammt. Es war nicht fair.

James drehte sich um und rannte den Weg zurück. Es dauerte nicht lange und er sah Carlton, der ganz allein lief. James wartete auf ihn. Carlton wurde langsamer, blieb dann dankbar neben James stehen und stützte sich mit den Händen auf den Knien ab.
»Was ist los?«, fragte er mit heiserer Stimme.
»Es geht um Hellebore«, sagte James. »Er betrügt. Ich habe gesehen, wie er den Hügel hinunter eine Abkürzung genommen hat.«
»Typisch.« Carlton streckte sich und blickte suchend zwischen die Bäume. »Er will um alles in der Welt gewinnen, ganz gleich, wie. Also ist die Sache gelaufen«, stieß er hervor. »Den holen wir nicht mehr ein.«
»Ich könnte es«, sagte James. »Wenn ich den gleichen Weg nehme, hole ich ihn vielleicht ein ... Aber das wäre dann ebenfalls Betrug.«
»Nicht unbedingt«, sagte Carlton mit einem schiefen Grinsen. »Du hattest das Rennen doch bereits in der Tasche, Bond. Ich hätte dich nie im Leben eingeholt, wenn du nicht zu mir zurückgelaufen wärst.« Carlton lächelte. »Mach dich auf die Socken. Dieser fiese Schwindler verdient es nicht anders.«
»Bist du sicher?«
»Lauf los ... ich kläre die Sache mit den anderen. Wir sehen uns hinter der Ziellinie.«
James holte tief Luft und sprang mit einem Satz zwischen die Büsche. Schmerzen und Müdigkeit waren auf einmal wie weggeblasen.
Jetzt gab es keinen Pfad mehr, dem man folgen konnte; James musste sich durch Gestrüpp und über Gestein und abgestorbenes Geäst vorarbeiten. Es war eine völlig verrückte Hetzjagd den Abhang hinunter. Einmal kam er ins Straucheln und kullerte kopfüber in ein Brennnesselgebüsch. Sein Gesicht und seine Arme brannten höllisch, doch das alles spürte er kaum. Alles, woran er denken konnte, war, Hellebore einzuholen.

Eine Minute später erreichte er bereits den Pfad. Er hatte ein gutes Stück Weg abgekürzt – aber wo war Hellebore?
Da war er! Ein paar hundert Yard vor ihm. Gleich würde Hellebore den Wald hinter sich lassen und das offene Gelände erreichen, wo sich die Ziellinie befand.
Für einen Augenblick überkam James eine schreckliche Schwäche. George hatte zwei Etappen der Strecke ausgelassen und sich daher viel weniger angestrengt als James, der zudem ja auch noch zu Carlton zurückgelaufen war.
Also gut, das hier war dann ja wohl die eigentliche Prüfung. Die Frage lautete: Konnte er George noch einholen?
Auf keinen Fall würde er jetzt aufgeben. Einen Versuch war es wert.
James zwang sich schneller zu laufen und tiefer zu atmen, damit sein Herz das Blut noch rascher in die schmerzende Muskulatur pumpen konnte. Die Beine spürte er kaum noch, sie waren wie Gummi und schienen keine Verbindung zu seinem Körper mehr zu haben. Er hatte Angst, dass sie ihm den Dienst versagen und völlig wegknicken würden.
Noch nie in seinem Leben hatte James sich so geschunden. Kein noch so hartes Training hätte ihn auf das hier vorbereiten können. Sein Körper schrie förmlich »Aufhören!« und zeigte ihm, dass er nicht mehr weitermachen konnte, dass alle Kraft aufgebraucht war. Aber sein Verstand befahl ihm, weiterzumachen und nicht auf diesen dummen Körper zu hören.
Er konnte es schaffen.
Hellebore hatte fast den Waldrand erreicht. Aber auch er war müde. Er wurde immer langsamer, seine Schritte wurden unsicherer.
Mit zusammengebissenen Zähnen nahm James die letzte Senke in Angriff. Von irgendwoher bezog er noch die Kraft, weiterzumachen. Es war, als würde er eine unsichtbare Barriere durch-

brechen: Mit einem Mal sprintete er los und seine Füße glitten förmlich über den Boden.
Er würde es tun. Er würde Hellebore überrunden.
Nun endlich, viel zu spät, bemerkte Hellebore, dass er verfolgt wurde. Er drehte sich um. Sein rotes Gesicht verzerrte sich vor Angst und Wut. James rannte und rannte. Nichts konnte ihn aufhalten. Jetzt war er gleichauf – und dann überholte er Hellebore. Voller Zorn und Enttäuschung versuchte Hellebore James zu Fall zu bringen, indem er ihm ein Bein stellte. Aber James' Sinne waren geschärft und so machte er einfach einen Satz über Hellebores Fuß hinweg. Hellebore verlor die Balance, strauchelte und fiel in einen Morasttümpel neben dem Pfad. James hörte ein lautes Platschen, wagte es aber nicht, sich umzudrehen. Noch hatte er das Rennen nicht gewonnen.
Dann war er im hellen Sonnenlicht. Er sah die wartenden Zuschauer, hörte die gedämpften Rufe. Vor seinen Augen verschwamm alles, die Umgebung wurde unscharf und dann wieder scharf. Das Blut dröhnte wie ein Wasserfall in seinen Ohren. Er war von oben bis unten mit Schweiß bedeckt, dick und ölig lag er auf seiner Haut, brannte in seinen Augen.
Vergeblich bemühte sich James einen gleichmäßigen Rhythmus beizubehalten. Es war zu viel, er hatte überzogen. James wurde langsamer, schloss die Augen. Schwärze hüllte ihn ein.
Doch dann meldete sich eine leise Stimme in ihm zu Wort. »Komm schon, Bond«, sagte sie. »Lauf weiter . . .«
Nein, Moment mal, er kannte diese Stimme. James öffnete die Augen. Da an der Seite stand die kleine Schar seiner Freunde – Pritpal und Tommy Chong, Butcher . . . Und da war Mr Merriot; es war *seine* Stimme gewesen, die James gehört hatte.
»Komm schon, Bond . . . Lauf weiter!«
»Lauf, James«, schrie Pritpal. »Niemand kann dich einholen!«
James drehte sich um. Von Hellebore war nichts zu sehen. Er

musste es nur noch bis hinter die Ziellinie schaffen. Das spornte ihn an. Er mobilisierte die letzten Energiereserven ... und dann war er da.

James stolperte durchs Ziel und riss das Begrenzungsband mit sich. Ein paar Schritte wankte er weiter, dann stürzte er zu Boden. Sofort war er von jubelnden Schülern umringt. Er schloss die Augen und einen Moment lang stellte er sich vor, wie er an einem sonnigen Strand lag und ihn die Wellen umspülten, irgendwo weit weg, Millionen von Meilen weit ... Doch dann schlug der Schmerz, den er so lange zurückgedrängt hatte, wie eine Woge über ihm zusammen. Alles tat weh: die Muskeln, das zerschundene Gesicht und die Arme, die raue Kehle, die gequälte Lunge. Er stöhnte laut auf. Jemand half ihm auf die Beine.

Es war Mr Merriot.

»Steh auf, Bond.«

»Tut mir Leid, Sir.«

»Du brauchst dich nicht zu entschuldigen, Junge. Du hast gewonnen. Ich wusste, dass du es schaffst.«

»Wer ... wer wurde Zweiter, Sir?«

»Sie kommen gerade erst rein.« Mr Merriot deutete hinter James.

James drehte den Kopf und sah Carlton, der mit schmerzverzerrtem Gesicht verbissen auf das Ziel zustolperte. Ein von Kopf bis Fuß mit grünlichem Matsch bedeckter Hellebore humpelte hinter ihm her.

Unter dem Jubel der Schüler erreichten sie das Ziel. Carlton wurde von seinen Anhängern hochgehoben, denn sie wussten natürlich, dass er damit den Cup gewonnen hatte. Hellebore sank auf die Knie und begrub das Gesicht in den Händen. Er war ganz allein. Alle seine Freunde waren noch an der Strecke, nur sein Vater war da.

Lord Hellebore warf seinem Sohn, dem Drittplatzierten, dem Versager, einen kurzen Blick zu und wandte sich ab.

Es war schrecklich mit anzusehen.
George Hellebore blickte seinem Vater nach. James sah, dass er weinte. Die Tränen hinterließen schmale Linien auf seinen schlammverschmierten Wangen.
»Ich habe alles versucht, Dad . . .«
Aber sein Vater hörte ihn nicht.
Plötzlich drehte George den Kopf zur Seite und starrte James an.
»Du!«, sagte er und richtete sich auf.
»Vergiss es«, sagte James. »Es ist vorbei.«
George humpelte auf ihn zu. »Du hättest mich nie einholen können, Bond«, stieß er hervor. »Es sei denn . . .«
»Es sei denn was?«, schnitt James ihm das Wort ab. Ein paar Jungs, die einen Streit witterten, scharten sich um ihn. »Es sei denn, ich hätte betrogen? Ist es das, was du sagen wolltest?« James starrte in Hellebores rot geränderte Augen. »Beschuldigst du mich ein Betrüger zu sein?«
George schaute in die Gesichter der Umstehenden und blickte dann zu Boden.
»Nein«, murmelte er. Er drehte sich um und zwängte sich durch die Schaulustigen hindurch.
Jemand fing an zu lachen, ein anderer stimmte ein und schließlich prusteten alle los. George krümmte sich und schien förmlich zu schrumpfen.
James konnte nicht in das Gelächter mit einstimmen. In seinem Mund war ein bitterer Geschmack.
Es war nicht vorbei. Von nun an würde alles nur noch schlimmer werden.

Red Kelly

Liebster James,
deinem armen Onkel Max geht es leider immer noch nicht besser und ich fürchte, ich kann ihn in diesem Zustand nicht alleine lassen. Daher halte ich es für das Beste, wenn du nach Schottland kommst und die Osterferien hier in Keith verbringst. Einen jungen Menschen um sich zu haben wird die Lebensgeister deines Onkels wecken, da bin ich sicher. Und ich muss zugeben, auch ich vermisse dich schrecklich. Ich lege dem Brief die Bahnfahrkarte und etwas Extrageld fürs Essen bei. Ich kann dir gar nicht sagen, wie sehr ich mich darauf freue, dich wieder zu sehen.
Deine dich liebende Tante Charmian

James saß im Zug nach London und las zum wiederholten Mal den Brief seiner Tante. Nach dem Wettkampf um den Hellebore-Cup war in der Schule wieder der Alltag eingekehrt. Die letzten beiden Wochen des Halbjahrs waren ohne Zwischenfälle vorübergegangen, und entgegen seinen Befürchtungen war es James gelungen, George Hellebore aus dem Weg zu gehen.
Vor dem Turnier hatte er sich ausschließlich auf den bevorstehenden Wettlauf konzentriert und das Lernen vernachlässigt, aber der kurze Triumph, als Sieger aus dem Rennen zu gehen, war bald verblasst. Viel zu rasch fand er sich in der alten Tretmühle wieder – Morgenunterricht, Frühstück, Andacht in der Kapelle, anschließend Unterricht in verschiedenen Schulgebäuden, die über die ganze Stadt verstreut waren: New Schools, Queen's,

Warre, Caxton, Drill Hall und all die anderen, die er auseinander halten musste. Noch immer verlief er sich mindestens zweimal am Tag.

Um zwölf schleppte er seine Schulbücher ins Studierzimmer und brütete über der lateinischen Grammatik, schmiedete lateinische Verse und absolvierte zahllose andere todlangweilige Übungen unter den amüsierten Augen Mr Merriots, und das alles mit der nicht gerade reizvollen Aussicht auf ein weiteres schreckliches Mittagessen von Codrose. Nach dem Essen ging er in die Stadt, trieb Sport oder arbeitete allein in seinem Zimmer, und zweimal die Woche gab es noch Zusatzstunden in Latein, Mathematik, Geschichte, Französisch, Englisch ... abwechselnd zwar, jedoch in der immer gleichen öden Reihenfolge. Und dann die Regeln: Rolle niemals deinen Schirm ein, lass dich nie kauend auf der Straße sehen, zeige dich nie mit heruntergeschlagenem Mantelkragen ... Es war eine Erleichterung, das alles für eine Weile hinter sich zu lassen.

So wie es eine Erleichterung war, endlich wieder einmal eigene Kleidung anzuziehen. James hasste die unbequemen Schuluniformen mit den kratzigen Hosen, den steifen Krägen und den wunderlichen, kleinen Krawatten. Er hasste den lächerlichen Zylinderhut und die Weste. Stattdessen trug er nun ein einfaches, kurzärmeliges blaues Baumwollhemd zu einer grauen Flanellhose. Darin fühlte er sich wieder wie er selbst und nicht wie jemand, der vorgab, ein besonders schlauer Schüler zu sein.

Er teilte das Abteil mit drei anderen Schülern, unter ihnen Butcher, der Tubabläser, und alle vier plauderten aufgeregt über ihre Pläne für die kurzen Ferien.

»Ich schätze, bei mir wird es ruhig zugehen«, sagte James. »Allein in der einsamen Wildnis Schottlands und nur ein paar Erwachsene um mich herum.«

»Oh, bei mir zu Hause in London ist es ähnlich langweilig«, erklärte Butcher. »Mein älterer Bruder ist zurzeit bei der Marine, daher werde ich mit meinen Eltern allein sein. Immerhin haben sie mir versprochen, dass wir am Samstag gemeinsam zu einem Konzert in die Albert Hall gehen.«

James lächelte, sagte jedoch nichts. Butcher wusste gar nicht, was für ein Glück er hatte, zu einem richtigen Zuhause mit liebevollen Eltern zurückkehren zu können. James würde das nie wieder vergönnt sein. Er faltete den Brief seiner Tante und steckte ihn weg. Es war besser, nicht allzu sehr über diese Dinge zu grübeln.

In Paddington verabschiedete er sich von seinen Reisekameraden und schleppte den Koffer einen Stock tiefer in die U-Bahn-Station, von wo aus er quer durch London nach King's Cross fuhr. Der Waggon war voll, unbequem und stickig, was in erster Linie von dem gelblichen Dunst hunderter von Zigaretten und Tabakpfeifen herrührte. Leider ergatterte James keinen Platz und musste stehen. Auf der Fahrt durch die Unterwelt Londons wurde er kräftig durchgerüttelt. Mal wurde er auf die eine, mal auf die andere Seite geschubst, und so war er richtig froh, als er endlich sein Ziel erreichte, das enge, verräucherte Abteil verließ und den weitläufigen Bahnhof von King's Cross mit seinem ausladenden Dach aus Eisen und Glas betrat.

Er musste fast eine ganze Stunde auf den Anschlusszug warten, daher erkundigte er sich kurz nach dem Abfahrtsgleis und genehmigte sich anschließend eine Tasse Kaffee und ein Milchbrötchen im Bahnhofsrestaurant. Dort saß er dann in dem warmen, miefigen Gastzimmer, umgeben vom lauten Geschnatter der an- und abfahrenden Reisenden.

James liebte es, andere Leute zu beobachten und so viel wie möglich über sie herauszufinden anhand ihres Aussehens oder ihrer Art, zu reden und zu gehen. Er dachte sich sogar Lebensgeschichten für sie aus. Der Mann in der Ecke, der sich hinter seinem Koffer verschanzte, war ein Meisterdieb, der einen Raubüberfall plante; die Frau im Pelzmantel und den unechten Perlen hatte ihren Ehemann umgebracht und wartete jetzt auf ihren Liebhaber, um gemeinsam mit ihm zu fliehen; der Mann mit dem vielen Gepäck war ein berühmter Forscher auf dem Weg in die Arktis . . .

Kurz nach sieben Uhr verkündete eine verzerrte Lautsprecherstimme: »Der London und North Eastern Express mit Schlafwagen zur Weiterfahrt um sieben Uhr neununddreißig nach Fort William über Edinburgh steht auf Gleis sechs zum Einsteigen bereit . . .«

James verließ das Cafe und schleppte seinen Koffer zum Bahnsteig, wo die Zugpassagiere zunächst am Fahrkartenkontrolleur vorbeimussten. Als er näher kam, bemerkte er einen mageren, rothaarigen Jungen von etwa sechzehn Jahren, der vor dem Bahnsteig herumlungerte und versuchte sich unauffällig unter die Reisenden zu mischen.

James reihte sich in die Warteschlange ein, und sofort kam der Junge herbeigeschlendert.

»Hey, du«, sagte er in unverwechselbarem Cockney-Akzent und kratzte sich am Kopf. »Du könntest mir wohl nicht 'nen kleinen Gefallen tun, was, Kumpel?«

»Was für ein Gefallen soll das sein?«, fragte James.

»Och, nur 'ne Kleinigkeit. Es ist nämlich so: Ich hab meine Fahrkarte verloren und jetzt weiß ich nicht, wie ich an dem Kerl da vorbeikommen soll. Du könntest ihn nicht vielleicht, na ja, irgendwie ablenken oder so?«

James bezweifelte zwar, dass er die Wahrheit sagte, aber der Junge gefiel ihm. Der Rotschopf sah ihn mit einem schiefen Grinsen an, so als wüsste er ganz genau, dass James ihm nicht eine Sekunde lang glaubte, es aber dennoch ganz unterhaltsam fand.

Obwohl er einige Jahre älter war als James, war er nur wenig größer, sehr drahtig und hatte schnelle, kluge Augen.
»Mal sehn, was ich tun kann«, meinte James.
»Klasse, Mann«, sagte der Junge und zwinkerte.
Als James an der Reihe war, seine Fahrkarte zu zeigen, tat er so, als könnte er sie nicht finden, und durchsuchte umständlich sämtliche Taschen. Als er sie endlich gefunden hatte, löcherte er den Kontrolleur mit einer Reihe komplizierter Fragen. Anfangs gab der Bahnbedienstete noch bereitwillig Antwort, doch seine Ungeduld wuchs im gleichen Maße wie die Warteschlange hinter James. Zu allem Überfluss ließ James dann auch noch seinen Koffer auf den Fuß des armen Mannes fallen.
In der daraus resultierenden Verwirrung gelang es dem Rothaarigen, an dem Kontrolleur vorbeizuschleichen und sich zu einem älteren Ehepaar zu gesellen, das ihn ganz offensichtlich noch nie zuvor gesehen hatte. Ungeniert plaudernd stieg er mit den beiden in den Zug ein.
»Tut mir Leid«, sagte James. Der Fahrkartenkontrolleur rieb sich den Fuß und bemühte sich, nicht die Beherrschung zu verlieren.
»Schon gut«, sagte er. »Beeil dich lieber und steig endlich in den verdammten Zug ein, sonst stehen wir hier noch die ganze Nacht herum.«
Grinsend ging James den Bahnsteig entlang. Die große Lokomotive fauchte und grummelte und sandte ungeduldig kleine Dampfwolken in die Luft, die sich über den gesamten Bahnsteig verteilten.
Es dauerte nicht lange und James hatte seinen Waggon gefunden. Er befand sich unmittelbar hinter dem Speisewagen, der den hinteren Teil des Zuges von den Wagen erster Klasse trennte. James öffnete die Tür, stieg ein und ging den schmalen Gang entlang, bis zu seinem Abteil. Er drehte den Türknauf und trat

ein. Das Abteil war mit einem winzigen Waschbecken und zwei schmalen Etagenbetten ausgestattet. Die oberste Liege war hochgeklappt, sodass man die untere als Sitzbank benutzen konnte.

James richtete sich für die lange Fahrt nach Schottland ein. Er holte ein Buch aus dem Koffer: die neueste Abenteuergeschichte von Bulldog Drummond. Er las einige Zeilen, konnte sich jedoch nicht richtig darauf konzentrieren und ertappte sich dabei, wie er aus dem Fenster starrte und die letzten, verspätet eintreffenden Zugreisenden beobachtete. Amüsiert schaute er zu, wie zwei Bahnbedienstete schwer beladene Kofferwägen den Bahnsteig entlangschoben, und fragte sich, welcher verwöhnte Aristokrat wohl mit so viel Gepäck reiste. Wie sich bald herausstellte, gehörten die Koffer und Reisetaschen nicht einem vornehmen Herzog oder einer eleganten Herzogin, sondern einem Jungen – und nicht irgendeinem, sondern ausgerechnet George Hellebore, der hinter den beiden Kofferträgern herschlenderte und im Befehlston Anweisungen gab.

James seufzte. »Oh nein.« Was für ein Pech, im selben Zug wie Hellebore zu reisen. Aber davon würde er sich die Laune nicht verderben lassen. Bestimmt reiste Hellebore erster Klasse, also war es sehr unwahrscheinlich, dass sie sich während der Fahrt im Zug begegneten.

James nahm erneut sein Buch zur Hand. Im gleichen Augenblick rief draußen der Schaffner: »Bitte einsteigen!«, und blies in die Trillerpfeife. Die große Lokomotive antwortete mit einem lauten Pfiff und der Zug setzte sich ratternd und ruckelnd in Bewegung. Die Lokomotive schnaufte wie ein dicker Mann, der eine Treppe hinaufsteigt, und dann setzte das typische *Ta-tam, Ta-tam* der Räder ein, als der Zug langsam Fahrt aufnahm.

Diese vertraute, beruhigende Musik und das sanfte Schaukeln des Waggons lullten James ein und schon nach kurzer Zeit fühlte er sich angenehm schläfrig. Obwohl es noch recht früh am Tage war, gähnte er und schloss für einen Moment die Augen. Ein Klopfen an der Tür ließ ihn hochschrecken.

»Herein«, sagte er. Die Tür ging auf und herein kam der rothaarige Junge.

»Hier bist du also«, stellte er fest und grinste James an. »Ich hab dich schon überall gesucht. Wollte mich nur noch mal bedanken und so.«

»Schon in Ordnung«, sagte James. »Keine Ursache.«

»Das war echt prima von dir, Kumpel.« Der Junge streckte die Hand aus. »Ich heiße Kelly. Genauer gesagt, Red Kelly – wegen meiner roten Haare. Und weil es ein wenig wie Ned Kelly klingt. Du weißt schon, der berühmte australische Bankräuber.«

James ergriff die Hand und schüttelte sie. »James Bond«, stellte er sich vor.

»Nett, dich kennen zu lernen, Jimmy. Macht's dir was aus, wenn ich mich ein Weilchen zu dir setze?«

»Ganz und gar nicht«, sagte James.

»Tja also, und du fährst bis nach Schottland rauf, was?«

»Ja. Bis nach Fort William.«

»Ich war noch nie so weit im Norden, und du?«

»Mein Vater kommt aus Schottland. Ich war ein paar Mal in den Ferien dort.«

»Und, ist's nett da oben?«

»Oh ja«, sagte James. »Es kann zwar recht kalt und nass sein und im Sommer fressen die Mücken dich bei lebendigem Leibe auf, aber es gefällt mir dort sehr gut.«

»Um ehrlich zu sein«, sagte Kelly und schaute hinaus auf die vorbeiflitzenden Häuser, »bin ich noch nie so richtig aus London rausgekommen. Im Sommer gehen wir zum Hopfenzupfen nach Kent, und in Margate war ich auch schon mal, aber so eine echte Reise ist was völlig Neues für mich, so mit Schlafwagen und allem.«

»Und wo genau willst du hin?«, fragte James. »Hast du Verwandte in Schottland?«
»Verwandte hab ich praktisch überall. Meine Familie stammt ursprünglich aus Irland und ist im vergangenen Jahrhundert rübergekommen, um Schienen für die Eisenbahn zu bauen. Die Hälfte der Gleise auf dieser Strecke ist vermutlich von meinen Leuten verlegt worden. Die sind dorthin gegangen, wo's Arbeit gab. In Schottland hab ich 'ne Tante. Sie wohnt in Keithly.«
»Tatsächlich?«, sagte James. »Ich auch. Genauer gesagt, hab ich dort einen Onkel, aber meine Tante ist momentan ebenfalls da.«
»Soll das ein Witz sein?«
»Nein, es stimmt wirklich.«
»Die Welt ist klein.«
James dachte an Hellebore, der irgendwo weiter vorne im Zug saß. »Das kannst du laut sagen«, stimmte er seinem Reisegefährten zu.
»Der Grund, warum ich überhaupt dahin fahre, ist mein Vetter«, erklärte Kelly und zog die Nase hoch. »Mein Vetter Alfie. Ich habe ihn nur ein einziges Mal getroffen, als er zu uns nach London kam. Netter Kerl. Aber jetzt wird er vermisst.«
»Vermisst?«
»Ja. Niemand weiß genau, was passiert ist. Man nimmt an, er sei angeln gegangen, weil seine Ausrüstung fehlt. Seiner Mum hat er allerdings nichts davon gesagt. Meine Tante ist ziemlich durch den Wind, aber das scheint niemanden groß zu kümmern. Na und da dachte ich, ich schau mich mal ein bisschen um und so. Wir müssen zusammenhalten, wir Kellys. Die Polypen mögen uns nicht, die Richter mögen uns nicht, die piekfeinen Pinkel in ihren großen Häusern mögen uns nicht – manchmal denk ich, es gibt überhaupt niemanden, der uns mag.« Wieder zog Kelly die Nase hoch.
»Was, glaubst du, könnte ihm zugestoßen sein?«

»Keine Ahnung, vielleicht ist er in den Fluss gefallen und ertrunken. Genau das will ich ja herausfinden. Aber dazu muss ich erst mal hinkommen.«

»Wenn es etwas gibt, das ich für dich tun kann . . .?«

»Das gibt es tatsächlich.« Kelly beugte sich vor und sagte leise zu James: »Würdest du mich hier verstecken?«

»Dich verstecken?«

»Wenn der Fahrkartenkontrolleur kommt.«

James sah Kelly forschend an und fragte sich, worauf er sich da gerade einließ. Er kannte Kelly zwar nicht, aber es war schwer, ihn nicht zu mögen. Kelly hatte den Schalk im Nacken, aber auch viel Kampfgeist. Unter anderen Umständen, sinnierte James, etwa wenn er in eine andere Familie hineingeboren worden wäre, könnte ebenso gut er an Kellys Stelle hier sitzen. Andererseits hatte er keine Lust, aus dem Zug verwiesen zu werden oder sich am Ende sogar noch Ärger mit der Polizei einzuhandeln.

»Keine Sorge«, beruhigte ihn Kelly und versetzte ihm einen Klaps aufs Knie. »Wenn was passiert, nehm ich's auf meine Kappe und behaupte, ich hätte dich mit vorgehaltener Pistole dazu gezwungen oder so.«

»Mit einer Pistole?«

»Na ja, dann hab ich eben gedroht dir eins überzubraten . . . Keine Angst, so was würde ich nie machen.«

James lachte. »Na dann«, sagte er. »Und wo willst du dich verstecken?«

Als zwanzig Minuten später der Schaffner den Kopf zur Tür hereinstreckte und die Fahrkarte sehen wollte, saß James allein auf der Bank und Kelly hatte sich oben zwischen Wand und Klappbett gequetscht.

»Bin heute nur ich in diesem Abteil?«, fragte James den Schaffner.

»So ist es, mein Sohn«, erwiderte der Mann in einem breiten

Glasgower Akzent. »Heute Nacht ist nicht viel los. Du hast das Abteil für dich allein.«
James lächelte unschuldig – wenn der Mann wüsste!
Als die Luft rein war, holte James Kelly aus seinem unbequemen Versteck hervor. Der Junge war puterrot im Gesicht. Er schwitzte und schnappte nach Luft, aber der Trick hatte funktioniert.
Später nahm James das Geld, das Tante Charmian ihm geschickt hatte, und ging in den Speisewagen, um zu essen. Währenddessen hielt er Ausschau nach George Hellebore. Von ihm war nichts zu sehen, trotzdem schlang James die Mahlzeit so schnell wie möglich hinunter und stopfte sich für seinen blinden Passagier die Taschen mit Brötchen, Obst und einem Paar Würstchen voll, das er in die Serviette wickelte.
Kelly freute sich riesig über den Proviant und machte sich gierig darüber her.
»Wo, glaubst du, sind wir inzwischen?«, fragte er mit vollem Mund.
»Wir haben vor kurzem Grantham passiert«, sagte James. »Der nächste Halt ist York . . .« Wie langweilig diese Namen klangen. James stellte sich graue englische Städte vor mit ihren endlos langen Reihen kleiner Häuser. Wie viel aufregender wäre es, quer durch Europa zu reisen. Allein schon die Namen klangen romantisch: Paris, Venedig, Budapest, Istanbul . . .
Er stand auf. »Ich werde noch mal rasch auf die Toilette gehen«, erklärte er.
»Gute Idee«, sagte Kelly. »Muss nachher selbst mal auf den Lokus.«
James verließ das Abteil und wankte den Gang des sanft schaukelnden Waggons entlang. Als er die Toilette erreichte, war sie besetzt. Er schob das Gangfenster herunter. Ein Schwall kalter Luft schlug ihm entgegen. Draußen war es dunkel, aber James stellte sich im Geist die vorbeiflitzende Landschaft vor.

Er hörte das Rauschen der Toilettenspülung und wandte sich um. Die Tür wurde entriegelt und heraus kam – George Hellebore. Vermutlich hatte er ein sehr spätes Abendessen im Speisewagen eingenommen. Beim Anblick von Hellebores verblüfftem Gesicht hätte James beinahe laut aufgelacht. George sah aus, als stünde er dem Monster von Loch Ness gegenüber.

»Hallo«, sagte James. »Wer hätte gedacht, dass wir uns im Zug treffen?«

Ohne ein Wort packte Hellebore James und schleuderte ihn gegen die Tür. »Was hast du hier zu suchen?«, zischte er.

James lachte auf. »Was glaubst du denn?«, gab er zurück. »Ich fahre nach Schottland, so wie du.«

»Ich sollte diese Tür öffnen und dich einfach rausschmeißen«, drohte Hellebore.

»Tut mir Leid«, erwiderte James. »Ich wusste gar nicht, dass es ein Gesetz gibt, wonach es verboten ist, im selben Zug zu sein wie du.«

»Seit dem verfluchten Wettrennen träume ich davon, auf welche Weise ich dich umbringen werde.«

»Übertreibst du jetzt nicht ein bisschen?«, fragte James. »Es war doch nur ein sportlicher Wettkampf. Du hast versucht zu betrügen und es hat nicht geklappt.«

Ohne Vorwarnung boxte Hellebore James mit voller Wucht in den Bauch. James blieb die Luft weg und er krümmte sich vor Schmerz.

Hellebore beließ es nicht dabei, sondern versetzte dem gebeugt dastehenden James mit beiden Händen einen Hieb auf den Hinterkopf. James wehrte sich, indem er George gegen das Schienbein trat.

Hellebore schrie auf und wich zurück. »Dafür bringe ich dich um«, knurrte er.

Er warf sich auf James und stieß ihn gegen die Waggontür, und noch ehe James sich dagegen wehren konnte, drückte Hellebore seinen Kopf durch das offene Fenster hinaus.

James war wie betäubt von dem eisigen Fahrtwind. Er stach so in den Augen, dass diese zu tränen anfingen. Das Rattern des Zuges war irrsinnig laut. Sein Kopf war nur wenige Zentimeter von den vorbeiflitzenden Telefonmasten entfernt. Der Geruch von Rauch und Kohle stieg James in die Nase. Die Lokomotive stieß einen langen, schrillen Warnpfiff aus, weil der Zug gleich einen Tunnel passieren würde.

»Hör auf, Hellebore!«, schrie James, aber seine Stimme ging in dem lauten Dröhnen unter. »Hör auf, du Idiot!«

George zog ihn in den Waggon zurück. Er lachte wie verrückt. »Schiss gehabt, was?«

»Natürlich, du hättest mich beinahe geköpft. Hast du noch alle Tassen im Schrank?«

»Ich hab dir doch gesagt, dass ich dich umbringen werde, Bond.«

Da ließ sich eine vertraute Stimme vernehmen. »Nein, das wirst du nicht.«

James drehte sich um und sah Kelly im Gang stehen. Er starrte Hellebore so wutentbrannt an, dass James froh war ihn auf seiner Seite zu haben.

»Jetzt steht's zwei gegen eins«, stellte Kelly fest. »Ich sollte dich vielleicht warnen: Ich kämpfe unfair.«

Hellebore wirkte verunsichert. Er wusste ganz offensichtlich nicht, was er von Kelly halten sollte. Da war etwas in dem Blick des rothaarigen Jungen, das ihn warnte, nicht zu weit zu gehen. Hellebore zog eine Grimasse, zwängte sich an Kelly vorbei und kehrte in den Speisewagen zurück.

Kelly sah James mit hochgezogenen Augenbrauen an. »Kann man dich denn keine Minute allein lassen, Jimmyboy?«

Später, als sie in dem gedämpften Licht des Schlafabteils in ihren Betten lagen, wollte Kelly von James Näheres wissen.

»Da gibt es nicht viel zu erzählen«, sagte James. »Er besucht dieselbe Schule wie ich und wir kommen nicht gut miteinander aus.«

»Das hab ich gemerkt. In welche Schule gehst du eigentlich?«

»Eton«, sagte James.

»Eididei« sagte Kelly spöttisch. Er beugte sich über den Rand der Liege nach unten und schob mit dem Finger die Nase hoch. »Hätte nicht gedacht, dass du einer von diesen eingebildeten Lackaffen bist. Macht nichts, du bist schon in Ordnung, Kumpel. Ich mag dich.« Er grinste breit. »Und jetzt holen wir uns 'ne Mütze voll Schlaf. Ich seh dich dann in Schottland wieder.«

James lag da, spürte das Ruckeln des Zuges und versuchte einzuschlafen. Aber es half nichts, er war hellwach und die verwirrendsten Gedanken schossen ihm durch den Kopf. Er dachte an Eton, an den seltsamen Jungen in dem Bett über ihm, an Hellebore und an Schottland. Und er dachte an seine Mutter und seinen Vater.

James sprach so gut wie nie über seine Eltern. Er behielt seine Privatangelegenheiten für sich und wollte es auch nicht anders. Aber im Augenblick war sein Leben so ereignisreich, dass er gerne mit ihnen darüber geredet hätte.

Er vermisste sie. Er vermisste sie ganz schrecklich.

Ein Vater auf Reisen

Jedes Kind denkt, dass sein Leben ganz normal ist, denn es kennt nichts anderes und hat keine Vergleichsmöglichkeit. James Bond war in dieser Hinsicht keine Ausnahme, obwohl seine Kindheit in der Tat alles andere als normal gewesen war.

Sein Vater, Andrew Bond, kam ursprünglich aus Glencoe in Westschottland. Im Alter von zwölf Jahren verließ er sein Zuhause und ging in ein Internat. Er kehrte nie wieder zurück. Im Anschluss an die Schule besuchte er die Universität von St. Andrews und studierte Chemie. Doch dann kam der Große Krieg von 1914 dazwischen, der ganz Europa und schließlich sogar die ganze Welt in eine blutige Auseinandersetzung verwickelte.

Andrew zögerte nicht lange, sondern trat bei der ersten sich bietenden Gelegenheit in die königliche Marine ein. Er nahm an mehreren Seeschlachten teil, wurde einmal sogar versenkt und erst in letzter Minute aus dem eisigen Wasser des Nordatlantiks gerettet und hatte es gegen Ende des Krieges bis zum Kapitän eines Kriegsschiffes, der *HMS Faithful*, geschafft. Im Krieg hatte er viele Freunde verloren und war darüber härter geworden. Zugleich war er voller Tatendurst und durchdrungen von dem Wunsch, das Leben voll auszukosten.

Nach dem Krieg bot man ihm eine Stelle bei Vickers an, einer Firma, die Waffen herstellte und verkaufte. Er reiste kreuz und quer durch Europa, verhandelte mit Regierungen, Generälen und Politikern, um mit ihnen ins Geschäft zu kommen. Zwei Jahre lang lebte er nur in Hotels, bis er auf einer seiner Reisen eine hübsche junge Frau kennen lernte, Monique Delacroix, die Tochter eines wohlhabenden Schweizer Industriellen. Kurz darauf hielt er bereits um ihre Hand an. Sie versuchten sesshaft zu werden und ein normales Leben zu führen, dennoch war Andrew häufig unterwegs. James kam in Zürich zur Welt und im Alter von sechs Jahren hatte er bereits in der Schweiz, in Italien, Frankreich und London gelebt. Als James älter wurde, setzte Monique dem Nomadenleben ein Ende. Sie wollte nicht länger durch die Lande ziehen. Sollte Andrew nur reisen, so viel er wollte, sie selbst würde mit ihrem kleinen Sohn fortan ein richtiges Zuhause haben. In den darauf folgenden Jahren lebten James und seine Mutter die Hälfte des Jahres in einer Wohnung in Chelsea und die andere Hälfte in einem großen Landhaus in der Nähe von Basel in der Schweiz. James ging in Basel zur Schule, sprach fließend Englisch, Französisch und Deutsch und fand daran nichts Außergewöhnliches.

James blieb das einzige Kind, und weil seine Eltern so oft umzogen, war er daran gewöhnt, rasch Freundschaften zu schließen, die er oft genug ebenso rasch wieder aufgeben musste. Obwohl er sehr beliebt war und schnell Anschluss fand, hatte er gelernt, sich selbst zu genügen, und konnte sich gut allein beschäftigen. Sein Vater arbeitete unermüdlich und war häufig für längere Zeit weg von Zuhause, und wenn er einmal nicht arbeitete, dann trieb er mit Leidenschaft Sport. Andrews Vorstellung von Urlaub bestand in Skilaufen, Bergsteigen, Reiten und Segeln. Hin und wieder durfte James seine Eltern begleiten, meistens jedoch hieß es, das sei für einen kleinen Jungen zu gefährlich. Er konnte sich noch gut an einen Urlaub in Jamaica erinnern, als er schwimmen lernte; und an die unbeschwerten Ferientage in Norditalien, als sein Vater ihm das Reiten beibrachte und er zum ersten Mal ein Gewehr in der Hand hielt. Die meiste Zeit jedoch musste er daheim bleiben.

James war daran gewöhnt, mit seiner Mutter allein zu sein, und er ließ sie nur ungern gehen, wenn sein Vater sie auf Abenteuertour mitnahm und James daheim zurückließ. Beim Abschied nahm seine Mutter ihn ganz fest in die Arme und flüsterte in sein Ohr: »Ich will ja gar nicht weggehen, James. Ich vermisse dich jedes Mal schrecklich, aber was soll ich machen? Ich liebe euch beide. Ich möchte bei dir sein und auch bei deinem Vater . . . Du hast mich den Großteil des Jahres für dich, jetzt ist dein Vater dran. Aber keine Angst, ich bin bald wieder zurück.« Er spürte ihre Tränen auf seiner Wange. Dann lächelte er jedes Mal tapfer und erklärte, dass sie sich keine Sorgen zu machen bräuchte. Seine Mutter tat alles, damit es ihm in der Zwischenzeit gut ging, trotzdem hasste er es, wenn sie nicht da war. Und so hatte er über die Jahre hinweg eine beeindruckende Zahl von Kinderfrauen vergrault. Es passte ihm nicht, wenn man ihm vorschrieb, was er zu tun hatte, und die Mutter konnten sie ihm ohnehin nie ersetzen.

Das führte dazu, dass er bei den zahlreichen Verwandten seiner Mutter untergebracht wurde. Sie stammte aus einer weit verzweigten Familie und ihre Tanten, Onkel, Schwestern, Brüder und Vettern waren in ganz Europa verteilt. Einige waren sogar nach Australien ausgewandert. Die Familie seines Vaters hingegen war klein und bestand aus dem jüngeren Bruder Max, den James kaum kannte, und dessen Schwester Charmian.

Tante Charmian mochte James von allen am liebsten und die Aufenthalte bei ihr waren immer sehr schön. Sie besaß ein kleines Häuschen südöstlich von London in der Nähe von Canterbury in einer kleinen Ortschaft mit dem lustigen Namen Pett Bottom. Charmian hatte keine eigenen Kinder und behandelte James daher wie einen Erwachsenen: Sie ließ ihn gewähren, ohne ständig dreinzureden.

Charmian war Anthropologin. Sie hatte viele verschiedene Völker und Kulturen auf der ganzen Welt erforscht und ihr Haus war voll gestopft mit Bildern, Büchern und merkwürdigen Mitbringseln von ihren Reisen. Sie war sehr belesen und wusste auf fast alle seine Fragen eine Antwort, und dabei waren ihre Erklärungen so lebendig und spannend, dass James interessiert zuhörte. Immerzu schallte Musik aus dem Grammofon oder dem Radio, und in den Töpfen auf dem Herd brutzelten exotische Speisen.

In Pett Bottom fühlte James sich wie zu Hause. Er verbrachte seine Tage damit, die Gegend zu erkunden, Höhlen zu bauen, durch die Fluren zu streifen, dabei die Zeit zu vergessen und in dem kleinen Bach hinter dem Haus komplizierte Dämme zu errichten.

Für James war es also vollkommen normal, von Land zu Land zu ziehen, bei verschrobenen Verwandten zu wohnen, mehrere Sprachen zu sprechen und den eigenen Vater nur selten zu Gesicht zu bekommen, dass er sehr überrascht reagierte, als seine Tante Charmian eines Tages zu ihm sagte: »Du bist ein seltsamer Junge, James. Die meisten anderen Kinder in deiner Situation wären wohl sehr unglücklich.«

Zu der Zeit war James gerade elf Jahre alt. Es war Sommer und seine Eltern waren zum Klettern nach Aiguilles Rouges gefahren, einem Wintersportort in der Nähe von Chamonix in Frankreich. Sie wollten drei Wochen bleiben und so wurde James wieder einmal nach England zu seiner Tante geschickt. Er verabschiedete sich von seinen Eltern am Bahnhof von Basel, bevor er die lange Reise mit dem Zug und dem Schiff antrat. Seine Mutter hatte ihn auf beide Wangen geküsst und sein Vater hatte ihm kurz die Hand geschüttelt. Als der Zug sich in Bewegung setzte, hatte James aus dem Fenster geschaut und sie vom Bahnsteig aus winken sehen: seinen Vater, groß und ernst, und seine Mutter elegant, hübsch und nach der neuesten Mode gekleidet. Noch ehe der Zug außer Sichtweite war, hatte sein Vater sich bereits umgewandt und gleich darauf war er mit der Mutter hinter einer Dampfwolke verschwunden.

James blickte seine Tante stirnrunzelnd über den Tisch hinweg an und überlegte, was sie wohl mit diesen Worten gemeint hatte. Charmian Bond war ebenso groß und schlank wie ihr Bruder, und auch wenn James von diesen Dingen nicht sehr viel verstand, so glaubte er doch sagen zu können, dass sie sehr hübsch war. Sie hatte pechschwarzes Haar, graue Augen und wirkte weder alt noch jung, was vielleicht daher rührte, dass sie keine Kinder hatte.

»Warum sollte ich unglücklich sein?«, fragte er sie.

»Oh, ich behaupte ja nicht, dass du es sein solltest. Ich bin sehr froh, dass du es nicht bist. Aber du wirst quer durch Europa geschickt wie ein verloren gegangenes Gepäckstück und musst nun den Sommer wieder einmal bei mir verbringen.«

»Ich hab dich sehr gern, Tante Charmian«, sagte James geradeheraus. »Mir gefällt es hier in Pett Bottom. Mir gefällt dein Haus und mir schmeckt dein Essen.«

»Ah, du bist ein Schmeichler, James. Du weißt, wie man das Herz einer Frau anrührt. Jede Wette, dass du später einmal viele Frauenherzen brechen wirst.«

James errötete.

»Ich fürchte nur, das beschauliche Leben hier hat für einen heranwachsenden Jungen nicht allzu viel zu bieten«, fügte Charmian hinzu.

James zuckte mit den Schultern. Er wusste nicht, was er darauf sagen sollte. Im Grunde genommen hatte er darüber noch nie nachgedacht; er akzeptierte die Umstände so, wie sie waren.

Charmian stand auf und fing an, das Geschirr abzutragen. »Wie wär's, wenn wir morgen nach Canterbury fahren und ins Lichtspielhaus gehen?«

»Das würde mir Spaß machen«, sagte James, denn er liebte es, ins Kino zu gehen.

»Sie zeigen dort einen alten Film mit Douglas Fairbanks. *Der Mann mit der eisernen Maske*. Kennst du ihn? Ich glaube, er spielt D'Artagnan, der den wahren König von Frankreich aus den Fängen übler Schurken befreit.«

»Ich habe ihn noch nicht gesehen«, sagte James. »Aber *Die drei Musketiere* haben mir gut gefallen.«

»Gut, bestimmt schwingen die Helden sich von Kronleuchter zu Kronleuchter, springen von hohen Mauern herab und werden in aufregende Degenkämpfe verwickelt.« Charmian nahm ein Messer in die Hand und richtete es gegen James, der ihren Ausfall schnurstracks mit einem Löffel parierte.

Nach dem Abendessen ging James noch ein wenig nach draußen. Es war ein vollkommener Sommerabend; die untergehende Sonne tauchte die Felder in ein goldenes Licht. In Gedanken noch bei Douglas Fairbanks öffnete James das kleine Tor in der Gartenmauer hinter dem Haus und ging in den kleinen Obstgarten, um an der Schaukel weiterzuarbeiten, die er an einem dicken Ast über dem Bach befestigt hatte.

Er war gerade dabei, sie zum ersten Mal auszuprobieren, und wollte das Seil noch etwas kürzen, als er seine Tante auf sich zukommen sah, gefolgt von zwei verlegen dreinblickenden Polizisten.

»James«, sagte Charmian und bemühte sich ihre Stimme ruhig klingen zu lassen. »Ich fürchte, ich habe eine schlechte Nachricht für dich.«

Die Polizisten sahen so komisch und betreten aus, dass James beinahe laut aufgelacht hätte. Er konnte sich nicht daran erinnern, etwas angestellt zu haben . . . Gut, er hatte vielleicht ein paar Birnen auf die Straße geworfen und gelegentlich ein paar Steine auf das unbenutzte Gewächshaus im Hinterhof der Willi-

ams-Farm, aber das war doch wohl nicht so schlimm, dass man Besuch von der örtlichen Polizei bekam?
Er kletterte vom Baum herunter und ging zu seiner Tante und den beiden Männern.
»Es geht um deine Mutter und deinen Vater . . .«, begann Charmian. Als James vor ihr stand, sah er, dass sie geweint hatte.
»Was ist passiert?«, fragte er und mit einem Mal wurde ihm kalt.
»Lassen Sie nur, Miss Bond«, sagte einer der Polizisten. »Ich glaube nicht, dass der Junge alle Einzelheiten wissen muss.«
»Oh doch, das muss er«, widersprach Charmian zornig. »Er muss es wissen. Er ist alt genug. Wir haben ihn stets wie einen Erwachsenen behandelt und offen mit ihm geredet. Sie würden bestimmt wollen, dass er . . .«
Von Gefühlen übermannt, hielt sie inne und wandte den Blick ab. Dann straffte sie die Schultern und drehte sich zu den Polizisten um.
»Es ist gut, Sie können jetzt gehen«, erklärte sie den beiden Beamten, die ihre Erleichterung kaum verhehlen konnten. Sie wischte sich die Augen. »Ich komme allein zurecht.«
»Wie Sie meinen, Madam«, sagte der ältere der beiden Männer. Mit einem letzten mitleidigen Blick auf James gingen sie fort.
»Komm, setz dich zu mir, James«, sagte seine Tante und ließ sich auf einer alten Holzbank nieder, die von mehrfarbigen Flechten überwuchert war.
James kam ihrer Bitte nach und für einen Augenblick saßen sie schweigend nebeneinander und starrten über den Bach und die Kornfelder hinweg auf eine Schar Krähen, die lautstark mit den Flügeln schlugen.
»Es hat einen Unfall gegeben«, begann Charmian. »Noch weiß niemand, was genau passiert ist, aber deine Mutter und dein Vater sind . . .« Sie schniefte. »Es tut mir Leid, James, aber sie werden nicht mehr zurückkommen.«

»Was meinst du damit?«, fragte James, obwohl er ganz genau wusste, was sie meinte, es nur nicht glauben wollte.
»Es gibt keine beschönigenden Worte dafür«, sagte Charmian. »Daher werde ich ganz offen zu dir sein, James. Deine Eltern sind beide tot. Sie sind beim Bergsteigen abgestürzt. Ihre Leichen wurden am Fuß des Bergs aufgefunden.«
Den Rest ihrer Worte nahm James wie aus weiter Ferne wahr. Sie rauschten an ihm vorbei und ergaben nicht den geringsten Sinn. Und James wollte gar nicht, dass sie einen Sinn ergaben, denn dann würde es sich vielleicht nur um ein Missverständnis handeln . . . Doch das eine, einfache und doch so grausame Wort dröhnte immer wieder laut in seinem Kopf.
»Tot.«
Bis zu diesem Augenblick war ihm nicht bewusst gewesen, wie endgültig dieses Wort war. Dass es die zwei ihm so vertrauten Menschen, von denen er geglaubt hatte, sie würden immer für ihn da sein, plötzlich nicht mehr geben sollte, war unvorstellbar.
Aber es gab sie nicht mehr. Weil sie tot waren.

Zwei Jahre waren seither vergangen. Manchmal konnte er sich kaum mehr daran erinnern, wie seine Eltern ausgesehen hatten. Dann stellte er sich vor, wie sie am Bahnsteig standen und ihm zuwinkten, aber ihre Gesichter blieben seltsam verschwommen, und bevor er sie richtig erkennen konnte, drehten die beiden sich um und verschwanden im Dunst der Dampflokomotive. Hin und wieder träumte er von ihnen. Dann sah er sie klar und deutlich vor sich: Sie waren lebendig und er fragte sich, wie er je hatte glauben können, dass sie tot seien. Bestürzt umarmte er im Traum seine Mutter und entschuldigte sich, doch ehe sie ein Wort sagen konnte, wachte er jedes Mal auf. Das machte ihn wütend und er fühlte sich betrogen.

Im Laufe der Zeit wurden die Träume seltener und er kam besser mit ihnen zurecht. Aber an seinem Verlust änderte das nichts. Natürlich hatte er auch manchmal mit seiner Mutter gestritten und ihre Fürsorge als selbstverständlich hingenommen. Denn auf eines konnte er sich verlassen: Wenn er sich das Knie aufgeschlagen hatte oder krank war, nahm sie ihn stets in die Arme und versicherte ihm, dass alles wieder gut werden würde.

Im Nachhinein wünschte James, er hätte seinen Vater besser gekannt, doch dazu war dieser nicht oft genug da. Bei seiner Rückkehr brachte er James allerdings immer ein kleines Geschenk mit: Schokolade oder einen Spielzeugsoldaten oder ein Buch. James lächelte in Erinnerung daran, wie er, bereits im Schlafanzug, so lange auf dem oberen Treppenabsatz ausgeharrt hatte, bis sich der Schlüssel seines Vaters im Schloss drehte. Dann war er die Treppe hinabgerannt und hatte voller Ungeduld gewartet, während sein Vater umständlich zu suchen anfing und ihn dabei neckte – »Wo hab ich bloß das Päckchen hingetan? Oh, vielleicht habe ich es irgendwo liegen lassen . . .« –, bis es schließlich wie von Zauberhand auftauchte: »Ah, da ist es ja!«

Das Haus war mittlerweile verkauft worden, seine Mutter würde ihn nie wieder in die Arme nehmen und sein Vater würde nie wieder von einer Reise zurückkehren. James war ganz allein auf der Welt, und er musste sehen, wie er zurechtkam. Natürlich machte ihn das nur umso stärker, aber manchmal hätte er all seine Stärke dafür hergegeben, nur um fünf Minuten mit seiner Mutter und seinem Vater zusammen zu sein.

In seinem Schlafwagen im vorderen Teil des Zuges lag George Hellebore im Bett und zitterte. Er konnte es nicht unterdrücken – er bebte am ganzen Körper. Seit dem Wettrennen hatte er nicht mehr mit seinem Vater geredet und ihm graute vor der Begegnung. Er wünschte sich, der Zug würde niemals ankom-

men, sondern endlos durch die Nacht rattern auf seiner Reise nach nirgendwo.
Aber genau das würde nicht geschehen . . . Mit jeder Sekunde brachte ihn der Zug seinem Zuhause ein Stück näher.
Näher an das, was er hasste und fürchtete.

Teil 2:

Schottland

Max Bond

Die kraftvolle Lokomotive brauste durch die Nacht und zog die lange Reihe Waggons bis in den Norden Englands, die Ostküste entlang von York nach Newcastle, von dort aus nach Edinburgh und Perth und weiter bis nach Fort William im Nordwesten Schottlands.

James schlief tief und fest und wachte erst um neun Uhr dreißig auf, als Kelly seine dürren Beine über die Bettkante baumeln ließ. Die Sonne schien durchs Fenster herein. »Aufgewacht, aufgewacht!«, rief Kelly und sprang von seinem Etagenbett herunter. »Die liebe Sonne steht am Himmel und so weiter und so weiter! Wir sind im Land der Schottenröcke.« Er spähte zum Fenster hinaus und zog ein langes Gesicht. »Das sieht ja genau wie in England aus«, meinte er enttäuscht. »Felder, Bäume, Häuser, Straßen, Wolken . . . und griesgrämig dreinblickende Menschen.«
»Was hast du denn erwartet?«, fragte James und sah ebenfalls nach draußen. »Männer in Kilts, die Dudelsack spielen? Bonnie Prince Charlie und Rob Roy auf ihren Pferden?«
»Ich weiß auch nicht«, sagte Kelly. »Ich war noch nie in einem anderen Land. Ich hab es mir irgendwie . . . fremder vorgestellt.«
Der Zug war kurz vor dem Bahnhof auf offener Strecke stehen geblieben und die Lokomotive ließ Dampf ab. »Sieh genau hin«, sagte James. »Schau über die Häuser hinweg, über die Hügel und noch weiter hinauf.«

»Was ist da?«
»Da ist der Ben Nevis. Der höchste Berg in Großbritannien.«
Kelly spähte zum Fenster hinaus. »Man sieht ja gar nichts«, beschwerte er sich, als der Zug sich wieder in Bewegung setzte.
»Das ist immer so«, erklärte James. »Der Berg ist meist in Wolken gehüllt. Wenn man Glück hat, erhascht man manchmal dennoch einen Blick auf ihn.«
»Na, wenn du das sagst, wird's wohl so sein.«

Tante Charmian empfing James auf dem Bahnsteig. Er streckte ihr die Hand entgegen, aber seine Tante wischte sie einfach beiseite und nahm ihn in die Arme.
»Du bist so steif, James. Manchmal möchte eine Dame mehr als nur einen Handschlag.«
Tante Charmian trug eine olivfarbene Hose, die sie in hohe Reitstiefel gesteckt hatte, dazu einen passenden Blazer und eine schlichte weiße Seidenbluse mit Schal. Frauen in Hosen sah man nicht sehr häufig, aber Charmian gab sich so selbstbewusst, dass niemand es gewagt hätte, sie zu kritisieren.
»Lass mich dich anschauen«, sagte sie und hielt ihn auf Armeslänge von sich. »Mal sehn, was diese fürchterliche Schule aus dir gemacht hat.«
James lächelte sie an und errötete ganz leicht unter ihrem forschenden Blick.
»Ganz passabel«, erklärte sie schließlich. »Obwohl du offensichtlich nicht genug zu essen bekommst. Du bist ja so dünn wie eine Bohnenstange.«
»Das Essen ist schrecklich«, sagte James.
»Englisches Essen ist fast immer schrecklich, mein Lieber. Was das betrifft, hat man selbst in einem erstklassigen Hotel meist nicht sehr viel Glück. Du bist verwöhnt von meinen Kochkünsten, weißt du?«

Charmian war rund um den Erdball gereist und hatte Rezepte und Zutaten aus vielen Ländern mit nach Hause gebracht. Und so hatte James bereits Pasta aus Italien gekostet, Curry aus Indien, Couscous aus Nordafrika und Nudeln aus Singapur. Einmal hatte er sogar ein Gericht aus Mexiko probiert, Hühnchen mit Schokoladensoße, aber das war nicht ganz nach seinem Geschmack gewesen. Kein Wunder also, dass die langweilige, bodenständige Küche von Eton seinem verwöhnten Gaumen nicht gerade schmeichelte.

»Hast du mein Päckchen erhalten? Den Kuchen und die Kekse?«

»Ja, danke, sie haben mir über die Runden geholfen.«

Vor dem Bahnhofsgebäude wechselten die Zugreisenden auf die verschiedenen anderen Transportmittel um. Eine Gruppe von Leuten stieg in einen Bus, zwei Herren verstauten ihr Gepäck im Kofferraum eines Taxis, ein paar Einheimische wurden von ihren Verwandten oder Freunden mit Autos abgeholt und am anderen Ausgang des Bahnhofs öffnete ein livrierter Chauffeur gerade den Wagenschlag und George Hellebore stieg in einen eleganten schwarzen Rolls Royce.

»Alles okay, Jimmy?«

James drehte sich um. Red Kelly kam auf sie zugeschlendert. »Ist das deine Tante?«

»Ja . . .«

Bevor James noch etwas sagen konnte, schüttelte Kelly voller Begeisterung Charmians Hand.

»Nett, Sie kennen zu lernen, Tantchen«, sagte er und zwinkerte. »Ihr Neffe Jimmy ist 'n netter Kerl. Passen Sie auf ihn auf.«

»Das werde ich tun«, sagte Charmian verblüfft.

»Ich mach mich besser auf die Socken, der Bus fährt in einer Minute oder so ab . . . Vielleicht sehen wir uns ja mal, was, Jimmy?« Und im selben Augenblick war Kelly auch schon verschwunden.

»Wer um Himmels willen war das?«, fragte Charmian schmunzelnd.
»Ach, nur jemand, den ich im Zug kennen gelernt habe. Er war eine nette Reisebegleitung.«
Tante Charmian war mit dem eigenen Auto gekommen, einem großen Bentley in der Vierzylinder-Sportausführung. James liebte den Wagen und hatte für sich beschlossen, dass, sollte er jemals selbst ein Auto besitzen, es genau dieses Modell sein würde. Er ließ sein Gepäck in den Kofferraum fallen und nahm neben seiner Tante auf dem Beifahrersitz Platz. Charmian fuhr gut, aber schnell. Sie hatte wenig Geduld mit anderen Fahrern – was auf diesen Straßen kein Problem darstellte, denn es gab nur wenig Verkehr. Nur sehr selten begegnete man einem anderen Fahrzeug.
»Es ist noch ein gutes Stück zu fahren«, rief Charmian über das Brummen des Motors hinweg. »Ich nehme an, du bist ausgehungert. Wir werden unterwegs Halt machen und frühstücken. Es gibt da ein kleines Cafe in Kinlocheil, das ein halbwegs anständiges Frühstück serviert. Und, freust du dich auf die Ferien?«
»Ja.«
»Ich dachte, wir könnten heute Abend in den Zirkus gehen. Er hat seine Zelte in Kilcraymore aufgeschlagen. Das könnte ganz unterhaltsam sein.«
»Klingt gut«, sagte James, der schon seit Jahren nicht mehr im Zirkus gewesen war und sich insgeheim fragte, ob er überhaupt noch Gefallen daran finden würde.
»Wir werden jedenfalls versuchen das Beste aus diesen Ferien zu machen, hm?«
Sie fuhren um Loch Linnhe herum und dann weiter am Nordufer des Loch Eil entlang und erreichten schließlich Kinlocheil. Dort parkten sie das Auto und saßen kurz darauf an einem kleinen viereckigen Tisch in einem Cafe mit Blick auf den See.

»Frühstück ist die beste Mahlzeit des Tages«, sagte Charmian, nachdem sie Rührei, Schinken, Toast und Orangenmarmelade bestellt hatte. »Danach ist man für den Tag gerüstet.«
Als die Kellnerin kam und wissen wollte, ob sie eine Kanne Tee dazu wünschten, explodierte Charmian fast.
»Tee? Guter Gott, nein! Das ist doch nur trübe Brühe. Wie die Briten es geschafft haben, ein Empire zu errichten, obwohl sie dieses ungenießbare Zeug trinken, ist mir ein Rätsel. Und wenn sie weiter damit fortfahren, es zu trinken, wird das Empire nicht mehr lange bestehen. Nein, ein zivilisierter Mensch trinkt Kaffee.«
James schmunzelte in sich hinein – wie oft schon hatte er Tante Charmians Tirade gegen den britischen Tee gehört! Allerdings konnte er nicht bestreiten, dass ihre Überzeugung auf ihn abgefärbt hatte. Inzwischen bevorzugte auch er Kaffee, selbst wenn der ihm anfangs sehr bitter vorgekommen war und er ihn kaum hinuntergebracht hatte.
Nach dem Frühstück kehrten sie satt und zufrieden zum Bentley zurück und fuhren weiter Richtung Mallaig.
»Wie geht es Onkel Max?«, fragte James.
»Nicht sehr gut, fürchte ich. Du hast ihn schon eine Weile nicht mehr gesehen, nicht wahr?«
»Nicht seit Mutter und Vater tot sind.«
»Dann wirst du sicher einen Schrecken bekommen. Er ist fürchterlich abgemagert und jetzt hat er auch noch einen schlimmen Husten.«
»Wie ernst ist sein Zustand?«, fragte James unumwunden.
»So ernst er überhaupt nur sein kann. Der Arzt sagt, es sei ein Wunder, dass er so lange durchgehalten hat. Aber dein Onkel ist eine Kämpfernatur, zäh wie alte Lederstiefel. Trotzdem ist es irgendwie ungerecht. Wenn man bedenkt, was er in seinem Leben bereits alles durchgestanden hat . . . und jetzt wirft ihn ausge-

rechnet eine schnöde Krankheit um. Aber so ist es, das Leben ist nicht gerecht. Sein eigener Körper wendet sich gegen ihn, indem er in den Lungen mehr und mehr Krebszellen produziert und ihn langsam erstickt. Krebs ist eine fürchterliche Sache. Aber genug davon – dein Onkel freut sich schon sehr auf dich. Wie gesagt, ich glaube, dein Besuch wird seine Lebensgeister wecken.«

Ein oder zwei Meilen vor Glenfinnan bogen sie von der Hauptstraße ab und fuhren weiter nach Norden. Die kurvenreiche Straße führte in die kleine Ortschaft Keithly. Sie bestand aus lauter niedrigen grauen Steinhäusern, die sich im Schutz der Hügel aneinander drängten, bereit für alles, was die harten Winter bescheren mochten.

Das Cottage, in dem Max Bond wohnte, war etwas abseits gelegen. Sie fuhren die schmale Hauptstraße entlang, vorbei am Postamt und der Dorfkneipe, und bogen dann auf einen holprigen Weg, der, dem Lauf eines kleinen Flusses folgend, in einen Kiefernwald führte.

»Ich habe keine Ahnung, wie sehr das die Radaufhängung strapaziert, wenn man hier tagein, tagaus entlangfährt«, sagte Charmian, während sie das Lenkrad einschlug, um eine besonders enge Kurve zu meistern. »Zum Glück sind Bentleys sehr robuste Fahrzeuge.« Sie drehte sich zu James und lächelte. »Das Cottage wirkt zuerst ein wenig einsam, aber es gehen ständig Leute ein und aus. Da ist zum einen ein sehr nettes Ehepaar, dass sich um deinen Onkel kümmert: May Davidson und ihr Mann Alec. Seit über zehn Jahren kocht May nun schon für Max. Außerdem macht sie das Haus sauber und kümmert sich auch sonst um alles. Dann ist da noch der Arzt, der fast täglich vorbeikommt, und ein alter Kauz namens Gordon, der Max beim Angeln zur Hand geht . . .«

»Geht er denn oft angeln?«

»Ach herrje, sogar sehr oft. Wusstest du das nicht? Es ist sein Lebensinhalt. Darum hat er ja auch dieses Cottage gekauft – weil der Fluss praktisch vor der Haustür liegt und Max die Fischereirechte gleich mit übernehmen konnte. Man sieht ihn nie ohne eine Angel in der Hand. Vermutlich muss man sie ihm einmal mit in den Sarg legen.«

Sie umrundeten die letzte Biegung und dann lag das Cottage auch schon vor ihnen. Es schmiegte sich in eine kleine Lichtung und war so von Clematis, Geißblatt und Kletterrosen überwuchert, dass man die Umrisse kaum erkannte. Wenn alles blühte, dachte James bei sich, würde das Häuschen komplett unter der Pracht verschwinden.

Und dann sah er Onkel Max.

James war dankbar, dass Charmian ihn vorgewarnt hatte, denn Max sah tatsächlich sehr krank aus. Seine faltige Haut war von einem fahlen Gelb und er hatte so viel Gewicht verloren, dass seine Kleider viel zu weit waren und wie ein Sack an seinem Körper hingen. Er musste sich auf einen Gehstock stützen. Schon immer hatte er leicht gehinkt – das hing mit einer Verwundung zusammen, die er im Krieg davongetragen hatte –, und James hatte das sehr aufregend gefunden, aber jetzt fiel Max das Gehen sichtlich schwer. Was ihn nicht daran hinderte, es dennoch zu versuchen. Er humpelte auf das Auto zu, so schnell er konnte, und für einen Augenblick kam es James so vor, als sähe er den Mann von einst vor sich.

James früheste Erinnerung an seinen Onkel hing mit einem Besuch der großen Ausstellung des britischen Empires in Wembley im Jahr 1924 zusammen. Damals war sein Onkel eine unglaublich eindrucksvolle Erscheinung gewesen: groß und schlank, mit der stolzen, unbeugsamen Haltung eines Soldaten. James wusste noch genau, wie sie am Wembley Park aus dem Zug gestiegen waren und er sich an die Hand seines Onkels geklammert und sich einen Weg durch die vielen Menschen gebahnt hatte. Er erinnerte sich an die riesige Holzkonstruktion der Achterbahn und daran, wie sicher und geborgen er sich bei Max gefühlt hatte. Der Mann, der nun vor ihm stand, gebückt und schwach, schien eine völlig andere Person zu sein.

»James«, keuchte er und packte seinen Neffen an den Armen. »Wie wunderbar, dich wieder zu sehen, mein Junge. Willkommen in meinem kleinen Reich . . .«

Er war sehr kurzatmig und seine Worte gingen in einen blechern klingenden Husten über, der tief aus seiner Brust kam.

James wartete, bis der Anfall abgeklungen war. Max wischte sich mit einem Taschentuch über den Mund. »Tut mir Leid«, sagte er. »Ich fürchte, du wirst dich an dieses Bellen gewöhnen müssen. Komm, lass mich deinen Koffer tragen.«

»Unsinn«, fuhr Tante Charmian dazwischen. »Du wirst nichts dergleichen tun.«

»Du brauchst mich nicht gleich wie ein Baby zu behandeln, Schwesterherz«, sagte Max mit einem Anflug von Humor.

»Das tue ich nur dann, wenn du dich wie ein Baby benimmst«, entgegnete Charmian. Sie öffnete den Kofferraum und wuchtete den Koffer heraus. »Ich nehme das Gepäck. Geh du nur und zeig James die Umgebung.«

Das Cottage war viel größer, als es zunächst den Anschein hatte. Ursprünglich waren es sogar zwei kleine Häuser und ein Kuhstall gewesen, aber Max hatte ein paar Wände eingerissen und daraus ein einziges Gebäude gemacht. James' Zimmer war der einstige Heuboden unter den Dachsparren des alten Kuhstalls.

»Gib Acht, wo du gehst, sonst schlägst du dir andauernd den Kopf an«, sagte Max und klopfte gegen einen der dicken, schrägen Holzbalken.

»Daran bin ich gewöhnt«, erwiderte James. »Mein Zimmer in Eton ist nur halb so groß.«

Er sah sich um. Die Tapete an den Wänden zierten Rosen, die so aussahen wie die draußen vor dem Haus. Es gab ein hübsch zurechtgemachtes kleines Bett mit Eisengestell und auf den blanken Holzdielen lag ein bunter Webteppich. Neben der leuchtend blauen Tür befanden sich eine Schubladenkommode, auf der eine Vase mit frischen Wildblumen stand, und eine Öllampe.

»Hier liegen leider noch viele meiner alten Sachen rum«, sagte Max und zeigte James einen Stoß zerfledderter Bücher. Unter ihnen entdeckte James einige ihm wohl vertraute Titel – *Die Schatzinsel*, *Die Abenteuer des Sherlock Holmes*, *Das Dschungelbuch*, *König Salomons Schatzkammer*. Auf einem zweiten Regal standen bemalte Gipsfiguren: zwei Hunde, eine Katze, ein Affe und ein Drache.

»Die habe ich beim Schießen gewonnen«, erklärte Max. »Auf dem Jahrmarkt. Damals war ich etwa in deinem Alter. Und das hier . . .«, er zeigte James ein kleines Gemälde, auf dem ein Hirsch abgebildet war, »das hab ich gemacht.«

»Du hast das gemalt?«, fragte James ungläubig lächelnd.

»Ich hielt mich für einen Künstler. Habe vor dem Krieg sogar in Deutschland studiert . . . ist aber nichts dabei rausgekommen.«

James trat ans Fenster und schaute hinaus. Sein Blick glitt über den breiten, seichten Fluss und die Bäume.

»Wie wär's mit einer kleinen Angelrunde?«, schlug Max vor und gesellte sich zu ihm. »Mal sehn, vielleicht fangen wir ein paar Meerforellen fürs Mittagessen.«

»Meerforellen?«

»Silberlachse. Frisch aus dem Atlantik. Zurzeit wimmelt es nur so von ihnen. Vor einigen Tagen hat es kräftig geregnet, daher führt der Fluss sehr hohes Wasser, aber das wird sich bald wieder geben.«

»Ich verstehe nicht sehr viel vom Angeln«, sagte James entschuldigend. »Du könntest genauso gut Chinesisch mit mir sprechen.«

»Keine Sorge, mein Junge, wir werden schon noch einen richtigen Angler aus dir machen. Ist der Fluss nicht herrlich?«

»Ja, das ist er.«
»Weißt du, James, man kann einen Fluss betrachten, man kann an ihm entlangspazieren, man kann ihn malen, Steine hineinwerfen, aber wenn man wirklich ein Teil von ihm werden will, muss man darin angeln. Wenn du im Wasser stehst und mit einer Fliege fischst, bist du Teil der Natur. Du bist ein Reiher, du bist ein Eisvogel, und du lernst den Fluss kennen wie einen Freund. Manchmal verlierst du dich darin. Du stehst da und vergisst völlig, was du gerade tust, und dann – *zack!* – hast du einen Fisch an der Angel. Die Leine wird immer schwerer, sie bewegt sich unter deinen Händen, schüttelt sich wie ein Hund, und dann heißt es Mann gegen Fisch . . .«
In den darauf folgenden Stunden brachte Max James die Grundzüge des Fliegenfischens bei. Er zeigte ihm, wie man die Angelschnur aufzog, den Köder befestigte und die Angel auswarf, indem man sie zuerst kurz über die Schultern schnippte und sie dann mit Schwung nach vorne sausen ließ, so als schlüge man mit einem Hammer einen Nagel in die Wand, und wie dann die Schnur übers Wasser schnellte und den Köder genau an die Stelle brachte, an der man ihn haben wollte.
James machte es Spaß, die Angel auszuwerfen, aber er wurde ungeduldig, wenn nicht sofort ein Fisch anbiss. Einmal verspürte er einen Ruck an der Leine, verlor die Beute jedoch wieder. Max hatte noch weniger Erfolg als er.
»Das ist so eine Sache mit dem Angeln.« Max setzte sich am Ufer nieder und zog eine Packung Zigaretten aus der Tasche. »Man weiß nie, was als Nächstes passiert. Wenn man im Vorhinein genau wüsste, dass man einen Fisch fängt, wäre es sehr bald langweilig.«
James war sich da nicht so sicher. Er fand es ziemlich frustrierend, nichts zu fangen. Er sah zu, wie Max sich eine Zigarette in den Mund steckte, sie anzündete und gierig den Rauch inhalier-

te. Doch dessen zufriedenes Gesicht verzerrte sich gleich darauf und Max wurde von einem krampfartigen Husten geschüttelt, dass es James regelrecht schmerzte, es mit anzusehen. James fürchtete schon, der Husten würde nie aufhören, aber irgendwann kam Max zur Ruhe. Seine Augen tränten. Max wischte sich mit dem Taschentuch über die Lippen und betrachtete seine Zigarette mit dem Goldstreifen vor dem Filter. »Ich fürchte, diese Dinger tun meiner armen, alten Lunge nicht gerade gut«, sagte er mit heiserer Stimme.

»Warum hörst du nicht auf damit?«, fragte James.

Max räusperte sich. »Ja, warum eigentlich nicht? Nun, zum einen ist es dafür wohl schon zu spät, der Schaden ist bereits da und ich werde wohl eher früher als später daran sterben.« Er wurde von einem weiteren Hustenanfall gepeinigt. »Also kann ich ... genauso gut ... weitermachen und es genießen ... solange es geht ...«

»Ich kann mir nicht vorstellen jemals zu rauchen«, sagte James.

»Gut für dich ...« Max rang nach Luft. »Das sind die Gewissheiten der Jugend. Weißt du, James, als ich jung war, hatte ich auch meine Überzeugungen, von denen einige, wenn man älter wird, leider in sich zusammenfallen. Das Leben hat die üble Angewohnheit, einen zu überlisten und so manchen Streich zu spielen. Ich habe während des Krieges mit dem Rauchen angefangen. Wir alle taten das; selbst wenn wir gewusst hätten, dass Rauchen tödlich ist, hätte es uns nicht weiter gekümmert, denn für uns gab es nur eine absolute Gewissheit: Wir würden in den Morastgräben des Schlachtfelds sterben. Der Tod war das Einzige, dessen wir uns sicher sein konnten.«

James war froh, dass er den Krieg nicht miterlebt hatte. Er konnte sich nur schwer vorstellen, was es hieß, zu kämpfen und einen anderen Menschen zu töten, um nicht selbst getötet zu werden.

»Vater hat nie vom Krieg gesprochen«, sagte er.

»Keiner von uns hat das. Zu vergessen war das Beste. Für mich war die Sache ein wenig komplizierter. Ich durfte gar nicht darüber reden.« Max zog die Augenbrauen hoch und sah James an.
»Was meinst du damit?«, fragte James.
»Vieles von dem, was ich im Krieg tat, war geheim.«
»Vater hat hin und wieder Andeutungen gemacht«, sagte James. »Mehr aber auch nicht.«
»Ich nehme an, inzwischen kann ich ruhig offen zu dir sein. So viele Jahre lang musste ich es für mich behalten. Ich war das, was man wohl einen Spion nennt.«
»Ein Spion?«, fragte James verblüfft. »Wie aufregend!«
»Findest du? Wenn es aufregend ist, dass die Angst einem in den Eingeweiden wühlt, dann ja. Damals habe ich das nicht so empfunden. Damals hatte ich einfach nur Angst, morgens, mittags und abends. Sie haben mich in Frankreich angeworben. Ich war verwundet worden, nichts Ernstes, nur eine Kugel im Bein . . . hier.«
Max rollte das Hosenbein hoch und zeigte James eine kleine, vernarbte Stelle oberhalb des Knies. »Ein glatter Durchschuss. Ich konnte allerdings einige Zeit nicht laufen. Im Krankenhaus traf ich einen Kerl und wir kamen ins Gespräch. Sie suchten jemanden, der fließend Deutsch sprach, und da ich vor dem Krieg in Deutschland gewesen war, beherrschte ich die Sprache noch recht gut.«
Max war ganz in seine Gedanken versunken; er sah James nicht an, sondern starrte über den Fluss hinweg. Er schien mit sich selbst zu sprechen und James nahm an, dass sein Onkel bisher wohl noch nie darüber geredet hatte. Es war, als wollte er sich endlich von seinen Erinnerungen befreien, solange er noch Zeit dazu hatte. Er erzählte von den Einsatzbesprechungen und von seiner Beförderung in den Rang eines Hauptmanns, von Codes und Passwörtern, dem Einsatz von Giften und Nahkampftechni-

ken. Er sprach von gefälschten Dokumenten und einem regelrechten Netz von Agenten. Und davon, wie er in einem Boot weit hinter die feindlichen Linien gelangte, wo er sich Herr Grumann nannte, der von Beruf Eisenbahner war, und so den gesamten gegnerischen Zugverkehr auskundschaften und an die eigenen Leute weiterleiten konnte. Er beschrieb die langen Tage und Wochen, in denen er sich als jemand anderer ausgab und insgeheim darum betete, nicht entdeckt zu werden, und dennoch Woche für Woche seine Berichte an seinen Verbindungsmann übergab, der diese dann nach Frankreich weiterleitete.

Plötzlich hielt er inne. Er saß schweigend da und starrte ins Wasser.

»Was passierte dann?«, fragte James nach einer Weile. »Haben sie dich geschnappt?«

Max drehte sich zu ihm um. Er wirkte überrascht, so als hätte er James neben sich ganz vergessen.

»Das ist eine andere Geschichte«, sagte er. »Ich erzähle sie dir ein andermal. Lass uns nach Hause gehen. Charmian wird sich schon fragen, wo wir abgeblieben sind.«

Charmian servierte zum Mittagessen ein gebratenes Huhn. Dazu gab es gedünstete Karotten, Kartoffeln und frisch gepflücktes, knackiges Frühlingsgemüse. James genoss jeden einzelnen Bissen. Nach dem Fraß in Eton war es die reinste Delikatesse.

»Weißt du irgendetwas von einem Jungen namens Alfie Kelly?«, fragte James seine Tante, als diese einen großen Apfelkuchen auf den Tisch stellte.

»Eine schlimme Sache«, sagte Charmian und schnitt den Kuchen an. Es roch verführerisch nach Apfel, Zucker und Zimt.

»Worum geht es denn?«, fragte Max. Er wirkte müde und schien beinahe am Tisch einzuschlafen.

»Du kennst doch Annie Kellys Sohn. Ich habe dir von ihm erzählt.

Der Junge ist etwa in James' Alter. Er wird seit einiger Zeit vermisst.«

»Ah ja, ich erinnere mich«, sagte Max. In sein Gesicht kam wieder etwas Leben und er richtete sich in seinem Stuhl auf. »Ich hab mich seinerzeit selbst ein wenig umgehört. Weißt du, er war ein leidenschaftlicher Angler. Halte immer nach verwandten Anglerseelen Ausschau, James. Im Dorf geht man davon aus, er sei beim Angeln in einen Fluss gefallen – was absolut lächerlich ist. Er kannte die Angelgründe wie seine Westentasche und wusste genau um die Gefahren. Und wo ist seine Ausrüstung abgeblieben? Man hat sie nicht gefunden. Gordon behauptet, Alfie sei nach Loch Silverfin aufgebrochen. Er sagt, er habe den Jungen kurz vor seinem Verschwinden in diese Richtung gehen sehen. Das ist merkwürdig, denn niemand aus Keithly lässt sich mehr dort blicken. Wenn ich in besserer Verfassung wäre, würde ich eine kleine Wanderung unternehmen und mich dort umschauen.«

»Ist es nicht verboten, am Loch Silverfin zu angeln?«, fragte Charmian und reichte James seinen Teller.

»Das stimmt«, sagte Max. »Ebendeshalb hat es den Jungen ja gereizt. Mein Gott, was gäbe ich dafür, noch einmal in dem See zu angeln. Man konnte sicher sein, den besten Fang zu erzielen. Inzwischen gefällt es mir dort nicht mehr. Merkwürdige Leute wohnen da. Wenn du mich fragst, führt dieser Lord Hellebore etwas im Schilde.«

»Wie bitte?«, rief James und verschluckte sich fast an seinem Bissen. »Hast du gerade Lord Hellebore gesagt?«

Der Bamford & Martin-Tourenwagen

Lord Randolph Hellebore«, erklärte Max, »ist der Besitzer des Schlosses und der dazugehörigen Ländereien.«

»Sein Sohn ist in Eton«, sagte James.

»Ja, das habe ich gehört. Kennst du ihn?«

»Er ist ein paar Jahre älter als ich«, wich James aus, weil er nicht mehr dazu sagen wollte.

»Recht interessante Angelegenheit«, sinnierte Max. »Als vor einigen Jahren der alte Gutsherr ohne einen Erben starb, ging das Anwesen an Randolph und seinen Bruder Algar über. Der Bruder kam kurz darauf ums Leben – bei einem Unfall, wie es hieß. Das Schloss war in einem sehr baufälligen Zustand, jede Menge Schulden lasteten darauf, daher ging man davon aus, dass Randolph es verkaufen würde. Doch zur allgemeinen Überraschung tauchte er eines Tages hier auf. Mit seiner amerikanischen Packen-wir's-an-Mentalität machte er sich an die Arbeit. Er hat das alte Gemäuer sehr gut hergerichtet, das muss man ihm lassen.«

»Er ist reich, nicht wahr?«, fragte James.

»So reich wie Krösus. Ich habe ihn einmal getroffen, vor etwa einem Jahr. Er war freundlich, wenn auch ein wenig zu laut. Bei den Dorfbewohnern ist er recht beliebt. Er hat eine neue Schule bauen lassen und eine Veranstaltungshalle. Seither finden andauernd Tanzfeste statt. Hellebore will von den Einheimischen akzeptiert werden. Er möchte wie ein echter britischer Lord sein. Aber ich traue ihm nicht. Er ist ein Geheimniskrämer. Auf dem Schloss wimmelt es von bewaffneten Männern.«

»Warum?«
»Aus Sicherheitsgründen, wie er sagt. Er hat sich eine kleine Waffenfabrik eingerichtet und scheint irgendwelche zwielichtigen Pläne zu verfolgen.«
»Und was, glaubst du, hat er vor?«, fragte James.
»Hm«, brummte Max und legte den Löffel zur Seite. »Um ehrlich zu sein, ich weiß es nicht. Es gibt Gerüchte, mehr jedoch nicht. Aber aus meiner Vergangenheit weiß ich: Information ist die wichtigste Waffe im gesamten Arsenal. Je mehr man weiß, desto besser ist man gewappnet. Wie ich schon sagte, wenn ich nicht so ein körperliches Wrack wäre, würde ich mich selbst einmal umschauen. Gerüchte und Klatsch taugen nichts für Männer, sondern machen nur das Weibervolk glücklich.«
»Das reicht jetzt«, protestierte Charmian. »Wenn ich nur daran denke, wie du mit deinen Kameraden im Pub tratschst. Ihr seid schlimmer als eine Schar alter Hennen.«
Max grinste. »Das lässt deine Tante nicht auf sich sitzen, was, James?«
»Natürlich nicht«, sagte Charmian. »Ich kann es mit einem Mann aufnehmen.«
»Nicht so bescheiden, Schwesterherz. Du könntest jeden Mann das Fürchten lehren.« Max fing an zu lachen, aber das Lachen wurde zu einem Keuchen.
Charmian fing James' Blick auf und schenkte ihm ein aufmunterndes Lächeln. Ruhig schenkte sie ein Glas Wasser ein und reichte es ihrem Bruder. Nach einer Weile hörte der Husten auf. Dankbar trank Max das Glas aus.
»Du solltest dir heute Nachmittag etwas Ruhe gönnen«, sagte Charmian.
»Der Junge ist nur für kurze Zeit da, Charmian. Also gönn uns beiden doch ein wenig Spaß, hm?«
»Heißt das, ihr geht wieder zum Fluss?«

Max sah James mit einem schiefen Grinsen an. »Ich bin mir nicht sicher, ob James meine Begeisterung fürs Angeln teilt«, sagte er. »Aber ich weiß etwas, das ihn bestimmt interessieren wird . . .«

»Da ist es«, sagte Onkel Max und schob die große Scheunentür mit den verrosteten Angeln zurück. »Eine echte Schönheit, findest du nicht auch?«

Es dauerte einen Moment, bis James' Augen sich an das Dunkel gewöhnt hatten, aber dann kam die Sonne hinter einer Wolke hervor und schickte ihre Strahlen durch das schmutzige, hohe Giebelfenster und beleuchtete ein Auto, das mitten in der Scheune stand. Es erinnerte James an ein geduldig auf der Lauer liegendes Raubtier.

»Es ist ein 1,5-Liter-Tourenwagen von Bamford & Martin; ein Seitenventiler mit Kurz-Chassis«, verkündete Max stolz. Er trat ans das Fahrzeug und wischte mit einem sauberen Tuch den Staub von der Kühlerhaube.

James verstand nicht sehr viel von Autos und das meiste von dem, was sein Onkel ihm erklärte, sagte ihm absolut nichts. Aber von dem Augenblick an, als er das schlanke, schmal geschnittene, rasant aussehende Fahrzeug sah, war seine Neugier geweckt. Max knipste die Scheunenlampe an und James nahm das Auto genauer in Augenschein.

Es war ein Zweisitzer mit einer hohen, lang gezogenen Kühlerhaube, die aussah wie eine Hundschnauze, und einem Heck, das abgerundet war wie ein Boot. Der Wagen war weiß mit schwarzen Trittbrettern, die sich in elegantem Schwung über den schmalen Vorderrädern wölbten. Die zwei großen Scheinwerfer über der vorderen Stoßstange ragten wie Krabbenaugen hervor und hinter der niedrigen, eckigen Windschutzscheibe sah man ein riesiges Lenkrad, das förmlich dazu einlud, einzusteigen und loszubrausen.

»Der Wagen hat ein wenig Staub angesetzt, aber sonst funktioniert alles tadellos«, erklärte Max und schob das Verdeck zurück. »Das Auto ist für den normalen Straßenverkehr gedacht, aber früher, als ich noch nicht krank war, bin ich ein paar Mal auf der Rennstrecke von Brooklands gefahren. Nur so zum Spaß. Gewonnen habe ich nie. Dafür war ich zu hitzköpfig. Ich bin immer viel zu schnell gefahren und in den Kurven hat es mich dann rausgetragen. Einmal bin ich sogar gegen den großen Tim Birkin angetreten.«

»Gegen Tim Birkin? Den Rennfahrer?«, rief James beeindruckt.

»Genau den.« Max kicherte in sich hinein. »Der hat mir gezeigt, was Sache ist, das kann ich dir sagen. Ich habe nur noch eine Staubwolke von ihm gesehen und hin und wieder blitzte sein berühmtes blau-weißes Pünktchenhalstuch auf. Komm, lass uns 'ne kleine Spritztour machen.«

Max klappte eine Seite der Kühlerhaube auf und hantierte am Motor herum, dann klappte er sie entschlossen wieder zu und nahm auf dem Fahrersitz Platz.

»Er hat einen Anlasser«, sagte er und drückte auf einen Knopf. Der Aston Martin krächzte kurz, dann fing der Motor zu rattern an. In der Scheune kam James das Geräusch ohrenbetäubend laut vor.

»Komm rein!«, rief Max.

Als James einstieg, wackelte die Federung des Fahrzeugs.

»Ich habe den Wagen schon verdammt lange nicht mehr aus der Scheune geholt«, sagte Max. »Aber er springt immer, ohne zu mucken, an.«

James kam es so vor, als würde das Auto nur mühsam seine Ungeduld zügeln. Max legte den Gang ein, löste die Handbremse und los ging's. Mit einem Satz schoss der Wagen zur Scheune hinaus. Max lenkte ihn rasant um die Hausecke und bog auf den holprigen Zufahrtsweg.

James war noch nie zuvor so schnell gefahren und anfangs war er ein wenig ängstlich. Der Wind blies ihm ins Gesicht und nach wenigen Minuten klebten Scharen toter Insekten an der Windschutzscheibe. Der Wagen wackelte und hüpfte und das Kreischen des Motors hallte von den Bäumen wider. James rechnete jeden Augenblick mit einem Unfall. Er dachte an die Worte seines Onkels und dass er auf der Rennstrecke von Brooklands mehr als einmal die Gewalt über das Fahrzeug verloren hatte. Doch es dauerte nicht lange, bis er erkannte, dass sein Onkel nicht nur genau wusste, was er tat, sondern auch ein wahrer Könner hinter dem Lenkrad war. Sein Zutrauen in Max wuchs, und als sie schließlich in die Hauptstraße des Dorfes einbogen, hatte er Gefallen an dem Ausflug gefunden. Max sah ihn grinsend an. »Vor kurzem haben sie die Geschwindigkeitsbeschränkung von zwanzig Meilen die Stunde aufgehoben«, rief er über den Motorenlärm hinweg. »Aber ich fürchte, ich werde es nicht mehr lange genug ausnutzen können. Nicht dass ich mich zuvor ernsthaft daran gehalten hätte. Einmal habe ich den Wagen auf der Umgehungsstraße von Barnet bis auf hundert hochgejagt.«
Max' Gelächter verlor sich im Wind. Sie brausten durch Keithly und fuhren auf der Landstraße weiter nach Kilcraymore. Inzwischen war James vollauf begeistert. Und Max wirkte quicklebendig. Am Steuer war nichts mehr von seiner Schwäche und Gebrechlichkeit zu spüren, er wurde wieder zu dem glücklichen, sorglosen jungen Mann von einst.
In Kilcraymore machten sie an der Tankstelle Halt. Max befüllte den Tank und klappte die Kühlerhaube hoch, um James zu zeigen, was sich darunter befand.
»So ein Verbrennungsmotor ist schon eine tolle Sache«, sagte er und schaute bewundernd auf den öligen Metallblock. »Er wird die ganze Welt verändern.«
James besah sich die kompliziert aussehenden Fahrzeugteile.

»Wenn du mit dem Fortschritt mithalten willst«, sagte Max unvermittelt, »musst du begreifen, wie ein Auto funktioniert. Was weißt du darüber?«

»Nicht sehr viel, fürchte ich«, gestand James ein. »Ich weiß, dass man Benzin einfüllen muss, und das war's dann auch schon.«

»Also gut. Das ist schon mal ein Anfang. Was weißt du über Benzin?«

»Dass es sehr leicht Feuer fängt«, antwortete James.

»Richtig«, sagte Max. »Genau so ist es. Dieses Auto wird dadurch angetrieben, dass Benzin explodiert.«

»Aha.«

»Ja.« Liebevoll strich Max mit der Hand über den Motor. »In der Mitte dieses Eisenklotzes befinden sich vier Zylinder. In jedem von ihnen steckt ein Kolben, und diese Kolben sorgen dafür, dass der Motor läuft. Du kannst die Zylinder nicht sehen, weil sie mit einer Metallverkleidung ummantelt sind, in der zur Kühlung Wasser zirkuliert. Siehst du, das Wasser läuft durch dieses Rohr zum Kühler.«

Max berührte den Kühlergrill vorne am Auto. »Das Wasser wird durch einen Ventilator gekühlt, und da ist der Keilriemen, der ihn antreibt. Hast du das verstanden?«

»Ich denke schon. Mir geht nur das explodierende Benzin nicht aus dem Kopf.«

»Ja, tut mir Leid, mein Junge. Da habe ich zu weit ausgeholt. Das ist das Faszinierende an Benzinmotoren, es gibt so viele verschiedene Teile und sie alle greifen auf ganz wunderbare Art ineinander. Nun, dies ist ein Viertaktmotor. Das heißt, jeder Kolben durchläuft vier Arbeitsgänge.« Mit einer Handbewegung deutete Max eine Pumpe an, die auf- und abgleitet. »Auf und ab, auf und ab . . . Hast du das verstanden?«

»Ja.«

»Gut. Der Anlasser setzt diese Maschinerie in Bewegung. Wenn sich der Kolben herunterbewegt, entsteht ein Vakuum. Dieses Vakuum saugt einen dünnen Benzinnebel vom Vergaser an. Wenn sich das Benzin mit Luft vermischt, verwandelt es sich in ein hochexplosives Gas. Das ist der erste Takt – der so genannte Saughub. Als Nächstes kommt der Verdichtungshub, wenn der Kolben wieder zurückgleitet und das Gas zusammenpresst. Wenn er erneut herunterfährt, löst er einen Zündfunken aus, und zwar bei diesen kleinen Dingern hier, den so genannten Zündkerzen.« Max deutete auf eine Reihe glänzender Knöpfe oben am Motor und sah James erwartungsvoll an. »Und was, glaubst du, macht dieser winzige Funken mit dem komprimierten Benzin-Luft-Gemisch?«

»Er entzündet es«, sagte James.

»Erraten. Das ist die Explosion. Sie drückt den Kolben mit unheimlicher Wucht nach unten. Der Motor dreht die Kurbelwelle und das Schwungrad an und presst unseren Kolben wieder nach oben, wobei er alle Abgase, die bei der Explosion entstanden sind, aus dem Zylinder in den Auspuff mit dem Schalldämpfer und von dort in die Luft befördert.«

Max fuhr mit der Hand über den Motor.

»Das Geräusch des arbeitenden Motors«, fuhr er fort, »wird im Grunde genommen von zahllosen, kleinen Explosionen in allen vier Zylindern verursacht, die zusammen die Kurbelwelle antreiben.«

Er klappte die Kühlerhaube zu, richtete sich auf und packte James bei der Schulter. »Was ist? Hast du Lust, selbst zu fahren?«

James blickte seinen Onkel ungläubig an, um herauszufinden, ob der sich einen Spaß mit ihm machte, aber das auffordernde Lächeln seines Onkels war echt.

»Ja, sehr gern«, sagte James. »Und du erlaubst es mir tatsächlich?«

»Wir lassen es auf einen Versuch ankommen«, sagte Max. »Falls du dich als komplette Niete erweisen solltest, übernehme ich wieder das Steuer und wir versuchen es stattdessen mit dem Angeln, einverstanden?«

James strahlte übers ganze Gesicht. »Heute Morgen am Fluss, das war interessant«, sagte er. »Aber zu lernen, wie man Auto fährt, ist richtig spannend.«

»Spannend!«, brummte Max unwillig. »Das ist alles, was ihr jungen Leute heute wollt: Schnelligkeit, Nervenkitzel, Lärm und Aufregung. Kann's dir allerdings nicht verdenken, mein Junge. Im Krieg habe ich gelernt, dass man jede Gelegenheit im Leben beim Schopf packen muss, denn man kriegt keine zweite. Wie heißt es doch gleich? Verschwende deine Zeit nicht damit, nach einem langen Leben zu streben, sondern nutze jeden einzelnen Tag.« Nach diesen Worten wischte er die Hand an einem Lappen ab, bezahlte beim Tankwart die Benzinrechnung und dann machten sie sich auf den Rückweg nach Keithly.

Als sie in den holprigen Zufahrtsweg zum Haus einbogen, drosselte Max das Tempo und hielt den Wagen an.

»Wir können genauso gut auch gleich anfangen«, sagte er. »Hier gibt es keine anderen Autos, zudem ist es ein Privatweg und wir können tun, was wir wollen. Natürlich wäre ein ebener Straßenbelag besser, aber was soll's. Wenn du unter diesen Bedingungen fahren kannst, dann kannst du es auf einer richtigen Straße erst recht.«

»Was, wenn ich die Kontrolle über das Fahrzeug verliere und gegen ein Baum fahre oder so?«, fragte James.

»Ich brauche den Wagen ohnehin nicht mehr lange«, antwortete Max und starrte vor sich hin. »Es gibt niemanden, dem ich das Auto hinterlassen muss, wenn ich sterbe. May kann damit nicht viel anfangen und meine Schwester Charmian hat ihren geliebten Bentley. Wenn du den Wagen also zu Schrott fährst, dann ist das eben so. Aber ich sag dir was, wenn du gut mit ihm zurechtkommst, dann gehört er dir. Na, ist das Anreiz genug, nicht gleich gegen die erstbeste Eiche zu fahren?«

»Meinst du das ernst?«, fragte James und strahlte vor Freude.

»Komm her«, sagte Max. Er öffnete den niedrigen Wagenschlag und stieg aus, sodass sie ihre Plätze tauschen konnten. »Mal sehn, wie du dich anstellst.«

James rutschte auf den Fahrersitz und umklammerte das Lenkrad. Bei Max hatte das Autofahren so mühelos gewirkt, aber jetzt, wo er selbst hinter dem Steuer saß, sah alles ganz anders aus.

»Wofür sind eigentlich alle diese Hebel und Schalter gut? Und was ist das für eine Anzeige?«, fragte er seinen Onkel.

Max erklärte ihm alles. »Damit schaltest du die Scheinwerfer ein, das hier sind Zündmagnet und Anlasser, hier ist die Kühleranzeige – und das ist eine Uhr. Ich nehme an, du weißt, wozu die gut ist?«

»Daran lässt sich die Uhrzeit ablesen.«

»Volltreffer! Und was haben wir sonst noch? Armaturenbeleuchtung, Tacho, Öldruckanzeige, einen Voltmeter, der den Ladezustand der Batterie anzeigt, und schließlich noch die Vergaserregelung. Mach dir keine unnötigen Gedanken. Mit der Zeit lernst du, wozu sie alle da sind, keine Sorge.«

»Und diese Hebel?«

»Das sind Handbremse und Schaltung. Und die drei Pedale sind Fußbremse, Gaspedal und Kupplung. Kommst du mit dem Fuß gut hin?«

»Ich glaube schon.«

James drückte aufs Gas. Es war gar nicht so einfach, denn sein Bein war gerade lang genug, dass er mit dem Fuß das Pedal erreichte. Der Motor heulte auf wie ein brüllender Löwe. James grinste, aber sein Herz schlug ihm bis zum Hals. Er nahm den Fuß wieder weg und sofort gab der Motor nur noch ein sanftes Schnurren von sich.

»Richtig so«, sagte Max. »Beim nächsten Mal bist du etwas behutsamer. Den Motor anzuwerfen und anzufahren ist das Schwierigste. Für dich *und* für das Auto. Stell dir vor, du kletterst auf einen steilen Berg. Beim Anstieg musst du kleine, rasche und kraftvolle Schritte machen, und es ist furchtbar anstrengend. Beim Abstieg jedoch kannst du große Schritte machen, die nicht so viel Energie kosten. So ähnlich ist es auch beim Auto. Um anzufahren, braucht es viel Kraft, wenn es aber erst einmal fährt, dann ist es leichter. Hast du das verstanden?«

»Ich glaube, ja.«

»Gut. Das ist der Moment, wo die Gänge ins Spiel kommen. Ah, was wären wir ohne Zahnräder? Räder, die ineinander greifen. Im ersten Gang bewegt der Motor so ein kleines Rad, das sich schnell dreht und so wiederum ein größeres Rad in Bewegung setzt, das langsamer dreht. Wenn man in den zweiten Gang wechselt, kommt ein noch größeres Rad ins Spiel, und so geht das alle Gänge durch, bis der Motor die Autoräder dreht, ohne dass ein Zahnrad dazwischen ist. Wenn es so weit ist, läuft das Auto von ganz allein und du musst nur noch lenken.«

»Bei dir hört sich das so leicht an«, sagte James nervös.

»Oh, es dauert eine Weile, bis du das mit den Gängen raushast«, sagte Max. »Aber du wirst sehen, bald denkst du gar nicht mehr darüber nach. Dann wird das Auto ein Teil von dir sein und du kannst es so einfach bewegen wie deine Arme und Beine.«

Max zeigte James die Anordnung der Gänge auf dem Schaltknüppel und dann übten sie das Wechseln der Gänge mit ausgeschaltetem Motor.

»Im Grunde genommen ist es ganz einfach«, erklärte Max. »Du trittst das Kupplungspedal durch. Dann legst du den ersten Gang ein, lässt die Kupplung langsam kommen, löst die Handbremse und los geht's.«

James trat die Pedale durch.

»Nicht so grob«, sagte Max. »Du musst das mit Gefühl machen, damit du die richtige Balance zwischen Gaspedal und Kupplung findest. Wenn du zu wenig Gas gibst, reagiert der Wagen störrisch und du würgst ihn ab, wenn es zu viel ist, macht er einen Satz nach vorn. Bist du bereit, es zu versuchen?«

»Das bin ich.«

Die ersten Versuche schlugen kläglich fehl, aber dann wurde es langsam besser. James' Nervosität wich konzentrierter Aufmerksamkeit und beim siebten Mal machte das Auto einen kleinen Satz und rollte los.

»Na also!«, rief Max. »Du fährst . . . in einen Graben! Pass auf!«

Max beugte sich vor, griff in das Steuer und lenkte den Wagen aus der Gefahrenzone heraus. Dann trat er fest auf James' Fuß, der über dem Bremspedal schwebte. Das Auto kam mit einem Ruck zum Stehen, der Motor beschwerte sich kurz und erstarb.

Max schüttelte den Kopf und lachte. »Ich sag dir was. Wir suchen uns eine Stelle, an der es nicht so viele Hindernisse gibt.«

Sie beschlossen, es auf der Koppel hinter dem Haus zu versuchen. Das Gelände war flach und die kleine Schafherde dort hatte dafür gesorgt, dass das Gras kurz und der Boden fest war. Nachdem James seine Verlegenheit überwunden hatte, konnte er es kaum erwarten, einen neuerlichen Versuch zu wagen. Diesmal setzte sich der Wagen schon beim dritten Mal in Bewegung. James lenkte das Fahrzeug über die Weide und ein zufriedenes Grinsen machte sich auf seinem Gesicht breit. Langsam gewann das Auto an Fahrt.

»Jetzt musst du in den zweiten Gang schalten«, rief Max, als der Motor aufheulte. »Das machst du genau so wie beim Anfahren. Du trittst die Kupplung, legst den Gang ein und lässt das Pedal wieder los.«

James befolgte die Anweisungen und mehr durch Zufall gelang ihm tatsächlich ein geschmeidiger Wechsel in den zweiten Gang.

»Guter Junge«, lobte ihn Max. »Langsam hast du den Dreh raus.«
In diesem Moment würgte James den Motor ab und sie kamen ruckelnd mitten auf der Weide zum Stehen, wo ein einzelnes Schaf gedankenverloren vor sich hin kaute.
Sie hörten jemanden rufen und drehten sich um. Charmian kam über die Wiese gelaufen.
»Setz mir ja nicht das Leben des Jungen aufs Spiel, hörst du?«, sagte sie vorwurfsvoll zu ihrem Bruder.
»Er ist ein Naturtalent«, erwiderte Max und stieg ungelenk aus dem Wagen.
»Wie fühlst du dich?«, fragte Charmian.
»Ich habe mich nie besser gefühlt.«
»Wie wär's dann mit einem kleinen Spaziergang?«
»Das ist eine ausgezeichnete Idee«, sagte Max und streckte den Rücken durch. »Ich bin steif wie ein Brett.«
»Na dann los.«
Sie durchquerten den Wald hinter dem Haus und stiegen langsam einen kleine Anhöhe hinauf, wobei sie darauf achteten, dass es für Max nicht zu anstrengend wurde. Gerade als die Sonne unterging, traten sie aus dem Wald hinaus auf offenes Gelände.
Ein Bussard segelte in luftiger Höhe über sie hinweg. Seine breiten, abgerundeten Schwingen sahen aus wie die Tragflächen eines Flugzeugs. Der Vogel stieß einen durchdringenden, seltsam traurig klingenden Schrei aus und flog auf seiner Suche nach Beute weiter.
Die drei Spaziergänger blieben stehen und ließen ihren Blick über das Moor schweifen, in dem Heidekraut, Stechginster und Farne wucherten. In der Ferne sah man die Berge. Eine dünne Rauchsäule, die hinter einem Gehölz aufstieg, war das einzige Zeichen menschlicher Gegenwart.
»Ist es nicht absurd, dass ein einzelner Mensch so viel Land be-

sitzt?«, sagte Max. »Und doch ist es so. Dies alles gehört Lord Hellebore.«

»Und wo ist das Schloss?«, fragte James.

»Siehst du die Hügel dort?«, fragte Max und deutete mit seinem Spazierstock in die Richtung.

»Ja.«

»Dahinter liegt Loch Silverfin. Das Schloss steht mitten im See, auf einer kleinen Landzunge, die fast wie eine Insel ist. Vom Dorf aus führt eine Straße dorthin. Aber die Leute vom Schloss wollen mit uns Normalsterblichen nichts zu tun haben. Sie bleiben unter sich und haben fast so etwas wie eine eigene kleine Ortschaft errichtet.«

James dachte an George Hellebore. Es war, als sei ihrer beider Schicksal miteinander verknüpft.

»Wir sollten besser umkehren«, mahnte Charmian. »Schließlich wollen wir heute Abend noch in den Zirkus gehen und es wird schon bald dunkel.«

»Und kalt«, sagte Max.

James schaute ein letztes Mal zu der Hügelkette in der Ferne und fasste einen Entschluss.

Sobald sich die Gelegenheit dazu ergab, würde er losziehen und Hellebores Schloss unter die Lupe nehmen.

Engländer mögen wir hier nicht

Max hatte keine Lust, in den Zirkus zu gehen, und nach einem raschen Abendessen, bei dem es Kanincheneintopf gab, zog er sich in sein Schlafzimmer zurück. James bemerkte, wie schwer seinem Onkel das Treppensteigen fiel. Alles Leben schien aus ihm verschwunden zu sein. Mit den eingesunkenen Schultern und dem unsicheren Gang sah er so gebrechlich aus wie ein neunzigjähriger Mann.

Später, als sie im Bentley saßen und auf dem Weg nach Kilcraymore waren, fragte Charmian James, wie sein Tag gewesen war.
»Oh, ganz wunderbar«, antwortete er. »Autofahren macht viel Spaß.«
»Gut. Ich hatte schon Sorge, du könntest es langweilig finden in der Gesellschaft von Erwachsenen.« Während sie sprach, hielt Charmian den Blick auf die kurvenreiche, holprige Straße gerichtet. »Max scheint sich blendend zu amüsieren. Seit ich hier bin, habe ich ihn noch nie so unternehmungslustig erlebt. Deine Ankunft hat ihn in Hochstimmung versetzt. Ich selbst bin, so fürchte ich, eine herbe Enttäuschung für ihn. Es ist mir nie gelungen, seine Begeisterung fürs Angeln zu teilen.«
Sie plauderten noch ein wenig über Max und seine Angelleidenschaft und fuhren dabei über einsame Landstraßen, die nur von den Doppelscheinwerfern des Bentleys erhellt wurden. Einzig das sanfte Brummen des Motors war zu hören. James bewunderte Charmians Fahrkünste. Nun, da er wusste, wie viel man am

Lenkrad eines Fahrzeugs zu beachten hatte, begriff er, was für eine ausgezeichnete Fahrerin sie war.
Die Fahrt ging wie im Flug vorüber und bald darauf tauchte vor ihnen das große, gestreifte Zirkuszelt auf. Es war mit Lichterketten geschmückt und sah im Dunkeln aus wie eine riesige Geburtstagstorte, die ein tollpatschiger Riese fallen gelassen hatte. Charmian stellte den Wagen auf einem schlammigen Acker ab und sie und James gesellten sich zu der Schar Einheimischer, die erwartungsvoll in den Zirkus strömte. James kam es so vor, als sei die gesamte Bevölkerung hier versammelt, so viele Leute tummelten sich auf dem Platz. Jung und Alt war da, angefangen von Kleinkindern, die von ihren Müttern auf dem Arm getragen wurden, bis hin zu gebückten, alten Männern mit langen weißen Bärten, und alle plauderten fröhlich, spazierten umher und zertrampelten das Gras.
Charmian und James kauften am Kiosk zwei Eintrittskarten und stellten sich in die Warteschlange vor dem Zelteingang. Neben ihnen ratterte ein dampfbetriebener Generator und eine Orgel spielte »Sweet Molly Malone«. Außerhalb des Zelts gab es vielfältige Attraktionen: eine Wurfbude, ein Schießstand, ein Spiegelkabinett, eine Wahrsagerin und verschiedene Verkaufsstände, die Süßigkeiten und kandierte Äpfel am Stiel feilboten. James hatte schon befürchtet, dass er vielleicht zu alt für diese Art von Vergnügen war, doch nun war er voller Vorfreude und fragte seine Tante, ob sie später noch Zeit hätten für eine Runde über den Rummelplatz.
Farbige Glühbirnen tauchten das Innere des Zelts in ein gedämpftes Licht und es roch nach Tieren und Sägespänen. Kaum hatte James seinen Platz auf einer Holzbank eingenommen, da intonierte die kleine Musikkapelle auch schon eine schräg klingende Melodie, die James als »Marsch der Gladiatoren« wieder erkannte. Ein dicker, schwitzender Zirkusdirektor führte die Pa-

rade der Artisten an: Akrobaten, Jongleure, Clowns, Pferde, ein müder, alter Elefant und eine Schar Affen.
James hatte schon bessere Vorstellungen gesehen, trotzdem genoss er es. Im Halbdunkeln inmitten von lachenden und applaudierenden Zuschauern zu sitzen und die bunten Lichter und die Musik auf sich wirken zu lassen, das alles schuf eine magische, fremdartige Atmosphäre.
Der erste Höhepunkt war ein Balanceakt. Zwei robuste weiße Ponys trabten im Kreis, während drei Mädchen in silbernen Glitzerkostümen auf dem Rücken der Pferde balancierten, von einem Tier zum anderen sprangen und sogar Purzelbäume schlugen.
Plötzlich änderte sich das Licht: Ein Schweinwerfer wurde direkt ins Publikum gerichtet. Er beleuchtete ein einzelnes Gesicht in der Menge. Es war das Gesicht eines Mädchens mit langen blonden Haaren, die zu seinem Pferdeschwanz zusammengebunden waren. Die Pailletten der Artistenkostüme spiegelten sich in dem Gesicht wider und warfen tanzenden Lichtpunkte auf die blasse Haut. Die Augen des Mädchens funkelten in dem lebendigsten Smaragdgrün, das James je gesehen hatte, weshalb er zuerst auch dachte, es sei nur ein Beleuchtungseffekt. Das Mädchen saß in der vordersten Reihe, ihm fast direkt gegenüber, und schaute wie hypnotisiert den Pferden zu. James war fasziniert, mit welch hingebungsvoller Intensität sie bei der Sache war.
Nachdem die Pferde die Manege verlassen hatten, änderte sich das Licht erneut und das Mädchen verschwand wieder im Dunkeln. Stattdessen wurde nun ein anderer Bereich des Zuschauerraums angestrahlt. In der Mitte der hell erleuchteten Sitzreihe saß ein großer Mann mit einem stattlichen Schnauzbart. Er trug eine flache Schirmmütze, eine nagelneue Tweedjacke und eine Hose mit Tartan-Muster. Es war unübersehbar, dass er sich als

Schotte kleiden wollte. Unter den einfachen, einheimischen Bauersleuten in ihren schlichten, gedeckten Farben wirkte er vollkommen fehl am Platz und James musste unwillkürlich schmunzeln. Der Mann hatte sich so bemüht, schottisch auszusehen, dass er nicht im Geringsten wie ein Schotte war.

Dann nahmen die Trapezartisten James' ganze Aufmerksamkeit in Anspruch. Hoch oben im Zirkuszelt flogen sie durch die Luft und hielten sich erst in allerletzter Sekunde an den Holmen fest. James hätte nicht sagen können, was ihm am besten gefiel – die Trapezkünstler oder der »stärkste Mann der Welt«. Er nannte sich der bärenstarke Donovan und hob mit den Zähnen Gewichte hoch. Mit einem triumphierenden Grinsen stemmte er zum Abschluss vier hübsche junge Mädchen aus dem Publikum in die Luft, die vor Vergnügen laut quietschten.

Als die Vorführung zu Ende war, traten Charmian und James in die kalte Nachtluft hinaus. James entdeckte Red Kelly in Begleitung einer mageren, erschöpft aussehenden Frau, die den Anschein machte, als wäre sie überall sonst lieber als ausgerechnet im Zirkus.

»Da ist mein Freund vom Zug«, sagte James.

Charmian blickte in die Richtung, in die er deutete. »Die Frau neben ihm, ist das nicht Annie Kelly?«

Unverzüglich steuerten sie auf die beiden zu.

»Hey, Jimmy«, sagte Kelly, als er James erblickte. »Wie geht's?«

»Hallo«, sagte James. »Ich hab dich drinnen gar nicht gesehen.«

»Aber ich dich«, erwiderte Kelly. »Ich hab dir zugewinkt, aber du hast nie in meine Richtung geschaut. Ach übrigens, das ist meine Tante Annie.«

»Hallo, Annie«, sagte Charmian, die mit Kellys Tante bekannt war. »Gibt's was Neues von Alfie?«

»Nein«, antwortete die abgehärmte Frau. »Leider nicht.«

Charmian drückte James einige Münzen in die Hand und schlug

ihm vor, sich ein wenig umzuschauen, während sie mit Annie plauderte.
»Wie kommst du voran?«, fragte James, als er mit Kelly über den Rummelplatz schlenderte. »Hast du schon was rausgefunden?«
»Nun mal langsam, Kumpel. Ich bin ja gerade erst angekommen.«
James versuchte sein Glück an der Schießbude, wo man mit einem verbeulten Luftgewehr auf Spielkarten schießen musste. Er kam bald dahinter, dass der Lauf verbogen und das Visier krumm war, und als er das beim Zielen mitberechnete, landete er tatsächlich ein paar Treffer und gewann einen Preis.
»Ich möchte Onkel Max etwas nach Hause mitbringen«, erklärte er. »Das wird ihm sicher gefallen.« Er entschied sich für einen kleinen Wachsoldaten in einer leuchtend roten Jacke und einer schwarzen Bärenfellmütze auf dem Kopf und verstaute die kleine Gipsfigur in seiner Hosentasche.
Sie gingen weiter zu einem Stand mit Süßigkeiten. Während sie die Berge von Naschereien begutachteten, wurde James auf George Hellebore aufmerksam, der gerade aus dem Zelt einer Handleserin kam.
»Sieh mal«, sagte er zu Kelly. »Das ist der Junge aus meiner Schule, der mit im Zug gewesen war.«
»Der Schlägertyp?"
James nickte. «Wie sich herausstellte, wohnt er hier in der Gegend. In einer Art Schloss auf den Ländereien Lord Hellebores. Sicher hast du schon davon gehört.«
»Oh, der ist das also.«
Mittlerweile hatte auch George sie bemerkt. Gleich darauf sprach er zwei große Bauernburschen an. James sah, wie er einem von ihnen Geld zusteckte, aber er dachte sich nichts dabei.
Kelly und er kauften sich eine Tüte Karamellbonbons und machten es sich damit im Gras hinter den Zelten bequem.
»Mein Onkel hält es für möglich, dass Alfie zum Schloss gegan-

gen ist, um dort zu angeln«, sagte James und kaute nachdenklich auf einem Bonbon. »Dort oben ist ein großer See, Loch Silverfin. Was meinst du, sollte man sich da nicht mal umsehen?«

»Ein bisschen rumschnüffeln kann nicht schaden«, stimmte Kelly zu und schabte mit schmutzigen Fingern ein klebriges Stück Toffee von seinen spitzen gelben Zähnen. »Wie wär's mit morgen? Hast du schon was vor?«

»Nein. Morgen ginge es«, sagte James.

Im selben Moment wurden sie von einem lauten Schrei aufgeschreckt.

»Hey, da sind sie!«

James blickte auf und sah zwei bullige Kerle auf sie zukommen. Die beiden waren groß und vierschrötig, mit struppigen Haaren und Sommersprossen in ihren sonnenverbrannten, wettergegerbten Gesichtern. Sie trugen schwere Stiefel und ihre Hände waren so groß wie Schaufeln.

»Gibt's was, Kumpels?«, fragte Kelly freundlich und legte vorsichtig die Tüte mit Süßigkeiten beiseite.

»Von wegen gibt's was, Kumpels!«, gab der größere zurück. Er hatte riesige Ohren und eine Nase, die gut zu ihnen passte. »Engländer mögen wir hier nicht.«

James wollte sie schon darauf hinweisen, dass er mit einer Schweizer Mutter und einem schottischen Vater ebenso wenig ein Engländer war wie sie, entschied dann aber, dass die Sache es nicht wert war. Die Jungen waren auf Ärger aus, ganz gleich, was er auch sagte.

Kelly stand lächelnd auf und machte ein paar Schritte auf den Sprecher zu. »Tut mir Leid, Schotte«, sagte er. »Aber wir wollen keinen Streit.«

Der Junge versetzte Kelly einen Schlag, während sein Kumpan mit erhobenen Fäusten auf James zuging. James sprang auf.

»Du willst also nicht kämpfen, was?«, sagte der angriffslustige

Raufbold mit hoher, piepsiger Stimme. »Typisch! Alle Engländer sind Feiglinge.« Mit einem hämischen Grinsen stieß er James gegen die Brust.

James stolperte und fiel auf sein Hinterteil. Der Junge lachte. Wie der Blitz sprang James auf. Sein Angreifer schüttelte spöttisch den Kopf und scharrte mit den Füßen. James ließ sich nicht einschüchtern. Er wich keinen Schritt zurück und sah dem anderen fest in die Augen. Als dieser ausholte, duckte James sich weg und schlug, ohne lange nachzudenken, zurück. Er hatte Glück und traf seinen Gegner in den Magen. Der Junge war eher verblüfft als ernsthaft verletzt und wollte gerade zu einer neuerlichen Attacke ansetzen, als sein Blick auf seinen Kameraden fiel. James hatte nicht die geringste Ahnung, was Kelly mit ihm gemacht hatte, aber das Großohr lag zusammengekrümmt am Boden, presste die Hand gegen die Magengrube und schnappte nach Luft. Seine Nase blutete. Bei seinem Anblick bekam es der kleinere Junge mit der Angst zu tun. Eilig half er seinem Freund auf die Beine.

»Alles in Ordnung mit dir, Angus?«, fragte er mit zittriger Stimme.

»Ja, ist schon okay.« Angus sah Kelly an, der gelassen dastand, als wäre nichts passiert.

Kelly streckte die Hand aus. »Nichts für ungut, Schotte«, sagte er. Nach kurzem Zögern schlug Angus ein.

»Komm jetzt«, wandte Kelly sich an James. »Lass uns zu den Mädels zurückgehen.«

James lachte und Kelly stimmte in das Lachen ein. Sie ließen die verdatterten Bauernburschen stehen und schlenderten davon. Als James wissen wollte, was genau Kelly mit seinem Gegner gemacht hatte, tippte der sich an die Nase und sagte listig: »Eines Tages verrate ich's dir vielleicht.«

»Bringst du mir bei, so zu kämpfen wie du?«

»Du bist doch ganz gut alleine klargekommen.«
»Ich hatte nur Glück. Der Kerl war ein harter Brocken. Es hat sich angefühlt, als würde man gegen einen Sack Mehl schlagen. Wenn er nicht kalte Füße bekommen hätte, wäre es schlecht für mich ausgegangen.«
»Das ist genau der Trick«, sagte Kelly. »Du musst sie in die Flucht schlagen, bevor sie dich in die Mangel nehmen können.«
Sie stießen auf ihre beiden Tanten, die ganz ins Gespräch vertieft neben dem Auto standen.
Charmian hatte Annie angeboten sie und Kelly nach Keithly zurückzufahren, daher quetschten sich alle vier in den Bentley. James fragte seine Tante, ob er am nächsten Tag mit Kelly einen Ausflug machen könne, und sie willigte ein unter der Bedingung, dass er bis zum Abendessen wieder zurück sei und keinen Unfug treibe.

In dieser Nacht lag James in seinem kuscheligen Bett in der Dachkammer und betrachtete den kleinen Gipssoldaten, den er auf dem Jahrmarkt gewonnen hatte. Seine Gedanken wanderten zu George Hellebore. Es schien, als würde jeder Schritt, den James seit dem ersten Zusammentreffen mit George auf der Straße in Eton unternommen hatte, ihn unweigerlich in eine ganz bestimmte Richtung führen, und zwar hin zu dem großen Schloss im Moor. James stellte sich vor, wie George irgendwo in diesem Schloss in seinem eigenen Bett lag.
Er postierte den kleinen Soldaten neben dem Wasserkrug auf dem Nachtkästchen und drehte sich auf die andere Seite. Das Mondlicht schien durch das Fenster und zeichnete ein silbern tanzendes Muster auf den Fußboden. James merkte, wie er langsam wegdämmerte.
Plötzlich war von draußen der erbärmliche Schrei eines Fuchses zu hören. Er klang so jämmerlich wie das Wehklagen eines klei-

nen Kindes. James lief es kalt den Rücken hinunter. Zu Hause bei seiner Tante in Kent hatte er schon häufiger Füchse schreien hören und dennoch schauderte es ihn. Aber da war noch etwas anderes: eine Enge in seiner Brust . . . eine innere Ruhelosigkeit. Er setzte sich auf und trank einen Schluck Wasser.
Er war aufgeregt.
Aufgeregt und auch ein wenig ängstlich.
Morgen würde er sich Hellebores Schloss näher ansehen.

Der Schwarze Sumpf

Max war bereits wach, als James zum Frühstück nach unten ging. Er saß am Küchentisch und stocherte mit dem Löffel lustlos in seinem Porridge. Eine ernst dreinblickende Frau mit straff zurückgekämmten Haaren lief geschäftig hin und her und machte sauber.

James gab seinem Onkel den Gipssoldaten, und Max stellte ihn stolz mitten auf den Tisch, damit er den Salzstreuer bewachte.

»So«, sagte er gut gelaunt und klatschte in die Hände. »Bereit für die nächste Fahrstunde? Und danach, dachte ich, könnten wir es noch mal mit dem Angeln versuchen. Jede Wette, wir holen heute Vormittag einen ganzen Schwarm aus dem Fluss.«

James wusste nicht, wie er es am besten sagen sollte, daher kam er gleich zur Sache. »Um ehrlich zu sein, Onkel Max«, begann er, »habe ich heute schon etwas anderes vor. Ich bin mit einem Freund, den ich im Zug getroffen habe, verabredet.«

Ein Anflug von Enttäuschung huschte über das Gesicht seines Onkels, doch gleich darauf war es vorbei.

»Natürlich«, sagte Max und zwang sich zu einem Lächeln. »Du bist ein Junge und willst dich nicht andauernd mit einem alten Kerl wie mir abgeben. Außerdem hast du mir gestern einiges abverlangt. Ein Ruhetag wird mir gut tun.«

James fühlte sich miserabel, weil er seinen Onkel im Stich ließ, aber Max wollte davon nichts wissen. Mit fröhlicher Miene stand er auf und räumte das Geschirr weg.

»Ach übrigens, das ist May«, sagte er und legte den Arm um die

Haushälterin. »Ein echter Schatz. Ich wüsste nicht, was ich ohne sie täte.«

May nickte nur kurz.

»Hallo«, sagte James und stellte sich vor.

»Nett, dich kennen zu lernen«, erwiderte May und fuhr mit ihrer Arbeit fort. In den folgenden Tagen kam James dahinter, dass May gar nicht so missmutig und brummig war, wie es den Anschein hatte, sondern lediglich scheu. Sie mochte kein unnötiges Geplauder und war Fremden gegenüber sehr zurückhaltend, aber wenn man sie erst einmal näher kannte, erwies sie sich als warmherziger Mensch und man merkte, wie sehr sie Max vergötterte.

James schlang das Frühstück hinunter, und um zehn Uhr stand er bereits vor dem Pub in Keithly und wartete auf Red Kelly. Laut pfeifend und die Hände in die Hosentaschen vergraben, kam dieser schließlich die Straße entlanggeschlendert. Die Mütze hatte er in den Nacken zurückgeschoben.

»He, alter Knabe!«, rief er, als er James sah. »Alles klar?«

»Ich denke schon«, sagte James und hielt einen Rucksack hoch, in dem sich das Mittagessen, eine Landkarte und ein Kompass befanden, den sein Onkel ihm mitgegeben hatte. Kelly hatte ebenfalls Proviant dabei, in einer kleinen braunen Papiertüte, aber abgesehen davon machte er nicht den Eindruck, als sei er gut gerüstet für einen langen Marsch durchs Moor. Er trug ein dünnes, kragenloses Hemd, eine abgewetzte schwarze Hose, die von Hosenträgern gehalten wurde, und unförmige, schwere Stadtschuhe.

»Okay, und in welche Richtung gehen wir?«, wollte Kelly wissen. Er zog die Nase hoch und sah sich fragend in alle Richtungen um.

»Ich hab das hier dabei«, sagte James und holte die Landkarte hervor.

»Zeig her«, sagte Kelly. James faltete die Karte auseinander und breitete sie auf einer niedrigen Steinmauer aus.
»Verflucht noch mal«, sagte Kelly und kniff die Augen zusammen. »Da kommt man ins Grübeln, was? Auf einer Karte von London gibt es nichts als Straßen und Häuser.« Sein schmutziger Finger stieß wie ein Raubvogel auf den Faltplan herab. »Und hier? Leere, absolute Leere.«
Tatsächlich markierten nur ganz wenige dünne Linien die Landstraßen, ansonsten bestand die Karte aus Hügeln, Wäldern, Flüssen und weiten, leeren Flächen.
»Wir befinden uns hier«, erklärte James und zeigte auf ein paar kleine Häusersymbole, die Keithly darstellten. »Und das ist die Straße zum Schloss.« Er folgte mit dem Finger der eingezeichneten Linie, die in vielen Windungen nach Norden führte.
»Nicht gerade der direkte Weg, was?«, sagte Kelly.
»Nein, denn es handelt sich um Sumpfgebiet. Siehst du die kleinen Symbole, die aussehen wie Grasbüschel? Und natürlich verbindet die Straße sämtliche Häuser und Farmen in der Umgebung. Bei dieser Brücke hier überquert sie den Fluss . . .«
»Ah ja, das ist ein Fluss, nicht wahr?«, sagte Kelly und starrte weiter auf die Karte.
»Ja. Der *An Abhainn Dubh*. Das heißt der Schwarze Fluss. Er fließt am Haus meines Onkels vorbei. Max hat mir gesagt, dass der Torf vom Moor in den Fluss sickert und das Wasser dunkelbraun färbt.«
»Das dauert ja eine Ewigkeit, wenn wir uns an diesen Weg halten«, beschwerte sich Kelly.
»Das werden wir auch nicht«, beruhigte ihn James. »Wir gehen querfeldein, das ist viel kürzer. Allerdings müssen wir aufpassen, die Sümpfe können gefährlich sein. Das gilt vor allem für die Gegend bei *Am Boglach Dubh*. Das heißt so viel wie der Schwarze Sumpf. Ich denke, es ist am besten, an dieser Furt den Fluss zu

überqueren und dann durch das Tal bis zur alten Klosterruine zu gehen.« James deutete auf eine Stelle, wo das Symbol für Sehenswürdigkeiten abgebildet war. »Ab da schlagen wir einen Bogen um das Moor und nehmen den Weg über die Hügel, wo der Boden trockener ist. Es dürfte nicht allzu schwer sein, den Pass von *Am Bealach Geal* zu erreichen. Von dort aus gelangt man direkt zum See.«

»Was soll dieser Fisch da bedeuten?«, fragte Kelly stirnrunzelnd und deutete auf die Karte.

»Das ist kein Fisch, sondern der See. Loch Silverfin. Er ist nach einem Riesenfisch aus einer schottischen Sage benannt. Dorthin ist Alfie womöglich gegangen. Der Punkt, der das Auge des Fisches markiert, ist Hellebores Schloss.«

Kelly betrachtete das Symbol auf der Karte.

»Da steht nicht Schloss, sondern *Caisteal*.«

»Das ist schottisch. Die Karte ist schon alt. Sieh mal, hier steht sogar der gälische Name – *It'Airgrid . . .*«

Aber Kelly hatte bereits das Interesse verloren und kickte stattdessen Steine. »Das Kartenlesen besorgst besser du«, sagte er.

»Einverstanden«, erwiderte James und verstaute die Landkarte in seinem Rucksack. »Dann mal los.«

Sie ließen die Ortschaft hinter sich und gingen in Richtung Moor. Der Weg schlängelte sich anfangs zwischen zerzausten Birken und Haselnusssträuchern hindurch, doch bald darauf erreichten sie freies Feld. Vor ihnen lag scheinbar endlos weites Grasland.

»Siehst du den Turm dort drüben?«, fragte James und deutete in die Richtung. »Das ist die Ruine eines alten Klosters. Dort legen wir eine Pause ein und überlegen, wie wir weitergehen.«

»Du bist der Boss, Jimmyboy«, sagte Kelly und schlug mit einem Stock, den er aufgelesen hatte, gegen das Gras.

Der Boden wurde immer feuchter und Kelly beschwerte sich

lautstark, weil das Wasser in seine Schuhe lief. Schließlich erreichten sie die Furt. Der Fluss war an dieser Stelle sehr breit und seicht und ging am Ufer in Morast über, daher mussten sie sich ihren Weg über Trittsteine suchen. Kelly rutschte zweimal aus und schickte ein paar deftige Flüche gen Himmel. Manchmal knöcheltief im Schlick versinkend, wateten sie weiter.

James trug Turnschuhe, die auf festem, felsigen Untergrund ungünstig gewesen wären, hier jedoch waren sie ideal. Bei jedem Schritt auf dem weichen Boden machten sie ein schmatzendes Geräusch.

Am Boglach Dubh – der Schwarze Sumpf – trug seinen Namen zu Recht. Das Wasser war schlammig braun und schwarze Insekten schwebten träge über der Oberfläche. James pflückte eine Hand voll Sumpfporst und zerdrückte die graugrünen Blätter in seiner Hand, die daraufhin einen kräftigen, harzigen Geruch verströmten.

»Da, nimm«, sagte er zu dem mürrisch vor sich hin grummelnden Kelly, »und reib dich damit ein. Es ist zwar noch etwas zu früh im Jahr, aber die Mücken sind wahre Quälgeister. Das hier wird sie fern halten.«

Kelly betrachtete die Pflanze und schnaubte.

»Nein danke«, sagte er verdrossen. Er zwängte sich an James vorbei und stapfte weiter.

Vierzig Minuten später erklommen sie den niedrigen Hügel, auf dem das Kloster einst stand. Es war kühl, doch Kelly schwitzte. Auf halber Strecke blieb er unvermittelt stehen, fluchte laut und spuckte auf den Boden.

»Heiliger Strohsack«, sagte er. »Dieses Herumwandern liegt mir nicht. Ich bin noch nie im Leben so viel gelaufen. Wie weit ist es noch?«

»Ich schätze, wir haben etwa die Hälfte geschafft«, sagte James. »Wenn wir erst einmal im Hügelland sind, wird es einfacher.«

»Ich dachte, wir sind schon längst in diesem verfluchten Hügelland«, jammerte Kelly. »Ist das hier etwa kein Hügel?«
»Ja, aber von jetzt ab wird der Weg steiler.«
»Und das kannst du alles aus dieser Karte lesen?«
»Komm weiter, ich zeig's dir gleich.«
Sie kämpften sich hinauf bis zur Ruine und setzen sich auf einen Teil des verfallenen Mauerwerks.
»Sieh mal«, sagte James und breitete die Landkarte aus. »Das sind Höhenlinien. Je enger sie gezogen sind, desto steiler ist das Gelände. Pass auf, im Augenblick befinden wir uns genau hier und . . .«
»Schon gut, schon gut, spar dir deinen Atem«, wehrte Kelly ab. »Wie gesagt, die Karte ist deine Angelegenheit. Wie wär's jetzt mit einem kräftigen Schluck?« Kelly holte aus der Tüte, die er die ganze Zeit über fest umklammert hatte, eine Flasche Bier hervor.
»Ich halte das für keine gute Idee«, meinte James lachend. »Sonst hast du nichts weiter dabei?«
»Keine Sorge«, sagte Kelly und fischte ein Messer aus seiner Hosentasche. »Das wird mich wieder auf Trab bringen.« Mit der Messerklinge öffnete er den Verschluss der Flasche und nahm einen langen Zug.
Anfangs schien Kellys Vorhersage auch zuzutreffen. Froh, festen, trockenen Boden unter den Füßen zu haben, marschierte er singend voran. Dazwischen gab er derbe Witze zum Besten, fragte James ein Loch in den Bauch und rauchte Zigaretten. Allmählich jedoch wurde er müde und mürrisch und fing an sich zu beschweren, so lange, bis James es satt hatte.
»Wenn du nicht andauernd jammern würdest, hättest du viel mehr Energie, um weiterzuwandern«, sagte er.
»Ich hab die Nase voll vom Wandern und ich hab die Nase voll von der Landschaft«, murrte Kelly. »Hier sieht alles gleich aus,

das ist doch völlig bescheuert. Es gibt keine Geschäfte, keine Häuser, nichts, was man betrachten kann. Nichts als Grasland und Steine und Hügel und – was ist das für ein stachliges Zeug, das meine Beine zerkratzt?«

»Stechginster.«

»Stechginster! Das hat mir gerade noch gefehlt. Und diese verdammten Mücken!« Er schlug sich auf den Handrücken. »Freie Natur und so, das sieht auf Bildern immer recht schön aus, aber die Wirklichkeit ist absolut öd. Ich bin völlig erledigt. Am besten, ich warte hier und du liest mich auf dem Rückweg wieder auf.«

James schüttelte den Kopf. Er war kein bisschen müde. Im Vergleich zu dem Querfeldeinrennen in Eton war das hier ein Kinderspiel. Ja, er genoss die Wanderung sogar. Die Landschaft war fantastisch. Man konnte meilenweit sehen: Hinter ihnen, im Süden, lagen der Fluss und der Wald und Keithly, und vor ihnen, hinter den felsigen Hügeln, erhoben sich die in dichte graue Wolken gehüllten Berge. Weiter im Westen fiel das Gelände ab bis hin zur Küste, und James war ziemlich sicher, in der Ferne das Meer zu sehen.

Er sog die frische, kalte Luft ein. Dann atmete er langsam wieder aus. Hier standen sie nun, frei und allein auf weiter Flur. Was konnte es Besseres geben? Noch ganz in Gedanken versunken, nahm er mit einem Mal ein Geräusch wahr, das der Wind herbeitrug. Ein lautes Donnern. Er schaute sich um und entdeckte in weiter Ferne die dunklen Umrisse von etwas, das sich rasch auf sie zu bewegte.

»Sieh mal dort drüben«, machte er Kelly darauf aufmerksam.

Eine Gestalt auf einem Pferd näherte sich ihnen.

»Sieht so aus, als wär's ein Mädchen«, sagte Kelly. Er blinzelte gegen die Sonne und hielt die Hand schützend über die Augen. »Und ein hübsches noch dazu.«

»Du hast vielleicht scharfe Augen«, sagte James, als er erkannte, dass der Reiter tatsächlich ein Mädchen war, das mit wehenden Haaren auf sie zugeritten kam.
»Ich erkenne einen hübschen Rock noch aus hundert Meilen Entfernung, Kumpel.«
Kurz darauf waren Pferd und Reiterin bei ihnen angelangt. Überrascht stellte James fest, dass es sich bei der Reiterin um das Mädchen aus dem Zirkus handelte. Das mit den langen blonden Haaren und den seltsamen grünen Augen.
Als sie auf gleicher Höhe mit ihnen war, hielt sie an und sprang mit einem Satz vom Pferd herunter. Das alles geschah blitzschnell, in einer einzigen fließenden, eleganten Bewegung.
James war beeindruckt.
»Hallo, ihr zwei«, begrüßte sie das Mädchen. »Unternehmt ihr eine Wanderung?«
»Ja«, sagte Kelly gespielt vornehm. »Wir schnappen ein wenig frische Luft, weißt du.«
»Woher kommt ihr?«, fragte sie und tätschelte den Hals des Pferdes. Das große schwarze Tier stand da, dampfend und schnaubend, und stampfte ungeduldig mit den Hufen. »Ich kenn euch nicht.«
»Wir kommen aus Keithly«, erklärte James. »Ich bin Max Bonds Neffe.«
»Ah, ja. Ich habe gehört, dass zurzeit ein Junge bei ihm wohnt.«
»Und ich bin sein Kumpel«, sagte Kelly. »Du kannst mich Red nennen.«
»Ich freue mich, euch kennen zu lernen«, sagte das Mädchen. »Ich heiße Wilder Lawless.« Sie strich über die Mähne des Pferdes. »Und das hier ist Martini. Wo wollt ihr eigentlich hin?«
»Ach, wir laufen nur so durch die Gegend«, wich James aus.
»Ja, es ist herrlich hier. Ich reite oft diesen Weg, man fühlt sich wie die Königin der Welt. Meistens begegne ich keiner Men-

schenseele, deshalb bin ich auch sofort zu euch hergeritten. Ich nämlich bin von Natur aus neugierig.«

»Hast du auf deinen Ausritten noch nie jemanden getroffen?«, fragte Kelly.

»Ach, hin und wieder schon. Manchmal begegne ich einem Bauern, der nach einem verloren gegangenen Schaf Ausschau hält, oder einer Wandergruppe.«

»Sagt dir der Name Alfie Kelly etwas?«, fragte Kelly. »Der Junge, der vermisst wird?«

»Natürlich«, erwiderte das Mädchen. »Jeder hier weiß darüber Bescheid.«

»Er ist mein Vetter«, sagte Kelly und strich über die Nüstern des Pferdes.

»Eine schlimme Sache«, sagte Wilder. »Es tut mir sehr Leid.«

»Hier in der Gegend hast du ihn wohl nie gesehen, oder?«, fragte Kelly.

»Ich weiß nicht recht.« Wilder überlegte einen Augenblick. »Einige Tage vor seinem Verschwinden habe ich auf meinem Ausritt einen Jungen gesehen, der eine Tasche über dem Rücken trug. Ich war allerdings zu weit weg, um ihn zu erkennen. Damals dachte ich mir ohnehin nichts weiter dabei. Ich konnte ja nicht wissen, dass bald darauf ein Junge vermisst würde.«

»Hast du das jemandem erzählt?«, wollte Kelly wissen.

»Ich habe es dem Lord gegenüber erwähnt.«

»Meinst du Lord Hellebore?«, fragte James.

»Ja. Etwa eine Woche später war ich wieder hier unterwegs, und da stieß ich auf Hellebore und seine Männer. Sie suchten ganz offensichtlich irgendetwas. Ich ging davon aus, dass sie bei der Suchaktion mitmachten, daher teilte ich Lord Randolph mit, was ich in der Woche zuvor gesehen hatte, und er versprach, es der Polizei zu melden.«

»Und, hat er das?«, fragte James.

»Keine Ahnung«, antwortete Wilder schulterzuckend. »Ich bin sicher, es hat ohnehin nichts mit der Sache zu tun. Ich muss jetzt los. Weiterhin noch viel Spaß.« Sie lächelte James an. »Dein Freund Red sieht aus, als hätte er ein wenig frische Luft nötig.« Sie setzte den Fuß in den Steigbügel, zog sich in den Sattel, winkte kurz, grub die Fersen in die Flanke ihres Pferdes und galoppierte davon. Ihr blondes Haar wehte im Wind. Lächelnd schaute Kelly ihr nach.

»Die ist vielleicht 'ne tolle Nummer«, sagte er und pfiff durch die Zähne.

»Was meinst du damit?«, fragte James.

»Na, sie ist doch 'ne echte Augenweide. Hübsches Ding. Und sie hat Klasse. Was meinst du, habe ich ihr gefallen?«

»Woher soll ich das wissen?«

»Ich denke schon. Könnte sogar sein, dass sie ein Auge auf mich geworfen hat.«

»Und ich denke, dass du komplett verrückt bist«, sagte James. »Komm jetzt, wir müssen weiter.«

Aber Kelly starrte dem Mädchen auf dem Pferd hinterher.

»Komm endlich!«, rief James. Widerstrebend wandte Kelly sich um und folgte ihm. Doch von nun an erwies er sich als reinstes Energiebündel. Statt zu jammern und kaum die Füße vom Boden hochzubekommen, lief er leichtfüßig voran und plapperte unaufhörlich von Wilder.

»Hast du ihre Beine gesehen? Tolle, lange Beine, wie bei einem Pferd . . . Und erst ihre Augen! Hast du schon jemals solche Augen gesehen? Grün. Die Augen einer Hexe . . .«

Und so ging es die nächsten zwanzig Minuten weiter, während sie die Hügelkette erklommen, die den See einschloss. Als sie den Pass von *Am Beahlach Geal* überquerten, hatten sie einen ersten Blick auf Loch Silverfin und auf das am anderen Ende des Sees liegende Schloss.

Schottische Schlösser, das wusste James, entsprachen nur selten der allgemeinen Vorstellung von romantischen Märchenschlössern. Sie hatten weder Zinnen noch Vorwerke oder runde Türme, sondern waren vielmehr große, viereckige Trutzburgen. Caisteal Hellebore machte da keine Ausnahme. Es war aus dunkelgrauem Granit erbaut und bestand aus zwei miteinander verbundenen, eckigen Gebäuden, die mehrere Stockwerke hoch waren. Das höhere der beiden Gebäude hatte ein steil abfallendes Dach und an jeder Ecke ragten kleine Türme in den Himmel. Das Gemäuer wirkte schroff und düster, insbesondere da es nur wenige schmale Fenster gab. Alles in allem machte Caisteal Hellebore einen kalten und abweisenden Eindruck.

Die Festung befand sich auf einer kleinen Insel, die über einen schmalen Damm mit dem Land verbunden war. Direkt neben dem Damm befand sich eine Reihe von hässlichen, neuen Gebäuden sowie eine morsche, riesige schwarze schottische Kiefer, die weit ins Wasser hineinragte und so aussah, als würde sie jeden Augenblick umfallen.

Von ihrem Standort aus hatten die beiden Jungen auch den Zaun im Blickfeld, der See und Gebäude umgab. Sie setzten ihren Weg fort und mit jedem Schritt wurde es James mulmiger zu Mute. Die Sonne hatte sich hinter eine dicke graue Wolkenbank verzogen und es war kalt und dunkel geworden. Die Hügel schienen die zwei Jungen förmlich einzuschließen und James hatte das merkwürdige Gefühl, beobachtet zu werden. Kelly erging es ähnlich und so waren sie beide sehr auf der Hut, obwohl sie sich mit gleichem Fug und Recht hier aufhalten durften wie irgendjemand sonst.

Als sie direkt vor dem Zaun standen, stellten sie fest, dass er viel höher war, als sie zunächst angenommen hatten.

Kelly besah sich den Drahtzaun und stieß einen Pfiff aus. »Also ich käme nicht auf die Idee, über dieses scheußliche Ding zu klet-

tern«, sagte er. »Ich kann mir kaum vorstellen, dass Alfie den weiten Weg auf sich genommen und auf irgendeine Weise diesen verdammten Zaun überwunden hat, nur um im See zu angeln.«
»Angler sind ein seltsames Völkchen«, sagte James. »Sie ticken anders als du und ich.«
»Mag sein. Trotzdem . . .«
»Komm«, sagte James. »Vielleicht hat der Zaun ja ein Loch oder so. Am besten, wir laufen ihn ab und überprüfen das.«
Im Uhrzeigersinn umrundeten sie den Zaun, bis sie schließlich an eine Stelle kamen, wo jemand mehrere Tierkadaver an den Zaun gehängt hatte.
»Wie nett«, sagte Kelly. »Welches der Tiere hättest du gern zum Mittagessen?«
»Kein Bedarf«, erwiderte James. »Ich ziehe meine belegten Brote vor.«
Kelly las, was auf dem Schild geschrieben stand. »Betreten verboten! Privateigentum. Eindringlinge werden erschossen!« Er kicherte. »Neugierige Menschen mögen sie hier nicht, so viel ist schon mal klar. Vielleicht sollten wir einfach umkehren. Dieser Ort ist mir unheimlich.«
»Sieh mal«, sagte James, der unterdessen in ein Gebüsch gegangen war, um sich dort umzusehen.
»Was gibt's denn?«, fragte Kelly und gesellte sich zu ihm. »Frische Erde«, sagte James und starrte auf den Boden. »Und auf der anderen Seite des Zauns ebenso.«
»Das heißt?«
»Das heißt, jemand könnte ein Loch unter den Zaun gegraben haben. Und ein anderer hat es wieder zugeschüttet.«
»Ja, aber es kann auch ein Fuchs gewesen sein. Und wie wir inzwischen wissen, mögen sie Tiere hier nicht besonders.«
»Das wäre natürlich auch eine Möglichkeit«, musste James zugeben.

»Aufgepasst!«, zischte Kelly plötzlich und zog James mit sich nach unten ins Gras. »Da kommt jemand.«
Sie spähten durch das Gestrüpp und sahen einen großen Mann, der von der entgegengesetzten Richtung kam und den Zaun abschritt.
»Rühr dich nicht vom Fleck!«, flüsterte Kelly. »Und keinen Mucks!«

Der Mann im Schottenkaro

James lag im kalten, feuchten Gras und spähte durch den dunkelgrünen, dornigen Ginsterbusch. Zuerst konnte er nichts erkennen, doch nach ein paar Sekunden sah er die Beine eines Mannes. War der Mann ihnen gefolgt? War er einer von Lord Hellebores Gutsarbeitern? Dann sah James, wie der Fremde angezogen war, und es fiel ihm wieder ein. Das war der Mann aus dem Zirkus, der mit der grellen Hose im Schottenkaro.

James sah, wie er mit dem Handrücken über seinen großen Walrossbart strich, laut die Luft ausstieß und sich umschaute. Ganz offensichtlich suchte er etwas. Die Frage war nur, was?

James hatte keine Angst. Tatsächlich konnte er nur mühsam ein Kichern unterdrücken. Hatte der Mann inmitten der einfachen Bauern im Zirkus bereits fehl am Platz gewirkt, so war sein Auftritt hier im Hochmoor noch viel unpassender. Dieser Mann war nicht vom Land, sondern kam aus der Stadt. James stellte ihn sich vor, wie er die Londoner Park Lane entlangspazierte oder in der Regent Street durch die Geschäfte bummelte. Aber auch dort passte er nicht hin. Im selben Moment begriff James, woran das lag. Der Mann war kein Brite. Er war Ire oder vielleicht . . . Amerikaner?

Ja, das war's. Der Mann war wie eine zum Leben erwachte Gestalt aus einem amerikanischen Film. James konnte ihn sich gut vorstellen, wie er mit Laurel und Hardy stritt oder an einer Schießerei unter Gangstern beteiligt war. Ja. Sein Platz war eine zwielichtige Hafenspelunke und nicht das schottische Hochland.

Er sah, wie der bullige Mann sich bückte und etwas auf dem Erdboden betrachtete. Dann richtete er sich wieder auf, schob die Mütze nach hinten und kratzte sich an seinem kahlen Schädel, bevor er mehrmals übertrieben gähnte und sich über den Bauch strich. Schließlich trat er scheinbar müßig vor das Warnschild und las den Text.
Nein, er war eindeutig kein Gutsarbeiter. Aber wer war er dann? Und was suchte er hier?
Der Mann gähnte erneut und blickte blitzschnell zu dem Gebüsch, hinter dem James und Kelly kauerten. Dann wandte er sich wieder dem Schild zu.
»Okay, kommt raus«, sagte er ruhig. »Ich weiß, dass ihr da seid.«
»Kommen Sie doch und holen Sie uns!«, rief Kelly zurück.
Der Mann lachte.
»Immer mit der Ruhe«, sagte er gelassen. »Ich tu euch nichts.« Sein harter Akzent war eindeutig amerikanisch.
»Ich habe ein Messer«, drohte Kelly und holte ein Federmesser aus seiner Hosentasche hervor.
»Und ich habe einen Hund, der General Grant heißt«, erwiderte der Fremde. »Aber das nützt uns alles beide nichts."
»Wovon sprechen Sie überhaupt?«, fragte Kelly.
»Ich mache ein wenig Konversation, das ist alles«, brummte der Mann. »Du brauchst kein Messer.« Er zog eine Zigarre aus der Jackentasche, biss das Ende ab, steckte sie zwischen seine dicken Lippen und zündete sie mit einem Feuerzeug an. Tabakrauch stieg James in die Nase.
»Lass gut sein«, flüsterte er Kelly zu. »Am besten, wir reden mit ihm.«
Kelly seufzte und nickte dann. Sie krochen hinter dem Gebüsch hervor, klopften den Schmutz und Blätter von ihren Kleidern und gingen zu dem Mann hin, der es sich inzwischen auf einem Felsbrocken gemütlich gemacht hatte.

»Dachte mir schon, dass ihr noch Kinder seid«, sagte er. »Ich habe euch vom Hügel aus gesehen. Erschrecken wollte ich euch allerdings nicht. Ich bin nur von Natur aus sehr neugierig.« Der Mann streckte seine große, kantige Hand aus. James schüttelte sie und betrachtete dabei den Fremden aus der Nähe.

Der Mann sah aus, als hätte er ein wechselvolles Leben hinter sich. Er hatte eine platt gedrückte, wulstige Nase, die beim Atmen ein pfeifendes Geräusch von sich gab. Sein linkes Ohr war vernarbt und ein Auge war blutunterlaufen, weil mehrere Äderchen geplatzt waren. Ganz offensichtlich hatte der Mann mehr Kämpfe ausgefochten, als ihm gut tat. Seine dunkelrote, fleckige Haut verriet, dass er häufiger zu tief ins Glas schaute. James roch seine Whiskyfahne. Außerdem schwitzte der Mann stark und wischte sich alle paar Minuten mit einem großen, getupften Taschentuch übers Gesicht.

»Mike Moran ist mein Name«, quetschte er zwischen den Zähnen hervor, denn in seinem Mundwinkel klemmte die Zigarre. »Besser bekannt als Meatpacker.«

Nun stellten sich auch James und Kelly vor.

»Wirklich nett, euch kennen zu lernen«, sagte Meatpacker und spuckte ein paar Tabakkrümel aus. »Ich habe euch beide im Auge behalten«, sagte er und tippte sich an das blutunterlaufene Auge. »Wollte wissen, was ihr vorhabt. Als ich vom Hügel herunterkam, wart ihr mit einem Mal verschwunden. Aber dem scharfen Auge des alten Meatpacker entgeht so schnell nichts. Ihr habt Spuren hinterlassen, seht ihr?« Er führte sie zu einer bestimmten Stelle und zeigte stolz auf einen Fußabdruck in der Erde.

»Indiz Nummer eins«, sagte er mit einem breiten Lächeln, das eine Reihe von stumpfen gelben Zähnen entblößte. »Ihr solltet in Zukunft etwas vorsichtiger sein.«

James starrte auf den Fußabdruck. Er war zwar kein Fachmann, doch er wusste gleich, dass etwas nicht stimmte. Dann erkannte

er, was es war. Der Abdruck war trocken und in die weiche Erde eingebrannt, was bedeutete, dass er nicht erst an diesem Tag entstanden war, sondern früher – als der Boden noch weich und feucht war, ehe ihn die Frühlingssonne der letzen Tage ausgedorrt hatte. James besah ihn sich näher. Nein, der Abdruck stammte weder von seinen Turnschuhen noch von Kellys alten Tretern.
Meatpacker stand auf und trat vor den Zaun. Er ließ seinen Blick über den See schweifen und sagte: »Ziemlich einsam hier oben. Was habt ihr zwei hier zu suchen?«
»Wir sind durch die Gegend gewandert«, sagte James und forderte Kelly mit einer raschen Handbewegung auf, sich den Fußabdruck genauer anzuschauen. Kelly schielte in die Richtung, verstand jedoch nicht, was James meinte, und zuckte ratlos mit den Schultern.
Meatpacker schlenderte zu dem Gebüsch, hinter dem sich die beiden Jungen versteckt gehalten hatten. »Was ist an diesem Gestrüpp so interessant?«, dachte er laut nach.
»Schau genau hin«, zischte James Kelly zu und deutete auf den eingetrockneten Fußabdruck. »Er stammt nicht von uns.«
Kelly probierte aus, ob sein Schuh zu dem Abdruck passte, aber er war zu groß. »Du könntest Recht haben«, sagte er leise, gerade als Meatpacker wieder hinter dem Gebüsch hervortrat und eine stinkende Rauchwolke in die Luft blies.
»He«, sagte er. »Was hattet ihr dahinten eigentlich zu suchen?«
»Wir sahen Sie kommen und hielten es für besser, uns zu verstecken«, erklärte James.
»Und warum glaubtet ihr euch verstecken zu müssen, hm?«, fragte Meatpacker. Er trat ganz nah an James heran und starrte ihn mit seinem gesunden Auge durchdringend an.
»Fremde mögen sie hier nicht«, sagte James. »Sie haben ja den Zaun und das Schild gesehen.«

»Ja, das habe ich. Und da fragt man sich doch: Warum brauchen die überhaupt so einen Zaun? Hier in der Einöde, Meilen von jeder Behausung entfernt. Also mir kommt das seltsam vor.«
»Genau«, stimmte James ihm zu.
Meatpacker lachte und schlug James so fest auf den Rücken, dass er in die Knie ging. »Also gut, ich nehme an, ihr beiden fragt euch, wer ich eigentlich bin«, dröhnte er. »Und warum ich hier herumschnüffle.«
»Die Frage drängt sich auf«, sagte Kelly. »Ein Schotte sind Sie ja wohl nicht.«
»Nein«, sagte Meatpacker und warf sich in die Brust. »Ich bin ein echter New Yorker. Geboren und aufgewachsen in der Bronx – von meiner Herkunft jedoch ein kampferprobter Ire.«
»Dacht ich's mir doch«, sagte Kelly grinsend. »Meine Familie kommt aus Galway.«
Zu Kellys Verblüffung umarmte Meatpacker ihn mit seinen großen Pranken. »Ah«, sagte er. »Es ist immer nett, einem Landsmann zu begegnen. Mein Großväterchen kam aus Shannon.«
»Wie wär's mit einem Schluck gegen den Durst, Mister Meatpacker?«, fragte Kelly und kramte die letzte Flasche Bier aus seiner Papiertüte hervor.
»Danke für das Angebot«, sagte Meatpacker. Er schnappte sich die Flasche, klemmte sie zwischen seine gelben Zähne, öffnete den Verschluss und spuckte ihn aus. Dann holte er tief Luft, setzte die Flasche an und trank sie in einem Zug aus. Zufrieden fuhr er mit der Zunge über die Lippen und rülpste laut.
»Das hat gut getan«, sagte er.
»Verraten Sie uns jetzt, was sie hier heroben tun?«, fragte Kelly.
»Nun, ich darf natürlich nicht zu viel preisgeben, aber da wir ja gewissermaßen Landsleute sind, will ich dir zumindest eines sagen. Ich bin Detektiv. Von der Detektei Pinkerton aus Amerika.«
»*Wir schlafen nie!*«, sagte James.

»Waaas?«

»So lautet das Motto, nicht wahr? *Wir schlafen nie*. Ich habe einiges über Pinkerton gelesen.«

»Das stimmt«, sagte Meatpacker. »*Wir schlafen nie.*«

»Heißt das, Sie untersuchen momentan einen Fall?«

»Also gut, Jungs, ihr müsst das für euch behalten, versprochen? Zurzeit bin ich an dem stinkreichen Kerl dran, dem dieser Zaun gehört und alles, was sich dahinter verbirgt.«

»Sie meinen Lord Hellebore?«, fragte James.

»Genau den. Ihr wisst sicher auch, dass er früher in Amerika gelebt hat.«

»Ja.«

»Er hatte einen Bruder, Algar, ein gut aussehender Bursche, was ich so gehört habe, der typische Lebemann. Ein Sonnyboy, dem die ganze Welt offen stand. Bis er plötzlich spurlos verschwand. Das wissen wir von Randolphs Ehefrau Maude. Sie kam eines Tages zu uns. Offenbar hatten ihr zunächst beide Brüder sehr gut gefallen und sie konnte sich nicht so recht für einen entscheiden. Algar war ihr Liebling, aber Randolph hatte die größere Ausdauer und er bedrängte sie so lange, bis sie schließlich einwilligte ihn zu heiraten und Algar aufzugeben. Doch sie konnte Algar nicht vergessen, und als er plötzlich wie vom Erdboden verschwand, stellte sie ihrem Ehemann natürlich Fragen, wurde von Randolph jedoch brüsk zurückgewiesen. Er ging sogar noch weiter und jagte sie zum Teufel. Er behauptete einfach, sie hätte ein Verhältnis mit einem anderen Mann, und ließ sich von ihr scheiden.

Aber so eine Frau ist Maude nicht. Sie wollte lediglich herausfinden, was mit Algar passiert ist. Also beauftragte sie uns und wir setzten unsere Spürnasen auf den Fall an. Es ist schwer. Dieser Mann hält auf seinem Schiff sämtliche Schotten dicht. Alles ist geheim. Niemand weiß genau, was er im Schilde führt.« Meatpacker senkte die Stimme zu einem verschwörerischen Flüstern. »Mit Ausnahme von mir . . .«

»Ja?« James beugte sich zu ihm heran.

Meatpacker tippte sich an die Nasenspitze und kniff das trübe rote Auge zu. »Ich kann euch sagen, was er im Schilde führt: nichts Gutes!« Er legte den Kopf in den Nacken und brüllte vor Lachen.

Nachdem er lange genug über seinen eigenen Scherz gelacht hatte, erzählte er weiter. »Bald darauf zog Randolph die Segel auf und stach in See. Sein Ziel: das gute, alte Schottland. Und warum, glaubt ihr, hat er das getan?«

»Weil er den Landsitz geerbt hat«, sagte James.

»Gewiss. Aber seine Geschäfte in Amerika liefen ausgezeichnet. Welchen Grund sollte er haben, das aufzugeben? Wovor rannte er weg? Und was geschah mit seinem Bruder?«

»Wissen Sie es denn?«, fragte James.

»Vielleicht lief ja doch etwas zwischen Randolphs Ehefrau und seinem Bruder Algar. Vielleicht hat Randolph ihn in die Wüste gejagt und sich die Firma allein unter den Nagel gerissen. Vielleicht ist ein Experiment schief gelaufen.«

»Ein Experiment?«, fragte James nach. »Ich dachte, er betreibt Waffenhandel.«

»Das tut er auch. Und dazu gehört, dass er sich nach neuen Waffen umsieht, damit er auf dem Markt immer das Allerneueste anbieten kann. Er betreibt eigene Forschungen, um so der Konkurrenz ein Schnippchen zu schlagen.«

Kelly pfiff anerkennend. »Das heißt, er bastelt an einer neuen Bombe herum?«

»Keine Ahnung«, sagte Meatpacker. »Eine neue Bombe? Kann sein. Oder eine neue Waffe, die um die Ecke schießt? Ein Panzer, der schneller fährt? Ein größeres U-Boot? Wer weiß? Vielleicht sogar ein unsichtbares Flugzeug oder irgendetwas in dieser Art.«

Er kicherte. »Was immer es auch ist, es dient nur dem einen Zweck, noch mehr Leute noch wirkungsvoller umzubringen.«
Seine Worte brachten James auf einen Gedanken. »Glauben Sie, Lord Hellebore ginge so weit, jemanden zu töten, nur um sein Geheimnis zu bewahren?«
Meatpacker kaute auf seinem buschigen Schnurrbart herum. »Gute Frage«, sagte er nach einer Weile. »Und die simple Antwort lautet: Ich weiß es nicht. Wenn er bereits seinen Bruder getötet hat, warum sollte er nicht noch einmal morden? Es gab eine Reihe von Unfällen, weitere Leute sind verschwunden, Leute, die für ihn arbeiteten. Seine Frau behauptete sogar, dass er sie umbringen lassen wollte und es wie ein Unfall aussehen sollte. Echte Beweise dafür gibt es allerdings nicht.«
»Haben Sie von Alfie Kelly gehört?«, fragte James und erzählte in knappen Worten, was ihn und Kelly zum See geführt hatte.
Als er geendet hatte, stand der Detektiv auf und streckte sich. Seine Weste im Schottenkaro spannte sich so stark über der Brust, dass die Knöpfe aufzuplatzen drohten. »Also deshalb schnüffelt ihr herum. Ihr wollt auf eigene Faust ermitteln.«
»Und wir haben auch schon etwas herausgefunden«, sagte James und zeigte Meatpacker das frisch zugeschüttete Erdloch hinter dem Gebüsch.
»Also gut, Jungs«, sagte Meatpacker und nahm einen Schluck aus seinem silbernen Flachmann. »Diese Angelegenheit gehört in die Hände eines Profis. Lasst die Finger davon, ihr bringt euch nur in Schwierigkeiten. Was ich gerade von euch gehört habe, fügt sich ins Bild. Und das sagt uns: Lord Hellebore ist ein sehr gefährlicher Mann. Aber ich bin vorbereitet . . .«
Mit der übertriebenen Geste eines drittklassigen Zauberkünstlers fummelte Meatpacker an seinem Hosenbein herum. Um sein Schienbein hatte er ein Lederhalfter geschnallt, in dem ein kleiner, perlmuttbeschlagener Revolver steckte.

»Ist das eine Derringer?«, fragte Kelly.

»Das will ich wohl meinen.«

Kelly lachte. »Ich dachte, das ist eine Pistole für Frauen.«

»Und bin ich denn nicht auch ein Mann für Frauen?«, erwiderte Meatpacker und lachte erneut sein dröhnendes Lachen. »Sie sieht vielleicht wie ein Spielzeug aus, aber glaubt mir, sie hat mir schon aus vielen brenzligen Situationen herausgeholfen. Aber Schluss damit, ich habe noch Arbeit zu erledigen. Meinetwegen könnt ihr zwei eine Weile mitkommen, solange ihr in Deckung geht und mir nicht in die Quere kommt. Aber wenn's ernst wird, dann habt ihr hier nichts zu suchen, verstanden?«

Meatpacker sah sich in der Gegend um und gab währenddessen haarsträubende Geschichten von seiner Arbeit als Pinkerton-Detektiv zum Besten. Er berichtete von Überwachungsaktionen und Schießereien und Faustkämpfen in düsteren Hinterhöfen. Er schilderte blutüberströmte Leichen und grelle Explosionen in dunkler Nacht. Es klang aufregend und abenteuerlich und James löcherte ihn mit Fragen. Meatpacker genoss es sichtlich, ein Publikum zu haben. In dem einsamen, menschenleeren Moor hatte er sich etwas verloren gefühlt. Er war ein redelustiger Geselle, der nicht gern allein war.

Als er der Meinung war, dass es auf dieser Seite des Sees nichts mehr herauszufinden gab, gingen sie zu dritt am Zaun entlang Richtung Schloss, wobei sie darauf achteten, im Schutz der Hügel zu bleiben. Wenig später kamen sie an eine Stelle, wo das Wasser aus dem See in einen Bach überging, der etwas weiter unten im Tal in den An Abhainn Dhubh, den Schwarzen Fluss, mündete. Der Bach war zu breit und es gab keine Furt, doch in der Nähe des Zauns stießen sie auf eine schmale Brücke.

Auf halbem Wege blieb Meatpacker mitten auf der Brücke stehen und strich sich über den Schnurrbart. »Was haltet ihr davon?«, fragte er und nickte in Richtung einer kompliziert aussehenden

Konstruktion aus Betonblöcken, hölzernen Stegen und Netzen genau an der Stelle, wo der Bach unter dem Zaun hindurchfloss.

»Sieht aus wie ein Damm«, sagte Kelly.

»Könnte sein«, sagte Meatpacker. »Aber Wasser wird damit nicht gestaut.«

»Es hat vielleicht mit den Fischen zu tun«, meinte James.

»Ja«, stimmte Kelly zu. »Damit die Fische nicht reinkommen.«

»Oder damit sie nicht hinausgelangen«, ergänzte Meatpacker. Er spuckte ins Wasser und ging weiter. »Ist ja auch egal«, sagte er. »Wir sind schließlich nicht hier, um uns mit Fischen zu beschäftigen.«

Sie setzten ihren Weg fort. Eine Viertelstunde später erreichten sie eine geschützte Stelle, von wo aus man eine gute Sicht auf das Schloss hatte. Meatpacker holte ein Fernglas hervor und sie legten sich alle drei der Länge nach hin. Nach einer Weile setzte Meatpacker das Fernglas ab und reichte es an James weiter.

»Schau genau hin und sag mir dann, was du siehst«, forderte er ihn auf. »Bin gespannt, ob du scharfe Augen hast.«

»Wird gemacht«, sagte James. Er brauchte einen Augenblick, bis er sich zurechtgefunden hatte, doch dann hatte er die Dachspitze des Schlosses im Visier und ließ seinen Blick nach unten gleiten. Er stellte scharf, um besser zu sehen.

»Am Ende des Damms ist ein großer, mit Kies aufgeschütteter Parkplatz«, fing er an und beschrieb Meatpacker genau, was er sah. »Über eine Brücke gelangt man zum Haupteingang des Schlosses. Es ist keine Zugbrücke, die man hochklappen kann. Die untere Fensterreihe ist vergittert, die Fenster oben jedoch nicht.« Er nahm den Damm der Länge nach bis zum Ufer in Augenschein. »Ich sehe das Torhaus, das offenbar vor nicht allzu langer Zeit in Stand gesetzt wurde. Und am Ende des Zufahrtsweges befindet sich ein zweites Tor, durch das man in den umzäunten Bereich gelangt.

»Sonst noch was?«, fragte Meatpacker.
»Oh ja, da ist eine Art Wachhäuschen. Jemand sitzt darin, mit einem Jagdgewehr auf den Knien . . .«
Meatpacker nahm James das Fernglas weg. »Tatsächlich? Das ist mir gar nicht aufgefallen. Wo soll das sein?«
»Es ist in die Mauer hineingebaut, gleich neben dem Tor. Man kann es schlecht sehen, weil es im Schatten liegt.«
»Mein Gott, du hast Recht. Das hat du gut gemacht.« Meatpacker gab James das Fernglas zurück. »Das Schloss ist besser bewacht als der Buckingham-Palast! Schau, ob mir noch mehr entgangen ist.«
James hob das Fernglas hoch. Er sah, wie die schweren Schlosstore aufgingen und ein Mann in einem blutbefleckten weißen Overall herauskam. Er trug einen großen Eimer. Der Mann wandte sich um und sagte etwas zu jemandem im Schloss, dann ging er zu der Brücke und kippte den Inhalt des Eimers in den See. Es war eine trübe, blutige Brühe, in der rohe Fleischstücke und Innereien schwammen. James richtete das Fernglas aufs Wasser und sah, wie es mit einem Mal zu brodeln anfing, so als würde ein Lebewesen oder auch mehrere sich direkt unter der Oberfläche tummeln.
»Da schwimmt etwas im Wasser«, sagte er. »Ein Tier, glaube ich.«
»Das braucht uns nicht zu kümmern«, sagte Meatpacker. »Wir sind nicht hier, um Lord Hellebores Haustiere zu beobachten. Lasst uns weitergehen.«
»Augenblick noch«, sagte James. »Da kommt jemand aus dem Schloss.« Es waren zwei Personen: George Hellebore und sein Vater. Beide hatten Gewehre unter den Arm geklemmt. Lord Hellebore redete verärgert auf seinen Sohn ein. George hörte eingeschüchtert zu und machte ein verdrossenes Gesicht. Plötzlich blieben sie stehen. Lord Hellebore gestikulierte wild und dann versetzte er George einen so harten Schlag auf den Hinter-

kopf, dass dessen Mütze herunterfiel. Als George sich bückte, um sie aufzuheben, gab Hellebore ihm einen Tritt in den Hintern und George fiel der Länge nach hin. Randolph schaute seinen Sohn ein letztes Mal zornig an, wandte sich um und ging. George stand auf und wischte sich den Staub von der Jacke. Dann setzte er seine Mütze wieder auf, nahm sein Gewehr und folgte seinem Vater.

Am Torhaus wurden sie von einer dritten Person erwartet. Es handelte sich um einen klein gewachsenen Mann mit langen Armen und einem krummen Rücken, wodurch er aussah wie ein Affe. Seine lange Nase endete in einer wulstigen Kugel und sah aus wie ein Pingpongball mit Stiel. Auf seinem Kopf thronte ein völlig unpassender, verbeulter Bowler-Hut. Der Mann hatte ein wettergegerbtes fast purpurfarbenes Gesicht. Sein Alter ließ sich nur schwer einschätzen, obwohl er so alt aussah wie das zackige Felsengestein am See. Vier zerzauste Jack-Russell-Terrier flitzten um seine Beine herum. Er versetzte einem der Hunde einen Tritt, doch das Tier hatte offenbar damit gerechnet und wich geschickt aus.

Der Affenmann tippte grüßend an seine Hutkrempe und nahm von Hellebore dessen Gewehr entgegen. Hellebore machte eine kurze Bemerkung und dann verschwanden die drei im Torhaus.

Danach war alles ruhig. Meatpacker und die beiden Jungen warteten noch eine Weile, ehe sie vorsichtig ihr Versteck verließen und weitergingen, bis sie zu der Landstraße kamen, die in Wirklichkeit kaum mehr als ein schlammiger Weg war mit tief eingegrabenen Reifenspuren. An einer Biegung, an der sie vom Schloss aus nicht zu sehen waren, wagten sie es, schnell die Straße zu überqueren. Sie schafften es gerade noch rechtzeitig, hinter einem Felsbrocken Schutz zu suchen, als ein Lastwagen vom Schloss die Straße nach Keithly entlanggerattert kam. Er rumpel-

te und schaukelte an ihnen vorbei und die Hinterräder spritzten den Schlamm in alle Richtungen.
»Das war knapp«, sagte Meatpacker. »Von jetzt an müssen wir auf der Hut sein.«
Sie setzten ihren Weg fort und erklommen höheres Gelände, bis sie die weiteren zum Schloss gehörenden Gebäudekomplexe im Blickfeld hatten. Etwa zehn Fuß hinter dem ersten Zaun erhob sich ein zweiter, massiver Holzzaun von ungefähr zwölf Fuß Höhe, der oben mit Spitzen versehen war. Neben dem Eingangstor hatte man ein kleines Wachhäuschen aufgestellt und hinter dem Tor ragte ein Aussichtsturm in die Höhe, auf dem zwei Männer standen und Zigaretten rauchten.
»Hab ich's nicht gesagt, der Mann hat einen Geheimhaltungsfimmel«, murmelte Meatpacker. »Und seht mal dort drüben.«
Er deutete auf ein offenes Feld zwischen den Hügeln, wo das Gras sehr kurz gemäht war und neben einem Wellblechdachschuppen ein zweimotoriges Flugzeug parkte.
»Ein Behelfslandeplatz. Dieser Mann hat sich hier recht gut eingerichtet, das muss man ihm lassen. Bin gespannt, was sich hinter dem Zaun verbirgt.« Meatpacker machte Anstalten, eine krumme, knorrige Eberesche hinaufzuklettern, doch er war zu schwer und ungelenk und schaffte es lediglich bis zu den untersten Zweigen. Dann kam er nicht weiter und musste wieder hinabsteigen.
Er drückte James das Fernglas in die Hand.
»Hier«, sagte er. »Du hast gute Augen. Steig in den Baum und sag mir, was du siehst.«
Meatpacker gähnte und ließ sich unter dem Baum nieder.
James war ein geschickter Kletterer. Es dauerte nicht lange und er hatte die oberen Zweige erreicht, von wo aus er eine gute Sicht auf die hässlichen, neuen Betonklötze hatte, die ihm bereits am anderen Ende des Sees aus der Ferne aufgefallen waren.

Die Häuser waren um einige ältere Steingebäude herum angeordnet und in der Mitte war ein gepflasterter Platz, auf dem drei Lastwagen in einer Reihe parkten, von denen einer gerade abgeladen wurde.

»Und was laden sie ab?«, fragte Meatpacker, nachdem James ihm geschildert hatte, was er vom Baum aus sah.

»Ich bin mir nicht sicher«, antwortete James. »Es sieht aus wie Tierfutter.«

»Tierfutter?«

»Ja, und da sind auch noch Käfige, wenn mich nicht alles täuscht.«

»Na ja, irgendwie muss er seine Armee ja verköstigen«, sagte Meatpacker.

Und in der Tat sahen die Gebäude aus wie Armeebaracken. Männer eilten geschäftig hin und her. Die meisten von ihnen trugen Tweedkleidung und flache Mützen, gelegentlich jedoch hastete eine Gestalt in weißem Overall und Gummistiefeln vorbei.

»Entdeckst du irgendeinen Hinweis darauf, was sich in den Gebäuden befindet?«, gähnte Meatpacker schläfrig.

»Bei einigen handelt es sich wohl um Schlafräume«, sagte James, der hinter den Fenster so etwas wie Betten zu sehen vermeinte. »Und dann ist da noch so eine Art Wachstube. Die höheren Gebäude näher am Schloss könnten Fabrikhallen sein, aber wenn Sie mich fragen, wird dort kaum etwas so Großes wie Panzer oder Flugzeuge hergestellt . . .«

Meatpacker sagte dazu nichts. Von ihm war nur ein dumpfes, schnarrendes Geräusch zu hören. James blickte nach unten. Der Detektiv war eingeschlafen.

James kletterte vom Baum herunter. Kelly und er grinsten sich an.

»Wir schlafen nie!«, spottete James und beide prusteten los.

Meatpacker öffnete sein gesundes Auge.

»Ich habe nicht geschlafen, sondern nur ausgeruht«, sagte er.

Dann stand er auf und reckte und streckte sich. »Um ehrlich zu sein, diese Landluft macht mich müde. Ich bin ein Stadtmensch und an belebte Straßen und Scharen von Menschen gewöhnt. Ich weiß nicht, was ich hier anfangen soll. Von einem Baumstamm kann man keine Fingerabdrücke nehmen, ein Schaf kann man nicht als Zeuge befragen . . . Und dann die Einheimischen. Sie wollen mit mir nichts zu tun haben. Lord Hellebore hat sie mit Geld eingelullt, für sie ist er ein Held. Was er in seinem Schloss treibt, kümmert sie wenig.«

James sah prüfend zum Himmel hoch. Überrascht stellte er fest, wie spät es schon war.

»Wenn Kelly und ich es noch vor Einbruch der Dunkelheit bis nach Hause schaffen wollen, müssen wir uns langsam auf den Heimweg machen«, sagte er.

»Am besten, ihr geht gleich los«, stimmte Meatpacker ihm zu.

»Was werden Sie jetzt tun?«, fragte Kelly.

»Dranbleiben, was sonst? Ich werde im Freien übernachten und das Kommen und Gehen im Schloss beobachten. Es ist wichtig, die Tagesabläufe herauszufinden. Ihr beiden könnt mir aber trotzdem helfen. Horcht euch ein wenig um und stellt Fragen. Vielleicht sind die Leute zwei Jungen gegenüber weniger zugeknöpft als bei einem alten Zausel wie mir. Aber ihr müsst mir versprechen, nichts zu unternehmen, ehe ihr nicht von mir gehört habt. Ich bin derjenige, der dafür bezahlt wird, Risiken einzugehen.«

James und Kelly machten sich auf den Weg. James konnte sich des Eindrucks nicht erwehren, dass Mike Moran, genannt Meatpacker, nur schlecht gerüstet war für eine Nacht im Moor – es sei denn, er hatte irgendwo ein Zelt aufgeschlagen und Proviant mitgebracht. Ungeachtet dessen schien der Mann guter Dinge zu sein und gewiss hatte er in seinem Berufsleben weitaus ungemütlichere Situationen überstanden.

Die Ereignisse des Tages hatten Kellys Fantasie beflügelt und so erging er sich auf dem Rückweg in allerlei wilden Spekulationen, was Lord Hellebore in seinem Schloss am See wohl so treiben mochte.
James jedoch musste immerzu an den Fußabdruck denken und an den Jungen, von dem dieser Abdruck stammte ... und an den Mann im blutigen Overall, der den Eimer mit Tierabfällen in das schäumende Wasser gekippt hatte.

Der Kindermord von Bethlehem

Der prachtvolle Hirsch hatte sich stolz am Hang postiert. Mit den Vorderfüßen stand er auf einem Granitfelsen, der fast völlig von einem Kissen aus roten Lichtnelken überwachsen war. Es war ein großer Rothirsch, beinahe einen Meter fünfzig hoch, mit ausladendem Geweih. Er sah aus, als würde er für ein Foto posieren – als Herrscher der Schluchten. Prüfend sog er die Luft ein und röhrte. Er wusste, dass eine Gefahr in der Nähe war.

Rothirsche sind vorsichtige Tiere, sie sehen hervorragend und haben einen ausgezeichneten Geruchssinn. Eine falsche Bewegung, und der Bursche würde auf und davon jagen, über die Felsen.

Drei Gestalten in grauer Jagdkleidung kauerten in einer Mulde und warteten geduldig. Vorne war Randolph Hellebore. Der Länge nach ausgestreckt lag er in einem Bett aus Ehrenpreis und schaute angestrengt durch ein kleines Fernglas. Dann kam George, der verdrossen auf den Hinterkopf seines Vaters starrte, und dahinter, den unvermeidlichen Hut fest auf den winzigen Kopf gepresst, duckte sich Hellebores Faktotum Cleek MacSawney, der zugleich der Aufseher über die Jagd und die Fischerei war.

MacSawney füllte aus einer Flasche drei Becher mit Whisky. George blicke ihn angewidert an. MacSawney war förmlich mit Whisky getränkt, er trank ihn zum Frühstück, zum Mittag- und zum Abendessen. George hatte ihn nie essen sehen, nur trinken. Seine Haut sah aus wie ein gekochter Schinken, seine weiche,

fettige Nasenspitze war mit großen Poren übersät und die Bindehaut seiner wässrigen Augen war blutunterlaufen.
»Schau ihn dir an«, stieß Lord Randolph atemlos hervor, während er auf dem Bauch hin- und herrutschte und sich mit einem Ruck aufsetzte, sobald er sicher war, außer Sichtweite des Hirsches zu sein. »Ein Vierzehnender. Majestätisch.«
»Ein wirklich feines Tier«, knurrte MacSawney und reichte seinem Chef den Whisky. Randolph kippte ihn in einem Zug hinunter, als ob es Wasser wäre. George nippte an seinem Becher. Er hasste den Geschmack, er hasste es, wenn der Alkohol in der Kehle brannte und wie Säure im Magen lag – aber er hatte keine Wahl. Wenn er ein Jäger, ein richtiger Mann werden wollte, dann musste er mit seinem Vater mithalten.
»Wie weit ist er wohl entfernt?«, fragte Randolph.
»Achtzig Yard«, schätzte MacSawney.
»Wollen wir einen Schuss riskieren?«
»Jetzt oder nie«, sagte MacSawney, zog die Hülle von einem Gewehr und reichte es George.
»Von hier bis weiter hinauf ist das Gelände zu frei; wir sind weit oberhalb der Baumgrenze, und wenn wir den Felsrinnen folgen, dann bekommt er Wind von uns.«
Randolph wandte sich zu George und lächelte ihn an, wobei seine großen weißen Zähne unter seinem goldfarbenen Schnurrbart hervorschauten.
»Na denn los, mein Sohn«, sagte er, »er gehört dir ganz allein.«
»Ich weiß nicht recht, Dad«, erwiderte George. »Die Entfernung ist ziemlich groß.«
»Nein. Es ist an der Zeit, dass du deinen eigenen Hirsch schießt. Heute ist es so weit.«
George seufzte und ließ sich auf allen vieren nieder. Er war müde und hungrig und pudelnass. Sie waren dem Hirsch seit fünf Uhr morgens gefolgt. Nun war es fast schon dunkel, und alles, was

sie gegessen hatten, waren Haferplätzchen. Sie waren bei Anghreach Mhòr, weit oberhalb von Loch Silverfin und dem Schloss. Die Gegend hier war kahl und karg und der kalte Nieselregen hatte die Kleider völlig durchnässt.

Er nahm den Hirsch, der mit ruckartigen Kopfbewegungen an jungen Heidekrautschösslingen und Gras zupfte und dabei ständig auf der Hut war, ins Visier.

George war nicht erpicht darauf, das arme Tier zu erschießen, aber sein Vater erwartete es von ihm. Für seinen Vater war dies das Lohnendste überhaupt, was ein Mann machen konnte. Wie oft hatte er von den Freuden der Pirsch geschwärmt.

»Wir sind wie die Indianer«, pflegte er zu sagen. »Wir vergessen all die armseligen Verlockungen der Zivilisation. Mann gegen Tier, das ist der Platz, der dem Mann in der Natur gebührt. Der Mensch ist ein Jäger. Wir vergessen das heute leicht, aber so haben wir angefangen. Um ein Tier zu erlegen, braucht es Kraft, Stärke, Ausdauer, Geduld, eine ruhige Hand und ein schnelles Auge.«

Während George ihn belauerte, wandte sich der Hirsch um und ging bedächtig und vorsichtig bergauf.

»Er bewegt sich zu sehr«, flüsterte George.

»Ah«, stieß MacSawney zwischen den Zähnen hervor. »Wenn du noch lange hier sitzt, Bürschchen, dann wird er schnurstracks über den Gipfel dieses Berges gelaufen und schon halb in Glen Shiel sein. Du hast nur einen Schuss. Nutze ihn.«

George wusste nur allzu gut, dass MacSawney ihn nicht leiden konnte. MacSawney mochte niemanden außer Lord Hellebore. Er war bösartig, ein Spötter und ein Trunkenbold. Der frühere Gutsbesitzer war streng mit ihm gewesen und hatte so seine schlechten Eigenschaften gezügelt, aber Randolph hatte ihm freie Hand gegeben und mehr Macht, als er jemals zuvor besessen hatte. Auf diese Weise war er für ihn unverzichtbar und seine rechte Hand geworden. Tatsächlich hatte Lord Randolph sogar etwas Angst vor ihm. MacSawney war für Randolph eine Autorität im Dorf, ein weiser, alter Mann, der alle Überlieferungen kannte und der über alles, was mit dem Land und den Tieren zusammenhing, Bescheid wusste. George hingegen hatte längst begriffen, dass MacSawney keine Liebe für die Tiere empfand. Für ihn waren sie nur ein Mittel zum Lebensunterhalt, sie verdienten nicht mehr Zuneigung oder Achtung als ein Fels oder ein Baum. George war davon überzeugt, dass MacSawney Tiere im Grunde genommen hasste und keine Rechtfertigung dafür brauchte, um sie zu erschießen, ihnen mit Fallen nachzustellen, sie zu vergiften oder sie auch manchmal totzuschlagen.

»Töte ihn«, zischte MacSawney. »Los doch. Es ist deine letzte Chance.«

George zielte auf die Vorderläufe des Tieres und holte tief Luft. Er wusste, was er tun musste, und sagte es sich leise vor: »Ziele auf die Beine, und wenn du etwas Braunes siehst, dann schieß ... Ziele auf die Beine, und wenn du etwas Braunes siehst, dann schieß ...«

Aufgeregt wie er war, versuchte er das Gewehr ruhig zu halten und zog den Abzug vorsichtig nach hinten. Noch immer hielt er die Luft an. Das Tier bewegte sich. George atmete aus und fluchte leise. Sein Vater würde wütend werden, wenn er den Hirsch entkommen ließe.

Er hatte keine Wahl. Schnell legte er wieder auf sein Ziel an, schloss die Augen und drückte ab.

Er fühlte, wie das Gewehr mit einem gewaltigen Rückstoß gegen seine Schulter schlug, hörte, wie der betäubende Knall durch das Tal hallte – und als er seine Augen wieder öffnete, war keine Spur von dem Tier zu sehen.

War es geflohen? Hatte er völlig daneben geschossen oder, noch schlimmer, das Tier nur verwundet?

»Gut gemacht, Junge, gut gemacht.« Randolph klopfte ihm auf die Schultern. George nahm das Fernglas und starrte auf den leblosen Körper des Hirschs.

»Ein sauberer Schuss«, pflichtete MacSawney bei.

Die drei stapften den Hügel hinauf zu ihrer Beute. Dort angekommen, kniete Randolph nieder und begutachtete die Wunde in der Brust des Tieres.

»Mitten durchs Herz. Er hat bestimmt nichts gespürt.« Er tauchte seine Hand in das Blut, das unter dem Fell des Tieres hervorquoll, stand wieder auf und schmierte es dem Jungen ins Gesicht.

»Das erste Blut. Braver Junge.«

George blinzelte. Das Blut fühlte sich klebrig und warm an. MacSawney grinste ihn an. »Jetzt siehst du wie ein waschechter Indianer aus«, sagte er.

MacSawney brach das Tier auf, das heißt, er schlitzte seinen Bauch auf und entfernte die Eingeweide, dann zerrten sie es den Berg hinunter und luden es auf das wartende Pony.

Das war vor sechs Monaten gewesen, im vergangenen Oktober, und nun blickte der Kopf des Hirschs von der Wand des Speisesaals herab. George Hellebore schaute in die glasigen Augen und dachte an den Tag und daran, wie sie im Nieselregen den Berg hinunterstapften und das Blut über sein Gesicht in die Augen und den Mund rann. Damals war ihm zum ersten Mal jener fürchterliche Gedanke durch den Kopf geschossen.

Der Gedanke an seine Mutter.

Er fühlte sich verloren und einsam und verwirrt und er vermisste sie schrecklich.

Und seit er sich dessen bewusst war, wurde er diesen Gedanken nicht mehr los, und nun vermisste er sie mehr als je zuvor.

Schuld daran war dieses Schloss. Er hasste es, seine Schwermut, seine Dunkelheit, seine winzigen Fenster und seine riesigen,

wuchtigen Mauern. Zuerst hatte es ihm gefallen. Für einen Jungen war es natürlich ein unglaublich aufregender und romantischer Ort mit all den Türmen und Brüstungen, den verborgenen Durchgängen und Verstecken. Er hatte sich ausgemalt, wie die Ritter hier lebten und bedeutende Schlachten schlugen, und sich Messer schwingende Hochlandkrieger in Kilts vorgestellt. Es war ein schöner Platz zum Spielen. Aber er hatte nie jemanden gehabt, mit dem er seine Abenteuer teilen konnte, und allmählich verlor er das Interesse. Ritterspiele reizten ihn nicht länger und das Schloss wurde mehr und mehr zum Gefängnis. Hier gab es nichts, was bequem gewesen wäre, nichts Kuscheliges und Warmes. Wo immer man hinschaute, hingen Waffen an den Wänden, tote Tiere, ausgestopfte Fische, und überall waren riesige, massige Möbel, die nicht zum Sitzen einluden. Nur Männer waren da und Sachen, die Männern gehörten. Sogar das Küchenpersonal bestand nur aus Männern.
George fröstelte, obwohl es nicht besonders kalt war. Wegen seiner dicken Wände hatte der Speisesaal das ganze Jahr über die gleiche Temperatur. Im Winter hielten die Mauern die Kälte ab, im Sommer die Hitze. Dennoch brannte bei jedem Wetter ein großes Holzscheit im Kamin.
Rechts und links vom Kamin standen zwei Rüstungen und darüber hing ein ausladendes altersdunkles Ölgemälde. Es wirkte gewalttätig und irritierend und entsprach ganz dem viktorianischen Geschmack. Es zeigte eines der klassischen Themen, die man damals so liebte: den Kindermord von Bethlehem, als Herodes, gewarnt, dass der künftige König der Juden in Bethlehem geboren werde, befahl alle Knaben unter zwei Jahren zu töten. Abgebildet waren Männer, einige als römische Soldaten gekleidet, andere halb nackt in wallenden Gewändern, die eine Gruppe von Frauen und Kindern mit Kurzschwertern und langen Messern angriffen. Die Frauen schrien vor Angst und versuchten ihre

Kinder zu schützen. In der Mitte des Bildes hielt ein Mann ein kleines Kind hoch, andere Babys wurden zertrampelt.
George hatte sich oft gefragt, ob ein solches gewalttätiges und verwirrendes Bild der geeignete Schmuck für ein Esszimmer war. Allerdings bezweifelte er, dass sein Vater jemals auch nur einen Blick darauf geworfen hatte. George hingegen betrachtete es oft, denn eine der Frauen beeindruckte ihn sehr.
Sie stand abseits und etwas verdeckt, ihr Gesicht war gerade noch zwischen zwei silbernen Klingen zu erkennen, und doch war da etwas in ihrem Ausdruck ...
Er hatte keine Bilder von seiner Mutter, nichts, das ihn mit ihr verband, und er verabscheute den Gedanken, dass diese angsterfüllte Frau alles sein könnte, was ihn an sie erinnerte.
Als er und sein Vater vor fünf Jahren Amerika verließen und nach England umzogen, hatten sie seine Mutter zurückgelassen, und Lord Randolph hatte ihm kurz und bündig erklärt: »Du wirst deine Mutter niemals wieder sehen.«
Sie waren auf dem Deck des Dampfschiffs *SS Holden* spazieren gegangen, obwohl es mitten im Winter war, als sie den kalten grauen Atlantik überquerten. Es war stürmisch an diesem Morgen, Regentropfen peitschten wie Nadeln über das Deck, und die Gischt der riesigen Wellen, die sich um sie herum auftürmten, krachte mit einem Getöse wie Kanonendonner gegen den Rumpf des Schiffes. Außer ihnen war niemand an Deck, keiner war so verrückt, aber Lord Randolph bestand darauf, jeden Morgen um neun zur Leibesertüchtigung fünfmal das Schiff auf- und abzulaufen, egal, bei welchem Wetter. George war fürchterlich seekrank und sprang oft zur Seite, um sich über der Reling zu übergeben. Den Vater ließ dies alles kalt, sowohl das Wetter wie auch das Befinden seines Sohnes. Er hätte ebenso gut an einem sonnigen Nachmittag durch den New Yorker Central Park spazieren und über Baseball reden können, so wenig machte es ihm aus.

Aber er redete nicht über Baseball. Er redete über Georges Mutter.
»Sie war eine schwache Frau«, schrie er gegen den Wind an.
»Du redest von ihr wie von einer Toten«, sagte George und fühlte sich erbärmlich.
»Für dich ist sie das auch«, sagte Randolph knapp. »Wir brauchen keine Frauen in unserem Leben.«
George hatte das alles nicht wirklich begriffen. Man hatte die ganze Angelegenheit von ihm fern gehalten und er hatte nur einige Brocken aufgeschnappt aus den Andeutungen seines Kindermädchens und aus Zeitungsartikeln, die er heimlich aus dem Papierkorb gerettet und gelesen hatte, als sein Vater unterwegs war.
Daher wusste er, dass eine Gerichtsverhandlung stattgefunden hatte, in der auch ein anderer Mann eine Rolle spielte, der Liebhaber seiner Mutter, und dass sein Vater die teuersten Rechtsanwälte aufgeboten hatte, um sich das Sorgerecht für George zu sichern.
Anfangs konnte George mit dem Begriff Sorgerecht nicht viel anfangen, doch es dauerte nicht lange und ihm wurde klar, was er bedeutete: Von nun würde er bei seinem Vater leben und seine Mutter niemals wieder sehen.
George war damals noch sehr jung gewesen, zu jung, als dass ihn diese Regelung gestört hätte. Er hatte Randolph verehrt und war glücklich in seiner Nähe zu sein, und in all den Jahren hatte er kaum mehr als einmal an die Frau gedacht, die sie in Amerika zurückgelassen hatten. Aber in dem Augenblick, als er das Blut des toten Hirschs aus seinem Gesicht wischte und er MacSawney und seinem Vater dabei zusah, wie sie das Tier durch das Gras zerrten, spürte er eine entsetzliche Leere in sich, so als ob ein wesentlicher Teil von ihm fehlte.
Er konnte seinem Vater nichts davon erzählen, er konnte mit nie-

mandem darüber sprechen, sie hätten ihn sonst für eine Heulsuse gehalten. Die schlimmste Beleidigung überhaupt. Einmal war er aufgewacht und hatte geweint, weil er von seiner Mutter geträumt hatte. Die ganze Nacht war er wach gelegen, zu traurig und zu verängstigt, um wieder einzuschlafen, und als er beim Frühstück seinem Vater davon erzählte, hatte Randolph ihn mit einem Rohrstock geschlagen und gesagt, er solle nicht so weichlich sein und sich derart kindische Gedanken aus dem Kopf schlagen.

Während er in der großen Halle beim Abendessen saß, dachte er an die Schläge zurück und erinnerte sich daran, wie ungerecht sie gewesen waren. Als ob irgendjemand das Recht hätte, über seine Träume zu bestimmen!

Sie saßen zu dritt am Tisch, er selbst und drüben, am anderen Ende, sein Vater und der Forschungsleiter seines Vaters, Dr. Perseus Friend. Er war ein magerer blasser Mann in den Dreißigern, dem bereits das wirre blonde Haar auszufallen begann und der ständig seine Nickelbrille putzte. Perseus war der einzige Mensch, der jemals mit ihnen am Tisch saß. Randolph arbeitete rund um die Uhr und er pflegte seine Fortschritte während des Abendessens mit Perseus zu besprechen.

Perseus Friend war in Deutschland geboren, sein Vater war Ire, seine Mutter Russin. Sein Vater hatte für die deutsche Wehrmacht gearbeitet und während des Krieges Giftgas entwickelt, das in den Schützengräben zum Einsatz kam, darunter Chlor, Phosgen und Senfgas.

Nach dem Krieg war es den besiegten Deutschen verboten, eine richtige Armee aufzustellen und Arbeiten wie die von Professor Friend waren strengstens untersagt. So reiste Perseus' Vater um die Welt und bot seine Dienste dem Meistbietenden an. Und überall, wo er hinging, begleitete ihn Perseus und lernte dabei, so viel er konnte.

Zuerst waren sie in Japan, dann in Argentinien und schließlich in Russland. Die Russen hatten während des Krieges doppelt so viele Verluste durch die deutschen Gasangriffe erlitten wie jede andere Armee, deshalb waren sie sehr daran interessiert, eigene Waffen zu entwickeln.
Perseus war als Kind verbissen wissbegierig und so war es nicht weiter verwunderlich, dass er in die Fußstapfen seines Vaters trat. Sein Vater war Chemiker, das Interesse des Sohnes galt jedoch der Biologie. Er machte sich mit dem Einsatz von Bakterien und der bakteriologischen Kriegsführung vertraut, die den Feind mit Krankheiten bekämpfte. Beide zusammen bildeten ein perfektes Gespann. Im Laufe der Zeit erfuhr auch Lord Randolph von dem brillanten Vater-Sohn-Team, das in den sowjetischen Regierungslaboratorien in Saratow arbeitete.
Sobald Randolph seinen neuen Betrieb in Schottland aufgebaut hatte, heuerte er die beiden an, aber kurz bevor sie im Begriff waren, Moskau zu verlassen, forderte ein Gasunfall in dem russischen Labor sieben Todesopfer unter den Wissenschaftlern. Unter ihnen befand sich auch Professor Friend. Perseus hatte nie an einen Unfall geglaubt, sondern vermutet, die Russen wollten Friend zum Schweigen bringen, damit er ihre Geheimnisse nicht preisgab. Nur dem schieren Glück hatte er es zu verdanken, dass er sich zu diesem Zeitpunkt nicht selbst im Labor aufgehalten hatte. Und so hatte er sich heimlich und leise aufgemacht und war so schnell wie möglich nach Schottland gekommen.
Perseus interessierte sich nur für seine Arbeit, er sprach nur über seine Arbeit und dachte nur an sie. Andere menschliche Beschäftigungen interessierten ihn nicht, anderen Menschen gegenüber war er äußerst teilnahmslos. Er hatte niemals Liebe, Hass, Traurigkeit, Freude, nicht einmal Ärger empfunden – es sei denn, ein Experiment misslang oder seine Arbeit wurde durch etwas Unvorhergesehenes unterbrochen. Für Frauen interessierte er sich

nicht, und so war dieses abgelegene Schloss ein idealer Ort für ihn zum Leben und zum Arbeiten.
George beobachtete den Wissenschaftler, wie er sein Fleisch schnitt. Es war, als würde er ein unglückliches Geschöpf auf dem Arbeitstisch sezieren. Die Art und Weise, wie er aß, hatte etwas Beängstigendes an sich, er sprach unaufhörlich, ohne darauf zu achten, was er sich gerade mit der Gabel zwischen seine kleinen, geraden Zahnreihen schob. Dabei kaute er mit offenem Mund, ohne jeden erkennbaren Genuss. Er erinnerte George an eine Eidechse, die beim Fressen um sich schaut und dabei wohl kaum den Geschmack einer Spinne oder eines Käfers wahrnimmt.
An diesem Abend gab es Roastbeef. Der Hauptgang eines jeden Essens bestand aus gebratenem oder gekochtem Fleisch. George dachte zurück an die Zeit, als seine Mutter sich noch um das Essen gekümmert hatte und seine Kost abwechslungsreicher und weniger schwer gewesen war.
Nein. Er musste aufhören an seine Mutter zu denken, es machte ihn nur unglücklich. Aber die Alternative war, Dr. Friend zuzuhören, der über die Deutschen schwadronierte. Seine Stimme war sehr aufreizend, etwas zu hoch, langweilig und tonlos; sie ratterte daher wie ein Zug auf den Schienen und war ohne jede Modulation. Wie immer sprach Dr. Friend ohne Rücksicht darauf, ob ihm überhaupt jemand zuhörte.
»Dieser Adolf Hitler, der neue deutsche Reichskanzler, ist ein interessanter Mann«, sagte er. »Ich habe sein Buch *Mein Kampf* gelesen und einige andere Artikel und Broschüren, die ich mir habe schicken lassen. Herr Hitler hat einige sehr moderne Ansichten über Rassenreinheit und die gezielte Aufzucht von Menschen. Du solltest dich mit ihm treffen, Randolph. Seine nationalsozialistische Partei wird für einige bedeutende Veränderungen sorgen. Ich kann dir versichern, unsere Arbeit wird ihn äußerst in-

teressieren. Eine wohl gesinnte und zur Zusammenarbeit bereite Regierung, die unsere Ziele verstände, würde es sehr viel einfacher machen, lebende Versuchsobjekte für unsere Experimente . . .«

George legte sein Besteck geräuschvoll aus der Hand und schnitt ihm das Wort ab. »Ich dachte, die Deutschen dürfen ihre Armee nicht aufrüsten«, sagte er.

»Hitler wird das alles ändern«, sagte Dr. Friend, ohne von seinem Teller aufzuschauen. »Hitler wird das Land wieder groß machen und wir werden dabei sein und die Früchte unserer Arbeit ernten. Gestern Abend habe ich das Hamburger Wissenschaftliche Journal gelesen. Darin stand ein faszinierender Artikel über Zwillinge. Offensichtlich . . .«

»Isst du denn gar nichts, George?«, dröhnte Randolph eine halbe Meile von seinem Sohn entfernt am unteren Ende des schwarzen Eichentischs. Dr. Friend setzte seine Ausführungen fort, unbeeindruckt davon, dass jemand anderer sprach.

»Ich habe heute Abend keinen großen Hunger, Vater.«

»Du musst etwas essen. Fleisch ist gut für dich, es enthält Eisen und stärkt deine Muskeln und Knochen.«

Bevor George etwas erwidern konnte, klopfte es an der Tür und Cleek MacSawney trat ein. Er blickte finster zu George und Dr. Friend, bevor er zu Randolph an den Tisch schlurfte.

Auf der gegenüberliegenden Seite des Raums sprang einer der Hunde auf und tapste herbei, um den Ankömmling zu beschnüffeln, aber MacSawney versetzte ihm einen kräftigen Fußtritt in den Bauch. Der Hund winselte und verzog sich mit eingezogenem Schwanz unter den Tisch.

MacSawney flüsterte seinem Chef etwas ins Ohr. Randolphs Miene verfinsterte sich und er runzelte die Stirn. Hastig wischte er sich mit der Serviette über den Mund. Dann schob er sein Gedeck beiseite und stand auf.

»Esst weiter«, sagte er knapp und verließ mit MacSawney das Zimmer. Währenddessen hatte Perseus nicht aufgehört zu reden und zu essen und er sah nicht einmal von seinem Teller auf, als Randolph hinausging.

». . . die Antwort darauf ist die Genetik, aber wir wissen noch viel zu wenig von ihr, wir haben kaum Fortschritte gemacht seit Mendel. Natürlich können wir einen Aal nicht dazu bringen, zu laichen. Tatsache ist: Wir brauchen Menschen . . .«

Nach dem Essen war Lord Randolph nirgends zu sehen, deshalb schlich George in sein Arbeitszimmer. Er wusste, sein Vater würde ihn in Stücke reißen, wenn er ihn dabei erwischte, aber es machte ihm nichts aus. Es hatte eine Zeit gegeben, in der er nichts anderes im Sinn hatte, als seinem Vater zu gefallen, aber seit der Sportveranstaltung in Eton wusste er, dass – was auch immer er anstellte – er es seinem Vater niemals recht machen konnte und nie seinen Maßstäben genügte. Deshalb versuchte er es gar nicht mehr.

George begann Randolphs Schreibtisch zu durchsuchen. Er war nicht verschlossen. Nichts in diesem Raum war verschlossen. Es war jedermann strengstens verboten, das Arbeitszimmer zu betreten, und die Hausangestellten hatten zu viel Angst vor dem Lord, um sich seinen Befehlen zu widersetzen. George fand in dem Schreibtisch nicht, wonach er suchte, deshalb ging er hinüber zum Aktenschrank, der neben dem hohen Gitterfenster stand.

Er las die Aufschriften auf den Schubladen.

Grundstücksangelegenheiten.

Das nützte ihm nichts.

Silverfin.

Sein Vater hatte seinem jüngsten Forschungsprojekt den Namen des Sees gegeben. Das Silverfin-Team wurde von Perseus gelei-

tet und arbeitete in aller Heimlichkeit hinter den verschlossenen Stahltoren des Laboratoriums unter dem Schloss.
George interessierte sich nicht dafür.
Die dritte Schublade von oben trug die Aufschrift *Persönliches*.
George zog sie auf.
Er durchwühlte die Papiere und fand schließlich, wonach er suchte: einen Ordner mit juristischen Dokumenten und Briefen.
Er zog den Ordner heraus und durchsuchte schnell die Papiere.
Nichts – nichts – nichts – hier, das war's.
Die Adresse seiner Mutter in Boston.
Er las sie mehrere Male, um sie auswendig zu lernen, dann legte er alles sorgfältig zurück, so wie er es vorgefunden hatte, und nachdem er sich vergewissert hatte, dass die Luft rein war, eilte er zurück in sein Zimmer.
Dort angekommen, setzte er sich an den Schreibtisch, füllte Tinte in seinen Federhalter und notierte die Adresse, solange er sie noch im Kopf hatte. Während er mit einem Ohr auf jedes Geräusch von draußen achtete, zog er ein Bündel Schreibpapier heraus und begann zu schreiben.

Liebste Mutter,
ich weiß, ich habe dir noch nie geschrieben, aber in jüngster Zeit habe ich sehr oft an dich gedacht...

Von unten war ein Geräusch zu hören. George hielt inne, seine Hände huschten über den Brief, bereit, ihn augenblicklich zu verstecken. Die riesige Eingangstür wurde zugeschlagen und er vernahm aufgeregte Rufe. Er wartete, bis sich der Lärm gelegt hatte, und fuhr dann fort. Sein Herz schlug ihm bis zum Hals.
Es war ein riskantes Unterfangen. Er musste diesen Brief völlig im Geheimen schreiben, dann zur Post in Keithly bringen und ihn selbst aufgeben. Aber bereits nach diesen wenigen, einfachen

Worten hatte sich seine Stimmung aufgeheitert. Nicht zum ersten Mal wünschte er sich jemanden zu haben, mit dem er sprechen konnte, mit dem er seine Ängste teilen und seine Einsamkeit vertreiben konnte. Es versetzte ihm einen Stich, wenn er daran dachte, wie er James Bond im Zirkus gesehen hatte. Bei seinem Anblick hatte sein Herz für einen Moment vor Freude gepocht. Er hatte gelächelt – hier war jemand, den er kannte, ein vertrautes Gesicht – und dann war ihm eingefallen, dass Bond sein Feind war, dass er ihn im Rennen besiegt hatte. Bitterkeit und Bedauern waren in ihm wie Gift hochgekrochen und ein rotes Tuch aus Zorn hatte sich über ihn gestülpt. Vielleicht wäre alles anders gekommen, wenn er zu ihm hingegangen wäre, seine Hand geschüttelt und einen Waffenstillstand angeboten hätte. Aber nein, die alten Gewohnheiten waren übermächtig, und so hatte er diese zwei Raufbolde bezahlt, damit sie den Jüngeren verprügelten.

Seine Gedanken wurden von einer plötzlichen Unruhe im Erdgeschoss unterbrochen; man hörte zornige Rufe und eine weitere Stimme, die anscheinend vor Schmerzen schrie. Vielleicht wurde einer der Arbeiter bestraft. Sein Vater war sehr streng und jeder, der aus der Reihe tanzte, wurde von dem brutalen MacSawney hart angefasst.

George versuchte die Ohren zu verschließen. Wenigstens war er für eine Zeit lang sicher, wenn dort unten jemand anderer Prügel bekam. Als die Geräusche abebbten, schrieb er weiter. Lange Zeit war es still und er vertiefte sich in den Brief. Er versuchte alles zu sagen, was er seiner Mutter sagen wollte, seitdem er sie zum letzten Mal gesehen hatte. Doch dann hörte er, wie etwas an der Tür schnüffelte.

George wusste genau, was es war, und es widerte ihn an. Dieser Ort – er war schrecklich. Er konnte ihn nicht mehr ertragen. Das Schnüffeln hörte nicht auf. Er stellte sich die weit geöffneten,

feuchten Nasenlöcher und ein geiferndes Maul vor. Er starrte auf die Tür und wartete, dass dieses Etwas verschwände.
Nach einer Weile hörte er Schritte, die den Korridor entlangschlurften, dann war er wieder allein. Er nahm seinen Federhalter und setzte die Feder aufs Papier . . .

Bitte, Mutter, ich halte es hier nicht länger aus . . .

Der junge Rennfahrer

Okay?«, fragte Max. »Glaubst du, du bist bereit?«

»So bereit, wie man nur sein kann«, sagte James.

»Dann fahr los!«

James ließ die Kupplung kommen, löste die Bremse und fuhr langsam die Auffahrt entlang. Während der vergangenen Tage war er morgens auf dem Feld umhergefahren und nachmittags hatte er sich mit dem Motor vertraut gemacht, indem er Max half die verschiedenen Teile auszubauen, sie zu säubern und sie gegebenenfalls auszutauschen; auf diese Weise wurde er allmählich damit vertraut, wie alles funktionierte.

Max hatte ihm die Ölwanne gezeigt, das Getriebegehäuse, die beiden separaten Achsschenkel für die Vorderräder, die Antriebswelle und das Ausgleichsgetriebe, das dafür sorgte, dass sich die Hinterräder mit unterschiedlichen Geschwindigkeiten drehten. Zuerst hatte James nicht verstanden, wozu dies nötig war, bis Max ihm erklärte, dass in einer Kurve die äußeren Räder eines Autos einen weiteren Weg zurücklegen als die inneren und sich deshalb schneller drehen müssen, um mitzuhalten.

Was anfangs fürchterlich verwirrend gewirkt hatte, leuchtete ihm nun ein und er musste es einfach bewundern, welch eine außergewöhnliche Maschinerie ein Auto war.

Schließlich gelangte Max zu der Überzeugung, dass James genug Erfahrung gesammelt hatte, um das freie Feld mit der Straße zu tauschen. Und hier war er nun und mühte sich ab. Seine Hände

umklammerten das Lenkrad und sein Haar wehte unordentlich im Wind.
Das war etwas ganz anderes als auf der Pferdekoppel. James war sich dessen nur allzu bewusst, wie nahe auf jeder Straßenseite die Bäume waren, und als er Gas gab, sausten sie rechts und links von ihm vorbei. Aber er schaffte es ohne Zwischenfälle bis zum Hoftor, dann tauschte er mit Max den Platz, damit dieser das Auto auf der Hauptstraße wenden konnte.
»Das war perfekt«, sagte sein Onkel und rutschte zurück auf den Beifahrersitz, sodass James das Lenkrad wieder übernehmen konnte. »Nun lass es uns auf den Rückweg etwas schneller versuchen, okay?«
Seit seiner Rückkehr vom Schloss hatte James weder etwas von Kelly noch von Meatpacker gehört, was ihn zunehmend beunruhigte. Die Fahrstunden lenkten ihn ab, aber die Gedanken an die Hellebores waren unterschwellig immer vorhanden und er hätte gerne mehr in Alfies Angelegenheit unternommen. Aber sie hatten versprochen, nichts zu tun, bis Meatpacker sich wieder bei ihnen meldete.
Während der nächsten Stunde fuhr James die Straße auf und ab. Allmählich wuchs sein Selbstvertrauen. Nach einer Weile forderte Max ihn auf, nun einmal richtig Ernst zu machen.
»Es ist ein schnelles Auto, James. Es muss ausgefahren werden. Drück das Gaspedal mal richtig durch. Du kannst es. Achte nur auf das Auto und auf die Straße . . .«
James konzentrierte sich. Mittlerweile kannte er die Straße ganz gut. Er stellte sich die Schlaglöcher vor, denen er ausweichen musste, die Geraden, auf denen er gefahrlos beschleunigen konnte, und die Kurven, vor denen er abbremsen musste. Er stellte sich vor, er wäre auf der Rennstrecke von Brooklands, in der Startaufstellung mit den anderen Autos, angefeuert von der Zuschauermenge. Er ließ den Motor aufheulen und hörte, wie

das laute Dröhnen das ganze Tal ausfüllte. Jetzt dachte er nur noch an das Auto und an die Straße. Das Schloss war vergessen und Eton war eine Million Meilen weit weg.
James legte den ersten Gang ein und fuhr sanft an. Er schaltete schnell in den zweiten, dann in den dritten Gang, und vor der ersten Kurve schaltete er zurück. Er lächelte. Nun kam eine schöne, lange Gerade. Er legte den vierten Gang ein. Vor der nächsten Kurve schaltete er und bremste ab, dann gab er erneut Gas, um das Auto aus der Kurve zu ziehen.
Da geschah es.
Genau vor ihm in der Straßenmitte war ein riesengroßes schwarzes Pferd, das sich aufbäumte und wieherte und mit den Hufen in die Luft schlug. Das Auto schleuderte und James konnte dem Tier gerade noch ausweichen. Drei Meter von dem Pferd entfernt brachte er den Wagen mit quietschenden Reifen zum Stehen.
Er blieb atemlos sitzen, sein Herz schlug bis zum Hals. Das war knapp.
Dann drehte er sich um.
Es war Wilder Lawless auf Martini. Das Pferd war immer noch nervös und tänzelte auf der Straße, aber Wilder brachte es dank ihrer hervorragenden Reitkünste wieder unter Kontrolle.
»Entschuldigung«, rief James ihr zu.
»Du hast auch allen Grund, dich zu entschuldigen«, fauchte Wilder fassungslos.
»Hast du mich denn nicht kommen hören?«, fragte James. Er stieg aus dem Auto und ging zu ihr.
»Und wohin, bitte, hätte ich ausweichen sollen?«
James schaute sich um. Auf beiden Seiten der Straße befand sich dichtes, undurchdringliches Dickicht.
»Entschuldigung«, sagte er nochmals und stellte das Mädchen seinem Onkel vor. »Was machst du überhaupt hier?«, fragte er dann und tätschelte Martinis Nase, um ihn zu beruhigen.

»Ich wollte dich besuchen«, sagte sie. »Ich hatte allerdings nicht damit gerechnet, dass du versuchst mich umzubringen.« Damit stieg sie vom Pferd und nahm Martini am Zügel. Sie hatte sich schon wieder ein bisschen erholt und war nicht mehr so schroff.
»Begleitest du mich ein Stück?«, fragte sie.
»Sicher«, sagte James achselzuckend.
»Ich bringe den Wagen zurück«, erklärte Max sich bereit. »Dann bis zum Abendessen.«
Max fuhr davon und James und Wilder führten Martini die Straße entlang bis zu einer Stelle, wo ein schmaler Weg zum Wald abzweigte.
»Kannst du reiten?«, fragte Wilder.
»Ganz passabel«, sagte James ausweichend.
»Du solltest gelegentlich mit mir ausreiten. Ich kann ein Pony für dich besorgen.«
»Irgendwann mal vielleicht.«
»Aber darüber wollte ich mit dir gar nicht sprechen«, sagte Wilder und wandte sich ihm zu. Ihre lebhaften grünen Augen glänzten vor Aufregung. »Nachdem ich euch getroffen hatte, ging ich zur Polizeistation in Keithly und sprach mit Sergeant White über Alfie Kelly.«
»Und? Hast du irgendetwas herausgefunden?«
»Wie es aussieht, hat Lord Hellebore das, was ich ihm an jenem Tag oben am See berichtet habe, niemals weitergegeben. Ich hatte ihm ja gesagt, dass ich glaubte, Alfie kurz vor seinem Verschwinden im Moor gesehen zu haben.«
»Hält die Polizei das für unglaubwürdig?«
»Oh, Sergeant White lässt nichts auf den Gutsbesitzer kommen. Er hält ihn für den Weihnachtsmann, Buffalo Bill und den heiligen Michael in einer Person.«
»Wieso der heilige Michael?«
»Er ist der Schutzheilige der Polizisten«, lachte Wilder.

Sie gingen zwischen den Uferböschungen eines ausgetrockneten Flusses entlang. Das Sonnenlicht wurde von den Blättern der großen Erlen und uralten Eichen, die hier wuchsen, gedämpft. Geistesabwesend brach James den Zweig eines abgebrochenen Astes ab und schlug damit wie mit einem Schwert in die Luft. Martini hatte sich wieder beruhigt und trottete zufrieden hinter ihnen her; die großen Hufe erzeugten ein dumpfes Geräusch auf dem weichen Boden.

»Als der letzte Gutsbesitzer starb, glaubte jeder, das sei das Aus für diese Stadt«, erklärte Wilder. »Aber dann kam Randolph Hellebore und warf mit Geld nur so um sich. Seither laufen die Leute mit einem fetten, dicken Grinsen im Gesicht herum. Soweit ich sehe, bezahlt er uns dafür, dass wir ihn in Ruhe lassen. Man bemerkt nicht viel von ihm, aber täusche dich nicht, er hat den ganzen Ort in der Hand.«

»Was glaubst du, wird die Polizei dem nachgehen, was du ihr erzählt hast?«

»Wie bitte? Unser Sergeant White?« Wilder schaute amüsiert drein. »Bist du ihm jemals begegnet?«

»Nein«, sagte James.

»Er ist fett wie ein Schwein und faul wie eine alte Katze und jedes Jahr zu Weihnachten bekommt er vom Schloss einen großen Fresskorb geschenkt. Wie ich schon sagte, er ist bestimmt keiner, der den Gutsbesitzer mit einer Menge närrischer Fragen in Verlegenheit bringt. Nein, James, du musst schon selbst den Polizisten spielen, denn wenn's darauf ankommt, ist unser Sergeant White genauso hilfreich wie eine Pastete auf Beinen.«

»Und genau das werde ich tun«, sagte James und bemühte sich welterfahren und erwachsen zu klingen.

»Aber sei vorsichtig, James«, sagte Wilder und legte die Hand auf seinen Arm. »Auch wenn alle das hier in der Gegend denken: Randolph Hellebore ist kein sehr netter Mensch.«

»Was meinst du damit?«
Sie waren an einem offenen Flecken Land angelangt, wo Gras und junges Farnkraut wuchsen. Wilder ließ Martinis Zügel los und das Pferd streckte seinen Kopf zum Boden und rupfte Grasbüschel mit seinen riesigen Zähnen aus.
»Mein Vater war Verwalter beim alten Gutsbesitzer«, sagte Wilder und ließ sich auf einem kleinen Erdhügel nieder. »Er schmiss den Laden. Anfangs konnte er auch Randolph gut leiden. Er hat viele Verbesserungen eingeführt und eine Stange Geld in das Anwesen gesteckt. Aber je mehr er ihn als Person kennen lernte, umso weniger mochte ihn mein Vater. Er fand ihn schikanös und grausam obendrein. Sie hatten Meinungsverschiedenheiten. Eines Tages waren sie hinausgeritten, um einen neuen Zaun zu inspizieren, der gerade gebaut wurde, und Randolphs Pferd strauchelte und warf ihn ab. Er bekam einen fürchterlichen Wutausbruch und schlug wie wild mit der Peitsche auf das arme Tier ein. Mein Vater versuchte ihn zurückzuhalten. Randolph feuerte ihn auf der Stelle. Das war's. Mein Vater war seinen Job los. Jetzt arbeitet er ganz in der Nähe von Glencoe. Manchmal kommt er am Wochenende nach Hause, aber meistens ist er zu beschäftigt. Im Schloss hat sich alles verändert: lauter neue Leute, keine Einheimischen. Ich kann ihn nicht leiden, James. Ich kann niemanden leiden, der grausam mit Tieren umgeht, besonders wenn es Pferde sind.«
»Ich denke, es war tatsächlich Alfie, den du an diesem Tag gesehen hast«, sagte James. »Er wollte im See angeln. Glaubst du, Hellebore hat ihn erwischt? Glaubst du, er hat ihm etwas angetan?«
»Zutrauen würde ich es ihm. Du hast ja gesehen, wie es da oben zugeht. Hellebore hat ein Geheimnis, von dem er nicht möchte, dass irgendjemand davon erfährt. Die Polizei lässt ihn sicherlich in Ruhe.«

»Ich könnte zusammen mit Kelly nochmals hinaufgehen«, sagte James lässig und tippte dabei mit dem Stock auf seinen Stiefel.
»Hey!« Wilder sah ihn mit einem breiten, offenen Lächeln an. »Was hältst du davon, wenn ich euch helfe? Wir drei wären ein gutes Team. Mit Martini komme ich schneller vom Fleck als ihr beide und . . .«
»Aber du bist ein Mädchen«, unterbrach James sie. »Wir wollen kein Mädchen dabeihaben. Das ist Männersache.«
Wilder schaute ihn einen Moment lang an und ihr Mund stand vor Überraschung offen. Dann warf sie den Kopf zurück und lachte laut.
»Schau dich doch an«, sagte sie schließlich. »Der große Mann mit seinem Stecken. Pah, du bist nichts als ein kleiner Junge, James. Männersache – dass ich nicht lache. Ich bin älter als du und ich bin größer als du und ich bin sicher, ich bin auch stärker.«
James schnaubte verächtlich.
»Hör zu, ich schleppe tagein, tagaus schwere Heuballen«, fuhr Wilder fort. »Ich striegle Martini, miste die Ställe aus und reite jeden Tag stundenlang. Meine Arme sind so stark wie die eines Mannes. Und mit drei verdammten Brüdern in der Familie musste ich frühzeitig lernen, wie man kämpft.«
»Ja, wirklich?«, sagte James.
»Ja, wirklich«, äffte Wilder ihn nach. Und bevor James wusste, wie ihm geschah, packte sie ihn am Hemd, stellte ein Bein hinter seines und warf ihn elegant rücklings auf den Boden. Er sprang auf und versuchte den gleichen Trick, aber Wilder war darauf vorbereitet. Beide verloren das Gleichgewicht. Sie rollten auf dem Boden umher, balgten sich eine Weile, bis Wilder die Oberhand gewann, James aufs Kreuz legte, sich rittlings auf seine Brust setzte und ihm welke Blätter in den Mund stopfte, während sie ihn mit ihren muskulösen Beine eisern festhielt.
Sie beugte sich ganz nah zu ihm herab und lachte ihm ins Ge-

sicht. Ihm fiel auf, dass goldene Sprenkel in ihren grünen Augen waren.

»So«, sagte sie. »Das wird dich lehren, nicht über Mädchen zu lachen.« Dann erhob sie sich, sprang in den Sattel, stieß die Hacken in Martinis Flanken und galoppierte in den Wald davon.

James stützte sich auf seine Ellbogen und spuckte die Blätter aus. Wilder war so ganz anders als die Mädchen, die er bisher getroffen hatte, die nur die neueste Frisurenmode und hübsche Kleider im Kopf hatten und sich auf gar keinen Fall schmutzig machen wollten. Er konnte sich beim besten Willen nicht vorstellen, dass Wilder mit Puppen oder *Einladung zum Tee* gespielt hätte.

Er musste Kelly Recht geben. Wilder Lawless war wirklich ein ganz besonderes Mädchen.

Nach dem Abendessen ging James, ausgerüstet mit einer handgezeichneten Karte seiner Tante Charmian und einer Taschenlampe von Onkel Max, nach Keithly, um Kelly zu besuchen. Sein Gespräch mit Wilder hatte ihm klar gemacht, wie sehr er darauf brannte, mehr herauszufinden.

Annie Kelly wohnte in einem winzigen Haus, zwei Zimmer oben, zwei unten, in einer düsteren Seitenstraße mit grauen Reihenhäuschen.

James klopfte an die Tür und Red Kelly öffnete ihm selbst.

»Alles in Ordnung, Jimmy?«, sagte er, als sich seine Überraschung gelegt hatte. »Komm rein!«

Annie Kelly saß mit drei mageren Kindern in dem winzigen Zimmer, das zur Straße hinausging. Es wurde von einer einzigen Gaslampe schwach beleuchtet. Rauch von einem qualmenden Kohlefeuer erfüllte die Luft. Der Raum erinnerte James an sein kleines, enges Zimmer in Eton. Es standen wenige Möbel darin und der Fußboden war aus blankem Stein.

Annie sprang auf und bot ihm eine Tasse Tee an, aber James lehnte ab und erklärte ihr, dass er gerade eben zu Abend gegessen habe, und nach einigen verlegenen Worten nahm ihn Red mit nach draußen in den Garten und sie setzten sich auf die Mauer, die an das gegenüberliegende Haus grenzte.

»Hast du schon etwas von Meatpacker gehört?«, fragte James und schaute in den sternenklaren Nachthimmel.

»Nicht die Bohne«, sagte Kelly und spuckte über die Mauer in den Nachbarsgarten. »Ich hab mich im Dorf ein wenig umgehört, so wie Meatpacker es uns aufgetragen hat, rausgefunden hab ich leider nur wenig.«

»Und was genau hast du herausgefunden?«

»Okay, um ehrlich zu sein, habe ich gar nichts herausgefunden. Außer dass Lord Hellebore ein guter Kerl ist und jeder ihn bis zum Umfallen gern hat. Okay, er mag keine Gesellschaft, das stimmt. Aber vielleicht sind wir ja auch auf dem Holzweg.«

»Das glaube ich nicht«, widersprach James und erzählte Red von seiner Unterhaltung mit Wilder.

»Was also sollen wir tun?«, fragte Kelly. »Meatpacker noch einige Tage Zeit geben? Und wenn er dann immer noch nicht auftaucht, dann . . .«

»Ich glaube, wir sollten uns selbst noch einmal am Schloss umsehen«, sagte James. »Und zwar so bald wie möglich. Vergiss Meatpacker.«

»Was, schätzt du, ist mit dem albernen Dummkopf passiert?«, fragte Kelly und zog die Nase hoch. »Wollte er uns am Ende nur loswerden? Meinst du, er hatte ohnehin nie vor, zurückzukommen und mit uns zu reden?«

»Keine Ahnung«, sagte James. »Hat ihn sonst niemand gesehen?«

»Keiner«, sagte Kelly. »Ich hab rausgefunden, wo er wohnt. Siehst du, ich hab doch was rausgefunden. Es war gar nicht so schwer. Viel Auswahl gibt es da nicht. Er hat sich im Pub eingemietet. Da hat er sich bestimmt sehr wohl gefühlt. Sein Zimmer ist für einen Monat im Voraus bezahlt, aber er ist dort nicht mehr aufgetaucht, seit wir ihn zum letzten Mal gesehen haben.«

»Ich schätze, das kann dreierlei bedeuten«, sagte James. »Dass er einfach verschwunden ist, ohne etwas zu sagen. Dass er immer noch dort oben ist und herumschnüffelt. Oder dass . . .«

». . . ihm etwas zugestoßen ist«, sagte Kelly düster und machte eine rasche Handbewegung, so als schnitte er sich die Kehle durch.

Einen Bond kann niemand für immer festhalten

Als James in das Cottage zurückkam, fand er Charmian in der Küche vor und fragte sie, ob er für einige Tage mit Red zelten gehen könne. Nach einigem Hin und Her stimmte sie zu unter der Bedingung, dass er vernünftig wäre, niemandem Ärger machte oder etwas Dummes anstellte, das ihn und Kelly in Gefahr bringen könnte.

Von Alfie, Meatpacker oder Lord Hellebore sagte James kein Wort. Das ging nur ihn, Kelly und den großen Amerikaner etwas an. Außerdem fürchtete er, seine Tante würde ihn nicht gehen lassen, wenn sie darüber Bescheid wüsste. Offenbar hatte Meatpackers heimlichtuerisches Detektivgehabe bereits auf ihn abgefärbt.

Sie wurden von Max unterbrochen, der, in eine Decke gehüllt, in die Küche geschlurft kam. Er sah totenblass und völlig erschöpft aus.

»Ich habe Stimmen gehört . . . kann nicht schlafen«, keuchte er.

»Du solltest wieder ins Bett gegen«, sagte Charmian.

»Ich weiß, ich weiß . . .«, seufzte Max. »Aber manchmal kommt mir das Schlafen als eine solche Verschwendung von Lebenszeit vor.«

»Für dich mag es vielleicht Verschwendung sein, ich jedenfalls bin hundemüde«, sagte Charmian und zündete eine Kerze an. »Ich gehe schlafen. Dann bis morgen. Und pass auf, dass der Junge nicht zu spät ins Bett geht.«

»Tut er schon nicht«, sagte Max und zwinkerte James zu.

»Morgen früh mache ich dir einige Lunchpakete zurecht, James«, sagte Charmian beim Hinausgehen. »Und ein Erste-Hilfe-Päckchen. Gute Nacht.«

»Ich verstehe dich gut«, sagte James, als Charmian gegangen war. »Manchmal hasse ich es, ins Bett zu gehen. Man glaubt so viel zu verpassen . . .«

»Ich kann mich noch daran erinnern, als dein Vater und ich Jungen waren«, sagte Max. »Wir hatten uns vorgenommen die ganze Nacht wach zu bleiben. Wir versuchten alles, um nicht einzuschlafen, aber schließlich sind wir beide doch eingeschlummert, und am nächsten Morgen hat das natürlich jeder abgestritten.«

»Ich kann mir gar nicht vorstellen, dass du und Vater mal Jungen wart wie ich«, sagte James.

»Oh, das waren wir, glaub mir. Und davor waren wir Babys, und davor waren wir . . . ein Funkeln in den Augen deines Großvaters.« Max starrte ins Feuer. James beobachtete ihn. Und mit einem Mal erkannte er trotz der gelblich gesprenkelten Haut und den schwarz umränderten Augen jenen Jungen, der Max einst gewesen war.

»Es ist eine komische Sache mit dem Älterwerden«, sagte Max. »Keiner von uns glaubt, dass es ihm jemals passieren wird. Die meiste Zeit fühle ich mich immer noch als kleiner Junge, und dann schaue ich in den Spiegel und – wer ist das? – es ist, als ob ein Zauberer mich nachts bestohlen hätte und mich in einen alten Mann verwandelte. Dir wird es nicht viel anders ergehen, James. Eines Tages wirst du ein alter Kauz wie ich sein.«

»Du bist kein alter Kauz«, widersprach James.

»Ich fühle mich aber wie einer«, sagte Max und hustete leise in sein Taschentuch. Dann schwieg er lange Zeit. Sie saßen da und leisteten sich gegenseitig Gesellschaft, bis Max zuletzt wieder zu sprechen begann.

»Weißt du schon, was du einmal werden willst, wenn du erwachsen bist?«, fragte er.
»Ich habe noch nicht groß darüber nachgedacht«, sagte James.
»Kein Lokführer, Feuerwehrmann oder Soldat?«
»Ich weiß nicht. Vielleicht ein Forscher. Ich würde gerne mehr von der Welt sehen.«
»Das ist ein guter Vorsatz.«
»Oder ein Spion, wie du«, sagte James.
»Oh«, sagte Max und wechselte schnell das Thema. »Du hast dich heute beim Autofahren sehr gut angestellt«, sagte er. »Machen wir es morgen noch mal? Und am Nachmittag könnten wir vielleicht ein bisschen angeln. Ich brenne schon darauf, wieder einmal zum Fluss zu gehen.«
Wieder musste James Max enttäuschen. Er erzählte ihm von seinen Plänen mit Red.
»Ach, deshalb das Lunchpaket und das Erste-Hilfe-Set«, sagte Max. »Das hört sich nach einem großartigen Plan an. Ich habe sehr gerne gezeltet . . .« Dann schwieg er und der Schein des Feuers tanzte auf seinem Gesicht. Als er wieder sprach, war seine Stimme so weich und leise, dass James ihn kaum verstand. »Du hast mich neulich gefragt, ob ich im Krieg gefangen genommen wurde«, fing er an.
»Ja«, sagte James. »Aber ich wollte nicht neugierig sein.«
Max blickte James fest in die Augen. Seit James' Ankunft war Max noch dünner geworden und er hatte praktisch völlig aufgehört zu essen. Die Haut spannte sich über seine Schädelknochen und seine Lippen waren blau und ausgetrocknet. »Ich habe mit niemandem je darüber gesprochen«, sagte er. »Ich wollte meine Erinnerungen begraben. Aber neulich am Fluss ist es wieder hochgekommen. Und nun . . .«
»Ehrlich, Onkel Max, wenn du darüber nicht sprechen möchtest . . .«

Max hüstelte. Er fachte das Feuer mit dem Schürhaken an. Funken stoben empor und tauchten den Raum in ein rötliches Licht.
»Am Ende, glaube ich, ergeht es allen Spionen so«, sagte er. »Sie bleiben nicht ewig unentdeckt. Und eines Nachts kamen sie auch zu mir. Es war in einem kleinen Hotel in Flandern. Sie waren zu viert, riesenhafte deutsche Soldaten. Sie sagten nicht viel, stießen mich nur auf die Ladefläche eines Lastwagens und karrten mich im Schlafanzug weg. Ich schäme mich nicht, es zu sagen, James, ich hatte Todesangst. Ich war regelrecht zu Stein erstarrt. Ihr Hauptquartier war eine große, alte, hässliche mittelalterliche Festung aus schwarzem Stein. Ich wusste gleich, wenn man hier je wieder rauskam, dann im Sarg. Ich war aufgeflogen und als Spion wurde man erschossen . . . wenn nicht gar Schlimmeres . . .«
Max hielt inne und rieb sich die Arme unter der Decke.
»Sie haben mich nicht sonderlich gut behandelt und einige sehr hässliche Dinge mit mir gemacht, aber ich war entschlossen ihnen nichts zu erzählen. Nicht dass ich viel zu erzählen gehabt hätte, das militärisch irgendwie von Bedeutung gewesen wäre. Aber ich hatte meine Kontaktleute, weißt du? Meine Freunde – die wollte ich nicht im Stich lassen. Ich wusste natürlich, dass ich früher oder später etwas sagen musste. Früher oder später gibt jeder klein bei. Das machte mir am meisten Angst, denn ich wollte das nicht. Sie sollten nicht wissen, dass sie dies auch mit mir anstellen konnten.«
»Aber du bist entkommen«, warf James ein. »Du musst geflohen sein, sonst würdest du jetzt nicht hier sitzen und mir dies erzählen.«
»Ah ja«, sagte Max. »Einen Bond kann niemand für immer festhalten . . .«
Langsam erlosch das Feuer im Kamin. Die orangerote Glut färbte sich langsam dunkel. Onkel Max legte ein paar kurze Holz-

stecken und ein neues Scheit nach und sah zu, wie die Flammen wieder zum Leben erwachten und sich den Kamin emporschlängelten.

»Die Deutschen warfen mich in eine winzige, fensterlose, steinerne Zelle«, sagte er leise, als würde die Erinnerung an seine Gefangennahme und Inhaftierung ihn noch heute schmerzen. »Und alle paar Stunden holten sie mich heraus, um . . .« Er machte eine Pause und wählte seine Worte sorgfältig. »Um mich zu verhören. Ich verlor das Gefühl für die Zeit. Ich hatte keine Ahnung, ob es Tag oder Nacht war. Manchmal erlaubten sie mir die Toilette zu benutzen – sie waren nicht völlig wie die Tiere. Die Toilette hatte ein winziges, vergittertes Fenster, es bestand keine Chance, von dort zu entkommen. Aber mir fiel auf, dass dort, wo die Wasserleitungen die Wand durchbrachen, sie an einer Stelle feucht war. Das Gebäude war uralt und die Wasserleitung vermutlich schon seit Napoleons Zeiten undicht, so wie auch der gesamte Verputz bröckelte. Mit blutenden Fingern kratzte ich ein Loch in die Wand und stellte fest, dass hinter dem Verputz keine Steinmauer war, sondern nur das Zeug, mit dem man Fachwerk auffüllt, eine schmierige Masse aus nassem Rosshaar und Stroh und alten Sägespänen. Es war so porös, dass es wie Papier nachgab. Beim ersten Mal rührte ich nichts an, aber ich begann einen Plan auszuhecken. Ich glaube, das hat mich aufrecht gehalten – einen Plan zu haben. In einem kleinen, versteckten Teil meines Gehirns hatte ich mein Schicksal immer noch in der Hand. Und so habe ich jedes Mal, wenn ich die Toilette benutzte, etwas mehr von dem Verputz gelöst. Als sie mich das letzte Mal dort hineinstießen, habe ich wie ein Pferd geschuftet. Ich schaffte es, ein Loch herauszubrechen, das gerade groß genug war, um hindurchzuschlüpfen. Was auf der anderen Seite war, wusste ich nicht, aber es war meine einzige Chance, und so zwängte ich mich hindurch. Es war anstrengend und ich war so schrecklich schwach und übersät mit Schnittwunden und blauen Flecken, aber ich habe es geschafft. Ich fand mich in einem langen dunklen Raum wieder, an dessen entgegengesetztem Ende ein kleines, verstaubtes Fenster war. Hier befanden sich die Wassertanks für das ganze Gebäude, es gurgelte und rasselte in einem fort. Nun, ich wusste, dass mir nur Sekunden blieben, um zu fliehen, aber ich wollte ihnen etwas hinterlassen, an das sie denken sollten. Mit letzter Kraft riss ich ein paar Leitungen los und richtete eine Überschwemmung an. Wie ein Sturzbach schoss das Wasser aus den Tanks. Ich humpelte zum Fenster, brach es auf und schaute in die Nacht hinaus. Ich war vier Stockwerke hoch und es schneite.

»Was hast du dann gemacht?«, fragte James. Er stellte sich seinen Onkel vor, wie er in seinen zerlumpten Kleidern dastand und in die Tiefe starrte.

»Ich habe fieberhaft überlegt«, sagte Max. »Es war nur eine Frage der Zeit, bis meine Bewacher die Toilettentür öffneten und bemerkten, dass ich weg war. Obwohl die Außenseite der Festung kalt, nass und rutschig war, kletterte ich hinaus und schaffte es irgendwie, mich an einer alten Regenrinne festzuhalten und hinunterzurutschen. Es ging alles gut, bis ein Blechstück wegbrach und ich schätzungsweise die letzten zwanzig Fuß hinunterfiel und auf den harten Pflastersteinen des Hofes landete. Als ich aufstehen wollte, merkte ich, dass ich mir das Bein gebrochen hatte. Doch das konnte mich nicht aufhalten. Ich schaute nicht zurück, sondern humpelte und stolperte über den Hof, um mein nacktes Leben zu retten. Auf den Schmerz in meinem Bein achtete ich nicht, denn ich musste fürchten, jeden Augenblick eine Kugel in meinem Rücken zu spüren.«

»Wo waren die anderen?«, fragte James. »Was geschah dann?«

»Ich weiß es nicht. Vielleicht wagten sie sich nicht in den Schnee hinaus oder suchten im Haus nach mir, vielleicht hat sie auch die

Überschwemmung abgelenkt, ich habe jedenfalls keine Menschenseele gesehen. Gott sei Dank stand das Tor offen, durch das eine schmale Landstraße zu einer kleinen Brücke führte. Diese Brücke überspannte einen Kanal, und als ich dorthin kam, fuhr gerade ein großer Lastkahn mit Rüben vorbei. Ohne lange nachzudenken kletterte ich über das Brückengeländer. Lies mich auf einen großen Haufen Rüben fallen und versteckte mich darunter.«

»Rüben?«, sagte James.

»Ja, Futterrüben! Das ist es, womit mein großes Abenteuer schließlich endete. Eine zerlumpte, frierende Vogelscheuche von einem Mann, der sich unter einem Haufen Futterrüben versteckt. Willst du jetzt immer noch ein Spion werden, Junge?«

»Ich weiß nicht«, sagte James. »Aufregender als Bankmanager oder Briefträger ist es bestimmt.«

Max lachte kurz und heiser. »In dieser Nacht hätte ich alles darum gegeben, ein Briefträger zu sein«, sagte er. »In einer schattigen englischen Straße die Runde zu machen . . . Ich bin beinahe gestorben in jener Nacht, James. Es war bitterkalt und mein gebrochenes Bein brannte heiß. Ich aß einige von den rohen Futterrüben, um zu Kräften zu kommen – seitdem kann ich keine mehr sehen. Aber irgendwie habe ich bis zum Morgen durchgehalten und die schwache Sonne erwärmte mich etwas. Wir tuckerten dahin, den ganzen Tag und auch den nächsten, ich hatte keine Ahnung, wohin wir fuhren, und es interessierte mich auch nicht sonderlich. Ich fieberte. Hin und wieder verlor ich das Bewusstsein. Irgendwann hielten wir an einer Schleuse. Ich muss für kurze Zeit bei klarem Verstand gewesen sein, denn mir wurde bewusst: Je länger ich auf diesem Lastkahn blieb, desto größer wurde die Gefahr, entdeckt zu werden. Deshalb sprang ich vom Schiff und versteckte mich im Wald . . . Abermals hatte ich jedes Zeitgefühl verloren, die Tage kamen und gingen, Fieber überkam mich in Wellen und ich war völlig von Sinnen. Ich muss für zwei, vielleicht drei Wochen allein im Wald gewesen sein. Während dieser Zeit versuchte ich wilden Tieren nachzustellen und ernährte mich von Wurzeln und Beeren. Ich lebte kaum besser als ein Tier.

Ich stahl einige Kleidungsstücke aus einem Waldarbeiterlager und schiente mein Bein, so gut ich konnte, aber ich wurde mit jeder Minute verzweifelter und schwächer. Wie lange kann ein Mensch so überleben? Am Schluss retteten mich Schutzengel, mit denen ich am wenigsten gerechnet hätte – deutsche Deserteure.«

»Deutsche?«, sagte James. »Tatsächlich?«

»Ja. Diese Soldaten hatten die Nase voll vom Kämpfen. Sie waren vor dem Krieg weggelaufen und lebten wie die Wilden in den Wäldern. Sie gaben mir zu essen und kümmerten sich um mich, bis ich kräftig genug war, um mich über die Berge in die Schweiz abzusetzen. Das war das Ende meines ruhmreichen Kriegs. Keine Orden, nur ein hinkendes Bein.«

»Das wusste ich alles nicht«, sagte James.

»Wie schon gesagt«, murmelte Max, »ich habe es nie jemandem erzählt. Lediglich dein Vater wusste das eine oder andere. Ich weiß nicht, warum ich es dir erzähle, James, außer vielleicht, um dir zu sagen: Werde niemals ein Spion. Der Krieg an sich ist schon schmutzig genug.« Er stocherte nach dem brennenden Holzscheit im Feuer.

»Nun denn.« Er reckte sich in seinem Stuhl und legte den Schürhaken beiseite. »Lass uns überlegen, was du für deinen Ausflug brauchst. Ich habe da noch ein altes Zweimannzelt aus meiner Armeezeit, das kannst du aus dem Schuppen hervorholen. Und ich glaube, du wirst auch noch ein altes Fernglas und eine passable Wasserflasche finden. Oh, und pass auf, das schenke ich dir. Ein Messer kann ein Junge immer gebrauchen.« Er humpelte zum Kaminsims, nahm sein Taschenmesser und gab es James.

»Vielen Dank«, sagte James. »Danke für alles. Ich habe die letzten Tage wirklich sehr genossen – mit dir angeln zu gehen und natürlich das Autofahren.«
»Nun, ich denke, all dies hätte dir auch dein Vater beigebracht. Als Junge hat er sehr gerne geangelt. Wir beide waren ständig draußen am Fluss in der Nähe von Glencoe. Manchmal fehlt mir mein Bruder sehr.« Max hielt inne und schaute ins Feuer. Sein Blick verdüsterte sich. »Wie schrecklich, dass so etwas passieren musste. Ein Junge braucht seinen Vater. Ein altes Wrack wie ich ist kein Ersatz.«
»Du bist nicht alt . . .«, protestierte James. »Und du bist auch kein Wrack. Hinter dem Lenkrad eines Autos kann es so schnell niemand mit dir aufnehmen.«
»Da muss ich lachen«, sagte Max und griff sich an die Brust.
»Lass uns einen ganzen Tag zum Angeln gehen, wenn ich wieder zurück bin«, bat James.
»Das machen wir«, sagte Max und seine Miene hellte sich auf. »Ich werde dir beibringen, wie man die Angel richtig auswirft, und danach testen wir, ob du deine Bestzeit bis zum Gartentor und zurück unterbieten kannst.« Er zündete sich eine Zigarette an und sog hustend den Rauch ein. Dann betrachtete er sein verbeultes altes Metallfeuerzeug.
»Da hast du's«, sagte er und drückte es James in die Hand. »Könnte noch von Nutzen sein beim Feuermachen und sonst allem Möglichen.«
»Brauchst du es nicht?«, fragte James.
»Nicht mehr.« Max lächelte James an, und James sah etwas Unausgesprochenes in seinen Augen.
»Ich höre auf deinen Rat«, sprach Max heiser weiter. »Mit dem heutigen Abend gebe ich das Rauchen auf.«
Sie lachten beide, dann legte Max seine Hände auf James' Schulter.

»Pass auf dich auf«, krächzte er. »Und wenn du zurückkommst, dann sehen wir mal, ob wir nicht den größten Lachs aller Zeiten an Land ziehen können.«

Ein furchtbarer Fund

Okay«, sagte James, während er seinen Rucksack abstreifte und das Fernglas von Max aus einer Seitentasche hervorholte. »Wenn du Meatpacker wärst, wo würdest du dein Lager aufschlagen?«

»Im Pub«, sagte Kelly und lachte.

»Nein, im Ernst.«

Sie hatten am Pass von Am Bealach Geal Halt gemacht, sich hingesetzt und das Gelände mit Max' Fernglas abgesucht. Vor ihnen lag der See, rechts erstreckten sich die Hügel bis zum Schloss in der Ferne. Links waren schroffe Felsenüberhänge und dahinter erhob sich das majestätische Massiv des Anghreach Mhòr, dessen Gipfel von Wolken umhüllt war.

»Wir haben nichts gesehen, als wir damals nach rechts abgebogen sind, oder?«, überlegte Kelly.

»Nein«, sagte James. »Hier gab es nicht viel Deckung, und als Meatpacker uns fand, muss er von links gekommen sein, sonst hätten wir ihn bemerkt.«

»Dann nach links«, sagte Kelly.

»Einverstanden«, sagte James. »Gehen wir nach unten und schauen uns um.«

Sie folgten dem Pfad hinunter zu dem Zaun mit den toten Tieren und gingen dann im Uhrzeigersinn den Zaun entlang, bis ihnen der Weg von einem Dickicht aus Sträuchern und halb abgestorbenen Bäumen versperrt wurde. Es wirkte alles andere als einladend und sie suchten lange, bis sie etwas fanden, das wie ein Weg durch das dornige Gestrüpp aussah.

»Schau mal hier«, sagte James und deutete auf die abgebrochenen Äste einiger Brombeersträucher. »Jemand hat sich vor nicht allzu langer Zeit einen Weg gebahnt.«
Vorsichtig gingen sie weiter. In dem Unterholz war es dunkel und kalt und es roch nach Feuchtigkeit und Moder, aber irgendjemand hatte diesen Weg benutzt. In der Mitte des Dickichts war eine kleine Lichtung, die ganz offensichtlich erst vor kurzem vergrößert worden war. Abgebrochene Äste und Zweige lagen herum, ebenso einige junge Bäumchen, die herausgerissen und beiseite geworfen worden waren. Auf der Erde verstreut fanden sie Aschereste, obwohl das meiste davon in den matschigen Boden getreten worden war. Winzige schwarze Fliegen surrten in der stickigen Luft und landeten als schmutzige Klümpchen auf ihrer Haut.
»Was hältst du davon?«, fragte James und schlug nach ein paar Fliegen, was einen schmierigen Fleck auf seinem Handrücken hinterließ. »Sieht aus wie sein Lagerplatz, meinst du nicht auch?«
Kelly suchte den Boden ab.
»Jemand hat den Boden gerecht«, sagte er verwundert. »Aber schau, die Löcher könnten von einer Zeltstange oder etwas Ähnlichem stammen.« Er kratzte sich am Knöchel, wo ihn ein Insekt gestochen hatte. »Wenn er hier war, hat er entweder selbst seine Spuren verwischt oder ein anderer hat dies getan.«
»Was ist das?«, sagte James und versuchte im Dämmerlicht einen Gegenstand zu erkennen. »Da glitzert etwas.«
Er schnappte sich einen langen Stecken und stocherte damit in einem Gebüsch herum. Zum Vorschein kam etwas Metallenes mit Lederband. Er hakte den Stock an der Lederschlaufe fest und fischte den Gegenstand heraus.
»Das ist Meatpackers Fernglas«, sagte Kelly.
Sie wischten den Schmutz vom Fernglas, das ansonsten unbe-

schädigt aussah. Kelly schaute hindurch. »Er hat es sicher nicht absichtlich liegen lassen, oder?«

»Nein«, sagte James.

Erschrocken sprangen beide auf, als ein Tier geräuschvoll durch das Unterholz davonsprang.

»Komm«, sagte Kelly mit ernster Miene. »Lass uns abhauen, hier ist es nicht ganz geheuer.«

Sie atmeten auf, als sie wieder ins Tageslicht traten, obwohl der Himmel nun fast völlig bedeckt und grau war und die Sonne nur hie und da schwach durchbrach.

»Okay«, sagte James fröstelnd. »*Wir* haben sein Versteck mühelos gefunden und ebenso leicht könnte es für Hellebores Leute gewesen sein. Wir müssen unser Zelt woanders aufstellen. Hier sind wir nicht sicher.«

»Keine zehn Pferde brächten mich dazu, da drinnen ein Zelt aufzuschlagen«, sagte Kelly mit einem Schaudern. »Je mehr ich vom Landleben kennen lerne, desto weniger mag ich es. Ich brauche Häuser und Mauern und Beton.«

»Die einzigen Häuser hier in der Nähe sind beim Schloss«, sagte James. »Ich nehme nicht an, dass du die Nacht dort verbringen willst.«

»Ich will die Nacht hier nirgendwo verbringen«, sagte Kelly. »Wollen wir nicht lieber umkehren?«

Halb wollte James ihm zustimmen. Auch er machte sich allmählich Sorgen. Aber der verwegene Teil in ihm, der auf Abenteuer aus war, wollte weitermachen.

»Nein«, sagte er entschlossen. »Wir sind schon so weit gekommen. Wir geben nicht auf. Als Nächstes nehmen wir das Schloss unter die Lupe, und danach planen wir unsere weiteren Schritte.«

»Wenn du das sagst, Boss.«

So gingen sie den Weg, den sie gekommen waren, zurück: erst

zum Zaun, dann machten sie einen weiten Bogen bis zu dem Hügel, von dem aus sie mit Meatpacker auf das Schloss gespäht hatten. Sie kletterten auf allen vieren hinauf und nahmen nun, da sie zwei Feldstecher hatten, gemeinsam das massive graue Gebäude ins Visier.

Es war völlig ruhig. Niemand war zu sehen außer einem gelangweilt dreinschauenden Wachposten mit Gewehr in seinem Wachhäuschen.

»Das ist Zeitverschwendung«, sagte Kelly. »Weißt du, was wir tun müssen?«

»Was denn?«, fragte James.

»Wir müssen in das Schloss hinein und uns dort umsehen.«

»Das klingt ziemlich gefährlich.«

»Mag sein«, sagte Kelly. »Aber du hast selbst gesagt, dass wir schon so weit gekommen sind. Wir werden nichts herausfinden, wenn wir weiter hier draußen herumschleichen, meinst du nicht auch?«

»Ja, aber man kann doch nicht einfach einbrechen . . .«

Kelly lächelte und blickte James schlitzohrig an.

»Oh«, sagte James. »Vielleicht kannst du es ja.«

»Sagen wir mal, ich habe schon ein klein wenig Erfahrung darin gesammelt«, sagte Kelly.

»Soll das heißen, du bist ein Einbrecher?«, sagte James, der so etwas immer vermutet hatte.

»Ich bin kein Einbrecher«, wehrte Kelly sich. »Ich musste nur ab und zu in Häuser einsteigen, wenn Not am Mann war.«

»Also hast du doch eingebrochen?«

»Ich habe gesagt, was ich gesagt habe. Die Sache ist ganz einfach, Jimmy. Sobald es dunkel ist, bringe ich uns beide da rein, wir schauen uns ein wenig um und verschwinden wieder, ohne dass es jemand bemerkt. Ein Kinderspiel.«

»Ein Kinderspiel?«

»Das Einzige, was ich noch nicht herausgefunden habe, ist, wie man über den Zaun kommt.«

Im selben Augenblick hörten sie das Geräusch eines Motors. Sie verkrochen sich hinter einem Felsen und spähten auf den schmalen Feldweg hinab, der nach Keithly führte.

»Es ist ein Polizeiauto«, sagte Kelly.

James richtete sein Fernglas auf das schwarze Auto in schneller Fahrt, das einen Schleier aus Schmutz und Wasser hinter sich aufwirbelte. Vorne im Wagen waren die Umrisse von zwei Polizisten zu erkennen.

»Los«, sagte James. »Lass uns herausfinden, was sie vorhaben.«

Von ihrem Versteck auf dem Hügel aus beobachteten sie, wie das Auto das Torhaus passierte und anhielt. Der Wachposten kam aus seinem Häuschen. Von dem Gewehr, das er zuvor gehabt hatte, war keine Spur zu sehen. Er war überaus freundlich und winkte das Auto zum Schloss weiter. Das Fahrzeug fuhr langsam den Damm entlang und parkte am anderen Ende, wo sich eine kleine Gruppe von Leuten auf der Brücke versammelt hatte, die angestrengt ins Wasser schaute. Als die Polizisten ausstiegen, öffnete sich das Schlosstor und Lord Hellebore erschien.

Zielstrebig ging er auf die Neuankömmlinge zu und schüttelte ihnen die Hand.

Einer der Polizisten war jung und dünn, der andere war älter und ziemlich dick. Seine zu enge Uniform drohte aus allen Nähten zu platzen.

»Das muss Sergeant White sein«, sagte James.

»Ja«, stimmte Red Kelly zu. »Ich habe ihn in Keithly gesehen. Das ist ein Mann, der seine Pasteten liebt.«

Sergeant White lächelte Lord Randolph zu und nickte mit dem Kopf, während der jüngere Polizist sich mit einem Bleistift Notizen machte. Randolph deutete mehrmals auf das Wasser und zuckte hin und wieder mit den Achseln, als Sergeant White ihn

etwas fragte. Plötzlich schrie einer der Männer auf der Brücke laut auf und alle stürzten zu ihm hinüber.
James konnte jetzt erkennen, dass der Mann, der den Schrei ausgestoßen hatte, mit einer Art Bootshaken im Schlossgraben fischte. Offensichtlich hatte er einen Gegenstand zu fassen bekommen, denn er begann zu ziehen. Zwei andere Männer kamen ihm zu Hilfe und allmählich zogen sie einen großen, weichen Gegenstand aus dem Wasser.
Es war ein menschlicher Körper.
»Himmel und Hölle«, sagte Kelly, das Fernglas fest ans Gesicht gepresst. »Schau dir das mal an.«
Der Körper war bekleidet, und obwohl er mit ziemlich viel klebrigem grünem Schlamm bedeckt und die Kleidung stark zerrissen und durchlöchert war, erkannte James die unverwechselbare Hose im Schottenkaro. Ein Hosenbein war hochgerutscht und man sah die kleine, perlmuttbesetzte Pistole, die am Strumpf festgeschnallt war.
»Es ist Meatpacker«, stieß er hervor.
Erstaunlicherweise schien er noch am Leben zu sein. Jedenfalls bewegte sich der Körper.
Einige der Leute wandten sich ab und rannten weg. Sie hielten sich Mund und Nase zu. Jetzt hatte James eine bessere Sicht.
Gleich darauf wünschte er, es wäre nicht so.
Als Erstes sah er Meatpackers Gesicht.
Nur, es war kein Gesicht mehr. Ein paar Hautfetzen und Muskeln waren übrig, alles andere war weggerissen. James begriff sofort, welches Tier dies getan hatte. Und da sah er sie. Wie lebendige Locken hatten sie sich in sein Haar verbissen. James wollte wegschauen, aber er konnte nicht. Er war von dem Anblick wie hypnotisiert.
Der Mann mit dem Stock stach auf Meatpackers Körper ein. Die Knöpfe seines Anzugs gaben nach, die Kleidung öffnete sich und

gab ein wirres Knäuel grauer und schwarzer Aale frei. Das war es, was sich bewegt hatte. James kam sich lächerlich vor, dass er geglaubt hatte, Meatpacker könnte noch am Leben sein.
James musste an die Waffe denken. Was hätte sie gegen diesen Feind nützen können?
Die Männer waren alle zurückgewichen. Keiner konnte diesen scheußlichen Anblick ertragen. Sergeant White tröstete den jüngeren Polizisten, der schluchzte. Einigen war übel geworden, und auch James spürte, wie sein Magen revoltierte. Aber er bekämpfte dieses Gefühl. Er hielt das Fernglas fest an seine Augen gepresst, denn ihn interessierte die Reaktion eines bestimmten Mannes. Er wollte Lord Hellebores Gesicht sehen.
Randolph Hellebore stand da, groß und mit geradem Rücken, und sah auf den Leichnam herab. Sein Gesichtsausdruck war nicht entsetzt, sondern fasziniert.
James wollte etwas zu Kelly sagen, aber dann sah er, dass sein Freund sich heimlich übergab.
James drehte sich auf den Rücken und blieb so liegen. Er schaute in den dunkler werdenden Himmel. Er atmete in langen, tiefen Atemzügen die klare und frische Luft ein und versuchte den Anblick von Meatpackers zerfetztem Körper aus seinen Gedanken zu verbannen. Doch er wusste genau, dass dieser ihn für den Rest seines Lebens verfolgen würde.

Im Dunkeln sehen Ungeheuer nichts

Das wär's, Mr. Bond«, sagte Kelly wie ein hochnäsiger Schuhverkäufer und gab James die Stiefel zurück. »Keiner kommt auf die Idee, dass es da drin ist«.

James betrachtete Kellys Arbeit. »Wirklich verblüffend«, sagte er und lächelte.

Kelly hatte die letzte halbe Stunde damit verbracht, ein Geheimfach in James' Absatz zu basteln. Daheim in London müsse er oft Sachen verstecken, hatte er erklärt und James hatte darauf verzichtet, genauer nachzufragen. Mit seinem Federmesser hatte der ältere Junge den Absatz ausgehöhlt und einen Raum geschaffen, der groß genug war für James' kleines Klappmesser; dann hatte er aus der oberen Absatzsohle einen raffinierten Verschluss fabriziert.

Sie waren so lange in der Nähe des Schlosses geblieben, bis der Krankenwagen kam. Inzwischen waren die meisten Aale von Meatpackers Körper weggekrochen und ins Wasser zurückgeglitten. Die restlichen Tiere wurden von ein paar der weniger zimperlichen Männer über den Boden gestoßen und ins Wasser getrieben.

Die zwei entsetzten Sanitäter hüllten den Leichnam ein, der fast nur noch ein Skelett in schmierigen Lumpen war, legten ihn auf eine Bahre und luden ihn in ihr Fahrzeug, ehe sie langsam wegfuhren. Es bestand kein Grund zur Eile. Meatpacker brauchte keinen Arzt mehr.

Sergeant White und der junge Wachtmeister waren mit Lord

Randolph ins Schloss gegangen; danach passierte nichts mehr, bis die Polizisten etwa eine Stunde später wieder gingen.
Bei Einbruch der Dunkelheit hatten die beiden Jungen ihr Versteck verlassen und sich auf die Suche nach einem guten Lagerplatz gemacht, möglichst weit entfernt vom Schloss und allem menschlichen Treiben. Auf dem Rückweg um den See waren sie an Meatpackers Lagerplatz im Dickicht vorbeigekommen, jedoch weitergegangen, bis sie einen geschützten Platz unter einem hohen, überhängenden Felsen zwischen einigen Birken gefunden hatten, die mit ihren Wurzeln für einen halbwegs trockenen Boden sorgten.
James zog seine Stiefel wieder an und band die Schnürsenkel fest. »Glaubst du, es ist schon dunkel genug?«, fragte er.
»Lass uns noch warten!«
»Und in der Zwischenzeit bringst du mir bei, wie man richtig gemein kämpft«, sagte James. »Es könnte noch von Nutzen sein.«
»Gemein kämpfen, was soll das sein? Das gibt es eigentlich gar nicht«, sagte Kelly. »Man kämpft, um zu gewinnen, das ist alles. Mach, was du willst, vergiss die Regeln, Jimmy. Du musst treten, kratzen, beißen, mit den Fingernägeln krallen . . . einfach alles, um deinem Feind so viel und so schnell wie möglich wehzutun, bevor er dir wehtut. Ziele auf die weichen Körperteile, die Augen, die Nase, die Achselhöhle, den Bauch und natürlich dorthin, wo es einem Kerl am meisten wehtut«.
James schaute nach unten und verzog das Gesicht.
»Genau«, lachte Kelly. »Ein solcher Tiefschlag, und dein Gegner ist für den Rest des Tages außer Gefecht gesetzt. Weißt du, wie man einen Kampf gewinnt? Indem man die Angst überwindet.«
»Die Angst, verletzt zu werden?«
»Nein, Jimmy, die Angst, jemand anderen zu verletzen. Du brauchst 'ne Menge Schneid, um jemanden zusammenzuschlagen. Es ist nicht leicht, einem andern so richtig eins auf die Birne

zu geben oder sein bestes Stück zu malträtieren. Deshalb kämpfen die meisten Burschen auch nur, wenn sie betrunken sind. Am besten«, sagte er ernst, »du lernst einem Kampf aus dem Weg zu gehen. Manchmal ist er unvermeidlich, und dann musst du ihn so schnell wie möglich hinter dich bringen.«

Kelly zeigte James einige Tricks – wie man den Gegner zu Boden wirft oder sich aus einem Würgegriff befreit, wie man zuschlägt, ohne sich die Hand zu verletzen – und sie verbrachten eine vergnügliche Stunde lang damit, gegeneinander zu kämpfen.

Schließlich hörten sie auf. Kelly blickte zum Himmel. Der Halbmond schien hell und die ersten Sterne waren zu sehen.

»Wir sollten uns auf die Socken machen«, sagte er.

»Hast du eine Idee, wie wir auf die andere Seite des Zauns gelangen?«, fragte James.

»Ja. Es hat keinen Zweck, die Stelle zu suchen, an der Meatpacker eindrang, denn die haben sie sicher schon repariert.«

»Was dann?«, fragte James und überprüfte die Taschenlampe, die Charmian ihm am Abend zuvor gegeben hatte.

»Ich hab da eher an Lastwagen gedacht«, sagte Kelly.

»Wie meinst du das?«

»Hellebores Fahrzeuge fahren oft raus und rein. Wir müssen einfach heimlich auf die Ladefläche klettern.«

»Das klingt ganz schön riskant.«

»Alles ist verdammt riskant!«, fuhr Kelly ihn an. »Aber wir haben keinen Seitenschneider, um den Zaun aufzuschneiden, und keinen Spaten, um ein Loch zu graben, also können wir ebenso gut eine kleine Spritztour mit Chauffeur machen und uns direkt ins Schloss fahren lassen. Einen Versuch ist's jedenfalls wert. Ich schätze, es ist jetzt dunkel genug.«

Ein Schauder überlief James. Sein Herz raste und er fühlte sich so wach wie nie.

»Lass uns gehen«, sagte er und sprang auf.

Sie brauchten gut vierzig Minuten, um bis zum ersten großen Tor des Schlossgeländes zu gelangen. Flutlichter an hohen Masten erleuchteten es taghell.
Während Kelly die Gegend erkundete, kletterte James auf einen Baum, um mit seinem Fernglas einen Blick über den hohen Holzzaun zu werfen.
Kurze Zeit später war Kelly wieder da und fragte James, was er vom Baum aus sehen könne.
»Es geht ziemlich geschäftig zu. Leute kommen und gehen, aber die Lastwagen scheinen alle schon für die Nacht abgestellt zu sein«, flüsterte er und kletterte vom Baum herab. »Und wie steht's bei dir?«
Kelly führte James zu einer Stelle des Drahtzauns.
»Schau dir den Wassergraben an«, sagte er. »Er verläuft bis zum Eingangstor und fließt dann in einer Röhre unter der Straße durch. Kein Mensch sieht uns, wenn wir den Graben entlangkriechen. Dann müssen wir nur noch auf einen Lastwagen springen.«
»Wenn überhaupt noch einer kommt«, sagte James. »Vielleicht sind wir zu spät dran und hätten es früher versuchen sollen.«
»Ja, kann sein«, sagte Kelly und ließ sich in den Graben gleiten. »Warten wir ab, was passiert«.
Eine Stunde lang passierte gar nichts und die beiden dachten schon daran, etwas anderes zu probieren, als sie in einiger Entfernung das Geräusch eines herannahenden Fahrzeugs hörten.
»Bist du bereit?«, sagte Kelly.
»Ich weiß wirklich nicht, ob das eine so gute Idee ist.«
»Du hattest genug Zeit, um darüber nachzudenken.«
»Ich hatte zu viel Zeit«, sagte James, aber Kelly war schon weg und krabbelte auf allen vieren auf das Tor zu. James folgte ihm rasch hinterher. Der Graben war ziemlich tief und am Boden stand das Wasser, daher waren sie bald bis zu den Ellbogen und Knien durchnässt. James achtete kaum darauf.

Vor ihnen rollte ein großer, schmutziger Lastwagen bis zum Tor und blieb stehen. Der Fahrer stieg aus, schlug die Wagentür zu, ging hinüber zu dem Torhäuschen und sprach mit dem Wachposten. Währenddessen lief der Motor des Lastwagens und jagte eine Abgaswolke durch den Auspuff in die feuchte Nachtluft.
Kelly bedeutete James stehen zu bleiben und flüsterte leise: »Warte hier!«
Er kletterte aus dem Graben nach oben und verschwand hinter dem Lastwagen. Einen Augenblick später winkte er James heran. Die Heckklappe war mit einer Plane aus Leinwand verdeckt, die Kelly mit flinken Fingern gerade so weit öffnete, dass sie sich hindurchzwängen konnten. James dachte bei sich, dass er so etwas sicher schon häufiger getan hatte.
Kelly sprang als Erster auf und James hatte gerade noch Zeit, ihm nachzufolgen, bevor der Lastwagen losfuhr und das Tor passierte.
Im Innern des Fahrzeugs war es dunkel und stickig; die Ladefläche war voll gestopft mit Säcken, die etwas Rundliches, Hartes enthielten.
Sie kletterten über die Säcke hinweg und versteckten sich, falls jemand die Klappe des Lastwagens öffnete und hereinschaute.
Es war heller Wahnsinn. Alles geschah so schnell, dass James gar keine Zeit hatte, nachzudenken, und nun war er hier und drang in das Schloss von Lord Hellebore ein. Er blickte zu Kelly, der ihn triumphierend angrinste und die Daumen nach oben streckte.
James öffnete einen der Säcke und schaute hinein – Futterrüben. Er lächelte kopfschüttelnd.
Der Lastwagen wartete einen Augenblick am zweiten, inneren Tor, fuhr dann weiter und hielt wenig später erneut. Gleich darauf wurde der Motor abgestellt.
Sie hörten, wie der Fahrer ausstieg, dann erklangen Stimmen

und Gelächter. Die Plane wurde hochgezogen und in den Laderaum des Lastwagens fiel helles Licht.
»Ich bin nicht scharf darauf, das Zeug heute Abend noch abzuladen«, sagte eine raue Stimme mit einem breiten schottischen Akzent.
»Das hat Zeit bis morgen«, sagt eine zweite Stimme, die amerikanisch klang. »Ich besorg dir 'ne Kleinigkeit zum Essen und dann genehmigen wir uns einen Drink, einverstanden?«
»Klingt großartig«, sagte die erste Stimme, und während die beiden Sprecher weggingen, unterhielten sie sich weiter und lachten.
»Puh«, seufzte Kelly theatralisch. »So weit, so gut. Komm, lass uns schleunigst verschwinden und einen sicheren Platz suchen.« Er spähte vorsichtig aus dem Laderaum, überzeugte sich, dass die Luft rein war, und sprang vom Fahrzeug herunter.
Sie befanden sich in einem großen Schuppen, in dem drei weitere Lastwagen neben einigen Autos, einem Traktor und einem Motorrad abgestellt waren. An der Wand stapelten sich Schachteln und Kisten.
Die beiden Jungen schlichen dicht an der Wand entlang auf die geöffneten Türen zu und schauten hinaus. Es war viel ruhiger als noch vor kurzem, nur hin und wieder sah man eine Gestalt von einem Gebäude zum nächsten gehen.
Kelly wartete auf einen geeigneten Moment, dann rannte er zu einem lang gezogenen, niedrigen Gebäude, das weniger hell erleuchtet war. James folgte ihm auf den Fersen.
Von ihrem neuen Aussichtsplatz aus sahen sie, dass nur der Abstellplatz für die Fahrzeuge in das Flutlicht getaucht war, zum Schloss hin war es dunkler.
Kelly deutete in diese Richtung und James nickte. Sie huschten weiter. Ein furchtbarer Schrecken fuhr ihnen in die Glieder, als unmittelbar vor ihrer Nase plötzlich eine Tür aufging. Instinktiv

ließen sie sich zu Boden fallen und pressten sich an den Mauersockel, aber der Mann, der vor ihnen auftauchte, bemerkte sie nicht. Ohne sich umzuschauen, kippte er einen Eimer schmutzigen Wassers aus und ging dann wieder nach drinnen.

James war erleichtert, als sie einen abgelegenen Bereich hinter den Hauptgebäuden erreichten, der völlig im Dunkeln lag. Die beiden lehnten sich an eine Mauer und ließen sich zu Boden sinken.

James' Kehle war so trocken, als ob er eine Tasse Sand geschluckt hätte, und sein Herz schlug so schnell, dass es wehtat. Er hatte Angst und war gleichzeitig erregt und schon jetzt erschöpft, obwohl sie noch nicht sehr weit gekommen waren.

»Wir brauchen einen Unterschlupf«, flüsterte Kelly. »Dort warten wir, bis alle schlafen.«

»Einverstanden«, sagte James und blickte zu dem dunklen Schloss, das alle anderen Gebäude überragte. In einigen der hohen, schmalen Fenster brannte Licht, und während James noch schaute, erlosch eines davon. Er dachte an George Hellebore und seinen Vater und an das, was sich noch hinter diesen Mauern befand. Welche Geheimnisse sich wohl dort verbargen?

Sie warteten zur Sicherheit eine Weile, bevor sie ihren Weg fortsetzten. Geduckt und wachsam schlichen sie voran. Schnell huschten sie über die helleren Stellen hinweg, die es hin und wieder gab. Bald hatten sie eine niedrige Mauer erreicht und James fiel ein, dass er Tierpferche gesehen hatte, als er das erste Mal vom Baum aus diesen Platz ausgekundschaftet hatte. Tatsächlich lag ein strenger Geruch nach Tieren in der Luft.

Auf der gegenüberliegenden Seite der Mauer war ein unbeleuchteter Bereich, auf den James nun zeigte. »Wir sollten uns dort mal umschauen«, sagte er.

Kelly fackelte nicht lange und kletterte über die Mauer. Im selben Augenblick stieß er einen Fluch aus.

»Was ist los?«, fragte James, der ihm nachgefolgt war.
»Ich bin in etwas hineingetreten. Pass auf, wo du hintrittst.«
James schaute auf den Boden und sah mehrere Haufen stinkender Exkremente. Hier waren also tatsächlich Ställe, aber für welche Tiere? Vorsichtig ging er zu einem niedrigen Betonverhau und lugte hinein. Darin lag ein fettes Mutterschwein mit ihrem Wurf; die Ferkel dösten, an ihren warmen Bauch geschmiegt, vor sich hin. Wie viele Schweine sah auch dieses so aus, als habe es ein breites, zufriedenes Lächeln im Gesicht.
»Dreckige Viecher«, knurrte Kelly und wischte seinen Stiefel ab.
James kämpfte gegen ein Lachen an. Bei all seiner Anspannung und Müdigkeit war er kurz davor, hysterisch zu werden.
Plötzlich hörten sie, wie jemand hustete und spuckte. Als hätten sie es zuvor abgesprochen, schwangen sich beide über die Mauer in den nächsten Koben und duckten sich auf den Boden, ohne darauf zu achten, wo sie lagen.
James erspähte einen Riss in der Mauer und kroch so weit, dass er hindurchschauen konnte. Ein Mann kam in den ersten Pferch. James erkannte ihn sofort, es war der kleine Mann mit den langen Armen und dem Bowler, den James zusammen mit Randolph und George gesehen hatte. Der merkwürdige Kerl murmelte leise vor sich hin und schien betrunken zu sein. Er torkelte beim Gehen mit seinen kurzen O-Beinen von einer Seite auf die andere. Aus der Nähe betrachtet, ähnelte er mehr denn je einem grotesken Affen.
»Kommt her, ihr kleinen Schweinebacken«, sang er und bückte sich, um in den Verschlag zu gelangen, in dem die Tiere schliefen. Sofort begannen sie vor Furcht zu schreien und zu quieken. Der Mann tauchte wieder auf und hatte ein kleines, zappelndes Ferkel am Genick.
Das Mutterschwein und zwei oder drei andere Ferkel aus dem Wurf machten einen fürchterlichen Lärm und wollten ihm nach draußen folgen.

»Zurück mit euch«, schrie er und versetzte dem Schwein einen Tritt gegen den Kopf. Es quiekte und wich zurück. Aber der kleine Mann lachte und zielte nun auf eines der Ferkel. Er erwischte es mit der Stiefelspitze und schleuderte es quer durch den Pferch an die gegenüberliegende Wand, wo es liegen blieb. Der Mann wankte hinüber und hob es auf. Das Genick des Tieres war gebrochen. Er betrachtete es und leckte sich die Lippen.

»Du wirst eine gute Mahlzeit abgeben, Kleiner«, lachte er in sich hinein. Er verließ den Pferch mit zwei kleinen Schweinen, eines tot, das andere höchst lebendig und zappelnd. Das Letzte, das James von ihm hörte, war ein Schwall wüster Flüche, die er über das lebende Ferkel ausstieß.

Die Jungen warteten, bis sie sicher waren, dass der Mann nicht mehr zurückkam; dann sprangen sie auf und kletterten ohne weitere Zwischenfälle über die restlichen Pferche hinweg. Bald waren sie am Seeufer angelangt und blickten hinüber zur Insel mit dem Schloss.

»Ich bin nicht scharf darauf, da durchzuschwimmen«, sagte Kelly und starrte unbehaglich auf das schwarze Wasser.

»Ich auch nicht«, sagte James. »Mit diesen Aalen, die er hat, braucht Hellebore keine Wachhunde mehr.«

»Kein Wort mehr von diesen verdammten Biestern«, sagte Kelly. »Solang ich lebe, möchte ich keines mehr sehen. Früher habe ich Aal in Gelee ganz gerne gegessen. Nie wieder.«

»Schau mal«, sagte James. Er deutete mit dem Kopf in Richtung eines abgeschiedenen Uferstreifens, der von einem rostigen, löchrigen Hühnerzaun umgrenzt war. Der Platz sah aus wie eine Müllkippe; alte Schachteln, Blechdosen und Berge von verrottendem Papier lagen herum. In der Mitte der Abfallhalde stand die große, alte schottische Kiefer, die sie von der gegenüberliegenden Seite des Sees gesehen hatten. Sie sah krank aus und wirkte so, als ob sich niemand um sie kümmerte. Wahrscheinlich würde sie bald absterben.

Hinter dem Baum stand ein zerfallenes Gebäude.

»Was hältst du davon?«

»Wir sollten mal nachsehen«, sagte Kelly.

Sie rissen einen Teil des Hühnerzauns nieder und bahnten sich ihren Weg durch das Gerümpel bis zum Haus. Es war aus schmutzig roten Ziegelsteinen errichtet und mit Efeu und Moos überwuchert. Alle Fensterscheiben waren zersprungen und nur das unterste Stockwerk war noch heil. Die Tür war mit einem Vorhängeschloss gesichert, aber das Holz war so morsch, dass sie ohne Mühe die Schrauben mit ihrem Taschenmesser lösen konnten. Sie versuchten die Tür so leise wie möglich zu öffnen, aber die verrosteten Scharniere knirschten laut. Die beiden Jungen erstarrten, das Geräusch kam ihnen so laut vor wie eine Explosion. Nichts rührte sich, niemand kam, um nach dem Rechten zu sehen. Nur im Schloss erlosch ein weiteres Licht.

Sie huschten schnell ins Innere. Der größte Teil des Dachs fehlte, aber in einer Ecke, in der Schachteln und leere Säcke lagen, bot es ein wenig Schutz. Ausrangierte Eisengeräte lagen herum, deren ursprünglichen Zweck James nicht einmal mehr erraten konnte, sowie anderer weggeworfener Müll.

Sie nahmen einige der Schachteln und Säcke, um ein sicheres Versteck zu bauen. Als James eine alte Kiste mit zerbrochenen Flaschen anhob, entdeckte er am Boden eine hölzerne Falltür.

Kelly half ihm genügend Zeug beiseite zu räumen, damit sie die Tür öffnen konnten, dann stiegen sie eine dunkle Steintreppe hinab.

Da sie die Falltür über sich geschlossen hatten, holte James die Taschenlampe heraus und knipste sie an. Sie standen in einem verlassenen Keller. Er war sauber und trocken und, abgesehen von einem Regal mit leeren Glasflaschen und einer Reihe uralter Fässer, leer.

»Bingo«, sagte Kelly. »Das ist perfekt. Hier machen wir es uns gemütlich. Wir holen Säcke als Betten und legen uns aufs Ohr, bis alle schlafen gegangen sind. Los!«

Eine Viertelstunde später hatten sie eine kuschelige, kleine Höhle eingerichtet und legten sich hin, um auszuruhen. James schaltete die Taschenlampe aus und im Keller wurde es rabenschwarz.

»Ich hoffe, du hast keine Angst vor der Dunkelheit«, sagte Kelly.

»Hatte ich nie«, sagte James. »Ich mag die Dunkelheit. Ich habe mir immer gesagt, wenn du selbst keine Ungeheuer sehen kannst, sehen sie dich auch nicht.«

»Ich dachte immer, Ungeheuer können in der Dunkelheit sehen«, kicherte Kelly.

»Nein«, sagte James energisch. »Das können sie nicht.«

James fiel in einen unruhigen Schlaf; er träumte von Aalen, vom Ertrinken, hörte einen Jungen schreien und war daher erleichtert, als ihn Kelly mit dem Ellbogen stieß und mit der Taschenlampe ins Gesicht leuchtete.

James setzte sich auf.

»Wie spät ist es?«, fragte Kelly, der selbst keine Uhr hatte. James schaute auf seine Armbanduhr; es war halb eins.

»Dann machen wir uns am besten auf den Weg«, sagte Kelly.

Sie öffneten vorsichtig die Falltür, stiegen hinauf und schlichen nach draußen. Alles war totenstill und ruhig, aber die großen Flutlichter auf dem Abstellplatz brannten immer noch.

Über ihnen schossen Fledermäuse im Zickzack durch die Luft und jagten im Sturzflug nach den Insekten, die von dem Licht angelockt wurden.

Das Schloss lag nun völlig im Dunklen. Die Fenster waren nur noch schwarze Schlitze.

»Sollen wir unser Glück am Vordereingang versuchen?«, fragte Kelly keck. »Wer nicht wagt, der nicht gewinnt . . .«
Aber James schaute hoch zum Baum, der sich scheinbar schlaftrunken über das Wasser der Schlossmauer entgegenreckte. Hoch über ihnen stand ein Fenster offen, vor dem sich eine niedrige, steinerne Brüstung befand.
»Schau mal«, sagte er. »Da ist ein offenes Fenster.«
»Hervorragend«, flüsterte Kelly sarkastisch. »Jetzt brauchen wir nur noch eine Leiter und ein Boot, um hinüberzuschippern.«
»Brauchen wir nicht«, widersprach James. »Wir müssen nur auf den Baum klettern. Siehst du nicht? Dieser dicke Ast da oben reicht fast bis ans Fenster heran.«
»Bist du närrisch?«, sagte Kelly. »Wir klettern verdammt noch mal nicht hinauf, da brechen wir uns höchstens das Genick.«
»Nein, das werden wir nicht. So hoch ist es auch wieder nicht. Erzähl mir bloß nicht, du bist noch nie auf einen Baum geklettert.«
Kelly schaute verlegen drein. »Ich bin schon Regenrinnen hochgeklettert und Leitern sind mir ebenfalls nicht unbekannt, aber . . . na ja, da wo ich wohne, gibt's nicht viele Bäume.«
»Es ist, wie du immer sagst, ein Kinderspiel«, sprach James ihm Mut zu. »Folge mir einfach und mache alles genau wie ich, dann klappt es schon.«
»Ganz im Ernst, James«, sagte Kelly, »mir wird sehr leicht schwindlig und ich traue Bäumen nicht.«
»Komm mit«, sagte James und marschierte entschlossen auf die große schottische Kiefer zu.
Den untersten Ast zu erreichen war meist das Schwierigste beim Klettern. Was das anging, machte auch dieser Baum keine Ausnahme. Nachdem sie einige Minuten vergeblich versucht hatten hochzuspringen, machte Kelly eine Räuberleiter und schob James nach oben. Dann ließ sich James nach unten hängen und packte Kellys Hand.

»Fertig?«

»Zieh mich hoch!«

Im nächsten Augenblick saßen die beiden sicher im Geäst der Kiefer.

Es war ziemlich einfach, auf die weiteren Äste zu klettern, und sie kamen schnell voran, aber der Baum war größer, als es von unten her ausgesehen hatte, und das Fenster viel höher als vermutet.

Die Kiefer strömte einen intensiven Geruch aus und harzte, bald waren ihre Hände klebrig und verschmiert. Kelly fluchte und mühte sich ab, er prüfte nervös die Äste, auf denen James spielend hochgeklettert war, und ab und zu wählte er einen anderen aus. Je höher sie stiegen, desto dünner wurden die Äste und sie waren von kleinen, stechenden Zweigen umgeben.

»Ich weiß nicht, Jimmy«, sagte Kelly, »ich weiß nicht, ob ich weiterkann.«

James schaute nach unten; Kelly kauerte auf einem ganz dünnen und verdorrten Ast, den James absichtlich umgangen hatte.

»Nicht den«, sagte James. »Er ist zu schwach. Verlagere dein Gewicht auf den daneben.«

Aber Kelly rührte sich nicht vom Fleck. Im Mondlicht wirkte sein Gesicht fast völlig weiß.

»Komm weiter«, sagte James. »Es passiert dir nichts, solange du nicht nach unten schaust.«

»Ich kann nicht nach unten schauen«, stammelte Red. »Ich kann nicht nach oben schauen, ich kann nicht . . .« Dann krachte es fürchterlich. Kelly fluchte laut und dann stürzte er ab.

Teil 3:

Das Schloss

Allein

James stieg den Baum hinunter, so schnell er konnte, und betete im Stillen, dass seinem Freund nichts passiert war. Kelly war von Ast zu Ast immer weiter nach unten gestürzt, bevor es ihm gelang, sich an einem der untersten Äste festzuklammern. Dort blieb er einen Augenblick hängen und blickte hoch zu James, ehe ihn die Kraft verließ und er auf die Erde fiel, mitten in einen Abfallhaufen hinein.

Bestimmt war er vor Angst fast gestorben und sicherlich hatte es höllisch wehgetan, als er gegen die Äste gekracht war und die Zweige ihn gepeitscht hatten, aber er hatte weder aufgeschrien noch sonst einen Laut von sich gegeben.

James fragte sich, ob er an Kellys Stelle ebenso tapfer gewesen wäre. Gerade wollte er sich vom untersten Ast auf die Erde gleiten lassen, als Kelly ihn mit einer Geste daran hinderte.

»Bleib, wo du bist!«, zischte er. »Du kommst sonst nie wieder da hoch.«

»Bist du in Ordnung?«, fragte James so laut, wie er es wagen konnte.

»Nein, natürlich nicht.« Kellys Kleider waren zerrissen, die Hände aufgeschürft, das Gesicht zerkratzt und an mehreren Stellen blutete er. »Ich fürchte, mein Bein ist gebrochen.«

Unwillkürlich dachte James daran, wie sein Onkel Max von der Dachrinne gefallen war.

»Ich komme runter«, sagte er.

»Nein!«, protestierte Kelly. »Steig wieder hoch und mach weiter!

Ich werde zu unserem Versteck humpeln und dort das Bein mit irgendetwas schienen. In weniger als einer Stunde bist du zurück. In der Zwischenzeit wird mir schon etwas einfallen, wie wir aus diesem Schlamassel wieder herauskommen.«

»Soll ich das wirklich tun?«

»Nun geh schon!« Kelly rutschte von dem Abfallhaufen herunter und kroch auf allen vieren zu dem leer stehenden Gebäude. James wartete so lange, bis Kelly dort angekommen war und er sicher sein konnte, dass niemand auf sie aufmerksam geworden war, dann machte er sich auf den Weg nach oben.

Beim zweiten Mal ging es viel einfacher, und da James nun wusste, welche Äste ihn trugen und welche nicht, war er auch schneller. Bald war er weiter oben als beim ersten Mal, aber je höher er kletterte, desto schwieriger wurde es. Die Äste standen eng beieinander und waren gefährlich dünn. James musste seinen Weg mit Bedacht wählen.

Er brach einige abgestorbene Zweige weg, die ihm im Weg standen, und spähte zwischen den Kiefernadelbüschen hindurch, um eine ungefähre Vorstellung davon zu bekommen, wie weit das Fenster weg war. Von unten hatte es ganz leicht ausgesehen, aber nun stellte er fest, dass das Gebäude viel weiter vom Baum entfernt war, als es den Anschein gehabt hatte. Und was wie starke Äste ausgesehen hatte, erwies sich nun als zu dünn und biegsam, um sein Gewicht zu tragen.

Es blieb ihm nichts anderes übrig, als noch etwas höher zu klettern, um hoffentlich einen Ast zu finden, der sich zum Fenster hinunterbeugte.

Also kletterte er weiter und fühlte sich dabei wie Jack aus dem Märchen, der an einer Bohnenstange in die Burg des Riesen klettert. Schließlich fand er einen Ast, der ihm geeignet schien. Er war in der Tat seine einzige Hoffnung, denn es war der letzte Ast, der so aussah, als könne er ihn tragen. James legte sich flach

hin, umklammerte den Ast mit beiden Beinen und rutschte langsam vorwärts.
Er blickte nach unten auf das schwarze Wasser, das so ruhig dalag, und malte sich aus, wie unter der Oberfläche die Aale geduldig lauerten und im stinkenden Schlamm am Grund ihre Mäuler aufsperrten. Sein einziger Trost war, dass, falls der Sturz ihn nicht gleich tötete, er doch bewusstlos werden würde und so wenigstens nicht merkte, wie er durch das trübe Wasser diesen schleimigen Mäulern entgegensank.
Er fühlte sich plötzlich sehr einsam. Kelly konnte nicht zu Hilfe eilen, wenn er jetzt stürzte, und sonst wusste niemand, wo er war. Er war völlig allein.
James zwang sich, nicht mehr auf das Wasser, sondern auf die Mauer vor ihm zu schauen. Der Ast beugte sich nun gefährlich nach unten und James kroch abwärts, der Spitze entgegen. Die Gefahr, vornüber abzurutschen und herunterzufallen, war groß. Am besten, er dachte nicht daran.
Langsam hangelte er sich vorwärts. Das Schloss war noch sechs Fuß entfernt, noch fünf . . . noch vier . . . Der Ast schwankte beängstigend. James war klar, dass er jeden Augenblick abstürzen konnte.
Er hielt inne.
Die Mauer war noch drei Fuß weit weg.
Nein, es konnte nicht gut gehen. Der Ast war zu kurz. Und zu dünn. Wenn er auch nur ein bisschen weiterrutschte, gab es kein Zurück mehr. Er würde festsitzen.
Sein Blick glitt nach unten. Er war bereits über festem Boden, am Fuße der Mauer. Das wäre noch schlimmer, als ins Wasser zu fallen, Aale hin oder her. Er schloss die Augen, atmete ganz langsam und versuchte der aufkommenden Panik Herr zu werden.
Und dann hörte er es.
Zuerst ein Ächzen wie von einer lockeren Holzdiele.

Dann ein Knacken.
James spürte, wie der Ast nachgab. Gleich würde er abbrechen. Da krachte es erneut, lauter als zuvor, und wieder gab der Ast ruckartig nach.
James hatte keine andere Wahl mehr, er musste so schnell wie möglich von dem Ast herunter, und das hieß Flucht nach vorne. Schnell zog er sich vorwärts. Das Mauerwerk leuchtete im Mondlicht. Zum Glück war es nicht so glatt, wie es aus der Entfernung ausgesehen hatte. Wenn er es bis dorthin schaffte, konnte er sich vielleicht in den Mauerritzen festhalten ... Er war einige Male am Fels geklettert und wusste ungefähr, was er tun musste. Aber wie sollte er noch näher herankommen?
Da krachte es wieder. Der Ast knickte nach unten. James' Beine verloren den Halt und er baumelte hilflos in der Luft, fünfzig Fuß über dem Erdboden. Jetzt konnte er nur noch eines tun. Er holte mit den Beinen aus und schwang auf die Mauer zu. Seine Füße streiften sie, dann pendelte er zurück, hinaus übers Wasser. James versuchte es noch einmal. Vielleicht hielt der Ast, vielleicht brach er vollends; alles lag nun in Gottes Hand. Hart schlug er gegen das Mauerwerk. Er stöhnte auf, aber bevor er sich an den Steinen festhalten konnte, pendelte er zurück. In seinen Ohren rauschte es und die Erde unter ihm verschwamm vor seinen Augen. Für einen quälend langen Moment schwebte er in der Luft, ehe er zurückschwang, diesmal allerdings sehr viel schneller. Der Ast über ihm erzitterte – und brach ab. James ließ los. Er schlug mit gespreizten Gliedern dumpf gegen die Mauer. Blindlings suchte er nach Halt.
Vergeblich. Er rutschte abwärts.
James stöhnte laut und biss die Zähne zusammen ... Ein fürchterliches Bild kam ihm in den Sinn, das Bild seines Vaters, der sich in Frankreich an einen Felsen klammerte, losließ und fiel und ...

Aber er fiel nicht. Er klebte an der Wand. Seine Füße hatten einen winzigen Vorsprung gefunden.
James atmete tief durch und presste sein Gesicht an den kalten Stein. Seine Finger bluteten, die Nägel waren eingerissen, aber er war gerettet.
Jetzt hieß es nach oben klettern. Über ihm, gerade noch in Reichweite, war eine Ritze. Vorsichtig tastete er danach, hielt sich fest und zog sich hoch. Sein Fuß fand Halt auf einem vorspringenden Stein. Gut. Nun der nächste Halt und dann der nächste. Mehr brauchte er gar nicht zu tun, er musste lediglich Möglichkeiten zum Festhalten suchen und an nichts anderes denken. Eine Hand, ein Fuß, dann der zweite Fuß. Plötzlich umschloss seine rechte Hand gemeißelten Stein. James schaute nach oben und sah die steinerne Balustrade über sich. Er zog sich hoch, stützte sich mit dem Knie ab, schwang sein anderes Bein hinauf – und befand sich vor dem Fenster. Mit letzter Kraft hielt er sich an der Fensterbank fest und glitt hinein.
Er hatte es geschafft.
Er war gerettet.
Lange Zeit bewegte er sich nicht, sondern lag nur schwer atmend da, mit dem Gesicht nach unten auf einer staubigen, verschlissenen Decke. Er fühlte sich elend. In seinem Kopf hämmerte es und der Schweiß lief ihm in Strömen herab und brannte in den Augen.
Allmählich sickerte es in sein Bewusstsein, dass er in Wirklichkeit weit davon entfernt war, in Sicherheit zu sein. Im Gegenteil, er befand sich nun in einer viel gefährlicheren Situation als zuvor.
Jack war in der Burg des Riesen.
Was sollte er tun? Ohne Kelly war er verloren. Ihr ganzer Plan war futsch. Er hatte keine Ahnung, wie man mitten in der Nacht durch Häuser schleicht. Richtig, er war ganz gut hineingekom-

men, aber irgendwie musste er auch wieder hinaus. Auf dem Weg, auf dem er gekommen war, konnte er nicht mehr zurück. Er musste einen anderen Ausgang suchen, und zwar ohne jemanden dabei aufzuwecken.

James zwang sich aufzustehen. Durch das offene Fenster fiel gerade so viel Mondlicht, dass er erkennen konnte, wo er sich befand. Er war in einem Korridor, der direkt ins Herz des Schlosses führte. Altersdunkle Gemälde hingen an den Wänden, und rechts und links des Gangs befanden sich schwere Eichentüren.

Im Haus war es totenstill, wie in einem Mausoleum. Dies hieß, dass ihn zumindest niemand gehört hatte. James schlich zur ersten Tür und presste sein Ohr dagegen. Nichts. Kein Laut. Vorsichtig drückte er die Eisenklinke. Die Tür sprang mit einem leichten Klicken auf. Der Raum dahinter war dunkel. James kramte Max' Taschenlampe hervor und leuchtete in die Schwärze.

Erschrocken wich er zurück, als der Lichtstrahl auf das fratzenhafte Gesicht einer großen Wildkatze fiel.

Er atmete tief aus. Die Katze hatte sich nicht bewegt; ihre grimmige Miene war erstarrt, denn sie war ausgestopft und halb kaputt. Eine Hinterpfote fehlte und aus einem langen Riss in ihrem Bauch quoll Sägemehl. James leuchtete den Raum mit dem Strahl seiner Taschenlampe aus. Es befanden sich noch andere ausgestopfte Tiere darin: kleine Rehe, ein paar Füchse und in einer staubigen Glasvitrine ein paar Vögel. An einer Stange am Fenster hing eine Reihe mottenzerfressener Pelzmäntel.

Alle Zimmer in diesem Geschoss schienen als Abstellräume zu dienen. Hinter den anderen Türen fand er alte Kleidungsstücke, Hüte, verbeulte Sportgeräte, vor sich hin modernde Bücher, Bilder, die von Wasser- und Stockflecken entstellt waren, blinde Spiegel, kaputte Möbelstücke, Kisten voller Papiere, die von Mäusen angefressen waren ... der vergessene Trödel von unzäh-

ligen Generationen von Hellebores. Als er zur letzten Tür kam, öffnete er sie beiläufig und leuchtete mit seiner Taschenlampe hinein in der Erwartung, noch mehr Gerümpel zu finden.
Stattdessen fiel der Lichtstrahl direkt auf das Gesicht des schlafenden George Hellebore. James knipste die Taschenlampe sofort aus, doch George hatte sich schon bewegt und im Schlaf etwas vor sich hin gemurmelt.
James drückte sich an die Wand und hielt so still, wie er nur konnte. George wälzte sich unruhig in seinem Bett und nach einer Weile schlief er wieder tief und fest.
James' Augen gewöhnten sich langsam an das Dämmerlicht, das durch die Vorhänge fiel. Er konnte einen riesigen schwarzen Kleiderschrank ausmachen, einen Schreibtisch, ein altertümliches Himmelbett und, mitten darin, George in einem gestreiften Nachthemd.
James tastete nach der Türklinke, öffnete sie vorsichtig und schlüpfte hinaus.
Ohne nachzudenken, eilte er den Korridor entlang und trat durch eine Tür am Ende des Ganges.
Er fand sich auf dem Absatz einer steinernen Wendeltreppe wieder. Dieser Teil des Schlosses wurde von Gaslichtern an den Wänden erleuchtet, die ein trübes, flackerndes orangefarbenes Licht von sich gaben. Es war kalt und die Luft roch nach Gas und Feuchtigkeit. James beugte sich über das Geländer und blickte nach unten. Die Treppe führte zu einem Foyer mit schwarz-weißen Marmorfliesen im Schachbrettmuster. Er musste also lediglich die Treppen hinunter und die Halle durchqueren und schon wäre er an der Vordertür.
Was, wenn sie offen stünde? Was, wenn er tatsächlich unbemerkt hinausgelangen könnte? Was hätte er gewonnen? Konnte er wirklich zu Kelly zurückgehen und ihm erzählen, dass alles, was er entdeckt hatte, eine ausgestopfte Katze, einige alte Mö-

belstücke und der schlafende George Hellebore im gestreiften Nachthemd war? Was würde sein Freund dazu sagen?

Andererseits, was genau hatte er zu finden gehofft? Die Leiche von Alfie Kelly in einem Schrank? Ein handgeschriebenes Geständnis von Lord Hellebore auf dem Schreibtisch? Nein, die Wirklichkeit sah anders aus. Da lauschte man nicht zufällig hinter einer Tür und hörte, wie der Oberschurke seinem Kumpanen haarklein erzählte, was er gemacht und wie er es gemacht hatte und was er als Nächstes machen würde. Es bestürzte James, dass er völlig unvorbereitet in das Schloss eingedrungen war und in Schuljungen-Manier geglaubt hatte, einem Geheimnis auf die Spur zu kommen, aber keine ernsthafte Vorstellung davon hatte, wie er es anfangen sollte.

Er brauchte einen Plan.

Ein alberner Spruch schoss ihm durch den Kopf. Ein Scherz, den er irgendwo aufgeschnappt hatte. *»Rette, o Genie, dein Heil! Flieh nur Unheil! Flieh nur Unheil! Flieh nie deine Goetter!«* Es war ein Palindrom, ein Satz, den man sowohl vorwärts als auch rückwärts lesen konnte.

Nun gut, er hatte zwar einen lustigen Satz, aber weder war er ein Genie, noch hatte er einen Plan, wie er sich retten konnte.

Werde nicht hysterisch, James, ermahnte er sich. Halte deine Gedanken beisammen! Konzentriere dich auf das, was du tun musst!

Er traf eine Abmachung mit sich selbst – er würde jetzt nach unten gehen und nachsehen, ob es einen einfachen Weg nach draußen gäbe, und wenn ja, dann würde er sich ein Zeitlimit setzen – zwanzig Minuten vielleicht –, um das Schloss zu erkunden, bevor er sich wieder aus dem Staub machte. Das war ein guter Kompromiss.

So weit, so gut.

Was aber, wenn es keinen Weg nach draußen gab? Was, wenn

die Vordertür verschlossen war oder von Hellebores Leuten bewacht wurde, was genau genommen ziemlich wahrscheinlich war. Was dann?
Dann würde er eben das Erdgeschoss so lange absuchen, bis er einen anderen Ausgang gefunden hatte. Okay. Das war der Plan.
Da es eine Steintreppe war, konnten zum Glück auch keine Stufen knarren. Abgesehen von dem schwachen Zischen und gelegentlichem Fauchen der Gaslampen herrschte im Haus Totenstille. In weniger als einer Minute war James im Erdgeschoss angelangt und stellte fest, dass niemand da war, keine bewaffneten Wachposten, absolut niemand.
Wie er vermutet hatte, war dies das Foyer. Um zum Vordereingang zu gelangen, musste man eine kleinere, holzgetäfelte Vorhalle durchqueren. James wollte gerade losgehen, erstarrte jedoch mitten in der Bewegung.
Da war ein Schritt.
James war sich ganz sicher. Reglos stand er da und lauschte. Spielte der Verstand ihm einen Streich? Gaukelte er ihm etwas vor, um seine Angst zu steigern?
Nein. Da war es wieder. Aber es war kein gewöhnlicher Schritt. Kein Absatz klickte, es klang weicher, mehr wie ein Tapsen. Schon wieder – eindeutig ein Tapsen, und danach ein schlurfendes Geräusch. Vielleicht war es jemand, der barfuß lief? Wer auch immer das war, James wollte es gar nicht genau wissen. Er rannte zu der riesigen Eingangstür und griff nach der Klinke.
Die Tür war verschlossen, natürlich war sie verschlossen! Und nun hatte er wertvolle Zeit vergeudet. Er stürzte in die Haupthalle zurück. Die Schritte kamen näher.
Von der Halle zweigten mehrere Gänge ab. Fieberhaft blickte James von einem zum anderen, aber er hatte keine Vorstellung, woher das Geräusch kam.
Die Flure waren beleuchtet, nur unterhalb der Treppe war ein

niedriges Gewölbe, das ganz dunkel war. Blitzschnell lief er dorthin und versteckte sich.

Dann wartete er.

Einen Augenblick lang herrschte Stille, die Schritte hatten aufgehört. Mit einem Mal vernahm James etwas, das wie das Schnüffeln eines großen Tieres klang. War da vielleicht jemand mit einem Hund? Nein, ein Hund klang anders.

Da begannen die Schritte von neuem, viel schneller diesmal. James spähte in die Eingangshalle und sah einen Schatten, der nach links verschwand. Es war der Schatten von etwas sehr Großem. Und dann hörte er gequälte Atemzüge. Es klang, als ob Flüssigkeit durch ein Rohr nach oben blubberte, gefolgt von einem hohen, pfeifenden Ton.

James wartete nicht ab, um zu sehen, wer das war; er wandte sich um und lief blindlings den erstbesten Gang entlang. Immer weiter rannte er, stieß gegen Wände und landete schließlich in einer Sackgasse. Er hielt inne und horchte. Was immer es war, es folgte ihm; es schlurfte über den Steinboden und sein fürchterliches Atmen hallte von den Wänden.

Schnell kehrte James um, tastete sich an der Wand entlang, bis er das kalte Metall einer Türklinke spürte. Er drückte sie herunter, trat ein und schloss die Tür leise hinter sich.

Er befand sich in einer riesigen Küche. Messingtöpfe und Pfannen hingen von der Decke und an einer Wand befanden sich zwei große Spülbecken aus Edelstahl. In der Mitte des steingefliesten Fußbodens stand ein gescheuerter, hölzerner Tisch von gigantischem Ausmaß. Darauf befanden sich verschiedene Gegenstände, ordentlich und griffbereit, darunter einige rasiermesserscharfe Küchenmesser. James schnappte sich eines davon und stürzte durch die nächstbeste Tür, vorbei an einem großen Kohleherd, der im Halbdunkel glühte.

Der Raum, in dem er sich wieder fand, war kleiner und kälter als

die Küche. Es handelte sich um eine Art Speisekammer. Tierhälften hingen an Haken herab und James stieg der Geruch von frischem Fleisch in die Nase.
Und was nun?, dachte James und starrte auf das Messer in seiner Hand. Als er in die Küche zurückging, bemerkte er eine kleine Seitentür, die in einen dunklen Gang führte. Er zögerte weiterzugehen, aber dann hörte er wieder das Schnaufen und stürzte ohne nachzudenken los. Er streifte eine Reihe von Mänteln und verhedderte sich beinahe in ihnen; als er herumtastete, erfühlte er mit der Hand einen Lichtschalter und knipste eine schwache, nackte Glühbirne an. Sein Blick fiel auf eine schmale Wendeltreppe. Mit großen Sätzen eilte er hinauf. Hinter sich hörte er die schmatzenden Schritte und er verfluchte sich selbst, dass er in der Küche so viel Zeit vergeudet hatte.
Ein Stockwerk höher fand sich James in einem langen, schmalen Flur wieder, der wohl einmal der Durchgang für die Dienerschaft gewesen war. Er lief weiter in der verzweifelten Hoffnung, seinen unsichtbaren Verfolger abzuschütteln. Aber es gelang nicht; er war noch immer hinter ihm her, hartnäckig und leise. Warum rief er nicht nach ihm? Warum schlug er nicht Alarm, rief um Hilfe?
In James stieg Panik hoch. Er hatte sich verlaufen, wusste nicht, woher er gekommen war oder wohin er gehen sollte. War das ein Alptraum, in dem er in einem Irrgarten von einem Ungeheuer verfolgt wurde?
Schon wieder stand er vor einer Treppe. War er sie schon einmal hinaufgestiegen? Schon einmal hinuntergegangen?
Er hatte keine Zeit zum Überlegen.
Er nahm drei Stufen auf einmal, verlor dabei den Halt, stürzte Hals über Kopf hinunter und schlug mit dem Kopf gegen die Wand. Als er schließlich auf dem Boden zu liegen kam, war er benommen. Hinter seiner rechten Schläfe dröhnte es. Ihm wurde

übel und der Schwindel schwappte in Wellen über ihn hinweg. Aber er zwang sich aufzustehen und weiterzugehen. Mach schon, einen Fuß vor den anderen – so schwer ist das nicht. Er würde es schaffen und er . . . stolperte. James war wackelig auf den Beinen, denn er hatte sich bei dem Sturz verletzt. Da sah er einen Lichtschein vor sich; wie eine Motte wurde er unweigerlich von ihm angezogen.

Das Licht brannte über einer großen Metalltür. James stemmte sie auf und ging hinein.

James fand sich auf einer Galerie wieder, von der aus er einen großen, fensterlosen Raum überblickte. Er wurde nur schwach von violett glimmenden Lampen erhellt und war frostig kalt. Tiergestank mischte sich mit Fischgeruch und dem widerlichen, süßlichen Duft von Chemikalien.

Unter ihm reihten sich mehrere Glasbassins aneinander, in denen etwas schwamm, daneben standen Stahltische, ähnlich den Operationstischen im Krankenhaus, an deren Seiten sich Wasserhähne und flache Mulden befanden. Der Raum erinnerte ihn an die Labors in Eton, nur dass er viel größer war.

An einer Seite standen Käfige, aus denen ein Schnüffeln und Grunzen drang. Und auf einem der Tische, er hatte es nur nicht sofort bemerkt, lag ein Schweinekadaver, der in der Mitte aufgeschlitzt war.

James versuchte sich alles genau einzuprägen, aber ihm schwindelte und der Raum drehte sich mit ihm. Er hielt sich am Eisengeländer fest, um nicht hinunterzufallen. Einen Moment lang schloss er die Augen.

Plötzlich griff etwas von hinten nach ihm. Zwei große, nasse, schleimige Hände legten sich auf sein Gesicht. Er spürte kalten Atemhauch in seinem Nacken und das fürchterliche, gurgelnde Atmen ganz nahe an seinem Ohr . . .

Dann verlor er das Bewusstsein.

Die Sargasso-See

Das Erste, was James auffiel, als er wieder zu sich kam, war die Kälte. Über sein Gesicht strich ein kalter Luftzug, kalte Luft füllte seine Lungen, und auch sein Rücken war kalt, denn er lag auf etwas, das hart und metallisch war. Besonders eine Stelle an seiner rechten Schläfe fühlte sich feucht und kalt an.
Obwohl er sehr schwach war und noch nicht wieder völlig bei Bewusstsein, machte er Anstalten, sich zu bewegen. Was ihm nicht gelang. James zwang sich dazu, die Augen ein klein wenig zu öffnen. Er war an Hand- und Fußgelenken festgebunden und lag auf einem Metalltisch in einem Labor.
Erschöpft schloss er die Augen, nur um sie gleich darauf weit aufzureißen, als er einen stechenden Schmerz in seinem Kopf verspürte.
James blickte in das ausdruckslose Gesicht eines jungen Mannes. Er hatte blonde Haare, dünne, schmale Lippen und trug eine Brille. In der Hand hielt er einen Wattebausch und ein schmales Glasgefäß mit einer gelblichen Flüssigkeit darin.
»Habe ich dir wehgetan?«, fragte er mit einem leicht deutschen Akzent.
»Ja«, sagte James, woraufhin der junge Mann ein kleines Notizbuch aus der Brusttasche seines zerknitterten weißen Laborkittels hervorzog und sich Notizen machte.
James hatte das Bedürfnis, sich an der schmerzenden Stelle am Kopf zu reiben, aber das ging nicht. Er konnte seine Hände nicht bewegen.

»Ich fürchte, du hast deinen Kopf ziemlich böse angeschlagen«, sagte der junge Mann und legte sein Notizbuch beiseite. Mit eisigen Fingern zog er James' Augenlider hoch und untersuchte die Pupillen. »Weißt du, wie du heißt und welcher Tag heute ist?«
»Ich heiße Bond, James Bond«, antwortete James irritiert. »Heute ist Mittwoch, nein, wohl eher Donnerstagmorgen. So, und jetzt befreien Sie mich von diesen Fesseln, damit ich aufstehen kann.«
»James Bond!«, dröhnte da eine tiefe Stimme. James drehte den Kopf zur Seite. Nicht weit entfernt von ihm stand Lord Hellebore. Er lehnte an einem großen, gläsernen Tank und beobachtete ihn. »Dachte gleich, dass ich dich von irgendwoher kenne. Du bist von Eton, nicht wahr? Ich habe dich dort getroffen, als ich mit dem Schulleiter sprach.«
Lord Hellebore trat an den Tisch und blickte auf James herab. Geistesabwesend rieb er sich den Kiefer. James war überwältigt von dem animalischen Geruch, der von dem Mann ausging, und auch von der Hitze, die er ausstrahlte.
»Du hast mir einen Kinnhaken versetzt«, sagte er.
»Ja«, antwortete James verlegen. »Aber das war keine Absicht.«
»Und danach hast du, wenn ich mich recht erinnere, das Querfeldeinrennen gewonnen . . . Und bist du nicht Andrew Bonds Sohn?«
»Ja«, sagte James erleichtert. »Das stimmt.« Er zwang sich zu einem Lächeln. »Würden Sie mich jetzt bitte aufstehen lassen?«
»Wir haben dich nur zu deiner eigenen Sicherheit festgebunden«, sagte Hellebore und kehrte zu dem Glastank zurück. Er klopfte gegen die Scheibe und betrachtete nachdenklich einen langen schwarzen Aal, der in dem trüben Wasser schwamm.
»Wir wollten verhindern, dass du dir selbst Schaden zufügst. So ein Schlag auf den Kopf ist keine Kleinigkeit. Du könntest einen Anfall erleiden. Sobald wir sicher sind, dass dir nichts fehlt, darfst du selbstverständlich aufstehen.« Er drehte sich um und lä-

chelte James an. »In der Zwischenzeit kannst du uns erklären, aus welchem Grund du mitten in der Nacht in meinem Haus herumgegeistert bist.«

»Ich wollte ihren Sohn George besuchen«, sagte James. Es war die einzige Ausrede, die ihm auf die Schnelle eingefallen war.

»George?« Randolph Hellebore zog fragend die Augenbraue hoch. »Du bist um zwei Uhr nachts hergekommen, um George zu besuchen? Das soll ich dir glauben?«

»Ich wollte ihn überraschen«, sagte James lahm.

Randolph lachte dröhnend. »Na, das wäre wirklich eine Überraschung für ihn gewesen.« Er kam näher, beugte sich zu James hinunter und schnüffelte an dessen Hand.

»Kiefernharz«, stellte er fest. »Du bist diesen verfluchten Baum hochgeklettert, nicht wahr?«

James schwieg.

»Ich wollte diesen Baum von Anfang an fällen lassen. Und ich hatte Recht damit.«

Das Labor lag im Halbdunkel, nur die Lampen über dem Metalltisch strahlten ein violettes Licht aus. James fühlte sich merkwürdig abgekoppelt von der Realität. Beinahe hätte er glauben können, es handele sich nur um einen Traum, wäre da nicht dieser widerliche Gestank gewesen. In Träumen gab es keine Gerüche. Plötzlich hörte er ein unidentifizierbares, scheußliches Kreischen und gleich darauf ein dumpfes Grunzen.

»Bitte glauben Sie mir«, sagte er, bemüht, sich die aufsteigende Panik nicht anmerken zu lassen. »Ich wollte George einen Überraschungsbesuch abstatten. Doch dann saß ich leider auf dem Baum fest und es hat viel länger gedauert, als ich dachte, und dann wollte ich –«

»Also gut«, unterbrach ihn Hellebore. »Du hast es nicht anders gewollt. MacSawney!«, rief er. »Hol George aus seinem Zimmer!«

Der kleine, affenartige Mann mit dem Bowler auf dem Kopf trat aus dem Dunkel. Er warf James einen Blick zu und grinste wie ein Schimpanse. Dann durchquerte er den Raum und stieg eine Treppe hinauf. Seine Schritte klangen auf den Metallstufen laut und scheppernd.

Randolph Hellebore fing an James abzuschnallen. »Ich kann gar nicht vorsichtig genug sein«, erklärte er. »Du wirst mich vielleicht für überbesorgt halten, aber es haben schon alle möglichen Leute versucht, meine Forschungen auszuspionieren und geheime Unterlagen zu stehlen.« Er war bemüht seiner Stimme einen aufrichtigen Unterton zu geben. »Und das kann manchmal sehr gefährlich für sie werden. Du wirst es nicht glauben, aber erst gestern haben wir einen Mann von der Detektivagentur Pinkerton gefunden. Er trieb leblos im Burggraben. Der arme Kerl hat wohl herumgeschnüffelt und ist aus Versehen hineingefallen. Du hattest verdammtes Glück, dass es dir nicht ebenso ergangen ist. Ein Mann kann ohne weiteres in so einen Wassergraben stürzen und nie wieder auftauchen.«

»Oder ein Junge«, sagte James. »Ein Junge wie Alfie Kelly.« Er ließ Lord Hellebore nicht aus den Augen und stellte befriedigt fest, dass dessen glatte Fassade zum ersten Mal einen Riss bekommen hatte.

Hellebore war gerade dabei, den letzten Riemen an James linkem Fußknöchel zu lösen. Bei James Worten hielt er inne. »Was weißt du über Alfie Kelly?«

»Nur dass er hergekommen ist, um zu angeln«, sagte James. »Und nicht nach Hause zurückkehrte.«

»Wie interessant«, sagte Randolph mit einem freundlichen Lächeln und gab James' Fuß frei.

James schwang die Beine über den Rand des Metalltisches und setzte sich auf. Vorsichtig berührte er die Beule an seinem Kopf. Ihm war schwindlig und er war hundemüde.

»Eine sehr interessante Theorie«, sagte Hellebore. »Nur leider eine, die nie zu beweisen sein wird.«
Hinter ihm stieß der Aal gegen die Glasscheibe und schlängelte sich daran nach oben, so als suche er nach einem Fluchtweg. Dann ließ er sich zurück in das Wasserbecken sinken und schwamm ungerührt weiter. James war seltsam fasziniert von seinem Anblick.
»Gefallen dir meine Aale?«, fragte Hellebore. »Hübsche Kerle, nicht wahr? Aber vor allem perfekt angepasst. Bei Aalen gibt es nichts, was unnötig ist. Seit Millionen von Jahren haben sie sich nicht verändert. Sie müssen es nicht. Es sind ganz außerordentliche Kreaturen, weißt du?« Hellebore führte James zu dem Wassertank. Dort blieben sie nebeneinander stehen und beobachteten den Fisch in dem grünlichen Wasser. Hellebores Gesicht spiegelte sich in der Glasscheibe wieder, seine Augen glänzten. Nachdenklich rieb er mit dem Finger über seine makellos weißen Zähne.
»*Anguilla anguilla*, der europäische Flussaal«, sagte er. »Er laicht in der Sargasso-See, tausende von Meilen entfernt im Nordatlantik.« Seine Stimme klang ruhig und beinahe ehrfürchtig. »Die Sargasso-See, dieser seltsame, tote Ort zwischen verschiedenen Meeresströmungen ist vollkommen still und flach. Auf der Oberfläche treibt Sargassum, ein Seetang, nach dem dieser Teil des Meeres benannt ist, und darunter, in schwarzer Tiefe, sind die Aale. Was für ein Anblick muss das sein – auch wenn kein Mensch dies je gesehen hat: eine riesige, brodelnde Masse von Aalen, die ihren Liebestanz aufführen.«
Hellebore zeigte James auch die anderen Bassins. In jedem von ihnen schwamm ein einzelner Aal. Einige Tiere waren nur klein, andere mehr als ein Fuß lang, und ein besonders monströses Exemplar war drei Fuß lang und so dick wie der Arm eines Mannes.

»Alle Aale in Europa werden dort geboren«, erklärte Hellebore weiter. »Auch diese Aale wurden dort geboren. Sie haben sich aus Eiern entwickelt, die in der Sargasso-See abgelegt wurden. Kaum sind die Larven dort geschlüpft, machen sie sich auf die Reise.«
Hellebore schwieg für einen kurzen Moment, bevor er sich wieder an James wandte. »Du würdest sie nicht erkennen«, sagte er. »Es sind winzige Kerlchen, völlig durchsichtig, und sie haben die Form eines Weidenblatts. In diesem Stadium bezeichnet man sie deshalb auch als Weidenblattlarven. Diese Weidenblattlarven machen sich auf ihren schier unglaublichen Weg zu den Süßgewässern Europas, quer durch das Meer, in dem viele Gefahren und zahlreiche räuberische Fische lauern. Wenn sie ihr Ziel erreicht haben, sehen sie schon fast wie richtige Aale aus, sind allerdings längst nicht so groß wie diese Prachtkerle hier. Schau dir das an . . .« Hellebore zeigte auf ein Bassin, in dem tausende von kleinen, durchsichtigen Kreaturen wimmelten. Die Köpfe waren viel zu groß für den Körper, und die Augen waren wie schwarze Stecknadelköpfe.
»Das sind so genannte Glas-Aale«, erklärte Hellebore. »Sie sehen aus wie kleine Glassplitter. Wenn sie die Flussmündung erreicht haben, warten sie erst noch ein wenig. Sie wachsen, bekommen ihre dunkle Farbe und entwickeln sich zu jungen kräftigen Aalen. Erst dann schwimmen sie los, Millionen von ihnen. Oh, das müsstest du einmal sehen, wie sie in Scharen die Flüsse hinaufschlängeln. Man braucht nur ein Netz ins Wasser zu tauchen und schon kann man sie eimerweise einsammeln. Nichts kann diese Tiere wirklich aufhalten, dazu sind es zu viele. Immer weiter geht die Reise, die Flussläufe hinauf bis zu den Seen und Teichen. Mein Gott, sie schliddern sogar über nasses Gras, um dorthin zu gelangen, wohin sie wollen. Dort bleiben sie dann, werden älter und weiser, dicker und länger, Jahr für Jahr, und warten im Schlamm.

Bis sie eines Tages, niemand kann sagen, wann und wie, den Ruf hören und beschließen, dass es Zeit ist, zurückzukehren. Dann machen sie sich auf, den Fluss hinab bis ins Meer und noch weiter, Meile um Meile, bis zu der stillen Sargasso-See, wo sie laichen. Danach sterben sie. Ihre leblosen Körper sinken im dunklen Wasser langsam nach unten bis auf den Meeresboden.«

Widerstrebend riss Hellebore sich von dem Anblick der Glas-Aale los und wandte sich James zu. In seinen Augen glomm ein Feuer.

»Hast du schon jemals einen Aal gefangen?«, fragte er. »Einen ausgewachsenen Aal? Einen richtig großen, dicken? Es sind Ehrfurcht gebietende Biester. Ihre Haut ist so zäh, dass man Stiefel daraus machen kann. Und hast du je versucht einen zu töten? Bei Gott, das verlangt einem einiges ab. Sie sind unglaublich stark und rücksichtslos. Setze zehn kleine Aale in ein Bassin aus. Am nächsten Tag sind es nur noch neun, am darauf folgenden acht, und bald ist nur noch ein einziger übrig. Ein großer, fetter, kräftiger Aal.« Hellebore lachte. »Wir Menschen halten uns für die Könige der Welt, setzen uns an die Spitze der Nahrungskette, glauben, alle anderen Lebewesen beherrschen zu können. Verglichen mit den Aalen sind wir kümmerliche, schwache und neurotische Kreaturen. Ah, da ist George!«

James sah zwei Paar Füße auf dem Treppenabsatz. Eines davon gehörte George. Der Junge war blass und machte einen verwirrten Eindruck. Er gähnte und rieb sich die Augen. Als er James bemerkte, zog er ein langes Gesicht.

»Kennst du diesen Jungen?«, fragte sein Vater ohne lange Vorrede.

»Ja«, antwortete George. Man konnte sehen, dass er auf der Hut war. James dachte daran zurück, wie er in Eton Vater und Sohn beobachtet hatte. Damals war George ganz starr vor Angst gewesen.

»Er behauptet ein Freund von dir zu sein«, sagte Hellebore und blickte seinen Sohn durchdringend an.

George zögerte.
»Nun?«, bellte sein Vater.
»Ich kenne ihn«, sagte George. »Ich weiß, dass er einen Onkel im Dorf hat.«
»Danach habe ich nicht gefragt. Ich will wissen, ob er ein Freund von dir ist.«
Wieder zögerte George. Er starrte seinen Vater an und schaute dann auf den Fußboden. In James Richtung blickte er nicht.
»Nein«, sagte er.
James' Herz sank in die Hose. Aber was hatte er anderes erwartet? Bei näherer Betrachtung hatte er sich für die dümmste Ausrede entschieden, die es überhaupt gab. George hasste ihn. Wäre sein Kopf klarer gewesen, hätte er bestimmt eine bessere Geschichte parat gehabt.
»Hast du eine Ahnung, was der Junge hier wollte?«, fragte Hellebore.
»Nein«, sagte George.
»Nun gut«, sagte Hellebore. »Du kannst wieder auf dein Zimmer gehen.«
James glaubte einen Anflug von Mitgefühl an Georges Miene ablesen zu können.
»Was hast du mit ihm vor?«, fragte George.
»Das braucht dich nicht zu kümmern«, erwiderte der Vater barsch. »Ich muss dieser Sache auf den Grund gehen. Jetzt geh und leg dich schlafen!«
»Vielleicht sollte ich besser hier bleiben.«
»Es ist schon spät«, knurrte Hellebore. »Geh wieder ins Bett! Die Angelegenheit geht dich nichts an.«
George und James tauschten einen kurzen Blick aus. James war sich sicher, dass in diesem kurzen Moment etwas zwischen ihnen aufgeflackert war. Ein Hauch von Kameradschaft vielleicht?
»Dad . . .?«

»Du bist hier überflüssig.«
George nickte und drehte sich um.
James rannte zu ihm und hielt ihn am Arm fest. »George«, sagte er drängend. »Du musst mir helfen.«
»Ich kann nicht«, sagte George ruhig. MacSawney trat einen Schritt vor, packte James grob und zog ihn weg.
George sah sich nicht mehr um, sondern hastete die Treppe hinauf.
James' Lage war hoffnungslos. Er hörte, wie die Tür ins Schloss fiel. Es kam ihm so vor, als habe man soeben den Sargdeckel über ihm zugeklappt.
»Ich werde dir etwas sagen, Bond«, begann Hellebore, als das Echo der zuschnappenden Tür verklungen war. »Damit du auch verstehst, was mit dir passiert.«
Ein Schauder durchlief James. Sein Magen drehte sich um und ein dicker Klumpen Angst schnürte ihm die Kehle zu. Nervös blickte er sich im Labor um. Er sah den jungen Deutschen. Auf dessen ausdruckslosem Gesicht lag jetzt ein leichtes Lächeln. Der Wissenschaftler strich sich mit seinem langen, knochigen Finger über den Nasenflügel. Dann sog er vernehmlich die Luft ein und schrieb in sein Notizbuch.
»Er sieht kräftig aus«, sagte er. »Das ist gut.«
James wurde schlecht. Er zitterte. Mit zusammengebissenen Zähnen rang er um Fassung. Er würde Hellebore nicht die Genugtuung verschaffen, vor ihm zusammenzubrechen.
»Warum so trübsinnig, Bond?«, sagte Hellebore. »Tröste dich mit dem Gedanken, dass du der Wissenschaft einen guten Dienst erweist und zur weiteren Erforschung des menschlichen Körpers beiträgst.«
»Es gibt Leute, die wissen, dass ich hier bin«, warf James verzweifelt ein.
»Tatsächlich?« Hellebore sah James nachsichtig an. »Hast du

wirklich jemandem erzählt, dass du ins Schloss einbrichst? Wem denn? Der Polizei? Deinem Onkel? Und selbst wenn es so wäre, ich kann dich so lange versteckt halten, wie ich will. In diesem Schloss gibt er viele Geheimkammern. Und die Wachen sind dir auf dem Weg ins Schloss ja sicherlich aufgefallen.«

»Ja«, sagte James. »Ihre Wachleute sind wirklich Spitzenklasse, sieht man von der unbedeutenden Tatsache ab, dass ein Schuljunge an ihnen vorbeischlüpfen konnte.«

Hellebores Augen verengten sich zu schmalen Schlitzen. Verärgert verzog er den Mund. »Lass das meine Sorge sein!« Er ging auf James zu und packte ihn mit seiner kräftigen Hand fest am Kinn. »Ich habe ein Vermögen im Krieg verdient, weil ich der Regierung der Vereinigten Staaten und ihren Verbündeten Waffen geliefert habe«, sagte er kalt. »Aber ich habe auch selbst gekämpft.«

»Ich weiß«, sagte James. »Ich habe Ihre Ansprache in Eton gehört.«

Hellebore warf sich stolz in die Brust. »Ich hätte es nicht tun müssen, Bond. Viele Geschäftsleute haben ein Menge Geld ausgegeben, um sich vor dem Schlachtfeld zu drücken. Sie taten alles, um sich die Hände nicht mit Blut zu besudeln. Aber ich nicht. Ich ging zur Armee, kam nach Europa und kämpfte ein ganzes Jahr lang. Mein Bruder Algar hat unterdessen die Firma sehr gut alleine geleitet. Weißt du, warum ich in den Krieg gezogen bin? Aus Patriotismus? Weil ich davon überzeugt war, dass wir für eine gerechte Sache kämpften? Nein, Sir. Ich war dabei, weil ich den Krieg aus erster Hand miterleben wollte. Ich wollte ihn schmecken, ich wollte dem Tod ins Auge schauen und ihm ins Gesicht spucken.«

Der Widerschein des Wahnsinns leuchtete in seinen Augen. James überlegte. Warum erzählte Hellebore ihm das alles? Wieso verspürte er das Bedürfnis, ihn zu beeindrucken?

Mit einem Mal begriff er. Es gab niemanden sonst, dem Hellebore es erzählen konnte. Denn es musste geheim bleiben. James hingegen konnte er unbesorgt einweihen, weil – James presste die Fingerknöchel gegeneinander und biss sich in die Wange –, weil er nicht mehr lange genug leben würde, um es auszuplaudern.

»Außerdem wollte ich mich prüfen«, sagte Hellebore leidenschaftlich. »Ich wollte herausfinden, ob ich ein richtiger Mann bin.«

»Und? Sind Sie es?«, fragte James gespielt unschuldig. Wenn er ohnehin zum Untergang verdammt war, spielte es keine Rolle mehr, was er sagte oder tat.

»Versuch nicht dich über mich lustig zu machen, Junge!«

»Bitte«, sagte James. »Es ist schon spät. Ich bin müde und ehrlich gesagt fangen Sie an, mich zu langweilen. Wenn Sie vorhaben mich zu bestrafen, könnten Sie sich dann nicht ein wenig beeilen?«

»Alles zu seiner Zeit. Ich komme jetzt zum interessanten Teil.«

»Das wird sich erst noch herausstellen.«

»Halt den Mund!«, herrschte Hellebore ihn an. »Als ich nach dem Krieg nach Amerika zurückkehrte, machte ich mich sofort an die Arbeit. Auf den morastigen, blutdurchtränkten Schlachtfeldern in Flandern hatte ich viel erlebt. Mit eigenen Augen hatte ich gesehen, wie schwach der Mensch ist. Wie nutzlos, zerbrechlich und zerstörbar. Mir kam die Idee, dass die Zukunft der Kriegsführung nicht darin lag, immer bessere Waffen zu entwickeln. Nein, die Menschen mussten verbessert werden. Damit sie stärker, größer, furchtloser waren. Leider ist es gar nicht so einfach, am Menschen zu experimentieren.«

»Was Sie nicht sagen«, warf James ein.

»Erspar mir deine Kommentare! Ihr seid doch alle gleich. In Amerika war man nicht begeistert von meiner Arbeit. Die Amerikaner können schrecklich sentimental sein. Sie behaupteten, meine

Forschungen seien unmoralisch und unmenschlich. Was wissen die schon von Menschlichkeit? Die Generäle mit all ihren lächerlichen Orden hatten keinerlei Skrupel, Millionen junger Männer in den Tod zu schicken, aber ein paar Studienobjekte für meine Forschungen konnten sie nicht erübrigen. Ich war daher gezwungen meine Arbeit im Geheimen fortzusetzen. Und ich musste Sicherheitsvorkehrungen treffen, um mich zu schützen. Aber das Schwierigste war stets, geeignete lebende Untersuchungsobjekte aufzutreiben.«

In James stieg eine dumpfe Ahnung auf. So langsam bekam er eine Vorstellung davon, was ihm blühte – und es gefiel ihm ganz und gar nicht. Inzwischen war sein Kopf wieder klarer und er versuchte sich zu konzentrieren. Unauffällig ließ er seinen Blick durch das Labor schweifen. Irgendwo an diesem Höllenort musste es einen Fluchtweg gegeben.

»Ich war nicht allein«, fuhr Hellebore fort. »Mein Bruder Algar war das eigentliche Genie. Ich hatte die Ideen, aber er war derjenige, der wusste, wie man sie in die Praxis umsetzte. Er war ein brillanter Wissenschaftler und ging völlig in seiner Arbeit auf.«

»Aber er war nicht einverstanden mit Ihren Plänen, nicht wahr?«, sagte James. »Deshalb brachten Sie ihn um.«

Hellebore schwieg für einen Moment und starrte James an. Dann fing er an zu lachen. Seine Stimme hallte von den kahlen Wänden des Labors wider und vermischte sich mit einem seltsamen, tierischen Echo. Es klang wie das Gelächter von Dämonen.

»Ich habe ihn nicht getötet«, sagte er. »Ich habe ihm nichts getan. Das hat er schon selbst besorgt. Wie ich bereits sagte, fehlte es uns an menschlichen Versuchsobjekten, daher war Algar auf den einzigen menschlichen Körper angewiesen, den er zur Verfügung hatte . . . seinen eigenen. Möchtest du Algar kennen lernen? MacSawney, bring meinen Bruder her!"

MacSawney nickte und verschwand in einer Ecke des Labors.

James hörte, wie er etwas aufschloss. Für kurze Zeit war alles still, dann hörte man einen Wutschrei und gleich darauf das schreckliche Schlurfen und Keuchen, das James so gut kannte. Und dann tauchte eine riesige, grauenvolle Gestalt auf.
James wich unwillkürlich zurück. Aber dann zwang er sich das Wesen anzuschauen, das einst ein Mann gewesen war. Algar war größer als Randolph, und das obwohl er einen verkrümmten Rücken hatte und vornüber gebeugt ging. Seine Arme waren riesig; dicke, knotige Muskeln zeichneten sich unter seinem schmutzigen Hemd ab. Zugleich machte er den Eindruck, als könnte er kaum sein eigenes Gewicht tragen. Seine Haut war grau, glatt und glänzte. Sie spannte sich über den massigen Leib und war mit öligen Schweißperlen bedeckt. Das Gesicht war verwüstet. Es sah aus, als sei es in der Mitte gespalten und auseinander gequetscht worden. Die Nase war breit und platt gedrückt, die Zähne standen weit auseinander und die Augen quollen an den Seiten des Kopfes hervor.
Die Augen waren das Schlimmste. Sie waren dunkel und feucht und James entdeckte in ihnen einen Ausdruck von, nein nicht Mordlust, sondern Trauer und Schmerz. Erst ganz am Schluss bemerkte er die Fesseln an Algars Füßen und dass MacSawney ihm ein Gewehr an den Rücken hielt.
»Mein lieber Bruder«, lachte Randolph. »Weißt du, dass wir eigentlich Zwillinge sind? Was für eine Ironie! Wir ähnelten uns wie ein Ei dem anderen. Mit einem winzigen Unterschied . . .«
Randolph stellte sich neben seinen Bruder und blickte James triumphierend an.
»Algar hielt man stets für den Hübscheren von uns beiden. Ha, ha, ha!«

Die Hölle wird fortbestehen

Der Pfad zur Hölle ist eben, Bond, und die Pforten stehen weit offen.« Hellebore grinste breit. »Wie lautet doch gleich das Motto eurer hochnäsigen Schule? *Eton wird fortbestehen*. Nun, daran habe ich keinen Zweifel. Es gibt sie bereits seit einigen hundert Jahren, warum sollte es sie nicht auch noch weitere hundert Jahre geben? Absolut gewiss ist allerdings nur eins: der Tod. Solange Menschen diese Erde bevölkern, wird es Schmerz und Tod und Leid geben. Der Tod wird fortbestehen. Der Krieg wird fortbestehen. Die Hölle wird fortbestehen – und solange ihre Tore weit offen stehen, bin ich im Geschäft. Solange es noch einen Menschen gibt, der einem anderen den Schädel einschlagen will, stehe ich bereit und verkaufe ihm den Knüppel.«

Man hatte eine kleine Mahlzeit aufgetischt und James saß zusammen mit Hellebore und dem jungen Wissenschaftler, der ihm als Dr. Perseus Friend vorgestellt worden war, auf einer Laborbank.

Die beiden waren sehr darauf bedacht, dass James etwas von dem Essen zu sich nahm, obwohl er nicht den geringsten Appetit verspürte. Er würgte mehrere Scheiben Schinken hinunter. Sie blieben ihm fast im Hals stecken; sein Speichel war wie zäher Klebstoff.

»Meine Schuld ist es nicht, wenn die Menschen so sind, wie sie sind«, fuhr Hellebore fort. »Nur ein Narr würde darauf verzichten, davon zu profitieren. Die Menschen werden geboren, um zu töten. Es ist das, was sie am besten können. Und ich helfe ihnen dabei, so gut ich nur kann. Was, bitte, soll daran falsch sein?«

»Bei meiner Arbeit war ich mit ganz ähnlichen Problemen konfrontiert«, sagte Dr. Friend. »Niemand weiß einen Visionär zu schätzen. Einige der Krankheiten, die ich perfektioniert habe, sind wundervoll.«

»Was sie tun, ist teuflisch«, sagte James. Angewidert stieß er seinen Teller von sich.

Hellebore lachte. »Teuflisch? Was für eine verquere Vorstellung. Als wäre es einem Toten nicht völlig egal, ob er durch eine hübsche, saubere Kugel stirbt oder durch Giftgas oder die Pest. Unsere Regierungen stellen die Regeln der Kriegsführung auf. Sie setzen fest, was akzeptabel ist und was nicht. Willst du allen Ernstes behaupten, dass Krieg dadurch besser wird? Pah! Sie können ihn noch so hübsch bemänteln und ach so zivilisiert tun. Die Wirklichkeit ist anders. Krieg ist schmutzig. Ich weiß das, denn ich habe einen mitgemacht.«

Hellebore hörte auf zu reden und erhob sich. MacSawney stand etwas abseits und hielt Algar weiterhin mit dem Gewehr in Schach. Randolph ging auf die Kreatur zu, die einst sein Zwillingsbruder gewesen war, und sofort duckte Algar sich weg.

»Was weißt du über den menschlichen Körper, Bond?«, fragte Hellebore.

»Nur das, was ich in der Schule gelernt habe.«

»Kennst du dich mit dem Nervensystem aus? Jenes Netzwerk, das elektrische Signale durch den Körper sendet, um Muskeln zu aktivieren und Gefühle hervorzurufen wie Freude und . . . Schmerz.«

Er hob die Faust und erneut wich Algar vor ihm zurück.

»Nun, es gibt noch einen weiteren Kreislauf – das endokrine System – und das ist sogar noch bedeutsamer. Leider wissen wir noch viel zu wenig darüber. Im endokrinen System werden die

Botschaften auf chemischem Wege weitergeleitet. Die dazu nötigen Stoffe werden in verschiedenen Drüsen produziert und über das Blut transportiert.«

»Hormone«, sagte James. »Meine Tante hat mir einiges darüber erzählt, das meiste davon habe ich allerdings wieder vergessen.«

»Hormone, ja genau«, sagte Hellebore und nickte. »Sie beeinflussen uns auf vielerlei Weise. Einige sagen uns, wann wir wach werden und wann wir einschlafen sollen. Andere steuern, wann wir aufgeregt sind, wann wir schreien und davonlaufen und wann wir uns verlieben. Wieder andere bestimmen, wann wir wachsen und wann wir damit aufhören. In deinem Hirn, in einer kleiner Ausbuchtung auf dem so genannten Keilbein, sitzt eine auf den ersten Blick völlig unscheinbare kleine Drüse, die man Hypophyse nennt. Ich könnte dir jetzt erklären, dass diese Hirnanhangdrüse mit dem Hypothalamus verbunden ist, und zwar über das Infundibulum oder auch Hypophysenstiel genannt, aber das würde dir nicht viel sagen. Es reicht, wenn du weißt, dass diese Drüse das ganze System kontrolliert – unter anderem, und das ist das Wichtigste, das Körperwachstum.«

Hellebore hob noch einmal die Hand, aber statt Algar zu schlagen, strich er über dessen feucht glänzende Wange.

»Wenn man jung ist, versendet die Hirnanhangdrüse Wachstumshormone, die dafür sorgen, dass die Zellen sich teilen und vermehren. Und wenn das erledigt ist, sorgen andere Hormone dafür, dass die Zellen wieder damit aufhören. Hast du das verstanden?«

»Ich hatte eigentlich gehofft, die Schule in den Ferien vergessen zu können«, sagte James betont desinteressiert, obwohl er in Wahrheit fieberhaft nach Hinweisen suchte, was die beiden Männer mit ihm vorhatten.

»Aber das ist eine hoch spannende Angelegenheit, Bond«, sagte Hellebore und sein Gesicht glühte vor Begeisterung. »Stell dir nur einmal vor, was passiert, wenn das System aus dem Gleichgewicht gerät. Ein Kind kann ein winziger Zwerg bleiben oder ein gigantischer Riese werden, es kann unglaublich fett werden . . . oder unglaublich stark. Das brachte mich ins Grübeln. Was, wenn es gelänge, das System zu manipulieren? Was, wenn wir die Hormone kontrollieren und das Muskel- und Knochenwachstum von außen steuern könnten?«

Hellebore wandte sich an seinen Bruder, der ihn mit trüben, hervorquellenden Augen anblickte.

»Das war es, was uns interessierte, nicht wahr, Algie? Und was haben wir gemacht? Wir haben angefangen zu forschen. Wir beschäftigten uns mit den Drüsen und den verschiedene Arten von Hormonen: den Aminen, Peptiden, Proteinen und Steroiden.«

»Erwarten Sie eigentlich, dass ich verstehe, was Sie da sagen?«, fragte James. »Oder wollen Sie nur angeben und mir vorführen, was für ein kluger Kopf Sie sind?«

»Schweig!«, fuhr Hellebore ihn an. »Du verstehst nicht mal die Hälfte von dem, was ich sage. Es reicht, wenn du ungefähr weißt, worum es geht.«

Jetzt mischte sich Dr. Friend ein. »Unser Ziel war es, Hormone auf synthetischem Wege herzustellen, um sie anpassen, kombinieren und verändern zu können.«

Hellbore unterbrach ihn. »Unser Ziel«, sagte er mit vor Aufregung bebender Stimme, »war es, aus einem normalen Menschen Superman zu machen.«

James sah zu Algar hinüber, der mühevoll durch die deformierte Nase atmete, aus der Rotz lief und sich mit dem Speichel, der aus dem Mund tropfte, zu einem zähen Schleimklumpen vermischte.

»Es hat nicht geklappt«, sagte er ruhig.

»Nein!«, schrie Hellebore und ließ seine Faust auf den Tisch sausen, dass das Besteck klirrte. »Dabei sah anfangs alles nach einem Erfolg aus. Nach den ersten Injektionen begann Algar zu wachsen. Er wurde stärker und fühlte sich gesund und so energiegeladen, als hätte er einen Blitz verschluckt, wie er selbst es beschrieb. Deshalb erhöhte ich die Dosis. Doch dann lief etwas schief. Sein Verstand verwirrte sich, er wurde vergesslich und ungeschickt und litt unter heftigen Krämpfen. Außerdem klagte er über Kopfweh und Muskelschmerzen. Irgendwann merkten wir, dass er sich auch physisch veränderte. Wir hatten sein endokrines System aus dem Gleichgewicht gebracht. Seine Muskeln waren geradezu monströs, seine Knochen wuchsen Besorgnis erregend schnell und er entwickelte Krankheitssymptome von Akromegalie. Sein Schädel wurde breiter, die Haut verdickte sich, seine Schilddrüse wurde zerstört, die Stimmbänder beschädigt. Seine Speichel- und Schweißdrüsen reagierten überaktiv und er bekam heftige Wutanfälle, sodass wir ihn ruhig stellen mussten. Im Laufe der Jahre und mit einer medikamentösen Behandlung ist es mir gelungen, ihn unter Kontrolle zu bekommen. Und jetzt? Jetzt bist du so brav wie ein Lamm, nicht wahr, Algie?« Hellebore tätschelte Algars feuchten, kahlen Schädel.

»Heute Abend haben wir ihn dabei ertappt, wie er dich durch die Eingangshalle schleppte, Bond. Fast wäre es ihm gelungen.«

»Was soll das heißen?«, fragte James.

»Er wollte dir nichts antun. Er wollte dir helfen, der arme Teufel. Er wollte dich retten und von hier wegbringen.«

»Aber warum?«

»Wir hatten schon einmal einen Jungen hier. Algar rettete ihn vor dem Ertrinken.«

»Alfie Kelly.«

»Ja. Ein Tusch für dich! Du hattest Recht mit deiner Theorie, Bond. Algar brachte Alfie zu mir, damit ich mich um ihn kümmerte. Aber ich hatte andere Pläne mit ihm.«

»Wir benötigten eine Testperson«, sagte Dr. Friend beiläufig und polierte seine Brille mit seinem Laborkittel.

James verspürte einen Kloß im Hals. Sein Kopf hämmerte, als er sich bemühte die volle Tragweite dieser Worte zu begreifen.
Ein seltsames Wehklagen entrang sich Algars wulstigen Lippen.
James blickte von einem zum anderen. Er wusste jetzt, wer hier das Monster war. Nicht der hässliche, missgestaltete Bruder, der einen grauenhaften Anblick bot, sondern der andere, der gut aussah und goldblonde Haare hatte, einen prächtigen Schnurrbart und eine klare, sonnengebräunte Haut, ein perfektes, strahlend weißes Lächeln und porzellanblaue Augen.
Die Experimente hatten beide Brüder verändert. Der eine hatte Menschlichkeit gewonnen, der andere hatte sie verloren.
»Bring ihn weg, MacSawney«, sagte Hellebore. »Sperr ihn in einen Pferch! Wir können nicht riskieren, dass er weitere Dummheiten macht.«
Der vierschrötige Gehilfe stieß Algar mit dem Gewehr an und dieser schlurfte davon. Hellebore wischte die Hand an einem Tuch ab, ehe er sich das Haar zurückstrich und sein Gesicht in der Glasscheibe eines Fischbassins betrachtete. Dann zog er eine flache Silberdose aus der Tasche, klappte sie auf und nahm zwei kleine weiße Pillen heraus. Er steckte sie in den Mund und schluckte sie hinunter.
»Du glaubst also, wir haben versagt?«, sagte er und ging Hände reibend auf James zu. »Ganz im Gegenteil. Wir sind fast am Ziel. Schon jetzt können wir Pillen herstellen, mit denen sich die körperlichen Fähigkeiten steigern lassen.«
»Das also war es, was Sie George verabreichten«, sagte James. »Ich habe Sie beim Wettkampf beobachtet.«
»George hatte die Tabletten bereits über einen längeren Zeitraum genommen. Inzwischen weigert er sich, aber damals ... Damals machten sie ihn stärker und schneller. Der Cup sollte mein erster Triumph werden. Natürlich hat das Medikament kleinere Nebenwirkungen – gesteigerte Aggressivität, Launen-

haftigkeit sowie in geringem Maße Intelligenzeinbußen –, aber die sind unbedeutend und werden bei einem Soldaten sogar begrüßt.«

»Das haben Sie ihrem eigenen Sohn angetan?«

»Warum nicht?«, rief Hellebore wütend aus. »Wenn er auf diese Weise gewonnen hätte?«

»Aber er hat nicht gewonnen«, gab James zurück. »Weil Sie ihn verrückt gemacht haben. Das erklärt auch die Fehlstarts und den Angriff auf mich beim Querfeldeinrennen . . .«

»Halt den Mund! Er hat nicht gewonnen, weil er ein Schwächling ist. Wie du siehst, nehme ich selbst ebenfalls die Pillen und sie schaden mir nicht im Geringsten. Sie erhalten mich so, wie ich jetzt bin: ein perfekter Vertreter der menschlichen Spezies.«

»Haben Sie keine Angst, so zu werden wie Ihr Bruder?«

»Mein Bruder war ein Narr. Er hat das Serum in einem zu frühen Stadium an sich ausgetestet und eine viel zu hohe Dosis genommen. Das von uns entwickelte Mittel ist sehr wirkungsvoll. Es verwandelt einen heulenden Feigling in einen Helden mit dem Herz eines Löwen und einen jämmerlichen Schwächling in einen Herkules mit dem Körper eines Bullen – und wenn's sein muss, auch eine Frau in einen Mann.«

»Und was hat es aus Algar gemacht?«

»Was ist er denn in deinen Augen? Ein armer Teufel?«

»Ich weiß es nicht«, sagte James niedergeschlagen. Er wollte, dass diese Nacht vorüber war. Er wollte in seinem Bett im Cottage liegen. Er wollte in Sicherheit sein.

»Schau hin!«, rief Hellebore und deutete auf den Aal im Bassin. »Ein Aal! Algar ist zu einem Aal geworden. Die Ähnlichkeit ist verblüffend, findest du nicht auch?«

»Wie können Sie so etwas sagen!«, schrie James. »Er ist Ihr Bruder! Wie können sie so kaltschnäuzig sein! Sie sind wahnsinnig. Sie beide sind völlig verrückt!«

»Wissenschaftler sind nicht wie andere Menschen«, sagte Dr. Friend ruhig. »Algar war Wissenschaftler durch und durch. Sein Horizont ging über die Gegenwart hinaus. Er hat weiter geblickt als nur auf unsere unbedeutenden, kleinen Existenzen. Er begriff, dass der Zweck die Mittel heiligt. Die Geschichte wird uns Recht geben.«

Er hielt inne und polierte seine Brille wohl zum hundertsten Mal.

»Menschen sind nicht wichtig«, fuhr er fort. »Was sie der Nachwelt hinterlassen, ist von Bedeutung. Sieh dir die großen italienischen Künstler der Renaissance an, die von skrupellosen Schurken bezahlt wurden. Niemand erinnert sich an die Opfer, aber jeder bewundert die Gemälde, Skulpturen und Gebäude. Die großen Ärzte vergangener Zeiten galten ihren Zeitgenossen als Monster, weil sie an Leichen experimentierten. Heute sind sie Helden!«

»Es ist ein Unterschied, ob man Leichen seziert oder Menschenversuche macht«, sagte James.

»Der Unterschied ist rein akademisch«, entgegnete Dr. Friend.

»Hier ist der perfekte Ort für eine Fabrik«, sagte Randolph. »So wie es der perfekte Ort für ein Schloss war: direkt an einer Frischwasserquelle auf einer unzugänglichen Insel in einem See. Loch Silverfin. Kennst du die Legende? *It'Airgrid?* Der große Fisch, der alle kleinen Fische aufgefressen hat. Der größte und stärkste Fisch, den es je gab. Silverfin. Das ist der passende Name für mein Projekt, noch dazu, wo der See eine so wichtige Rolle dabei spielt. Eine Zeit lang haben wir sämtliche Abfälle in den See gekippt: unbrauchbares Serum, die Kadaver der Tiere, mit denen wir experimentierten, das Blut, das Tag für Tag bei unserer Arbeit anfällt, sowie alle möglichen chemischen und pharmazeutischen Reststoffe. Alles floss in den See, wo die gierigen Aale es genüsslich verschlangen. Und weißt du, was dann passierte? In erstaunlich kurzer Zeit zeigte es Auswirkungen auf ihren Or-

ganismus. Weil sie so primitiv und so widerstandsfähig sind, gediehen sie prächtig. Zugleich veränderten sie sich. Normalerweise ist ein Aal kein sonderlich aggressives Tier. Oh ja, sie sind rücksichtslos, aber sie sind keine Haie. Sie sind keine Barrakudas; ihre Zähne sind nicht scharf, sondern wie kleine Mahlsteine. Wenn sie sich einmal in etwas verbissen haben, dann halten sie auf Teufel komm raus daran fest, aber für den Menschen sind sie ungefährlich. Sie fressen Egel, Larven, Garnelen; sie fressen fast alle Arten von Kadavern, wenn sie frisch sind, altes Fleisch hingegen verschmähen sie. Richtig gefährliche Raubtiere sind sie eigentlich nicht. Gewöhnlich nicht. Unsere Abfälle haben aus den friedfertigen, heimischen Aalen jedoch Killer gemacht – blutrünstig, wild und unberechenbar. Ja, mein Serum verwandelte sie in genau die Kampfmaschinen, die ich erschaffen wollte. Daher beschleunigte ich den Prozess und setzte dem Wasser hohe Dosen des Serums zu. Dann fing ich die Aale und nahm mir von ihnen, was ich brauchte. Sie haben ein endokrines System wie jedes Wirbeltier auch. Ihre Drüsen sind ganz leicht zu entfernen.«
Hellebore nahm ein kleines Fangnetz in die Hand und tauchte es in das Bassin. Einige Augenblicke später fischte er einen Aal heraus und brachte ihn zu James. Er packte das Tier am Kopf, zog es aus dem Netz und klatschte es auf den Labortisch, wo es wild hin und her schnalzte.
»Sieh ihn dir an. Ein winziger Tropfen Blut und er fällt dich an wie ein Tiger. Der See ist voll von seinen Brüdern und Schwestern. Ich habe ein kompliziertes System aus Netzen und Barrieren errichten lassen, damit die Aale zwar herein-, nicht aber hinausgelangen. Oh, natürlich entkommen hin und wieder ein paar, es sind ja schließlich zähe Biester, aber im Ganzen gesehen wächst die Population immer weiter. Eine Population aus blutrünstigen, starken Killern.«
»Aber was ist mit den Forellen, den heimischen Lachsen . . .?«,

fragte James entsetzt darüber, wie Hellebore der Natur ins Handwerk pfuschte. »Sie werden ausgerottet.«
»Was kümmern mich ein paar Fische, Bond? Sie sind schon lange verschwunden, der See ist eine riesiges Aquarium und zugleich mein Labor.«
»Das ist Betrug«, sagte James.
»Betrug? Was für merkwürdige Ansichten du hast«, wunderte sich Hellebore.
»Ja«, sagte James wütend. »Es ist Betrug. Zu glauben, dass ein Mensch nur eine Pille einnehmen muss, um stärker und schneller zu sein als ein anderer. Das ist nicht richtig.«
»Wir leben in einem neuen Zeitalter, Bond. Geboren aus den Schrecken des Krieges. Deine überkommenen Vorstellungen von Richtig und Falsch, Gut und Böse sind nicht länger gültig. Jetzt gibt es nur noch die Schwachen und die Starken, die Schnellen und die Langsamen, die Lebenden und die Toten, die Reichen und die Armen. Vor die Wahl gestellt: Wofür würdest du dich entscheiden? Für stark, schnell, reich und lebendig oder schwach, langsam, arm und tot?«
»Ich würde alles andere lieber sein als ein verfluchter Betrüger!«, schrie James. »Ich will mein Leben nicht unter Schurken und Missgeburten verbringen.«
»Wie ehrenvoll, Mister Bond, aber gib mir nicht die Schuld, wenn dein Leben kurz und jämmerlich ist.«
Bei diesen Worten nahm Hellebore einen Nagel und spießte mit einer schnellen Handbewegung den Kopf des Aals auf den Seziertisch.

Die Schweine von Gadara

Schau ihn dir an«, sagte Hellebore und bewunderte den zappelnden Aal. »Stell dir vor, du könntest die Eigenschaften eines Aals mit denen des Menschen kombinieren. Wir könnten einen Kämpfer entwickeln, der nicht nur größer und stärker ist als alle anderen und eine Haut wie Stahl hat, sondern der auch simpler und gehorsamer ist, keine Fragen stellt und sich durch nichts aufhalten lässt. Das wäre fantastisch, nicht wahr? Überwältigend und erschreckend. Bald, James Bond, habe ich mein Serum vervollkommnet. Ich werde die ausgewogene Zusammensetzung aus Wachstumshormonen, Adrenalin, Testosteron und all den anderen chemischen Stoffe gefunden haben, die ich aus den Aalen gewinne. Bald werde ich in der Lage sein, den unbesiegbaren Soldaten zu erschaffen.«

Hellebore zerrte James von seinem Stuhl hoch.

»Ich will dir etwas zeigen«, sagte er und führte James quer durch das Labor, vorbei an Arbeitstischen mit nicht zu Ende geführten Experimenten: tote Schweine, aufgespießte Aale, unidentifizierbare Körperteile, in Gläsern schwimmende graue Fleischbrocken, Mikroskope und Stapel voll geschriebenen Papiers.

Vor einer Reihe niedriger Käfige direkt an der Wand blieben sie stehen. Die schweren Eisentüren waren alle mit einem Vorhängeschloss versehen. Schon beim Näherkommen war das grunzende Geräusch, das James gehört hatte, seit er aus der Bewusstlosigkeit erwacht war, immer lauter geworden, ebenso wie

der durchdringende Gestank zugenommen hatte. Als er durch ein Türgitter blickte, sah er, woher das Geräusch kam.
Ein Schwein glotzte ihn jämmerlich an. Es war allerdings kein normales Schwein. Es war riesig, vielleicht zweimal so groß wie sonst üblich, aber vor allem stimmten die Proportionen nicht. Der Kopf war viel zu klein und hatte vorne einen knöchernen Auswuchs, der aussah wie ein kurzes Horn. Das Tier konnte sich kaum auf seinen kurzen, deformierten Stummelbeinen halten und es zitterte am ganzen Körper.
James ging zum nächsten Käfig und sah eine ähnlich missgebildete Kreatur, diesmal mit hervorstehenden Dinosaurierzähnen in einem bizarr aufgeblähten Unterkiefer und einem überdimensionalen Kopf, der nicht zu dem verkrüppelten und unnatürlich langen Körper passte. Die restlichen Schweine waren kaum besser dran. Sie hatten geschrumpfte Leiber, ihnen fehlte ein Auge, manche hatten Klumpfüße, einige sabberten, andere kauten an den Gitterstäben, aber in allen Gesichtern lag Wahnsinn und Schmerz.
MacSawney gesellte sich zu ihnen. James fiel auf, dass die Tiere bei seinem Näherkommen in Aufregung gerieten und voller Angst zurückwichen. Ein oder zwei warfen sich gegen die Käfigwände, als wollten sie hindurchbrechen.
Hellebore lachte. »Sie riechen dich, MacSawney«, sagte er.
Der verschrumpfte, gnomenhafte Gehilfe trat gegen den Käfig. »Ruhe, ihr hässlichen Biester«, stieß er hervor.
»Da uns Testpersonen fehlten«, sagte Hellebore mit erhobener Stimme, um das Grunzen und Quieken zu übertönen, »mussten wir auf Schweine zurückgreifen.«
Dr. Friend trat neben sie. »Ich habe den Tieren verschiedene Versionen unseres Silverfin-Serums injiziert«, erklärte er. »Mit unterschiedlicher Wirkung, wie du siehst. Wenn du sie der Reihe nach von links nach rechts betrachtest, kannst du eine Entwicklung er-

kennen. Das Tier in Pferch Nummer zehn wurde im Januar behandelt und dieser Kerl hier . . .«, er deutete auf ein Schwein, das im Halbdunkeln auf dem nackten Betonboden seines schmutzigen Käfigs lag, »hat seine Spritze heute Abend um sieben Uhr sechsunddreißig bekommen. Im Augenblick ist er ruhig gestellt und natürlich sind noch keine sichtbaren Veränderungen zu erkennen, aber in den nächsten Tagen werden wir die Dosis langsam steigern. Wir sind noch nicht am Ziel unserer Wünsche und können auch nicht genau sagen, wie das neue Serum sich auf den Menschen auswirkt, trotzdem sind wir zuversichtlich, in nicht allzu ferner Zeit das Serum so weit perfektioniert zu haben, dass wir einen normalen Soldaten innerhalb weniger Wochen in eine unaufhaltbare Kampfmaschine verwandeln können. Das Exemplar im Käfig daneben ist bis dato unser größter Erfolg.«
James schaute in den nächsten Käfig und sah ein auf den ersten Blick prachtvolles Tier. Es hatte einen kräftigen, wohl proportionierten Kopf, der in einen massigen Körper überging, und stämmige, muskulöse Vorderbeine. Es hätte ein ganz normales Schwein sein können – wenn auch ein ungewöhnlich kräftiges –, wenn nicht seine Haut gewesen wäre, die so dick und rau war wie die eines Nilpferds, sowie der mörderische Blick seiner Augen. James hatte noch nie einen derart menschlichem Hass ähnelnden Ausdruck bei einem Tier gesehen. Als das Schwein ihn direkt ansah, wich er zurück, so als könnte das Tier jeden Augenblick ausbrechen und seine gelben Zähne in ihn vergraben. Da drehte sich das Schwein um und James fiel auf, dass die Hinterfüße des Tiers verkrüppelt und völlig unnütz waren. Es schleifte sie hinter sich her und verteilte den Kot und Futterreste über den Betonboden.
James konnte es nicht länger mit ansehen. Er drehte sich weg und presste die Hände gegen die schmerzende Stirn. Da hörte er das bekannte Zischen und wandte sich wieder um.

Im nächsten Käfig saß zusammengekauert Algar. Sein Hinterkopf stieß an die Decke des Käfigs. Auf seinem Gesicht lag ein bedauernswerter, niedergeschlagener Ausdruck. Er hielt etwas fest in den Armen. James sah genauer hin. Es war das Ferkel, das MacSawney am Abend aus dem Pferch geholt hatte. Algar hielt es in seinen Armen wie eine Puppe.

»Kennst du die biblische Geschichte der Schweine von Gadara?«, fragte Hellebore.

James schwieg.

»Vielleicht erinnerst du dich daran. Dämonen haben Macht über einen alten Mann ergriffen und ihn in den Wahnsinn getrieben, sodass er wie ein Verrückter wütet und alles kurz und klein schlägt, so wie mein Bruder es anfangs tat. Dann kam Jesus, um ihn zu erretten, und trieb die Dämonen aus, die schnurstracks in eine Herde Schweine fuhren, die daraufhin wild wurden und sich in den See stürzten. Nun, meine Schweine sind ebenfalls von Dämonen besessen, und unsere Aufgabe ist es, diese Dämonen festzuhalten und zu nähren.«

James war übel. »Was haben sie mit Alfie gemacht?«, fragte er.

»Er war leider ein sehr schwächliches Testexemplar«, sagte Dr. Friend milde.

»Was haben Sie mit ihm gemacht?«

»Diese gottverdammten Einheimischen«, polterte Hellebore los. »Sie sind schwach und unterernährt. Was wir mit ihm gemacht haben? Ich werde dir sagen, was wir mit ihm gemacht haben. Wir haben ihm Essen und Trinken gegeben und ihn aufgepäppelt, damit er etwas Speck auf die Rippen kriegt.«

»Aber er war trotzdem zu schwach für das Serum«, sagte Dr. Friend. »Schon die erste Spritze war zu viel für ihn. Sein Herz machte schlapp.«

»Möglicherweise ist er aber auch vor Angst gestorben«, warf Hellebore ein.

»Das war eine schreckliche Tragödie.« Dr. Friend hielt kurz inne und schüttelte betrübt den Kopf. »Leider hatten wir keine Zeit mehr, das Silverfin-Serum richtig auszutesten. Wenigstens konnten wir ihn danach sezieren und –«

»Hören Sie auf!«, schrie James. »Hören Sie sofort damit auf! Ich will kein Wort mehr davon hören.«

»Ich möchte, dass du begreifst«, sagte Lord Hellebore. »Wir haben dem Dorfjungen nicht gesagt, was wir mit ihm vorhatten. Wir sagten ihm lediglich, er sei krank und wir würden ihm helfen. Im Nachhinein betrachtet wäre es besser gewesen, wir hätten ihn aufgeklärt. Du bist älter als er und kräftiger. Und wir haben unsere Methoden verfeinert. Ich bin sicher, du wirst viel länger am Leben bleiben als er.«

Voller Entsetzen starrte James auf Algar und all die anderen Versuchsobjekte. Ein roter Schleier der Wut legte sich über ihn. Ohne nachzudenken, holte er aus und trat Hellebore gegen das Knie. Hellebore heulte auf und umklammerte sein Bein. Diesen Augenblick nutzte James und rannte los.

Er schaffte es bis zur Metalltreppe und sprang, vier Stufen auf einmal nehmend, hinauf. Als er vor der Metalltür stand, sah er, dass sie innen keinen Türknauf hatte und sich nicht ohne Schlüssel öffnen ließ.

Er fluchte laut und schaute sich nach einer Waffe um. Wenn sie ihn schon kriegten, dann sollten sie wenigstens nicht ungeschoren davonkommen. Sie würden dafür bezahlen. Aber hier oben gab es nichts. Hätte er doch nur etwas aus dem Labor mitgenommen: ein Skalpell oder ein Fläschchen mit Säure, irgendetwas. Er rannte zurück. Auf halbem Weg befand sich eine Tür mit dem Warnschild: *Gefährlich! Hoch entzündlich!* Er lächelte. Vielleicht gab es hier ja doch eine Waffe. Gleich darauf erstarb das Lächeln auf seinen Lippen. Die Tür war abgeschlossen.

»Sämtliche Türen sind verriegelt und aus gehärtetem Stahl«, rief

Lord Hellebore von unten. »Es gibt keine Fenster. Und Freunde hast du hier auch keine. Aus diesem Raum gibt es kein Entkommen. Mach es dir nicht selbst unnötig schwer, denn wir wollen doch nicht, dass du Schaden nimmst. Wir brauchen dich in perfektem Zustand.«

Geduckt, die langen Affenarme ausgebreitet, kam MacSawney langsam die Treppe hoch.

»Komm schon, Junge«, sagte er. »Ich bin zum Kampf bereit.«

James zog sich auf die Galerie zurück. Einen Moment lang dachte er daran, seine Gegner auszutricksen und sich über die Brüstung in den Tod zu stürzen, aber in einer Ecke seines Hinterkopfes glomm noch ein kleiner Funke. So klein er auch war, so hell wollte er brennen. Und er brachte James dazu, nicht aufzugeben, sondern weiterzukämpfen. Denn, so sagte dieser Funke ihm, irgendwo musste es einen Ausweg geben.

»Was hast du vor, Bond?«, rief Hellebore amüsiert. »Also wirklich, du bist noch ein Junge. Ein kleiner Junge. Schlag es dir besser gleich aus dem Kopf. Du kannst mir und meiner Arbeit nichts anhaben. Und aus dem Schloss kommst du nie wieder raus.«

MacSawney stand auf der obersten Stufe und kam jetzt langsam auf ihn zu. Seine rötlichen Augen glitzerten und er fuhr suchend mit der Zunge über die Lippen wie ein Insektenfresser. James wartete, bis er nahe genug bei ihm war, dann ging er auf ihn los und rammte ihm den Kopf mit voller Wucht in den Magen. MacSawney blieb die Luft weg und er klappte zusammen.

James zwängte sich an ihm vorbei und rannte die Treppe hinab direkt auf Dr. Friend und Hellebore zu. Er hatte nicht die geringste Ahnung, was er tun sollte, er wollte sie nur so schlimm wie möglich verletzen.

Da sah er sie. Eine Feuerwehraxt. Sie hing an der Wand neben einem Schild, auf dem stand: *Im Brandfall benutzen*. Er änderte die Richtung und rannte darauf zu. Er bemerkte die zwei weiteren

Männer Hellebores nicht, die plötzlich aufgetaucht waren und unter der Treppe auf ihn lauerten. Ehe er die Axt zu fassen bekam, sprangen sie hervor und überwältigten ihn.

»Gut gemacht«, sagte Hellebore. »Nun aber genug der Spielereien. Bindet ihn auf dem Tisch fest. Und du, Perseus, schaffst das Serum herbei.«

James strampelte und wehrte sich nach Kräften, aber es half alles nichts, die Männer waren stärker als er. Trotzdem kostete es sie einige Minuten, bis sie ihn endlich festgebunden hatten. Dann lag er bewegungsunfähig auf dem kalten Metalltisch.

»Du hast Glück, dass ich dich unbeschädigt brauche, Bond.« Hellebore beugte sich zu ihm und blies ihm seinen stinkenden Atem ins Gesicht. »Sonst würde ich dir jetzt nämlich ziemlich wehtun.«

»Keine Sorge, Lord Hellebore«, sagte Dr. Friend. »Die Spritze wird ihm genug Schmerzen zufügen. Ich rate dir, mein Junge, dich nicht zu wehren oder deine Muskeln anzuspannen, denn dann tut es erst richtig weh . . .«

James schloss die Augen und versuchte nicht darüber nachzudenken, was sie mit ihm anstellten – und was sie weiterhin mit ihm vorhatten. Sofort sah er die grässlichen Schweine vor sich. Dann wurde etwas auf seinen Arm gerieben. Es fühlte sich nass und kalt an. Er hörte, wie Dr. Friend den Gummistöpsel aus einer Glasflasche zog.

James biss die Zähne zusammen und versuchte den Arm locker zu lassen.

Perseus Friend und Hellebore unterhielten sich mit gedämpfter Stimme.

»Hundertfünfundsiebzig Milligramm dürften für den Anfang genügen . . .«

». . . wir werden die Dosis alle zwölf Stunden um zehn Milligramm erhöhen . . .«

».. . wir müssen auf eine strenge Diät achten . . .«
».. . gleich ist es so weit . . .«
James verspürte einen scharfen Stich. Sein Arm wurde kalt, gleich darauf verspürte er einen dumpfen Schmerz, so als hätte er einen Schlag abbekommen. James schrie auf und dachte daran, wie Hellebore den Aal aufgespießt hatte. Langsam wich der Schmerz, jedoch nur, um einem unerbittlichen Druck und einer glühenden Hitze Platz zu machen. Der Druck war überall. Seine Augen schienen aus dem Schädel zu quellen, die Zähne fühlten sich an, als säßen sie locker im Kiefer. Sein Herz wurde gegen die Rippen gepresst, die Lungen zusammengedrückt. Es war, als würde er mit einer Luftpumpe aufgeblasen. Die Finger schwollen zu dicken Würsten an, sein Magen rebellierte, das Blut rauschte in seinem Kopf und summte in den Ohren. James bäumte sich auf und öffnete die Augen. Der ganze Raum drehte sich wie ein Karussell. Ihm war schwindlig und speiübel. Er musste würgen, danach schmeckte er Blut in seinem Mund. Er presste das Gesicht gegen den Metalltisch, um sich Kühlung zu verschaffen. Dabei fiel sein Blick auf Dr. Friend, der sich in aller Ruhe Notizen machte.
James kniff die Augen wieder zu.
Die Minuten dehnten sich endlos, bis der Druck langsam nachließ. Seine Atmung wurde langsamer, Schläfrigkeit überkam ihn. Nach einer Weile hielt Hellebore James für stabil genug aufzustehen. Die zwei Männer kamen herbei und lösten behutsam die Fesseln.
Diesmal leistete James keinen Widerstand. Als sie ihn auf die Füße stellten, erbrach er sich allerdings auf den Fußboden. Mit Genugtuung sah er, dass auch Hellebores schicke Schuhe etwas davon abbekommen hatten.
Hellebores empörte Flüche im Ohr, ließ James sich von den Männern die Treppe hinaufführen. Er war zu schwach, um sich zu

wehren. Die Tür wurde aufgeschlossen und man schleifte ihn durch die verwinkelten Korridore des Schlosses bis zur Eingangshalle und dann in einen Seitengang und von dort aus eine dunkle, feuchte Wendeltreppe hinab bis vor eine massive Holztür.

MacSawney holte einen riesigen, alten, verrosteten Schlüssel hervor und steckte ihn ins Schlüsselloch.

Die Tür schwang auf und die Männer stießen James in den Raum hinein.

»Glaub ja nicht, dass ich vergessen habe, was du mir angetan hast«, sagte MacSawney mit gepresster Stimme. Er rieb sich den Magen. »Ich habe jede Menge Zeit, es dir heimzuzahlen . . . jede Menge Zeit. Und jetzt schlaf schön und angenehme Träume!«

Er lachte hämisch und schloss die Tür.

James stand nur da. Unbeteiligt sah er zu, wie der Schlüssel sich im Schloss drehte.

Es war ihm egal.

Alles war ihm egal.

In die Dunkelheit

James starrte die alten grauen Granitwände an. Das Gemäuer war glitschig feucht und mit gelbgrünen Schimmelpilzen übersät. Er fühlte sich elend; die angezogenen Beine umklammert, saß er da und spürte, wie die Kälte des Steinbodens ihm bis in die Knochen drang.

Das war's gewesen. Alles aus und vorbei.

Er war todmüde. Am liebsten hätte er sich in einer Ecke des Raums zusammengerollt, um für immer zu schlafen, um so kalt und still zu werden wie die Steine . . .

Nein.

Er schüttelte sich und stand auf. Wenn er jetzt aufgab, hatte Hellebore gewonnen. Er dachte daran, was er alles durchgemacht hatte, wie er mit Kelly zum Schloss marschiert war, wie sie den Wassergraben entlanggekrochen waren und sich auf der Ladefläche des Lastwagens versteckt hatten, wie sie durch die Schweineställe gelaufen waren, um dann die große Kiefer hinaufzuklettern, wie er waghalsig an der Schlossmauer in der Luft gehangen hatte . . . und wie er von Algar durch dunkle Gänge gejagt worden war . . .

Wie lange war das alles her? War es tatsächlich erst in der letzten Nacht passiert? Wieder überkam ihn bleierne Müdigkeit und für einen Augenblick lang wünschte er sich aus vollem Herzen, er könnte sich wieder hinsetzen und ausruhen.

Nein.

James begann in dem Raum auf und ab zu gehen. Er musste nachdenken. Er musste einen Plan fassen. Er musste etwas tun, er musste handeln. Und das Wichtigste war, er durfte nicht den Mut verlieren. Er dachte an das, was sein Onkel im Krieg mitgemacht hatte.

Er wollte Max nicht enttäuschen.

Und Kelly.

Kelly verließ sich auf ihn, er wartete in dem verlassenen Haus auf seine Rückkehr. Er durfte Kelly nicht im Stich lassen. Es gab Leute, die befanden sich in schlimmeren Situationen. Im Krieg hatte Max aus einer deutschen Festung fliehen müssen, und obwohl man ihn misshandelt und geschlagen hatte, hatte er einen Ausweg gefunden.

Ja.

Einen Bond kann niemand für immer festhalten.

Es gab immer einen Ausweg, egal, wie trostlos die Lage auch schien. Man musste ihn nur finden.

Als Erstes musste er seine Umgebung unter die Lupe nehmen. Seit er hier eingeschlossen worden war, hatte er sich noch nicht richtig umgesehen. Das war leichtsinnig.

Der Raum war beinahe quadratisch, mit sehr hohen Wänden, ungefähr doppelt so hoch wie die eines normalen Raums.

James überlegte, ob sich früher nicht ein weiteres Stockwerk darüber befunden hatte, zumindest waren da noch die quadratischen Aussparungen im Mauerwerk, in denen wohl einst die dicken Holzbalken saßen.

Er klopfte gegen die Wand. Es war, als ob man an einen Berg klopfte; die Mauer war mindestens zehn Fuß dick.

Es gab nur eine Tür, und ungefähr zwanzig Fuß über seinem Kopf befand sich ein einzelnes, schmales Fenster, das mit starken Eisenstäben vergittert war. Selbst wenn er im Stande gewesen wäre, hinaufzuklettern, bezweifelte James doch sehr, dass es etwas nützen würde.

Durch das Fenster drang kein Licht, also musste es wohl noch Nacht sein.
Der Raum wurde von einer nackten Glühbirne erhellt, die sich in einer rostigen Fassung hoch oben an der Wand dem Fenster gegenüber befand. Ein dickes Stromleitungskabel schlängelte sich ein kleines Stück entlang der Steinmauer, bis es in einem grob ausgeschlagenen Loch verschwand.
Der Fußboden bestand aus glatten Pflastersteinen, die nach hunderten von Jahren abgenutzt und krumm waren. Zog man den Grundriss des Schlosses in Betracht, musste sich dieser Raum im Keller befinden, was bedeutete, dass sich unter den Pflastersteinen vermutlich zunächst Boden und dann der nackte Fels befanden, auf dem das Gebäude errichtet war.
Ansonsten gab es in dem kahlen und düsteren Raum nur noch einen großen Eisenrost über einem Loch im Boden. James stellte sich darauf und schaute nach unten, wo ein tiefer Schacht in den blanken Stein getrieben war. Leider war es zu dunkel, als dass man hätte sagen können, wie tief der Schacht war oder was sich auf seinem Grund befand. James betrachtete den Eisenrost näher; er war einzementiert, inzwischen war der Mörtel jedoch alt und bröcklig geworden. Er brach ein Stück ab und ließ es in das schwarze Loch fallen. Einige Augenblicke lang war es still, dann platschte es, als das Zementstück tief unten auf dem Wasser aufschlug.
Hatte Hellebore nicht gesagt, das Schloss sei über einer natürlichen Quelle erbaut worden? Vielleicht war dies einmal der Brunnenschacht gewesen?
James legte sich flach auf den Boden und starrte in die Düsternis hinab, bis sich seine Augen darauf eingestellt hatten und er einen schwachen Schein erkennen konnte, mehr aber auch nicht. Er dachte mit Schrecken an das, was sich dort unten in der Dunkelheit möglicherweise befand.

Ihn fröstelte. Unruhig sprang er auf. Nun gut, er hatte einige Zeit vertan, hatte für kurze Zeit seine missliche Lage vergessen und war nun noch niedergeschlagener als zuvor. Es gab kein Entkommen aus diesem Gefängnis. Er war erledigt.

Er setzte sich an die Wand gelehnt hin, zog seine Knie an die Brust und starrte auf seine Stiefel.

Seine Stiefel!

Natürlich. Wie hatte er das nur vergessen können? Er zog den linken Stiefel aus und entfernte den Absatz. Sein Messer war noch da. Er nahm es heraus, zog mit den Fingernägeln an der Klinge und klappte es auf. Es war ein gutes Gefühl, diese kleine Waffe zu haben. Mit dem Messer konnte er endlich etwas unternehmen.

Aber was? Er lachte bitter über sich selbst. Was konnte er mit diesem lächerlichen, kleinen Messer schon anfangen? Wohl kaum einen Gang durch den massiven Granit graben, aus dem die Mauern bestanden.

Und was war mit der Tür?

Ja. Das war eine Möglichkeit.

Er stand auf und ging zur Tür.

Sie war aus großen Eichenbalken gezimmert, die so hart und dunkel waren wie die Steine in der Wand. Die riesigen Nägel und Bolzen sahen fest genug aus, um eine ganze Armee aufzuhalten. In das Schlüsselloch passte ein Riesenschlüssel, so lang wie James' Unterarm. Sie war wie die Tür des Riesen aus dem Märchenschloss, aber im Gegensatz dazu gab es hier keine Zauberharfe und auch keine Fee, die dem armen Jack halfen. Sein Mut verließ ihn. Er war völlig allein.

Während er unverwandt auf die Tür starrte, fiel ihm etwas auf. Er kauerte sich nieder. Da waren Zeichen in das Holz eingeritzt. Die Buchstaben *A K* – Alfie Kelly. James war unendlich traurig. Der arme Kerl. Alfie hatte vermutlich einen spitzen Stein benutzt, aber nur die Oberfläche angeritzt.

Was glaubte er selbst eigentlich mit seinem dummen, kleinen Messer anfangen zu können? Es gab keine Möglichkeit, das schwere Schloss zu öffnen. Um mit dem Taschenmesser das Holz zu durchlöchern, bräuchte er bis zu seinem Lebensende. Er malte sich schon aus, wie er mit einem langen weißen Bart Span um Span aus dem unnachgiebigen Holz schälte. Er würde hier sterben, sterben wie Alfie Kelly.

Dann dachte er an den lockeren Mörtel rund um den Rost.

James ging zurück zum Schacht und nahm das runde Eisengitter mit den überkreuz verlaufenden Stäben in Augenschein. Er zog daran – es gab kein bisschen nach. Aber hatte er zuvor nicht etwas von dem Mörtel weggeschlagen? Mit einem Satz sprang er auf den Rost und sah, dass durch die Wucht ein Stück des Zements wackelte. Angetrieben von dem Wunsch, etwas zu unternehmen, um nicht ins Grübeln zu verfallen, legte er sich hin und begann mit seinem Messer den Zement aufzuklopfen. Es erfüllte ihn mit Genugtuung, als nach einigen Minuten ein kleiner Klumpen weggebrochen war. Er klopfte noch stärker und bald hatte sich ein weiteres kleines Stück gelöst. Darunter kam ein sauberes, hell blitzendes Stück Gitterrost zum Vorschein. Zwanzig Minuten später hatte er eine beachtliche Fläche freigelegt, etwa ein Fünftel des Rosts. Fieberhaft machte er weiter und verlor dabei jegliches Gefühl für die Zeit. Er verscheuchte alle anderen Gedanken aus seinem Kopf und konzentrierte sich nur darauf, mit seinem Messer zu meißeln, zu schaben und zu kratzen.

Einige Zeit später, wie lange, wusste er selbst nicht – waren es eine Stunde oder vielleicht zwei? –, hatte er das letzte Stück Zement herausgebrochen und den Rost in seinem ganzen Umfang freigelegt.

Noch einmal klammerte er seine Finger um die schweren Gitterstäbe und versuchte den Rost anzuheben. Und diesmal gab er nach – ganz langsam. Das Ding war zentnerschwer und James

konnte es gerade so weit anheben, um es ein wenig zur Seite zu schieben, wo er es mit einem Schlag zu Boden fallen ließ.
Er wartete, bis er wieder zu Kräften gekommen war, atmete langsam und tief ein und aus, dann hob er es von neuem an und schleifte es ein kleines Stückchen weiter.
Er brauchte fünf Anläufe, dann war der Zugang zum Schacht frei.
Was nun?
So weit hatte er nicht vorausgedacht, nicht vorausdenken wollen. Es graute ihm davor. Er schaute in die dunkle Tiefe hinunter.
Was war da unten?
Während er gearbeitet hatte, waren ab und zu Mörtelstückchen in das Loch gefallen und mit lautem Platschen in das schwarze Wasser geklatscht. Aus dem Echo konnte er schließen, dass sich unter dem Schacht eine Art Kammer oder Höhle befand, aber was hatte das zu bedeuten? Sollte er allen Ernstes da hinuntersteigen? Wenn er stecken bliebe, säße er erst recht in der Patsche.
Er hatte vorschnell geschlossen, dass dies der alte Zugangsschacht zu der Quelle war, die Hellebore erwähnt hatte, aber ebenso gut konnte es auch ein Abflusskanal sein.
Und überhaupt, was, wenn dort unten tatsächlich eine Quelle war und Wasser aus der Erde sprudelte? Dies würde nicht notwendigerweise bedeuten, dass auch ein Ausgang zum See hin vorhanden sein musste.
Es gab nur einen Weg, dies herauszufinden.
Der Schacht war gerade groß genug, um hineinzusteigen, und möglicherweise konnte man ja recht einfach hinunterklettern. Vielleicht . . . vielleicht gelangte er weit genug nach unten, um wenigstens eine bessere Sicht zu haben, und falls es aussichtslos erschien, konnte er ja schnell wieder hochklettern. Er beschloss, es zu wagen. Alles war besser, als hier zu sitzen und darauf zu

warten, dass Hellebore und MacSawney zurückkämen und ihn fertig machten ...
Während er da saß und ihm alle Möglichkeiten durch den Kopf schossen, hörte er plötzlich ein Platschen wie von einem Fisch, der an die Wasseroberfläche springt. Oder war es ein anderes Tier? Hatte er es sich am Ende nur eingebildet?
Nein, da war es wieder. Es war eindeutig ein Geräusch, das nur von einem Lebewesen stammen konnte. Das gab den Ausschlag. Wenn etwas Lebendes da unter war, dann musste es eine Verbindung zwischen dem Wasser und dem Schlossgraben geben. Auf die eine oder andere Weise bestand eine Verbindung mit der Außenwelt.
Ganz tief in seinem Bewusstsein hatte sich ein fürchterliches Bild eingegraben, aber er kämpfte dagegen, um es gar nicht erst hochkommen zu lassen.
Was nichts daran änderte, dass er genau wusste, um welches Bild es sich handelte.
Um das Bild eines Aals.
Also gut. Vielleicht waren da unten auch Aale, aber nach allem, was Hellebore ihm gesagt hatte, würden sie ihn nicht angreifen – er war ja nicht verletzt und blutete auch nicht. Es waren schließlich nur Aale. Aasfresser, keine Mörder. Er musste positiv denken. Wenn ein Aal hereinkommt, dann kommt er auch hinaus, und wenn ein Aal hinauskommt, schafft es vielleicht auch ein Junge.
Er hatte seinen Entschluss gefasst, und noch bevor er über all die fürchterlichen Gründe nachdenken konnte, warum er auch in einer Million Jahren besser nicht hinuntersteigen sollte, war er schon mitten im Schacht.
Er stocherte mit den Füßen nach einem Halt und fand auch bald einen, der sein Gewicht trug. Dann stemmte er sich mit gespreizten Armen und Beinen gegen die Seitenwände und ruckelte hi-

nab. Wenn er nur fest genug gegen die Wände drückte, würde er sich halten können, selbst wenn es nichts gab, woran er sich festklammern oder worauf er sich stellen konnte.

Okay, James, es geht los ... Ruhig und besonnen begann er abzusteigen, erst mit einem Fuß, dann mit dem anderen, erst mit einer Hand, dann mit der anderen. Plötzlich rutschte sein Stiefel an der glitschigen Oberfläche ab und James musste sich mit den Fingerspitzen, die noch von seiner Klettertour an der Hausmauer aufgeschürft und wund waren, in den Stein krallen. Er stöhnte vor Schmerz, fand aber Halt, indem er sich gegen die Seitenwände presste. Doch lange konnte er so nicht bleiben. Die Kraft in seinen Armen erlahmte zusehends und er zitterte vor Anstrengung.

Denk nicht drüber nach, du Idiot, du hast schon Schlimmeres ausgehalten ...

Er ruckelte noch etwas weiter und beschloss dann eine Pause einzulegen. Vorsichtig, den Körper grotesk verrenkend, stemmte er sich mit dem Rücken gegen die eine Seite des Schachts und mit den Beinen gegen die andere. Er verharrte eine Weile so, bis er begriff, dass es weniger anstrengend war, in genau dieser Haltung weiterzuklettern. Wenn er nur die Beine bewegte, könnte er recht einfach hinunterrutschen und es entlastete die Arme. Schwerstarbeit war es gleichwohl immer noch. Die kantigen Steine gruben sich in seinen Rücken und er fürchtete jeden Augenblick abzurutschen.

Weiter ging es abwärts. Unten war nichts zu erkennen, aber aus dem Geräusch der kleinen Steinbrocken, die von Zeit zu Zeit unter ihm losbrachen und ins Wasser fielen, konnte er schließen, dass er ungefähr die Hälfte des Wegs zurückgelegt haben musste. Er blickte nach oben. Die Öffnung über ihm sah aus wie ein glänzendes Pennystück.

Die Schachtwände waren kalt, aber James schwitzte vor Anstrengung; und das Schlimmste war, dass etwas in ihm am liebsten sofort wieder nach oben geklettert wäre, anstatt weiter in dieses dunkle Unbekannte hinabzusteigen.

Was hatte er hier überhaupt zu suchen? Er musste verrückt sein. Er könnte für immer dort unten im schwarzen Wasser stecken bleiben, allein im Dunkeln ...

Aber die andere Möglichkeit war die, in dem Verlies auf den sicheren Tod zu warten.

Seine Gedanken überschlugen sich, sein Körper bebte wie ein überdrehter Motor. In ihm brannte ein Feuer. Energiestöße jagten durch ihn hindurch und peitschten seine Gedanken auf.

War er jetzt verrückt geworden?

Nein. Es lag an der Spritze. Es war das Silverfin-Serum. Ihm fiel ein, was die kleinen weißen Pillen bei George bewirkt hatten. Was würde die viel stärkere Dosis bei ihm anrichten?

Nun, der Schuss war für Hellebore nach hinten losgegangen, denn James war im Begriff, zu fliehen.

Er lachte und das Echo hallte von allen Seiten wider.

Er war auf der Flucht!

Weiter! Beweg dich!, feuerte er sich an. Häng nicht so schlaff herum! Solange er sich bewegte, solange er etwas tat, ging es ihm gut. Ja, es ging ihm gut.

Nein, es ging ihm gar nicht gut.

James wurde starr vor Schreck. Er war mit einem Bein abgerutscht und hatte den Kontakt zur Mauer verloren. Schnell zog er das Bein wieder hoch und stemmte es gegen die Schachtwand.

Er hatte nicht aufgepasst und stattdessen blind vor sich hingestarrt, ohne einen Blick nach oben oder nach unten zu werfen. Nicht dass es einen Unterschied gemacht hätte. Es war viel zu dunkel, um etwas zu erkennen. Er tastete wieder mit dem Fuß. Wie er vermutet hatte, war er am Ende der Röhre angelangt. Die

Wände des Schachts liefen aus ... aber was war darunter? Wie weit war das Wasser noch weg? Wie tief war es?
Zu viele Fragen und keine Antwort.
James stellte sich plötzlich vor, dass die Tür der Zelle aufging und Hellebore mit dem entsetzlichen MacSawney hereinkam. Er malte sich aus, wie sie den Rost auf dem Boden liegen sahen, in den Schacht schauten und ihn fänden, wie er hier wie eine Ratte in der Regenrinne festsaß ...
Er ließ sich fallen.
Es tat weh, als er die letzten zwei Fuß des Schachts hinunterschrammte und sich die Knie aufschlug. Und dann, es war wie im Traum, fiel er hinein in die absolute Schwärze ... Es währte nur einen erschreckend kurzen Augenblick, ehe das eiskalte Wasser ihn mit der Wucht eines Faustschlags traf. Er tauchte unter und wusste nicht mehr, wo oben oder unten war.

Ein einsamer Tod

Mehr noch als alles andere hatte James die Geräusche wahrgenommen. Zuerst den Wind, der in seinen Ohren sauste, danach den lauten Knall, als er auf dem Wasser aufschlug, und schließlich die verwirrende, dumpfe Stille, als er unterging.

Er taumelte langsam in dieser pechschwarzen Stille, betäubt, verloren in der Dunkelheit. Dann tauchte er wieder auf und hörte seinen lauten Atem, der von den Wänden widerhallte, zusammen mit dem Glucksen des aufgewühlten Wassers und dem Echo seines Aufschlags, das immer noch durch das unterirdische Gewölbe lief.

Das Wasser war zwar eiskalt, aber zum Glück nicht kalt genug, um ihm völlig die Besinnung zu rauben. So hatte er nur fürchterliche Kopfschmerzen, und seine Ohren, seine Nase und seine Augen taten höllisch weh.

Hier unten herrschte beinahe völlige Dunkelheit. Nur ein winziger, schwacher Lichtschein drang von oben in den Schacht ein, der die Umgebung aber nicht erhellen konnte. James streckte seine Arme aus, schwamm langsam vorwärts und tastete nach etwas Festem.

Es war beschwerlich, in Kleidern zu schwimmen, besonders seine schweren Stiefel zogen ihn nach unten. Es kam ihm vor, als befände er sich im Körper eines anderen, und dieser Körper war schwerfällig und träge.

Endlich ertasteten seine Hände Fels. Einige Augenblicke lang verharrte er Wasser tretend, dann schwamm er weiter und suchte eine Stelle, an der er das Wasser verlassen und seine nächsten Schritte überdenken könnte.

Er fand einen schmalen Vorsprung, der gerade groß genug für ihn war, und zog sich hinauf. Dort blieb er liegen und das Wasser rann aus seinen Kleidern zurück in das Becken.

Bis hierher war er nun gekommen – er war nicht tot, er war nicht mehr eingesperrt. Er lebte noch.

James lächelte. Er war verrückt – verrückt wie der wahnsinnige Lord – und schuld daran waren Hellebores Drogen. Wieder spürte er das Feuer in sich.

Sobald seine Kräfte zurückgekehrt waren, zog er sich bis auf die Unterwäsche aus, um sich nicht in seinen durchnässten Kleidern zu verkühlen. Auch war es so einfacher, das Wasser zu erkunden. Wenn er einen Weg nach draußen fand, würde er seine Kleider mitnehmen.

Als Erstes musste er sich seine Umgebung ganz genau einprägen, um nicht die Orientierung zu verlieren. Er schloss die Augen und konzentrierte sich. Stück für Stück tastete er den Felsvorsprung ab, merkte sich jede Einzelheit. Dann glitt er ins Wasser zurück und erkundete die Abmessungen des unterirdischen Beckens, fand hier einen charakteristischen Felsbrocken, dort einen glatten Stein, hier eine glitschige Stelle, an der das Wasser an der Wand heruntertropfte.

Das wiederholte er mehrmals, bis er das Gefühl hatte, sich gut zurechtzufinden. Wenn er nun auf einen Ausgang unter der Wasseroberfläche stieße, konnte er genau bestimmen, wo sich dieser, von seinem Felsvorsprung aus gesehen, befand.

Aber gab es überhaupt einen Weg nach draußen? Ja, bestimmt, denn er hörte, wie ein Fisch im Wasser klatschte. Natürlich war zu befürchten, dass dieser Ausgang gerade weit genug für einen Fisch war, aber genau das musste er herausfinden.

Diesmal suchte er das Becken unter Wasser ab, erkundete mit

den Fingerspitzen das Gestein, bis er sicher war, jeden Abschnitt sorgfältig untersucht zu haben.
Zum Glück war das Becken nicht allzu tief. Die tiefste Stelle war in der Mitte, dort waren es ungefähr acht Fuß bis zum Grund. Wenn er hier tauchte, konnte er Risse und Spalten ertasten, durch die das Wasser hereinsprudelte. Nahe am Rand war das Wasser höchstens noch halb so tief.
Das wiederholte Tauchen strengte seine Lungen an. Nachdem er einen Großteil des Beckens abgesucht hatte, ruhte er sich auf dem Vorsprung aus und machte die Atemübungen, die Butcher ihm beigebracht hatte. Trotz der innerlichen Hitze, die von dem Serum kam, fühlte er, wie die Kälte in ihm hochstieg und ihn schwächte, sodass er beständig gegen die Verzweiflung ankämpfen musste, die in den Winkeln seines Bewusstseins lauerte und nur darauf wartete, hervorzukommen und ihn mit sich zu reißen.
Obwohl es mindestens vier Uhr morgens war und er nicht geschlafen hatte, fühlte er sich kein bisschen müde. Er musste seine Kräfte nutzen, solange sie ihn nicht im Stich ließen.
James ließ sich wieder ins Wasser gleiten. Und diesmal spürte er nach wenigen Zügen eine schwache Wasserströmung. Er folgte ihr und fand eine Öffnung. Vor Aufregung schluckte er Wasser und tauchte schnell wieder auf. Er lachte triumphierend. Es war eine große Öffnung, ganz gewiss groß genug für ihn . . . aber würde dies auch auf ihrer ganzen Länge so bleiben? Er holte tief Luft, tauchte und schwamm mit vorgestreckten Armen ein kleines Stück hinein. Ihm fiel auf, dass das Wasser allmählich wärmer wurde, je weiter er schwamm. Es gab keinen Zweifel; dieser Tunnel führte zum See.
Doch zunächst musste er noch einmal umkehren. Er schwamm zu dem Felsvorsprung zurück, den er mittlerweile problemlos fand. Dort kauerte er mit neu gewonnener Zuversicht und stellte

sich Hellebores Gesichtsausdruck vor, wenn er das Verlies leer vorfände. Oh, Hellebore war immer so selbstsicher gewesen und so überheblich, doch nun hatte James die Oberhand gewonnen.

Er beschloss seine Jacke zurückzulassen; die übrigen Kleider musste er jedoch mitnehmen, auch die Stiefel, denn draußen würde er ohne sie nicht sehr weit kommen. Er entfernte die Schnürsenkel. Einen Stiefel wickelte er in seine Hose, den anderen in sein Hemd. Mit den Schnürsenkeln band er die beiden Bündel an seinem Gürtel fest. Sie zogen ihn nach unten und es bestand die Gefahr, dass sie irgendwo hängen blieben, aber es war einfacher, als mit Kleidern zu schwimmen.

Als er so weit war, traf er seine letzten Vorbereitungen. Er atmete sehr tief und schnell, um möglichst wenig Kohlendioxyd, dafür umso mehr Sauerstoff in seine Adern zu pumpen. Schon bald fühlte er sich schwindelig. Er wusste, wenn er noch länger so weitermachte, würde er ohnmächtig. Aber nun war er bereit. Nun würde er den Atmen anhalten können für . . .

Für wie lange? Wie lang mochte der Tunnel sein? Zehn Fuß? Zwanzig?

Bei den Atemübungen in seinem Zimmer in Eton hatte er es dank Butchers Training geschafft, fast zwei Minuten lang die Luft anzuhalten. Aber unter Wasser, mit dem zusätzlichen Druck und der Anstrengung beim Schwimmen? Das war etwas völlig anderes.

Und dann waren da ja noch die Aale, an die er keinesfalls denken wollte. Dieser Tunnel führte zum See. Zu ebenjenem See, aus dem sie Meatpackers halb zerfressenen Körper gezogen hatten. Gut, er war zwar mit blauen Flecken übersät, aber bis jetzt hatte er sich nicht ernsthaft verletzt. Wenn dies auch weiter so bliebe, würden die Biester ihn vielleicht in Ruhe lassen. Es war eine schwache Hoffnung, an die er sich klammerte, aber es war seine einzige.

Am besten, er dachte nicht lange darüber nach. Es gab nur eins: Augen zu und durch. Er glitt ins Wasser und ruderte zum Eingang des Tunnels.

Es war wirklich nichts dabei, redete er sich ein, es war ein Kinderspiel. Nichts konnte schief gehen, außer dass man im Tunnel stecken blieb und ertrank oder von den Aalen gefressen wurde. Es war nichts dabei.

Langsam holte er Luft, so tief er konnte, dann tauchte er in die Öffnung des Tunnels hinein.

Mit ausgestreckten Armen ruderte er vorwärts und paddelte gleichzeitig mit den Füßen; die Kleiderbündel hüpften neben ihm her. Für kurze Zeit kam er zügig voran, aber dann spürte er Felsgestein auf einer Seite. Der Tunnel wurde schmäler. Aber das machte nichts, er konnte sich ja daran festhalten und sich auf diese Weise vorwärts ziehen; so käme er noch schneller voran. Und er musste sich beeilen – seine Lungen begannen schon zu brennen, da sie sich mit giftigem Kohlendioxyd füllten, das sein überanstrengter Körper produzierte. Er musste die Luft so lange wie möglich anhalten, um so viel von dem wertvollen Sauerstoff zu verwerten, wie er nur konnte, und auch, um etwas Auftrieb zu erhalten. Aber der Wasserdruck presste unerbittlich die Lungen zusammen und James wusste, dass er es nicht mehr lange aushalten würde.

Weiter vorne wurde der Tunnel noch enger, sodass James auf beiden Seiten die Wände streifte. Bitte, lieber Tunnel, bettelte er, werde nicht so eng, dass ich nicht mehr hindurchpasse. Und bitte, bitte, verletze mich nicht mit scharfkantigen Steinen.

Er durfte unter keinen Umständen irgendwo am Körper bluten. Wie lange war er nun schon hier unten? Vielleicht dreißig Sekunden, vielleicht auch nur zwanzig. Egal, er musste sich einfach durch tiefste Schwärze hindurch vorantasten.

Plötzlich spürte er, wie etwas an den Kleiderbündeln zerrte und zog, und dann bemerkte er, wie sich etwas an ihn presste, nichts Hartes wie ein Stein, sondern etwas Weiches, Schleimiges, Lebendiges. Ein Aal. Und noch einer. Sie waren zusammen mit ihm hier im Tunnel. Es war *ihr* Tunnel. James stellte sich vor, dass er von ihnen umzingelt war, malte sich aus, wie ihre neugierigen Mäuler aus den Felsspalten herausglitten, das Wasser schmeckten, ihn schmeckten. War er verletzt? Er konnte es unmöglich sagen; sein Körper war taub und wurde mit jeder Sekunde tauber. Nicht gefühllos genug, als dass er nicht einen weiteren Aal hätte spüren können, der an seinem Bein entlangglitt und mit dem Maul gegen seinen Bauch stieß. James wand sich im Wasser hin und her und schüttelte ihn ab.

Jetzt nur nicht in Panik geraten.

Los, ihr Aale, zeigt mir, wo es langgeht! Führt mich raus aus dieser Falle.

Der Schmerz in seinen Lungen wurde allmählich unerträglich, daher ließ James ein klein wenig Luft ab. Daraufhin ging es ihm etwas besser, aber er wusste, dass nicht mehr viel Sauerstoff übrig war.

Ein größerer Aal glitt nun an seinem Körper entlang, tastete ihn mit seinem weit geöffneten Maul ab. Ein zweiter ringelte sich um seinen linken Knöchel, und als James die Hand ausstreckte, berührte sie etwas Fettes, Schleimiges, das sich zwischen seinen Fingern hindurchwand und mit einem kraftvollen Schwanzschlag davonschoss.

Einen Augenblick lang hatte sich James ganz auf die Aale konzentriert, nun stellte er entsetzt fest, dass der Zugang immer schmäler wurde. Noch etwas weiter, und er konnte nicht mehr umkehren. Dann blieb nur noch der Weg nach vorne. Wohin nach vorne? In einen Tunnel, der sich womöglich noch weiter verengte? Dann säße er unweigerlich fest, unfähig, sich von der Stelle zu bewegen, ohne Atemluft, umgeben von den wartenden Aalen.

Würden sie mit ihrem Festschmaus warten, bis er tot war? Oder würden sie ihn bei lebendigem Leibe fressen?
Denk nicht darüber nach! Entscheide dich! Vorwärts in das Unbekannte? Oder zurück in die dunkle Höhle?
Inzwischen hatte er bereits so viel Zeit verloren, dass er nicht einmal mehr sicher war, ob seine Luft ausreichen würde, um in das unterirdische Becken zurückzukehren, insbesondere da er sich mit den Händen rückwärts schieben musste, denn es war unmöglich, sich umzudrehen.
Je länger er zögerte, desto weniger Zeit blieb ihm. Die neugierigen Aale wurden mit jeder Sekunde dreister, stießen ihn an, rochen an ihm, rieben ihren langen Körper gegen ihn . . .
Zur Hölle.
Jede Entscheidung, die er bisher getroffen hatte, war richtig gewesen, mochte sie auch noch so verrückt sein – auf dem Ast der Kiefer weiterzuklettern, sich an die Mauer heranzuschaukeln, die Schachtwand hinabzusteigen, sich in das Wasserbecken fallen zu lassen . . . Er musste einfach seinem verrückten Schutzengel vertrauen.
Erneut stieß er Luftblasen aus, dann zog er sich weiter durch den engen Felsgang, der seine Haut aufkratzte und den Rücken aufschürfte. Gott sei Dank, er kam immer noch vorwärts. Er schlängelte sich jetzt selbst wie ein Aal, schob sich mit Knien und Ellbogen, tastete mit den Fingerspitzen. Er würde es schaffen. Seine Entscheidung war richtig gewesen. Aber es war ein Wettlauf mit der Zeit: In seinen Ohren dröhnte das Blut, sein Kopf wollte zerspringen, seine Lungen waren voll Säure.
Und dann hielt er an.
Er konnte nicht weiter.
Was war der Grund?
Eines der Bündel hatte sich verheddert. James wippte mit den Hüften und versuchte es loszureißen. Komm schon! Komm

schon! Er konnte nicht mit der Hand nach hinten fassen, um seinen Gürtel abzuschnallen, daher glitt er ein Stück zurück, zerrte an dem Bündel und schnellte wieder vorwärts. Er hatte es geschafft. Er konnte sich wieder frei bewegen.

Nein. Das stimmte gar nicht. Seine Finger ertasteten etwas. Direkt vor ihm war massiver Fels.

James saß in einer Sackgasse fest.

Das konnte nicht wahr sein. Er war so weit gekommen, hatte so viel gewagt. Sein Schutzengel hatte ihn im Stich gelassen und lachte ihn aus. »Siehst du, wie ich dich getäuscht habe? Wie ich dir eine Fluchtmöglichkeit vorgegaukelt habe? Aber du wirst nicht entkommen. Alles, was ich für dich habe, ist ein einsamer Tod.«

James verlor das Bewusstsein. Wirre Gedanken spukten durch seinen Kopf. Er öffnete die Augen. Die Sonne brannte von einem tiefblauen Himmel, Palmen warfen gezackte Schatten auf den weißen Sandstrand. Was geschah mit ihm? Natürlich – es war nur ein Traumgespinst.

Dann sah er das Porträt von König George vor sich.

Er war wieder in seinem Zimmer in Eton.

Das war unmöglich.

Er schüttelte den Kopf.

Was war wirklich, was nur ein Traum?

Ja, ein Traum. Es war alles nur ein Traum. Er lag in seinem Bett in Eton und schlief, denn so etwas konnte im richtigen Leben gar nicht passieren, oder? Es war viel zu schrecklich.

Und dann sah er das Gesicht von Onkel Max, der ihm zulächelte.

Er war nicht mehr in Eton, er war in der Hütte, und Max erzählte ihm eine seiner Geschichten. Aber nun sah er verärgert aus.

»James!«, schrie er von weit, weit weg. »Mach weiter! Gib nicht auf!«

Was sollte er nicht aufgeben?

Ach ja ... der Fels, der Tunnel, er war unter Wasser.
Sei nicht dumm! Gib nicht auf!
James tastete weiter. Überall festes Gestein. Umkehren konnte er nicht, dazu fehlt ihm die nötige Luft. Er konnte nichts tun, als hier liegen zu bleiben. Einfach nur liegen bleiben. Es würde alles gut werden. Er würde schlafen. Er musste nur seinen Mund öffnen und die Lungen mit Wasser füllen, und alles wäre vorbei ... Er hatte von irgendjemandem gehört, es sei weniger qualvoll, im Wasser zu atmen, als keine Luft in den Lungen zu haben ...
»James!«
Wer war das? Er drehte seinen Kopf in alle Richtungen – und sah einen schwachen Lichtschein direkt über sich! Über ihm war ein Ausgang. Wie dumm von ihm! Er hatte niemals nach oben geschaut.
James stieß sich vom Boden des Tunnels ab. Langsam trieb er nach oben, bis, ja, bis er den Mond und die Sterne sehen konnte und ...
Luft.
Wunderbar frische Luft.
Er war draußen. Er war frei. James riss den Mund auf und atmete tief ein. Es tat fürchterlich weh und er wäre vor Husten beinahe erstickt, aber er war draußen.
Quälend langsam, so als würde er beim nächsten Armzug untergehen, schwamm er an Land und erbrach sich heftig. In seinen durchweichten Kleidern zappelten Aale, aber er achtete nicht darauf. Es waren nur Aale, sie konnten ihn nicht mehr schrecken. Sie schnellten zurück ins Wasser, während er keuchend und zitternd im Gras lag.

Vier Stunden zuvor hatte Kelly es mit Hilfe eines Steckens bis zum Keller des verfallenen Hauses geschafft. Er schiente den Fuß mithilfe von Stoffstreifen, die er aus einer alten Plane heraus-

schnitt, und einer Holzlatte, die er aus einer morschen Kiste herausbrach. Dann setzte er sich, das Messer in der Hand, mit dem Rücken zur Wand auf den Boden und wartete.
Er hatte keine Vorstellung, wie lang er so dasaß, vor sich hin dämmerte und gegen den Schmerz in seinem Fuß ankämpfte. Wenigstens hatte er Trinkwasser und Proviant dabei. Trotzdem fragte er sich bang, wie lange er wohl noch durchhalten würde. Plötzlich hörte er ein Geräusch. Jemand kam auf das Haus zu. Er hörte, wie die Falltür geöffnet wurde. In höchster Alarmbereitschaft spannte er sämtliche Muskeln an. Er hatte in seinem Leben schon mehr als einmal in der Patsche gesessen, aber hier befand er sich auf ungewohntem Terrain. Egal, ein Red Kelly gab niemals kampflos auf. Er hielt sein Messer in der einen und den Stecken in der anderen Hand und spähte in die Dunkelheit.
»Kelly?«
Es war James.
Nie zuvor war Kelly so glücklich gewesen, jemandes Stimme zu hören.
»Hier unten, Kumpel.« Er knipste seine Taschenlampe an und starrte verdattert auf die verdreckte, durchnässte, halb nackte Gestalt, die da mit wirren, verklebten Haaren und am ganzen Körper mit Abschürfungen übersät vor ihm stand. In der Hand hielt sie zwei nasse Bündel.
»Verflucht noch mal, was ist mit dir passiert?«
»Das ist eine lange Geschichte«, sagte James und klappte die Falltür hinter sich zu. »Ich erzähl sie dir, während wir uns zum Aufbruch fertig machen. Wir müssen schleunigst von hier fort. Es ist nur eine Frage der Zeit, bis Hellebore nach uns suchen lässt. Im Augenblick weiß er weder etwas von dir noch von diesem Versteck hier, aber das kann sich bald ändern.«
Während James sich in seine nassen Kleider zwängte, berichtete er Kelly, was passiert war. Kelly kam aus dem Staunen gar nicht

mehr heraus. Immer wieder unterbrach er James und bat ihn, das eine oder andere zu wiederholen, weil er kaum glauben konnte, was er da hörte. Eifrig streute er Bemerkungen ein – »das kann doch nicht dein Ernst sein«, »nie hätte ich gedacht . . .« – und unterlegte James' Bericht mit deftigen Kommentaren.

James Kleider waren feucht-kalt und klebten unangenehm auf der Haut. Aber schließlich war er fertig angezogen und zur Flucht bereit – so bereit, wie er unter den gegebenen Umständen überhaupt sein konnte.

»Und was ist mit dir?«, fragte er und schielte auf Kellys Bein. »Kannst du laufen?«

»Ich hab ja wohl keine andere Wahl, oder?«, sagte Kelly rau. »Hopsen kann ich noch, und ich hab 'nen Stecken als Krücke, aber du wirst mir trotzdem helfen müssen.«

»Klar doch.« James holte tief Luft und sah Kelly aufmunternd an. »Hast du dir schon einen Plan ausgedacht?«

»Nicht nur einen, Jimmyboy.« Kelly kam mühsam auf die Beine. »Aber am Ende läuft alles darauf hinaus, dass wir auf demselben Weg hinausmüssen, wie wir hereingekommen sind.«

»Du meinst, auf der Ladefläche eines Lastwagens?«

»Nein«, sagte Kelly. »Vorne im Wagen.«

»Vorne?« James begriff nicht, was er meinte.

»Nach allem, was du erzählt hast, haben wir noch etwas Zeit bis zur Morgendämmerung«, sagte Kelly und stützte sich dabei auf James. »Es wird allerhöchstens fünf Uhr sein, also ist noch keine Menschenseele unterwegs. Wenn wir warten und uns hinten im Lastwagen verstecken, kommen wir hier nie raus, denn wenn sie erst einmal Alarm schlagen, stellen Hellebores Leute hier alles auf den Kopf. Und wie wollen wir überhaupt wissen, welche Lastwagen heute wegfahren?«

»Schon gut«, sagte James. »Aber ich begreife immer noch nicht, was du –«

»Ganz einfach«, unterbrach ihn Kelly. »Die Tore werden Tag und Nacht bewacht. Aber so ein großer Lastwagen fährt doch mit Leichtigkeit alles über den Haufen.«
»Ja, aber wer soll die Kiste fahren?« James war so schwindelig, dass er sich hinsetzen musste.
»Ich mit meinem lädierten Bein jedenfalls nicht, Sherlock«, sagte Kelly.
»Aber ich habe bisher nur das Auto meines Onkels gefahren«, protestierte James. »Ein Lastwagen ist etwas ganz anderes.«
»Dann wirst du es eben jetzt lernen«, erwiderte Kelly ungerührt.
»Sie werden uns verfolgen.«
»Nicht wenn wir die anderen Fahrzeuge fahruntüchtig machen. Das hält sie zwar nicht für immer auf, aber es verschafft uns den nötigen Vorsprung, um vor ihnen Keithly zu erreichen.«
»Ich weiß nicht recht . . .«
»Wenn du einen besseren Plan hast, dann spuck ihn aus, Kumpel«, sagte Kelly energisch. »Ich kann nicht gehen, du kannst nicht fliegen, aber ein Lastwagen fährt sich fast wie ein Auto. Er ist nur etwas größer und schwerer, das ist alles.«
James dachte einen Augenblick nach. Wieder spürte er die große Hitze in seinem Körper. Sein Kopf fühlte sich leicht und schwebend an.
»Okay«, sagte er und stand mit wild entschlossener Miene auf. »Dann los!«
»Oh verdammt«, seufzte Kelly. »Und ich hatte insgeheim gehofft, du würdest es mir ausreden.«

So sicher, wie die Sonne aufgeht

Mit Ausnahme der einsamen Figur, die am Tor vor sich hin döste, lag das Gelände verlassen da; alle anderen Männer schliefen tief und fest in den Baracken auf ihren Pritschen.

Ein schwacher Lichtschein zog am Himmel herauf. Die meisten Flutlichter waren inzwischen ausgeschaltet. James und Kelly betraten so leise wie möglich den ersten der beiden Schuppen, in denen die Fahrzeuge abgestellt waren. Kelly hatte einen Arm auf James' Schulter gelegt, um sich abzustützen. Beide Jungen waren völlig erschöpft. Red sank auf einen Stapel Säcke, um wieder zu Atem zu kommen. Seine Kleidung war schweißdurchtränkt und er hatte offensichtlich Schmerzen.

»Was nun?«, fragte James.

»Hast du dein Messer noch?«

»In meinem Absatz verborgen.«

»Hier steht ein Lastwagen und da sind seine Reifen. Worauf wartest du noch?«

James grinste. Er nahm sein Messer heraus und setzte es an. Das Geräusch, als die Luft aus den zerschnittenen Reifen zischte, war Musik in seinen Ohren. Es erfüllte ihn mit Genugtuung, dabei zuzusehen, wie sich der Lastwagen zur Seite legte und tiefer sank, während die Luft entwich. Für Kelly war es ebenfalls ein Vergnügen, Kabel zu durchschneiden, Zündkerzen zu entfernen und Benzinleitungen zu kappen.

Es waren anstrengende, aber befriedigende Minuten. James fürchtete zwar, jeden Augenblick entdeckt zu werden, doch es gelang ihnen, alle Fahrzeuge im Schuppen zu sabotieren, ohne dass jemand es bemerkte. Es roch sehr stark nach Benzin und ausgeschüttetem Öl, und James hoffte, dass der schlafende Posten davon nicht aufwachte.

»Warum zünden wir den Schuppen nicht einfach an?«, schlug Kelly mit einem boshaften Blitzen in den Augen vor. »Das wäre ein nettes Andenken an uns.«

»Nein«, sagte James. »Viel zu gefährlich. Das Feuer könnte außer Kontrolle geraten, bevor wir uns aus dem Staub gemacht haben. Komm weiter!«

Sie vergewisserten sich, dass die Luft rein war, und gingen zum zweiten Schuppen, wo sie ihr Werk fortsetzten und Reifen zerstachen, Kabel herausrissen, Auspuffrohre mit Öllappen verstopften und möglichst viel von Hellebores Fuhrpark unbrauchbar machten. Es war natürlich denkbar, dass sich irgendwo auf dem Schlossgelände weitere Fahrzeuge befanden, aber alle, die ihnen zugänglich waren, setzten sie mit viel Geschick außer Betrieb. Alle bis auf einen Albion, einen großen Lastwagen mit hoher Kühlerhaube. Daran war das bekannte Logo angebracht mit dem Sonnenaufgang und dem Werbeslogan »So sicher, wie die Sonne aufgeht«.

»Na hoffentlich«, flüsterte Kelly, während James in das Führerhaus kletterte und die Anzeigen überprüfte. Alles war größer als bei einem Auto, aber im Grunde sah es ziemlich ähnlich aus. Er hoffte nur, dass er überhaupt kräftig genug war, um die Kiste zu fahren. Wieder musste er an das Märchen von Jack denken, der an einer Bohnenstange in das Schloss des Riesen kletterte. Nun, dann war dies hier eben das Auto des Riesen.

Er zog Kelly hoch zu sich ins Führerhaus.

»Fertig?«, fragte er. »Sobald ich den Motor anlasse, werden sie auf uns aufmerksam.«

»Und wennschon«, sagte Kelly. James startete den Motor und

drückte das Gaspedal bis zum Anschlag durch. Es dröhnte und ratterte und die beiden Jungen wurden auf ihren Sitzen durchgeschüttelt. James blickte hinüber zu seinem Freund.
Kelly zeigte mit dem Daumen nach oben. »Fahr los«, sagte er und James löste die Bremse.
Einen Moment lang passierte gar nichts. James geriet beinahe in Panik, bis ihm klar wurde, dass der Albion viel schwerfälliger war als Max' Auto und er mit aller Kraft und seinem ganzen Gewicht auf die Pedale treten musste. Ruckelnd setzte sich der Lastwagen in Bewegung, holperte aus dem Schuppen und über den gepflasterten Hof auf die Tore zu.
James trat das Gaspedal durch. Der Krach scheuchte den schlafenden Wachposten auf. Er rannte auf sie zu, fuchtelte wild mit den Armen, doch James fuhr unbeeindruckt davon weiter, bis der Mann im letzten Augenblick mit einem lauten Angstschrei zur Seite sprang.
Die großen, hölzernen Tore kamen näher und näher und James fragte sich, ob sie tatsächlich schnell genug fuhren, um sie zu durchbrechen.
Nun, es gab nur eine Möglichkeit, dies herauszufinden.
»Halt dich fest!«, schrie James und kniff die Augen zu, als sie das Tor mit einem fürchterlichen Knall rammten. Holztrümmer flogen über die Kühlerhaube und krachten gegen die Windschutzscheibe, aber die Tore gaben nach und im nächsten Augenblick waren sie hindurch.
Der Lastwagen hatte kaum an Fahrt verloren und die zweiten Tore gaben ebenso leicht nach, allerdings wurde die Windschutzscheibe diesmal von einem durch die Luft fliegenden großen Splitter eines Holzbalkens beschädigt.
»Juhuu!«, schrie Kelly. Er beugte sich aus dem Fenster und schüttelte die Faust triumphierend in Richtung Schloss.
»Bis später, ihr Trottel.«

Der Motor jaulte auf und ruckelte und stotterte und die beiden Jungen flogen aus ihren Sitzen nach vorne.
Kelly schaute James ängstlich an. »Ist alles in Ordnung mit der Karre?«
»Ja, tut mir Leid. Falscher Gang.« James bekam das Fahrzeug wieder unter Kontrolle und sie rasten weiter die Straße entlang.
Den Albion zu fahren war nicht viel anders als hinter dem Lenkrad von Onkel Max' Auto zu sitzen, nur dass er sehr viel größer und schwerer war. In den Kurven musste James darauf Acht geben, dass der Wagen nicht umkippte oder ins Schleudern geriet. Er musste seine ganze Kraft aufwenden, um das riesige Lenkrad zu bewegen, und es kam ihm vor, als müsse man es endlos drehen, nur um die leichteste Kurve zu nehmen.
Aber je länger sie fuhren, desto mehr wuchs sein Selbstvertrauen. Er lockerte den Griff, mit dem er das Lenkrad umklammert hatte, und gönnte seinen verkrampften Muskeln ein wenig Entspannung. Allzu bequem durfte er es sich jedoch nicht machen, denn die Fahrbahn war sehr stark ausgefahren und der Lastwagen schlingerte so heftig in den Fahrrillen, dass ihre Zähne aufeinander schlugen.
Der Lastwagen war schwer und stark, aber nicht schnell, und die Straße nach Keithly war alles andere als gerade; sie führte in vielen Windungen durchs Moor, von einem winzigen Dorf zum nächsten, kleine Weiler aus ein oder zwei Häusern, die meisten davon verlassen und verfallen.
»Kapitäne der Landstraße, was, Jimmyboy?« Kelly stützte seinen gesunden Fuß auf das Armaturenbrett, rutschte in seinem Sitz nach unten und verschränkte die Arme hinter dem Kopf.
»Werd bloß nicht übermütig«, sagte James. »Noch haben wir es nicht geschafft. Selbst wenn wir bis nach Keithly kommen, wir müssen Sergeant White erst noch davon überzeugen, dass wir die Wahrheit sagen. Wem wird er wohl mehr glauben? Uns, zwei

Jungen, die einen Lastwagen geklaut haben, oder Lord Randolph Hellebore, dem uneingeschränkten Herrscher über diese Gegend?«

»White, dieser alte Fettsack, muss doch nur zum Schloss hinaufgehen und sich selbst umschauen.«

»Und was sieht er dort? Aale in Bassins. Einige sehr große Schweine. Ein paar Wissenschaftler, die merkwürdige Experimente durchführen. Randolph kann ihn mit seinen Forschungen hinters Licht führen, so lange er will.«

»Ja, ja, schon gut«, sagte Kelly mürrisch.

»Angenommen, wir schaffen es tatsächlich bis nach Keithly«, fuhr James fort. »Was, wenn Hellebore bereits dort angerufen hat? Was, wenn er längst seine Leute in Keithly alarmiert hat? Dann werden wir noch auf der Landstraße abgefangen.«

»Hör auf damit«, sagte Kelly. »Gerade hatte ich angefangen, mich etwas zu freuen.«

Bis jetzt war keine Menschenseele zu sehen gewesen. Der Lastwagen tuckerte geräuschvoll die Straße entlang und mit jeder Meile, die sie zurücklegten, kamen sie ihrem Zuhause näher. James hätte eigentlich glücklich sein müssen, aber er wusste, dass er sich erst dann völlig sicher fühlen konnte, wenn er wieder in seinem Bett in Max' Hütte lag und Hellebore hinter Schloss und Riegel saß.

Sie fuhren an zwei weiß getünchten, strohgedeckten Häusern vorbei, aber niemand ließ sich blicken. Dann machte die Straße einen weiten Bogen und zog sich einen steilen Hang hinauf. Als sie oben angekommen waren, hatten sie freie Sicht in alle Richtungen. James hielt den Wagen an, öffnete die Fahrertür und sprang hinunter, um sich ein wenig umzuschauen.

Es war ein kalter Morgen. Mittlerweile hatte es angefangen, zu nieseln. Der Himmel war schiefergrau und wolkenverhangen und der Wind pfiff erbärmlich über die einsamen Moorflächen.

James zitterte vor Kälte, da seine feuchten Kleider an ihm klebten.
»Nimm das hier.« Kelly reichte ihm das Fernglas.
James richtete es auf den grauen, fest umrissenen Fleck, als das sich das Schloss in der Ferne abzeichnete. »Verdammt«, fluchte er.
»Was ist los?«, frage Kelly besorgt.
Ein Auto fuhr mit hoher Geschwindigkeit die Straße entlang. Es war der große Rolls Royce, den James am Bahnhof in Fort William gesehen hatte und in den George Hellebore eingestiegen war. Zwei weitere Fahrzeuge folgten ihm.
»Sie sind uns auf den Fersen«, sagte James.
»Wie weit sind sie weg?«
»Im Moment noch ziemlich weit, sie haben gerade das Schloss verlassen, aber sie sind natürlich viel schneller als wir.«
»Glaubst du, wir schaffen es?«, fragte Kelly und schaute angestrengt auf die Straße.
»Vielleicht, aber es wird knapp werden.«
»Machst du dir noch immer Gedanken wegen der Polizei?«
»Nicht sehr. Besser einige Tage in einer Gefängniszelle, als ewig auf dem Grund des Sees.«
Nun suchte James mit dem Fernglas die Straße vor ihnen ab und folgte ihren Windungen durch das Moor. Hin und wieder wurde ihm die Sicht von einem Hügel oder einer Baumgruppe versperrt, aber er fand sie stets mühelos wieder. Einige Meilen weit war die Straße frei – doch dann machte sein Herz einen Satz, denn er sah eine Wolke von Staub und Abgasqualm, die ein Lastwagen hinter sich herzog, der genau so aussah wie die Fahrzeuge auf dem Schlossgelände. Mit hoher Geschwindigkeit raste er in Richtung Schloss.
»Jetzt sitzen wir in der Klemme. Sie nehmen uns von beiden Seiten in die Zange.«

Kelley fluchte und schlug mit den Fäusten auf das Armaturenbrett.
»Wir müssen den Albion verstecken«, sagte James und kletterte in die Fahrerkabine zurück. »Dann werde ich es zu Fuß versuchen. Ich bin ein ziemlich guter Langstreckenläufer. Hier ist es viel zu sumpfig, als dass sie mit ihren Autos folgen könnten.«
»Und was ist mit mir?«, fragte Kelly kläglich.
»Sie wissen nichts von dir, sie werden nur nach mir suchen.« James legte den ersten Gang ein und setzte den Lastwagen in Bewegung. »Du wirst dich verstecken. Wenn sie weg sind, musst du dich irgendwie bis nach Keithly durchschlagen, selbst wenn du den ganzen Weg dorthin hüpfen musst. Geh zu meinem Onkel, nicht zur Polizei, hörst du?«
»Und wo soll ich mich verstecken?«
»Da vorne, hab ich gesehen, ist ein Waldstück, in dessen Nähe sich Farmhäuser befinden. Wir werden es dort versuchen.«
Sie brauchten nur einige Minuten, dann waren sie auf der anderen Seite des Hügels angelangt und überquerten eine schmale Steinbrücke, die über den Schwarzen Fluss führte. Hinter Bäumen versteckt, schmiegte sich ein kleiner Bauernhof in diesen abgelegenen Winkel des Tals. James hielt den Wagen mitten auf der Straße an, stellte den Motor ab und half Kelly beim Aussteigen. Geschützt vor Wind und Wetter, war es hier sehr ruhig und friedlich. Das Wasser gurgelte lustig unter der Brücke, die Vögel zwitscherten in den Bäumen und für einen Augenblick vergaßen die beiden Jungen die Welt um sich herum.
Aber nur für einen kurzen Augenblick.
Sie suchten die Gebäude ab, bis sie eine kleine, verwahrloste Scheune fanden, die zur Hälfte mit Stroh gefüllt war.
»Dahinein«, sagte James. Sobald Kelly sich hingelegt hatte, häufte er Stroh auf ihn, bis er völlig darunter begraben war.
Als James wieder nach draußen lief, stieß er unversehens auf ei-

nen kleinen, drahtigen Bauern mit wallendem grauem Bart, der ihn aus rot geränderten Augen grimmig ansah.
»Was zum Teufel tust du hier?«, fragte er mit einer harten, dünnen, sich überschlagenden Stimme.
»Tut mir Leid. Ich habe mich verirrt«, sagte James.
Der alte Bauer schaute ihn argwöhnisch an. »Und was hat dein stinkender Lastwagen auf meiner Straße zu suchen?«
»Den können Sie behalten, wenn Sie wollen«, sagte James im Weggehen.
»Was soll ich mit einem dreckigen, alten Lastwagen anfangen?«
Der Bauer machte Anstalten, James zu folgen. Der zögerte nicht lange und machte sich schnell aus dem Staub. Er sprang über einen Holzzaun, rannte am Flussufer entlang und verschwand im Wald. Der kleine, zornige Mann stapfte fluchend hinter ihm her.
James fühlte sich dabei an etwas erinnert, und als er durch einen Gemüsegarten stolperte, wusste er auch, woran: an den guten alten Mister MacGregor aus den Geschichten von Peter Rabbit.
Grinsend watete er durch den Bach auf freies Feld zu.
Peter Rabbit.
Das war etwas aus einer anderen Welt. Einer Welt mit harmlosen Kinderspielen und Gutenachtgeschichten von Hasen, die kleine blaue Jacken trugen. Es war ganz bestimmt nicht die Welt, in der er lebte.
James fühlte sich benommen und er fragte sich, ob er die Stärke aufbringen würde, um dagegen anzukämpfen. Aber der menschliche Körper ist etwas ganz und gar Erstaunliches, er überrascht immer wieder durch ungeahnte Kraftreserven. Besonders dann, wenn er durch irgendetwas aufgeputscht wird. Anstatt müde zu sein, war James mit einem Mal voll überschießender, pulsierender Energie. Er war Superman, zu allem in der Lage. Wenn nötig, hätte er ewig weiterrennen können.
Es war ärgerlich, dass er dem alten Bauern über den Weg gelau-

fen war, denn Hellebore würde von ihm erfahren, welche Richtung James eingeschlagen hatte. Aber er hatte noch immer einen Vorsprung und war ein erfahrener Geländeläufer. Das war zumindest ein kleiner Vorteil für ihn.

Er lief auf Am Boglach Dubh, das Schwarze Moor, zu. Der Boden war aufgeweicht und zwang ihn dazu, das Tempo zu drosseln. Aber das galt auch für Hellebore und seine Leute, die ihm hierher nur zu Fuß und nicht im Auto folgen konnten. Außerdem war er leichter als die erwachsenen Männer und sank nicht so tief in den morastigen Boden ein.

Dafür waren sie Männer und er nur ein Junge. Er belog sich nur selbst, wenn er glaubte sie für immer abschütteln zu können; schließlich waren es noch gut fünf Meilen bis Keithly.

Es hatte stärker zu regnen begonnen. Seine Haut prickelte wie von Millionen eiskalter Nadeln gestochen. Die Stiefel scheuerten seine Knöchel wund. Sie waren bleischwer und klebten im Morast. Nach einer Weile blieb er stehen, zog sie aus und warf sie einfach fort. Barfuß war es einfacher.

Er kannte sich in dieser Gegend überhaupt nicht aus; der Fußweg von Keithly zum Schloss verlief ganz woanders. Rechts von ihm, in der Ferne, sah er die Hügelkette, in die das Schloss eingebettet war, und dahinter ragte das düstere Bergmassiv von Anghreach Mhòr auf; Keithly musste also links von ihm liegen. Von hier aus führte der Weg stetig abwärts; das machte es etwas einfacher, anstrengend war es aber dennoch. James blickte zurück. Eine schmutzige Staubwolke sagte ihm, dass der Lastwagen, der aus Keithly kam, nun in der Nähe des Walds bei dem kleinen Bauernhof war. Die entscheidende Frage lautete: Waren auch die Leute vom Schloss bereits dort? Er würde jedenfalls nicht so lange warten, bis er es herausgefunden hatte.

James setzte seinen Weg fort und scheuchte dabei eine kleine Herde magerer Schafe auf.

Während er rannte, wurde sein Kopf klarer. Alle unnützen Gedanken verschwanden und er konnte sich auf das Wesentliche konzentrieren. Die wichtigste Frage lautete: Was ging jetzt gerade in Hellebores Kopf vor? Er würde auf die Männer in dem anderen Lastwagen stoßen und sich mit ihnen beraten. Dann würde er mit dem Bauern sprechen. Und dann würden er und seine Leute die Verfolgung aufnehmen.
Ja.
Irgendwann würden sie ihn sicher einholen, aber es bestand wenigstens eine Chance, dass er sie zumindest bis zum Dorf auf Distanz halten konnte.
Hellebore würde sicher nicht alle seine Männer zu Fuß durchs Moor jagen. Einige von ihnen würde er mit den Autos nach Keithly vorausschicken, damit sie sich von dort aus auf die Suche machten.
James blieb wie vom Donner gerührt stehen.
Was war er doch für ein Narr! Er war noch in der gleichen Situation wie auf der Straße – gefangen zwischen zwei Gruppen von Verfolgern. Hellebore kannte James' Namen, sie würden das Haus seines Onkels mühelos finden. Und dort auf ihn warten.
Was sollte er tun? Zunächst einmal durfte er nicht stehen bleiben und abwarten, bis Hellebore ihn erwischte. Er musste weiterlaufen und weiter nachdenken.
Also gut, nach Keithly konnte er nicht zurück. Was sollte er aber sonst machen, wohin sollte er gehen?
Wo würden ihn keiner vermuten?
Auf dem Mond?
In Timbuktu?
Im Schloss . . .
Das Schloss war so ziemlich der allerletzte Ort auf der Welt, an dem sie ihn vermuteten. Aber weshalb, in Gottes Namen, sollte er dorthin zurück? Welchen Sinn hätte das?

Mit einem Mal wurde James klar, dass er die ganze Zeit schon einen Gedanken im Hinterkopf gehabt hatte, der sich nun mit aller Macht nach vorne drängte, ihn förmlich anbrüllte und alle anderen Gedanken übertönte.

Jemand musste Hellebore das Handwerk legen.

So einfach war das.

Was dieser Mann tat, war Unrecht. Es war abgrundtief böse.

Aber Hellebore hatte Geld, Macht und Ansehen. James hingegen, das hatte er ja selbst zu Kelly gesagt, war nur ein Junge. Ein Junge, der anderer Leute Eigentum beschädigte und obendrein ein Dieb war. Zur Polizei zu gehen war sinnlos. Hellebore würde weitermachen wie bisher, James würde bestraft werden. Wie aber, wenn er Hellebores Werk zerstörte? Was, wenn er ihn für immer daran hinderte, seine Forschungen abzuschließen? Konnte er das überhaupt?

Ohne dass es ihm selbst aufgefallen war, hatte James die Richtung geändert. Seine Füße hatten bereits die Entscheidung getroffen, auf die seine Gedanken noch zustolperten. Er würde zum Schloss zurückkehren und einen Weg finden, um Hellebore für immer zu ruinieren, ohne Rücksicht auf die Folgen. Die meisten Männer waren sicher damit beschäftigt, ihn zu suchen oder die kaputten Fahrzeuge und Tore zu reparieren. Wenn James wieder in das Schloss gelangen und das Labor und alles, was sich darin befand, zerstören könnte, wäre alles andere egal.

James rannte jetzt wieder hügelaufwärts, auf Loch Silverfin zu. Der Weg dort hinauf war viel anstrengender als der Weg nach Keithly, aber das spielte keine Rolle. Grimmige Entschlossenheit trieb ihn an. Er war kein Mensch mehr, er war eine Maschine. Er würde weitermachen und dies zu Ende bringen. Niemand würde ihn aufhalten.

Der Wind hatte sich gedreht. Plötzlich hörte er hinter sich laute Rufe.

Am besten, nicht darüber nachdenken, nur weiterlaufen.
Der Regen peitschte gegen seine Stirn, stach ihm ins Gesicht und machte ihn blind; Dornengestrüpp und scharfkantige Steine zerschnitten seine Füße. Er fühlte einen anhaltenden Schmerz in seinen Lungen und fing an zu husten, trotzdem lief er weiter.
Die Minuten verstrichen. Er hielt den Kopf gesenkt und sah den Boden unter seinen Füßen vorbeigleiten, fühlte, wie sich der Atem keuchend aus seiner Kehle emporquälte. Sein Kopf schien nicht mehr zum Körper zu gehören, sondern frei in der Luft zu schweben. Er hatte kein Gefühl mehr in den Gliedern; undeutlich nahm er wahr, wie sie über den Boden stampften. Der Untergrund war sehr steinig, er musste Felsblöcken und Ginstersträuchern ausweichen. Daher lief er im Zickzack und doppelt so weit wie auf dem direkten Weg. Einmal kam er zu einem riesigen Felsblock, den er umrundete, bevor er seinen Weg in dem erbarmungslosen Regen fortsetzte.
Irgendwann schoss es ihm durch den Kopf, dass er seit geraumer Zeit keinen Laut mehr gehört hatte, und für einen Augenblick gab er sich der Illusion hin, seine Verfolger abgeschüttelt zu haben. Im Laufen wandte er den Kopf um. Genau in diesem Moment stolperte er und fiel der Länge nach in ein Moosbett.
Und jetzt endlich überwältigte ihn völlige Erschöpfung. Wie eine Lawine schlug sie über ihm zusammen. Sterne tanzten vor seinen Augen. Ein schwarzer, weicher Handschuh berührte ihn sanft, so unendlich sanft. Er war warm und behaglich. Er drückte ihm die Augen zu und im selben Augenblick war James eingeschlafen.

James glaubte, nur eine Sekunde geschlafen zu haben, und erwachte mit einem Anflug von Panik. Er rieb sich die Schläfen, stand zittrig auf und wankte ein paar Schritte, bevor er sich an einen Felsen lehnte, um sein Gleichgewicht zu finden.

»Da ist er!«

James wirbelte herum.

Am Fuß des Hügels, weniger als eine Viertelmeile entfernt, sah er etwa zehn Männer mit Hunden. Und an ihrer Spitze, das blonde Haar im Wind wehend, die unverwechselbare Gestalt von Lord Hellebore, der eine Reitpeitsche in der Hand hielt.

Fahr zur Hölle!

Er hatte offenbar länger geschlafen, als er gedacht hatte. Wie sonst hätten sie so nah an ihn herankommen können? Warum war er nur so leichtsinnig gewesen? Er hatte genau das gemacht, wovor er Kelly gewarnt hatte: Er war übermütig geworden.

Aber James war noch nicht am Ende, davonlaufen konnte er auch jetzt noch. Er rappelte sich auf und rannte los. Nach einem kurzen, scharfen Anstieg ging es zum Glück auf gleicher Höhe weiter.

James beschleunigte seine Schritte. Die Erleichterung währte allerdings nur kurz, denn James wusste natürlich, dass auch seine Verfolger ihr Tempo verschärfen würden, wenn sie das Plateau erreicht hatten.

Die verwirrendsten Geräusche drangen an sein Ohr: das raue Krächzen eines Schneehuhns, das zum Flug ansetzt, Steinbrocken, die sich vom felsigen Untergrund lösen; das Platschen des Regens auf nassem Untergrund; ein einzelner, lauter Ruf und natürlich das Hämmern seiner Füße und sein eigener keuchender Atem.

Nachdem es eine Weile flach geradeaus ging, stieg das Gelände wieder an. James kletterte einen Abhang hinauf, der in einem felsigen Hügelgrat endete. Als er ihn erklommen hatte, sah er, dass die Böschung auf der anderen Seite steil nach unten abfiel und in einem stinkenden Sumpfloch endete. Er rannte über den steinigen Untergrund, schrammte sich die Füße an und kam sich wie ein Idiot vor, weil er seine Schuhe weggeworfen hatte. Aber na-

türlich war er davon ausgegangen, dass er ins Dorf laufen würde, über dichtes, weiches Gras.
Er schaute sich nach seinen Verfolgern um. Einige von ihnen waren zurückgefallen und konnte nicht länger mithalten, aber vornweg rannte Lord Hellebore, mit angelegten Armen und gefletschten Zähnen. Hellebore war sehr athletisch, er würde James irgendwann einholen. Mit jeder Sekunde verringerte sich der Abstand zwischen ihnen.
James blieb kurz stehen, hob zwei Steine auf und rannte dann weiter. Aber er war nicht schnell genug. Lord Hellebore kam näher und näher. James hörte bereits seine Schritte, sie waren entsetzlich nah. Er drehte sich um und warf einen Stein. Hellebore duckte sich weg und der Stein landete irgendwo zwischen den Felsen. James warf auch noch den zweiten, traf jedoch wieder nicht.
Er hatte keine andere Wahl mehr, Hellebore hatte ihn fast eingeholt. James suchte nach einer nicht ganz so abschüssigen Stelle und ließ sich die Böschung hinuntergleiten. Er schlidderte über lockere Steine, rappelte sich wieder auf – und dann wurde alles dunkel, als Hellebore sich mit einem wilden Aufschrei auf ihn warf. Der Hüne begrub James unter sich, beide verloren ihr Gleichgewicht und kullerten den Hang hinab in das Sumpfloch.
Der Morast war nicht sehr tief, aber als James aufstand, steckten seine Füße in der zähen Masse fest. Trotzdem versuchte er wegzulaufen, was nur wie in Zeitlupe ging. Hellbore stapfte hinterher und wühlte den Schlick auf. Einen kurzen Moment lang glaubte James es zu schaffen, doch dann war Hellebore hinter ihm – James spürte seine Hitze, roch die süßlich animalische Ausdünstung – und packte ihn von hinten am Kopf und stieß ihn in den Schlamm.
Von der gelblich trüben Brühe fast blind, tauchte James wieder auf. Er wischte sich das Gesicht und rieb sich die beißenden Au-

gen. Die Reitpeitsche in der Hand, stand Hellebore drohend über ihm. Ehe James sich rühren konnte, holte er aus und versetzte ihm einen Hieb ins Gesicht. James stöhnte auf. Er fuhr sich mit der Hand an die Wange. Als er sie wegnahm, war sie blutig.

»Du verfluchter Bursche!«, brüllte der Lord. »Fahr zur Hölle! Du hast mir genug Scherereien gemacht, aber bevor ich dich umbringe, werde ich dir die Haut vom Leib reißen!«

James spuckte Hellebore an und traf ihn mitten ins Auge. Hellebore fluchte laut und wischte sich übers Gesicht. »Das hättest du nicht tun sollen«, tobte er. »Das wirst du mir büßen!«

James spuckte ihn noch einmal an – und traf ihn an derselben Stelle. Er sah den Zorn in Hellebores Augen auflodern; es war, als würde sein Hirn wegschmelzen. Hellebore brüllte wie ein Tier und hob die Peitsche.

Plötzlich vernahm James lautes Donnern. Er schüttelte den Kopf, um das Geräusch in seinen Ohren loszuwerden, doch es wurde nur noch lauter. Dabei musste er sich doch konzentrieren, um die nächste Attacke abzuwehren. Hellebore ließ seine Peitsche auf ihn niedersausen und James warf sich auf die Seite. Und wieder tauchte er unter. Als er, den Mund voll Schlamm, nach oben kam, sah er zu seiner Verblüffung ein Pferd auf sich zurasen. Auch Hellebore hatte es bemerkt – allerdings viel zu spät. Er schrie laut auf, als das Pferd vor ihm hochstieg und ihn mit seinen Vorderhufen traf.

James kannte das Pferd. Es war Martini. Und er kannte auch die blonde Reiterin.

»Steig auf!«, rief Wilder Lawless. Sie streckte James die Hand entgegen. Blitzschnell ergriff er sie. Wilder zog ihn hinter sich in den Sattel und sofort jagte das schwarze Pferd davon.

James lächelte – das Donnern der Hufe war es also gewesen, was er zuvor gehört hatte. Es hatte sich nicht nur in seinem Kopf abgespielt.

Ohne Hindernisse erreichten sie die andere Uferseite und damit trockenen Boden. Martini galoppierte durch das weiche Gras. Hinter sich hörten sie Lord Hellebore laut fluchen. Von den anderen Männern war keine Spur zu sehen.

»Was machst du denn hier?«, fragte James seine Retterin.

Wilder lachte. »Das verdankst du deinem Freund Red Kelly.«

»Du warst bei Red?«

»Ja. Ich wollte Martini vor dem Frühstück ein wenig Bewegung verschaffen, als niemand anderer als dein Mister Kelly zwischen den Bäumen auf mich zugehumpelt kam. Er stützte sich auf einen Holzstecken und sah aus wie ein Waldschrat.«

»Wo genau ist das gewesen?«

»Etwa eine Meile von Keithly entfernt. Er hatte sich heimlich in einem von Hellebores Lastwagen versteckt, um sich von ihm ins Dorf bringen zu lassen, musste jedoch abspringen, ehe sie den Ort erreichten.«

»Geht es ihm gut? Ich habe ihn nur ungern allein zurückgelassen.«

»Ja, abgesehen von seinem Knöchel, geht's ihm gut. Du solltest dir vielmehr Sorgen um dich selbst machen, James. Du siehst aus wie ein altes Wäschestück, das zu lange in der Mangel war.«

»Mir geht's bestens«, log James und hielt sich krampfhaft an Wilder fest. Am liebsten hätte er sein Gesicht in ihr Haar vergraben und wäre eingeschlafen.

»Du bist ziemlich vom Weg abgekommen, James«, sagte Wilder. »Ich habe ein halbe Ewigkeit nach dir gesucht. Je früher wir dich nach Keithly verfrachten, desto besser.«

»Wir können nicht dorthin zurück«, sagte James.

»Was?« Wilder zügelte das Pferd und drehte sich im Sattel um. Und wie schon zuvor war James fasziniert von dem leuchtenden Grün ihrer Augen, die ihn so hell und klar und klug anblickten, und von jener Andeutung eines Lächelns, das stets ihre Lippen umspielte.

»Wovon sprichst du überhaupt?«, fragte sie.
»Du wirst mich sicher für verrückt halten, wenn ich dir das sage«, sagte James.
»Das überlass ruhig mir!«
James erklärte ihr seinen Plan. Zuerst sah Wilder geschockt aus, dann ablehnend, schließlich neugierig und zum Schluss sehr ernst.
»Meinst du, es könnte tatsächlich klappen?«
»Ich weißt es nicht, Wilder, aber wir müssen es zumindest versuchen. Bist du dabei?«
Mit einem Stirnrunzeln legte Wilder die Hand auf seine zerschrammte Wange. »Ja«, sagte sie ruhig. »Du weißt, dass ich den Gutsherrn nicht leiden kann, nach allem, was er meinem Vater angetan hat. Und wenn das, was du sagst, wirklich stimmt, dann ist er ein hundsgemeiner Schweinekerl, der eine Lektion nötig hat. Ja, ich bin dabei.«
Sie spornte Martini an und rief ihm einige aufmunternde Worte zu, dann galoppierten sie los. Das große Pferd dampfte im Regen, aber es kannte keine Müdigkeit und lief trittsicher durch das trügerische Moor.
Es war herrlich, in hohem Tempo über offenes Gelände zu jagen und die kraftvollen Muskeln des Pferdes unter sich zu spüren. Martini trug das zusätzliche Gewicht ohne jede Mühe, trotzdem trieb Wilder ihn nicht zu hart an, damit er im Fall einer schnellen Flucht noch genügend Kraft hatte.
In kürzester Zeit erreichten sie die Hügelkette, die den See umgab. Sie überquerten den Pass bei Am Bealach Geal. Da weit und breit keine Menschenseele zu sehen war, ritten sie weiter bis zum Lager der beiden Jungen. Alles war noch genau so, wie sie es verlassen hatten. Hellebores Männer waren offenbar zu beschäftigt gewesen, um danach zu suchen und es zu zerstören, so wie sie es mit Meatpackers Unterschlupf im Dickicht gemacht hatten.

James trank in gierigen Zügen von seiner Wasserflasche und stopfte sich ein trockenes, an den Rändern hart gewordenes Sandwich in den Mund. In seinem Rucksack befand sich Ersatzkleidung, unter anderem auch ein Paar Turnschuhe. Während er sich umzog, drehte Wilder sich taktvoll weg.

»Willst du nicht zuerst eine Weile ausruhen?«, fragte sie. »Du siehst aus wie der leibhaftige Tod.«

»Nein«, sagte James mit vor Müdigkeit rauer Stimme. »Wenn ich mich jetzt hinlege und einschlafe, wache ich nie wieder auf. Besser, wir bringen es hinter uns, solange ich mich noch auf den Beinen halten kann.«

Sobald er warme und vor allem trockene Kleider angezogen hatte, suchte er in seiner Tasche nach nützlichen Dingen, die sie vielleicht brauchen konnten. Er fand das Metallfeuerzeug seines Onkels und klappte den Deckel zurück.

»Bist du immer noch der Ansicht, dass diese Angelegenheit nichts für kleine Mädchen ist?«, fragte Wilder mit hochgezogenen Augenbrauen.

James lächelte schief. »Es tut mir Leid«, sagte er und probierte das Feuerzeug aus. »Ohne dich wäre ich verloren gewesen.«

»Ohne mich wärst du tot, mein Lieber. Komm her und lass mich deine verletzte Wange anschauen!« Wilder untersuchte den tiefen Schnitt, der noch immer blutete.

»Hast du Verbandszeug dabei?«

James Miene hellte sich auf. »Ja. Ja, das habe ich tatsächlich. Tante Charmian hat mir etwas mitgegeben.«

Wilder säuberte die Wunde mit Jod, was teuflisch brannte, und klebte anschließend ein Pflaster auf die Wange.

»So, das wär's. Jetzt bist du wieder so gut wie neu.«

»Danke, Wilder.«

Wilder hauchte einen Kuss auf das Pflaster. »Keine Ursache.«

James wollte etwas sagen, doch stattdessen legte er plötzlich

den Finger auf die Lippen und gab Wilder mit einem Blick zu verstehen, dass sie sich still verhalten sollte.
Jemand kam durch das Gebüsch direkt auf sie zu.
James ging hinter einem Baum in Deckung. Wilder blieb mitten auf der Lichtung stehen und setzte eine möglichst unschuldige Miene auf. Sich selbst hätte sie zwar verstecken können, nicht aber Martini.
Das Knacken von Zweigen und das Rascheln der Blätter wurde immer lauter. James erkannte die Umrisse eines Menschen, der geduckt auf sie zugeschlichen kam und ein Gewehr in der Hand hielt.
Die Gestalt kam näher und hatte James ganz offensichtlich noch immer nicht entdeckt. Doch dann bemerkte die Person Wilder und richtete sich zur vollen Größe auf.
Es war George Hellebore.
James wurde von rasender Wut gepackt. Der Drang, George den Schädel einzuschlagen, war übermächtig. Aber er musste warten, bis er den Kerl richtig zu fassen bekam.
George hatte die Lichtung betreten.
»Hallo«, sagte er und im selben Augenblick stürzte sich James von hinten auf ihn und brachte ihn zu Fall. George schrie erschrocken auf und stürzte der Länge nach zu Boden. Dabei ließ er sein Gewehr fallen.
»Nimm es!«, rief James. Wilder rannte herbei und hob die Waffe auf.
»Aufhören!«, keuchte George, als ununterbrochen James' Schläge auf seinen Kopf niederhagelten. »Bitte, hör auf!«
»Ich bring dich um, Hellebore!«, knurrte James.
»Nein, Bond! Hör endlich auf! Ich bin auf deiner Seite.«
James lachte höhnisch. »Klar doch. Das hast du bereits bewiesen.«
»Aber es stimmt! Du kannst mir vertrauen!«

»Und aus welchem Grund sollte ich das wohl tun?«, fuhr James ihn an und riss Georges Kopf zur Seite, sodass er ihm ins Gesicht schauen konnte. Es war tränenverschmiert, jede Kampfeslust war daraus gewichen.
»Ich weiß nicht, was mit meinem Vater los ist«, sagte George traurig. »Ich ertrage ihn nicht länger. Er ist verrückt geworden.«
»Ich frage dich noch einmal: Warum sollte ich dir trauen?«
»Ich kann dir helfen. Wenn du mir dafür hilfst. Ich bin deine einzige Chance, James. Wir müssen meinen Vater aufhalten.«
»Ich glaube, er sagt die Wahrheit«, meldete sich Wilder zu Wort.
»Du kennst ihn nicht.«
»Das stimmt. Aber ich habe seine Waffe.«
James blickte hoch und sah, dass Wilder das Gewehr auf Georges Kopf gerichtet hielt.
»Sei vorsichtig mit dem Ding.« James ließ George los und brachte sich vorsichtshalber außer Schussweite.
George setzte sich auf und rieb sich den Kopf. »Danke«, sagte er.
»Nun red schon«, sagte James.
»Heute Morgen«, begann George kläglich, »als ich aufwachte und feststellte, dass um mich herum die Hölle los war, fasste ich einen Entschluss. Ich wollte dir gestern Nacht bereits helfen, James, das musst du mir glauben. Aber ich hatte Angst. Du weißt nicht, wie er ist.«
»Doch, das weiß ich«, sagte James ruhig.
George stand auf und wischte Staub und dürres Laub von seinen Kleidern. »Was passiert ist, tut mir sehr Leid. Ich habe mich falsch verhalten.«
»Es tut dir Leid? Na toll. Und du glaubst, das reicht und alles ist in Butter?«
»Ich war vollkommen durchgedreht, aber jetzt bin ich wieder klar im Kopf.«
»Die Pillen«, sagte James. »Die weißen Pillen. Ich weiß Bescheid.«

George blickte James ins Gesicht und legte die Hand auf seine Schulter. »Bist du so weit in Ordnung?«
»Nein, das bin ich nicht«, sagte James und schüttelte die Hand ab. »Aber zumindest bin ich noch am Leben.«
»Ich werde es wieder gutmachen«, versprach George. »Ich werde dir helfen. Den ganzen Vormittag habe ich nach deinem Lager gesucht, das du hier irgendwo aufgeschlagen hast. Und dann habe ich Stimmen gehört.« Er blickte von James zu Wilder und wieder zurück. »Was hattet ihr beide vor?«
James starrte den amerikanischen Jungen prüfend an. Er schien es ehrlich zu meinen. James streckte die Hand aus und nach kurzem Zögern schlug George ein.
»Wenn das ein Trick ist, George, bring ich dich um«, drohte James an.
»Es ist kein Trick. Ich habe die Nase voll. Ich kann so nicht mehr länger weitermachen.«

Zwanzig Minuten später eilten James und George einen verborgenen Pfad im Unterholz entlang. Er führte immer tiefer in den Wald hinein und endete schließlich unmittelbar vor dem hohen Zaun. George deutete auf ein großes Loch unter dem Maschendraht.
»Ich glaube, das hat ein Fuchs gegraben«, sagte er und zwängte sich hindurch. James folgte ihm hinterher. »Dad weiß nichts davon, sonst hätte er es schon längst zuschütten lassen.«
Auf der anderen Seite ging es eine steile Böschung hinab. Die beiden Jungen krochen und schlidderten durch das Gestrüpp, ehe sie endlich am Ufer des Sees standen.
Ein angeseiltes Ruderboot schaukelte auf dem Wasser.
»Ich bin vor ein paar Stunden über den See gerudert«, sagte George. Er stieg in den Kahn und setzte sich an die Ruder. »Ich glaube nicht, dass mich jemand gesehen hat, trotzdem müssen wir vorsichtig sein.«

James stieg ins Boot und setzte sich. Wilder war mit Martini zurückgeblieben, um Wache zu schieben und für eine rasche Flucht bereitzustehen. James konnte nur hoffen, dass er die richtige Entscheidung getroffen hatte und George tatsächlich trauen konnte. Er schaute ihm dabei zu, wie er kraftvoll die Ruder ins Wasser stieß, und betete im Stillen, dass er nicht in eine Falle getappt war.

»Dad hat die meisten seiner Leute mitgenommen«, erklärte George. »Ein paar von ihnen sind allerdings da geblieben. Sie reparieren das Tor und fällen die große Kiefer.«

»So schnell?«

»Dad fackelt nicht lange. Wenn er etwas will, dann muss es sofort passieren.«

»Und was ist mit dem Labor?«

»Die Wissenschaftler werden natürlich da sein. Wir müssen sie mit einem Trick weglocken. Auf der rückwärtigen Seite der Insel befindet sich eine Anlegestelle, von der aus man direkt zu den Laborräumen gelangt.« George war die Anstrengung beim Rudern anzumerken. »Da ist ein großes, altes Verladetor, das für gewöhnlich abgeschlossen ist. Ich habe mir die Schlüssel aus Dads Arbeitszimmer besorgt, das dürfte also kein Problem sein. Ich geh zuerst. Wenn die Luft rein ist, pfeife ich und du kommst nach.«

»Einverstanden. Und wie geht's weiter?«

»Dann nehmen wir das Labor auseinander. Wir fangen bei den schriftlichen Unterlagen an und bei dem bereits fertig gestellten Silverfin-Serum, das in einem Tresor aufbewahrt wird. Wir müssen so viel wie möglich zerstören, bevor sie uns auf die Schliche kommen.«

James nickte. Er fühlte sich noch immer seltsam abgehoben, so als passierte das alles jemand anderem. Er konnte es selbst kaum glauben, dass ausgerechnet sie beide Pläne schmiedeten, um das

Labor zu zerstören und das Lebenswerk von Georges Vater zu vernichten.

Eines wusste er jedoch mit Bestimmtheit: Es war richtig, was sie vorhatten. Jemand musste es tun. Wenn es ihnen nicht gelänge, Hellebore zu stoppen, bevor dieser sie daran hindern konnte, würde es keine zweite Chance mehr geben. Dazu war der Mann zu stark, zu reich und zu mächtig.

James hustete. Er kämpfte gegen den verräterischen Reiz in der Kehle an und bemühte sich den brennenden Schmerz in seinen Lungen zu ignorieren.

Als er das düstere graue Schloss vor sich sah, überlief es ihn eiskalt. Er konnte froh sein, dieser Hölle einmal entkommen zu sein.

Es gab gewiss niemanden, dem dies ein zweites Mal gelänge.

Die Faust schließt sich

Sie gelangten im Schatten des Schlosses an und ruderten das Boot zu einem kleinen, steinernen Pier. Als sie es festmachten, fegten ein Windstoß und eiskalter Regen tief über den See und peitschten in ihre Gesichter. James hustete und zitterte, seine Zähne klapperten, sein Kopf schmerzte. Seine Finger waren taub und alles verschwamm vor seinen Augen. Sein Kopf dröhnte. Er fühlte sich, als hätte er eine schwere Grippe, und zweifelte, ob er das noch lange durchhalten konnte.

George nahm James mit zu einer großen Doppeltür, die in die Mauern eingelassen war.

»Sie führt direkt ins Labor«, sagte er. »Früher war es einmal ein Lagerraum und sie brachten den Nachschub mit dem Boot hierher.«

Er angelte einen Schlüsselbund aus seiner Tasche. »Du wartest hier. Vergiss nicht: Komm nur nach, wenn ich dir ein Zeichen gebe, dass alles klar ist. Einmal pfeifen.«

James nickte. Seine Kehle war zu trocken und zu rau, als dass er hätte sprechen können.

George fand den passenden Schlüssel, steckte ihn in das Schloss und drehte ihn um. Mit einem leisen Klicken sprang das Tor einen Spalt weit auf.

Das gespenstische violette Licht im Innern fiel auf George. Dieser holte tief Luft, verzog grimmig das Gesicht, dann stieß er das Tor auf und stieg eine steinerne Treppe hinunter. Das Tor ließ er einen Spaltbreit hinter sich offen.

James kroch näher heran und spähte hindurch. War er ein Narr? War dies vielleicht eine Falle? Wollte George ihn wieder zu den Forschern zurückbringen? Drinnen waren mehrere Männer in fleckigen weißen Mänteln. Sie blinzelten George verwundert an. James konnte Georges Stimme hören, der sich alle Mühe gab, sehr entschieden zu klingen.

Von Dr. Friend war nichts zu sehen.

»Mein Vater möchte Sie alle jetzt sprechen.«

Die Wissenschaftler schauten verwirrt.

George fuhr fort: »Wie Sie wissen, hatten wir in der Nacht und heute Morgen einige Probleme. Es herrscht die höchste Alarmstufe. Lord Hellebore will Sie daher sofort in seinem Büro sprechen.«

»Warum kommt er nicht hierher?«, fragte ein alter, grauhaariger Mann, der wie ein zerstreuter Professor aus Oxford aussah.

»Weil er, verdammt noch mal, zu viel zu tun hat!«, schrie George. »Und jetzt tun Sie endlich, was man Ihnen sagt.«

»Das ist äußerst ärgerlich«, fuhr der grauhaarige Wissenschaftler ungerührt fort. »Ich bin mitten in einem Experiment . . .«

George riss der Geduldsfaden. »Gehen Sie! Oder wollen Sie, dass mein Vater wütend wird?«

Murrend und kopfschüttelnd, räumten sie ihre Versuchsanordnungen weg und verließen allein oder in Zweiergruppen das Labor. Sobald George sicher sein konnte, dass er allein war, pfiff er, und James stürzte herein.

Die eiskalte Luft, die im Labor war, machte ihn erneut frösteln.

»Hier entlang«, sagte George und lief auf die hintere Wand des großen Raumes zu. »Uns bleibt nicht viel Zeit.«

Sie eilten zwischen den eng beieinander stehenden Bassins hindurch, vorbei an den Käfigen mit quiekenden und grunzenden Schweinen, von denen sich einige gegen die Gitter warfen und mit irrem Schreien ihren Fluchtweg freibeißen wollten.

Vor einer kleinen Stahltür blieben sie stehen. George machte sich am Riegel zu schaffen, versuchte den passenden Schlüssel zu finden, wobei seine Hände heftig zitterten. Schließlich gelang es ihm, die Tür zu öffnen, sie betraten den Tresorraum und George schaltete das Licht ein.
Hier war es sogar noch kälter. James fühlte sich benommen, so als ob das Blut in seinem Kopf gefröre. Er schaute sich um.
An einer Wand standen Aktenschränke aus Holz und gegenüber eine Reihe von verglasten Kühlfächern, in denen sich Ständer mit beschrifteten Reagenzgläsern befanden. Das war das Silverfin-Serum.
»Ich schmeiß das alles raus«, sagte George und öffnete das erste Fach. »Übernimm du den Papierkram.«
James zog eine Schublade auf, schnappte sich eine Hand voll Akten und warf sie auf den Boden. Hinter sich hörte er ein Klirren; er drehte sich um und sah, wie George einen Ständer mit Reagenzgläsern nach dem anderen gegen die Wand warf. Es war also doch keine Falle. George war mit Sicherheit auf seiner Seite. James' Mut wuchs, entschlossen machte er sich an die Arbeit. Er durchwühlte Schublade um Schublade, warf Stöße von Papier auf den Boden, bis ein ganzer Berg dalag. George zertrampelte Fläschchen mit Silverfin und verstreute den Inhalt der Pillengläschen. Als James sicher sein konnte, dass er alle Unterlagen herausgenommen und George auch das letzte Teströhrchen zerstört hatte, zog er das Feuerzeug seines Onkels aus der Tasche.
»Soll ich es jetzt gleich machen oder warten wir noch?«
»Zünde es an«, sagte George. »Danach nehmen wir uns auch noch den Rest des Labors vor.«
»Okay.« James kniete sich nieder, nahm einen Packen Papier, knipste das Feuerzeug an und hielt die Flamme an ein Ende des Papierbündels. Es fing sofort Feuer, und als es hell aufloderte, warf er es zu Boden und schob mehr Papier nach, bis der ganze

Stoß in Flammen stand. Der Rauch breitete sich schnell im ganzen Raum aus, sodass die beiden Jungen zu husten anfingen und rasch den Tresorraum verließen.

Die Schweine hatten den Rauch inzwischen gerochen und quiekten laut in ihren Käfigen.

»Sollten wir sie nicht freilassen?«, fragte James.

»Sie sind Ungeheuer«, sagte George, »Missgeburten. Sie leben ohnehin nicht lange. Sobald Perseus Friend ihnen die Spritze gibt, sind sie dem Untergang geweiht; keines der Tiere hat mehr als ein paar Wochen überlebt. Und außerdem«, sagte er mit einem Schaudern, »würden sie uns töten, wenn sie könnten. Komm, es ist besser für sie, wenn sie sterben.«

Plötzlich packte James George am Arm. »Algar!«, sagte er.

Er lief an den Käfigen entlang, bis er zu dem Verschlag kam, in dem Algar mit dem kleinen Schweinchen hockte.

Der große Mann saß geduckt und mit angsterfülltem Blick da.

»George!«, schrie James. »Wir können ihn hier nicht zurücklassen.«

George kam zögernd näher und musterte Algar. Er wusste nicht, was er tun sollte.

James nahm ihm die Schlüssel ab und probierte sie im Schloss, aber er fand keinen, der passte.

»Wir haben keine Zeit mehr«, sagte George und holte einen großen Schraubenschlüssel unter einer Werkbank hervor. »Geh einen Schritt zurück!«

Er stemmte das Vorhängeschloss auf. Es zersprang und schepperte zu Boden.

Algar stieß die Tür von innen auf und kroch aus dem Käfig. Er schaute die Jungen an und James war davon überzeugt, dass er zu lächeln versuchte. Dann nahm er das Ferkel, durchquerte das Labor und verschwand durch das Verladetor.

»Wir haben keine Zeit mehr zu verlieren«, sagte George und

schaute zurück, wo dicke Rauchschwaden aus dem Tresorraum quollen. James fiel die Brandschutzaxt ein, die neben der Treppe hing. Er lief hinüber und riss sie von der Wand.
»Bist du bereit?«, fragte er und ging zu einem der Bassins.
»Fang an«, sagte George.
James schwang die Axt. Sie traf mit voller Wucht auf das Glas. Es gab einen fürchterlich lauten Knall, als die Scheibe barst. Eine Flutwelle aus faulig stinkendem Wasser schoss heraus. Ein langer, fetter Aal plumpste auf den Boden und schlängelte davon, direkt in einen der Käfige hinein, wo er von dem Schwein sofort in Stücke gerissen wurde.
George schloss sich James an und gemeinsam zertrümmerten sie so viele Bassins, wie sie nur konnten, brachen Schränke auf, rissen Schubläden heraus und zerstörten die Versuchsanordnungen auf den Experimentiertischen.
Im Nu war der Boden mit Glassplittern, zappelnden Aalen und zertrümmerten Laborgeräten übersät. Der Rauch, der aus dem Tresorraum quoll, füllte allmählich auch das Hauptlabor. Er stach in die Augen und reizte die Lungen.
James hielt sich Mund und Nase zu und trat an das Bassin, in dem unzählige Glasaale schwammen. Er hatte mit seiner Axt gerade zum Schlag angesetzt, als von der Galerie oben jemand rief: »Das reicht!«
Die beiden Jungen schauten nach oben und sahen Cleek MacSawney, der mit einem Jagdgewehr bewaffnet war.
»Leg die Axt hin und komm hier herüber«, sagte er drohend.
»Halten Sie mich doch auf, wenn Sie können«, sagte James und holte erneut mit der Axt aus.
»Mit Vergnügen«, grinste MacSawney und drückte ab. Der Schuss traf die Wand, nur Haaresbreite von James' Kopf entfernt. James duckte sich und suchte hinter einer Schrankreihe Deckung. Der nächste Schuss zertrümmerte genau das Bassin, das James zuvor

zerstören wollte. MacSawney fluchte und stieg die Eisentreppe hinunter.
James versuchte George in dem dichten Qualm auszumachen. Schließlich sah er ihn. George war auf einen der großen Käfige geklettert und winkte James zu sich. James blickte sich um, aber er konnte MacSawney nirgends entdecken. Geduckt rannte er zu George hinüber und kletterte zu ihm hinauf.
George war dabei, das Schloss des Käfigs mit dem Schraubenschlüssel aufzubrechen. Es flog quer durch das Labor in einen Scherbenhaufen. Die Käfigtür wurde sofort aufgestoßen und ein riesiges, unförmiges Schwein schoss heraus wie ein Bulle in die Arena. Seine Hinterbeine waren verstümmelt und völlig nutzlos, aber es zog sich mit seinen außerordentlich muskulösen Vorderbeinen vorwärts. Der riesige, geifernde Kopf hing zwischen den Schultern beinahe bis auf den Boden herab. George schlug nochmals mit dem Schraubenschlüssel zu und ein ähnlich missgebildetes Schwein schleppte sich mit weit aufgerissenem Maul aus dem Verschlag.
Ein Schuss war zu hören und ein lautes Quieken, dann noch ein Schuss. Die beiden Jungen schlugen wie wild auf die Schlösser ein, bis sie sieben Schweine befreit hatten.
Die armen Tiere hatten ein erbärmliches Leben gehabt, voller Schmerzen und Qualen, und irgendwo in ihrem kleinen, verqueren Gehirn waren sie auf Rache aus. Auf Rache an den Menschen, die ihnen diese Schmerzen zugefügt hatten. Nun rochen sie einen von ihnen. Den mit den harten Stiefeln. Er war in der Nähe. MacSawney.
Die Jungen hörten weitere Schüsse, und danach, kurz hintereinander, zwei dumpfe Schläge, gefolgt von einem langen, hohen, dünnen Schrei, beinahe wie von einem Kind. Dann war ein fürchterliches Schnüffeln und Grunzen zu hören und ein ekelhaftes Knirschen.

James versuchte nicht daran zu denken, woher dieses Knirschen kam. Aber er hatte die kräftigen Kiefer der Schweine gesehen. Das Labor war nun völlig in Rauch gehüllt und die beiden Jungen konnten kaum noch etwas erkennen, aber sie wussten, dass sie die wenigen Augenblicke, in denen die Schweine abgelenkt waren, nutzen mussten, um ins Freie zu gelangen. Sie sprangen von dem Käfig herunter und rannten so schnell sie konnten auf die Treppe zu, rutschten dabei jedoch ständig auf dem nassen Boden aus.

Als James die Treppe schon halb erklommen hatte, blieb er plötzlich stehen. Ihm war die Eisentür eingefallen, mit dem Schild, das eine rötlich gelbe Flamme und einen Totenkopf zeigte und die Aufschrift trug: *Gefahr! Hoch entzündlich!*

»Was ist in diesem Raum?«, fragte er.

»Dort werden die Konservierungslösungen und der synthetische Alkohol aufbewahrt, den sie für ihre Versuche brauchten«, sagte George.

»Hast du den Schlüssel?« James hustete und presste die Hand gegen die Brust.

»Ich glaube schon.«

George fand den Schlüssel ziemlich schnell. In dem Raum standen verstöpselte Gläser, gefüllt mit durchsichtigen Flüssigkeiten. James schaute George an und forderte ihn stumm heraus, auch den letzten Schritt zu wagen, selbst auf die Gefahr hin, das ganze Schloss niederzubrennen.

George nahm die Herausforderung an. Jeder von ihnen griff sich zwei Glasbehälter und sie rannten zur Treppe zurück.

Helle Flammen schlugen aus dem Tresorraum. Die Luft begann schon heiß zu werden. Als James sich ein letztes Mal umsah, riss der Qualm für einen Moment auf und sein Blick fiel auf etwas Unwirkliches, aber es war nur so kurz, dass es auch nur Einbildung gewesen sein konnte. In diesem Moment glaubte er MacSawney gesehen zu haben, der auf dem Fußboden lag. Aber irgendetwas stimmte nicht mit ihm. James' Verstand weigerte sich es zu fassen, aber sosehr er sich auch gegen das Bild sträubte, es hatte so ausgesehen, als fehlte die untere Hälfte des kleinen Mannes.

George hatte offensichtlich nichts bemerkt. »Schnell«, rief er. »Worauf wartest du noch?«

James schleuderte einen Glasbehälter. Er flog quer durch den Raum und landete in der Nähe der Flammen, wo er wie eine Bombe explodierte. Sie warfen auch die übrigen Behälter und im Nu verwandelte sich der Raum in ein Inferno.

Sie hatten genug getan. Hellebores Forschungsarbeit war zerstört, seine Experimente vernichtet, seine Unterlagen verbrannt. Das Silverfin-Serum existierte nicht mehr.

Sie eilten die Treppe hinauf und betraten das Schloss, wo sie auf eine Gruppe erschrockener Forscher trafen, die ihnen in heller Aufregung entgegenkam.

An ihrer Spitze Perseus Friend.

»Was ist passiert?«, fragte er.

»Alles ist hin«, krächzte James.

Dr. Friend starrte ihn verständnislos an. »Was soll das heißen«, sagte er mit überschnappender Stimme.

»Sie werden niemandem mehr Schaden zufügen«, erwiderte James.

»Nein!« Dr. Friend rannte zur Tür und riss sie auf. Sein Gesicht war rot beleuchtet von den Flammen. »Nein!«

»Es ist zu spät, Perseus«, sagte George.

»Was habt ihr angerichtet?«

Ehe ihn jemand zurückhalten konnte, rannte Perseus ins Labor und verschwand. Die anderen Forscher waren vorsichtiger. Sie blieben an der Tür stehen, bis der Qualm sie von dort vertrieb. Einer von ihnen hatte noch die Geistesgegenwart, die Tür zuzuschlagen.

Feiner grauer Dunst hing in der Luft und durchzog die verwinkelten Schlosskorridore, als James und George so schnell sie konnten zum Ausgang liefen.

In der Eingangshalle hatten sich mehrere Gutsarbeiter versammelt. Sie liefen umher und versuchten herauszufinden, was los war. Keiner von ihnen beachtete die beiden Jungen, die angerannt kamen, die großen Eingangstüren aufrissen und ins Freie liefen.

Einen Augenblick lang waren sie von der Helligkeit geblendet. Schützend hielten sie die Hand vor die Augen. Dann stolperten sie auf die Einfahrt hinaus, wo sie zu Boden sanken und ihre Lungen mit sauberer, frischer Luft voll pumpten.

All die Spannung, Aufregung und Furcht fielen nun von James ab; es war, als wäre ein durchgescheuertes Gummiband in seinem Innern plötzlich gerissen. Er setzte sich auf, presste die Hand gegen die Brust und fing an zu lachen.

»So viel zur perfekten Kampfmaschine«, sagte er zu George gewandt.

Aber George lachte nicht. Totenblass und mit weit aufgerissenem Mund saß er da.

Was war los?

James drehte sich um.

Lord Hellebore stand da, sein Gewehr auf die Jungen gerichtet.

»Mein Gewehr hat zwei Läufe, einen für jeden von euch. Und danach verfüttere ich eure nutzlosen Kadaver an die Aale.«

»Vater, um Gottes willen, es ist vorbei«, bat George.

Hellebore lachte bitter. »Noch lange nicht«, sagte er. »Ihr werdet mich nicht aufhalten.«

»Sie sind wahnsinnig«, sagte James knapp. »Deshalb hätten Sie es nie geschafft und werden es auch nie schaffen. Ganz einfach, weil Sie verrückt sind.«

»Das macht nichts«, schäumte Hellebore. »Das wirft mich nicht zurück. Ich mache weiter. Ich werde nach Deutschland oder nach Russland gehen, irgendwohin, wo man mein Genie zu schätzen weiß. Wenn man eure abgenagten Knochen findet, bin ich längst auf und davon.«

George Hellebore weinte.

»Hör auf zu wimmern, Junge«, sagte Randolph. »Ich habe immer gewusst, dass du ein Schwächling bist. Du hast zu viel Ähnlichkeit mit deiner Mutter. Hockst da und heulst vor Angst.«

»Ich habe keine Angst«, erwiderte George. »Ganz und gar nicht. Aber egal, was auch geschehen ist, ich liebe dich immer noch. Du bist mein Vater.«

»Oh, hör auf«, fuhr Hellebore ihn an. »Mir bricht das Herz.«

»Sie werden nicht weit kommen«, sagte James. »Die Polizei ist schon unterwegs.«

»Wirklich. Oder versuchst du wieder nur zu bluffen, Bond? Egal, es spielt keine Rolle. Mein Flugzeug steht voll getankt auf der Startbahn«, sagte er grinsend. »Und da drinnen«, er tippte an seinen Kopf, »befinden sich sämtliche Forschungsergebnisse. Du hast vielleicht mein Labor zerstört, meine Unterlagen und Versuche, aber jedes Detail ist hier oben gespeichert. Ich kann innerhalb weniger Wochen ein neues Labor einrichten und bereits wenige Tage später neues Serum herstellen. Ich weiß, wie das funktioniert, Bond. Und ich werde das tun. Ich werde eine neue Rasse von Kämpfern erschaffen. Eines Tages werden wir zurückkommen und euer kleines, prächtiges Land zerstören.« Er entsicherte das Zwillingsschloss an seinem Gewehr. In beinahe sachlichem Ton sagte er: »Sprecht euer Gebet, aber seid euch dabei im Klaren, dass es keinen Gott gibt.« Er lächelte. »Außer mir natürlich.«

»Das kannst du nicht tun«, schluchzte George.

»Und ob ich das kann. Ich habe Macht über Leben und Tod. Du bedeutest mir gar nichts, George. Siehst du, es ist folgendermaßen: Ich war nicht in der Lage, einen perfekten Jungen großzuziehen. Ich wollte einen Jungen in die Welt setzen, der aufwächst, um ein perfekter Mann zu werden – stark, furchtlos, mitleidslos. Was das betrifft, habe ich versagt. Macht nichts, warum soll ich einen großziehen, wenn ich ihn auch erschaffen kann? Die Menschen, die ich erschaffen werde, werden meine wahren Söhne sein. Ich werde eine ganze Armee von Söhnen haben, die alle Schwächlinge unter ihren Füßen zertreten werden. Aber zuvor muss ich noch ein kleines Ärgernis aus der Welt schaffen.«

Er hob die Waffe und zielte auf die Köpfe der Jungen. James spannte alle Muskeln an, bereit, sich in der letzten Sekunde fallen zu lassen. Es gab immer einen Funken Hoffnung, immer einen Ausweg. Vielleicht konnte er sogar George noch aus der Schusslinie stoßen und ihn retten. Er konzentrierte sich ganz auf Hellbores Augen und versuchte aus ihnen abzulesen, wann er den Abzug drückte.

Aber dann nahm er in den Augenwinkeln eine Bewegung wahr. Er spürte, wie etwas schnell auf sie zukam.

Hellebore wurde ebenfalls davon abgelenkt und drehte sich um.

Es war das kleine Schwein.

Verärgert spuckte Hellebore auf den Boden. Im selben Augenblick schoss etwas mit einem heulenden, hohen Zischen aus dem See hervor.

»Algar!«

Mit hochgezogenen Lippen, die seine kaputten Zähne entblößten, kam Algar auf seinen Bruder zu. Das klägliche Heulen, das aus seinem Mund kam, war das einzige Geräusch, das er hervorbringen konnte.

»Algar! Halt!«, schrie Randolph.

Aber Algar blieb nicht stehen. Mit ausgestreckten Armen lief er weiter.

»Verflucht noch mal, bleib stehen!« Randolph feuerte beide Läufe

ab. Die Schüsse trafen Algar in den Bauch, aber er blieb immer noch nicht stehen, sondern rammte Randolph, packte ihn mit seinen riesigen Armen und zog ihn in den See.
Einen Moment lang herrschte unheimliche Stille, als wären die beiden einfach vom Erdboden verschwunden, aber dann tauchten sie wieder auf, in schrecklicher Umklammerung. Algar war stark, aber Randolph war auch kein Schwächling und sein Bruder war schwer verletzt, daher war es ein ausgewogener Kampf. Beide hatten kaum noch menschliche Züge an sich. Algars plattes, gruseliges Gesicht war blut- und schlammverschmiert, Randolphs Haare waren nass und seine einst schönen Gesichtszüge waren zu einer hässlichen, wutschnaubenden Grimasse verzogen.
Das Wasser war schwarz gefleckt von Algars Blut.
Und dann begann es zu kochen und zu schäumen.
Die Aale kamen.
Algars Atem entwich in einem langen, pfeifenden Ton. Er presste seine Hand auf das Gesicht seines Bruders und drückte ihn mit Gewalt nach hinten. Sie gingen beide unter. Als Randolph das nächste Mal auftauchte, war er bedeckt von zappelnden Aalen, die sich in seinem Haar und seiner Kleidung verfangen hatten. Einige kleinere hatten sich bereits in seinen Körper verbissen.
James drückte Georges Gesicht an sich, sodass er das Schreckliche, das mit seinem Vater geschah, nicht mit ansehen musste.
Randolph schüttelte sich und brüllte laut, bevor er nach unten glitt. Die Hand des sterbenden Algar umklammerte noch immer seinen Hals. Und dann tauchte er zum letzten Mal auf. Inzwischen war er völlig von den Tieren bedeckt, sie hingen in Klumpen an seinen Gliedern, schlüpften in seine Kleidung, sodass seine sich krümmende und windende Gestalt nur noch aus Aalen zu bestehen schien. Er kippte vornüber. Einen Arm hochgestreckt, ging er unter. Einen Moment lang zeigte die Hand nach oben, als

wolle er nach etwas greifen, dann sank sie langsam unter Wasser.

Die zwei unseligen Brüder waren tot.

»Komm«, sagte James, »lass uns weggehen.«

Er wandte sich um und ging ein paar Schritte die Auffahrt entlang. Die Sonne war hervorgekommen und schien besonders hell zu scheinen. Alles um ihn herum wirkte so frisch und lebendig. Aber dann verschwammen die Farben und flossen ineinander wie ein Aquarell, das man im Regen vergessen hatte.

»Schau dir das an«, hörte er sich selbst sagen und seine Stimme schien von weit, weit her zu kommen.

Es war, als liefe er durch zähen Brei. Seine Füße versanken im Boden. Das Licht wich, eine Faust schloss sich und verdunkelte die Sicht. Er fühlte sich so leicht im Kopf, als wäre er voller Luftblasen. Und dann fiel er vornüber. Er hörte ein Geräusch, das wie Donner klang, und jemand rief: »Vorsicht, pass auf!«

Das Echo der Stimme entschwand und James entschwand mit ihm, wurde so klein wie ein Staubkörnchen, bis auch dieses nicht mehr da war.

Es gibt ein Wiedersehen

Gu-guu . . . ruckediguu . . .

Was war das?

Es klang irgendwie vertraut. Wie ein Musikinstrument. Eine Klarinette oder eine Flöte. So vertraut.

Gu-guu . . . ruckediguu, ertönte es immer wieder.

Nein. Kein Instrument. Ein Tier. Ja. Natürlich. Ein Vogel. Eine Ringeltaube. Eine Ringeltaube mit ihrem unverwechselbaren Gurren. So vertraut.

Gu-guu . . . ruckediguu . . .

James lag lange Zeit mit geschlossenen Augen da und lauschte auf die sanften, beruhigenden Töne. Der Vogel saß zweifellos ganz in der Nähe. Er hockte auf einem Baum und sang friedlich und unbeschwert vor sich hin.

Allmählich drangen auch noch andere Geräusche an sein Ohr. Der Wind spielte mit den Blättern in den Baumspitzen, Vorhänge strichen flatternd über den Fensterrahmen, Vögel zwitscherten. Er hörte das Rauschen des Flusses, das Bellen eines Hundes in der Ferne.

Auch Gerüche nahm er wahr: den leicht angestaubten Duft des Zimmers, in dem er sich befand, vermischt mit dem strengen, torfigen Geruch des Flusses und dem Aroma von Pinienharz aus dem Wald, die mit der sauberen, klaren Luft durchs offene Fenster hereinwehten und sein Gesicht umschmeichelten. Und von ganz nah stieg ihm Blumenduft in die Nase.

James schlug die Augen auf und sah eine Glasvase mit einem kleinen Strauß Wildblumen neben sich auf dem Nachtkästchen stehen. Er lag in seinem Bett in der kleinen Dachkammer in Onkel Max' Cottage, in einem Raum, der so heimelig war. An der Wand hing das kleine Bild mit dem Hirsch, dort drüben stand die Kommode, darauf der Krug mit frischem Wasser und daneben die Öllampe. Dann das Bücherregal und die Porzellankatze mit dem angeschlagenen Ohr.

Ja, alles war so vertraut. Die Tapete mit dem Rosenmuster, die leuchtend blaue Tür, die Jahrmarkttrophäen . . .

Er stützte sich auf den Ellbogen. Sofort drehte sich alles im Kopf. Sein Arm fühlte sich nicht stark genug an, das Gewicht zu tragen. James sank zurück ins Kissen und holte tief Luft. Seine Lunge tat beim Atmen weh und seine Kehle war rau und wund.

Lange Zeit lag er nur so da, starrte zur Decke und beobachtete zwei Fliegen, die einander jagten. Nach einer Weile – vielleicht waren es nur Minuten, vielleicht aber auch eine Stunde – hörte er Schritte auf den Holzstufen der Treppe. Gleich darauf betrat seine Tante das Zimmer.

Sie freute sich, als sie sah, dass er wach war. »James, mein Schatz«, sagte sie. »Du bist aufgewacht.«

»Ja. Aber ich bin hundemüde. Ich weiß nicht, wie ich hierher gekommen bin. Wie lang liege ich schon da? Und wie bin ich . . .«

»Sch!« Charmian hob den Finger an die Lippen und setzte sich zu ihm ans Bett. »So viele Fragen auf einmal.«

»Ich verstehe nicht . . .«

Charmian legte ihre angenehm kühle Hand auf seine Stirn. »Du bist sehr krank gewesen, James. Fast wärst du gestorben. Doktor Walker hat praktisch hier gewohnt.«

»Krank?«

»Fieber, eine Lungenentzündung und völlige Erschöpfung. Du bist ein zäher Bursche, James, sonst lägst du jetzt nicht hier, frisch wie ein morgendlicher Regenguss.«

»Ich fühle mich aber gar nicht frisch.«
»Na ja, vielleicht nicht gerade wie ein kräftiger Wolkenbruch.«
»Nein«, sagte James lächelnd. »Eher wie feiner Nieselregen.«
Charmian strich die widerspenstige schwarze Strähne zurück, die James stets ins Gesicht fiel.
»Glaub mir, James, verglichen mit dem Zustand, in dem du hier ankamst, erfreust du dich inzwischen bester Gesundheit.« Ein Schatten huschte über ihr Gesicht und sie sah mit einem Mal sehr ernst aus. »Wir waren in großer Sorge.«
»Du hast mir immer noch nicht gesagt, wie lange ich nun schon hier liege . . .«
»Zehn Tage. Ostern hast du leider verpasst.«
»Zehn Tage.« James konnte es nicht fassen. Zehn verlorene Tage.
»Was ist mit der Schule?«, fragte er beunruhigt.
Charmian schüttelte den Kopf. »Mach dir deshalb keine Sorgen. Ich habe die Schule telefonisch verständigt und später einen Brief geschrieben. Es gibt Schlimmeres, als die ersten Schultage nach den Ferien zu verpassen. Wenn es dir besser geht, fährst du wieder nach Eton.«
Sie löste den Verband auf seiner Wange und reinigte die Wunde mit einem Tuch und einer braunen Flüssigkeit, die auf der noch zarten, heilenden Haut brannte.
»Was genau ist passiert?« Fragend blickte James in ihr freundliches und gütiges Gesicht.
»Dein rothaariger Freund kam zu mir«, erwiderte Charmian. »Er behauptete, du seiest in Schwierigkeiten, konnte mir jedoch nichts Genaueres sagen. Ich bin sofort wie eine Wahnsinnige mit dem Bentley zum Schloss gefahren. Dort war die Hölle los. Teile des Schlosses brannten, die Polizei war da und auch die Feuerwehr, aber keiner schien so recht zu wissen, was vor sich ging. Von Lord Hellebore war nichts zu sehen – und auch jetzt noch ist er wie vom Erdboden verschluckt. Nicht dass es mich damals

kümmerte, mir ging es einzig und allein um dich. Schließlich fand ich dich. Wilder Lawless und George Hellebore waren bei dir. Du hattest das Bewusstsein verloren, James. Ich wartete nicht erst lange auf den Krankenwagen – die Sanitäter hatten ohnehin alle Hände voll zu tun, um einige Leute zu versorgen, die Brandwunden davongetragen hatten –, sondern verfrachtete dich in mein Auto und fuhr so schnell wie möglich hierher. Du hast gefiebert und warst glühend heiß. Zehn Tage lang hast du dich schweißüberströmt in deinem Bett hin und her geworfen und seltsame, unverständliche Sachen geschrien. Oft warst du nur halb bei Bewusstsein und wurdest von schrecklichen Traumbildern gequält. Du hast mir einen gehörigen Schrecken eingejagt, das kann ich dir sagen. Doktor Walker tat, was er konnte. Du warst zu schwach, daher konnten wir es nicht riskieren, dich ins Krankenhaus von Kilcraymore zu bringen. Nacht für Nacht saß ich hier bis zur Morgendämmerung und redete mit dir. Ich flehte dich an, nicht aufzugeben, sondern zu kämpfen. Ich weiß nicht, ob du mich gehört hast, James, aber irgendwann sank das Fieber und du hast zum ersten Mal wieder ruhig geschlafen. Ich danke Gott dafür, dass es dir wieder besser geht.«

Charmian klebte ein neues Pflaster auf die Wange und schenkte James ein Glas mit herrlich frischem Wasser ein.

»Du hast dort oben einiges mitgemacht, nicht wahr, mein Junge? Die Polizei war mehrmals da, um dir Fragen zu stellen, aber ich habe sie weggeschickt. Sie wollten herausfinden, was im Schloss geschah und wo der Lord abgeblieben ist. George Hellebore zeigte sich sehr hilfsbereit, aber leider konnte der arme Bursche ihnen auch nicht sagen, wo sein Vater sich aufhält. Ich habe selbst mit ihm gesprochen. Er sagte mir, du hättest ihn besucht und dann mitgeholfen, als das Feuer ausbrach, aber mehr weiß ich nicht.«

Sie blickte James forschend an und James erwiderte ihren Blick.

Ihr Gesichtsausdruck verriet ihm, welch große Sorgen sie sich um ihn gemacht hatte. Er durfte sie nicht noch mehr beunruhigen.
James schloss die Augen. »Tut mir Leid, Tante Charmian, aber ich kann mich nicht mehr daran erinnern«, log er. »Ich weiß noch, dass Red und ich hinauf zum See gegangen sind, aber was danach kam . . . keine Ahnung.«
»Nun denn«, sagte Charmian. »Vielleicht ist es so das Beste.«

In den darauf folgenden Tagen hütete James das Bett. Langsam kam er wieder zu Kräften. Er hatte Hunger wie ein Wolf, Charmian konnte gar nicht genug Essen herbeischaffen. Anfänglich gab es nur Suppe, gewürzte Brühe und Porridge, doch bald vertrug er auch festere Nahrung. Kelly kam zu Besuch, ebenso Wilder, und sie sprachen über dumme, unwichtige und alltägliche Dinge, nie jedoch über Hellebore und das Schloss.
Und eines Morgens war es dann so weit. James fühlte sich kräftig genug, um aufzustehen. Es war ein warmer, sonniger Tag. James zog seinen Morgenmantel über den Schlafanzug und schlüpfte in seine Turnschuhe.
Noch etwas wacklig auf den Beinen, stieg er die Treppe hinunter und trat hinaus ins Freie. Alles wirkte auf ihn laut und geschäftig: Der Fluss rauschte wie ein Sturzbach, die Bäume raschelten und bebten im Wind, ein Eichhörnchen keckerte wie eine schlecht geölte, knirschende Maschine.
James setzte sich am Ufer auf einen großen, alten Baumstamm und schaute zu, wie das Wasser über große und kleine Steine tanzte. Er entdeckte einen kleinen Fisch, der sich im Tang vergraben hatte, und überlegte kurz, ob er seine Angel holen sollte.
Und dann traf es ihn wie ein Schlag.
Onkel Max.

Max hatte ihn kein einziges Mal besucht. James war so damit beschäftigt gewesen, wieder gesund zu werden, dass es ihm nicht in den Sinn gekommen war, nach seinem Onkel zu fragen. Er war wütend auf sich selbst. Wie selbstsüchtig und unhöflich er gewesen war. Gerade wollte er aufspringen und sich auf die Suche nach seiner Tante machen, als sie neben ihm auftauchte. In der Hand hielt sie einen Korb mit frisch geschnittenen Blumen.

»Hallo«, sagte James.

Charmian lächelte ihn an. »Du bist aufgestanden.«

»Ja. Es geht mir schon viel besser. Ich habe nachgedacht. Was ist mit . . .«

»Max?«

»Ja.«

Charmian setzte sich neben James und ergriff seine Hand.

»Vor langer Zeit musste ich dir eine schlimme Nachricht überbringen, James. Damals ging es um meinen anderen Bruder – deinen Vater.« Sie hielt inne und holte tief Luft.

»Er ist tot, nicht wahr?«, sagte James leise.

Charmian nickte. Sie wischte die Tränen aus ihren Augen.

»Das ist nicht fair«, sagte James zornig.

»Das Leben ist selten fair«, sagte Charmian und starrte auf den Fluss hinaus, den ihr Bruder so sehr geliebt hatte. »Gute Menschen sterben ebenso wie schlechte. Man glaubt immer, darauf vorbereitet zu sein. Und es war ja nicht so, als hätten wir nicht alle gewusst, dass es passieren würde. Aber wenn es dann so weit ist, haut es einen doch um. Darum bin ich ja auch so froh, dass du über dem Berg bist und wieder ganz gesund wirst, James. Ich hätte es nicht ertragen, euch beide zu verlieren.«

Sie nahm James in die Arme und zog seinen Kopf zu sich heran. James schlang die Arme um sie. Sie beide hatten so viel miteinander durchgestanden und Charmian war für ihn wie eine Mutter und gute Freundin zugleich.

»Ich hätte mich gern von ihm verabschiedet«, sagte James mit rauer Stimme. »Wir wollten doch angeln gehen. Er wollte mir zeigen, wie man einen Köder auslegt, und ich . . . ich habe seine Taschenlampe verloren, ich wusste nicht, wie ich es ihm beibringen sollte, und jetzt . . .«

»Er hat sich von dir verabschiedet, James«, sagte Charmian. »In der Nacht, bevor du ins Moor aufgebrochen bist. Ich glaube, damals wusste er es schon . . .« Sie lachte. »Er war kein sentimentaler Mensch. Er hätte weder Tränen gewollt noch sonst irgendein Aufhebens. Weißt du, James, deine Krankheit hat mich in gewisser Weise von seinem Tod abgelenkt«, sagte sie und strich ihm übers Haar. »Es hat es sogar ein wenig leichter gemacht. Wir müssen uns einfach vor Augen halten, dass das Leben weitergeht, nicht wahr?« Sie schob ihn ein klein wenig von sich weg und lächelte ihn an. »Jetzt müssen eben wir beide aufeinander aufpassen, du und ich.«

»Ja«, sagte James. »Das werden wir.«

Sie standen auf und kehrten ins Haus zurück, wo May, die Haushälterin, das Essen vorbereitete.

»Mister James, Sie sind ja aufgestanden!«, rief sie bei seinem Eintreten erfreut. »Welche Freude für meine wunden Augen. Soll ich Ihnen das Frühstück herrichten?«

»Ja, bitte«, sagte James. Er setzte sich an den blank polierten Holztisch.

»Ich habe James gerade von Max erzählt«, sagte Charmian.

»Oh. Ja«, sagte May, ohne vom Herd aufzublicken, aber daran, wie ihre Schulter heruntersackten, sah James, wie mitgenommen sie war.

»Wann ist es eigentlich passiert?«, fragte James und stocherte mit dem Löffel in der Zuckerdose.

»Gleich in der ersten Nacht, als du weg warst«, antwortete Charmian.

»So schnell ist es gegangen?«
»Wir haben dir nicht ganz offen gesagt, wie krank er in Wirklichkeit war, James.« Charmian senkte den Blick. »Ich hörte, wie er in der Nacht laut aufschrie«, fuhr sie leise fort. »Ich eilte in sein Zimmer, es muss so gegen vier Uhr morgens gewesen sein. Er lag mit offenen Augen da, so als würde er etwas Merkwürdiges sehen. Und dann schrie er erneut. Es war nur ein einziges Wort. Er schrie deinen Namen, James. Es schrie ganz laut: ›James!‹ Seine Stimme war unerwartet kräftig. Dann ließ sein Herz ihn im Stich und er starb.«
James schwieg. Er dachte nach. Vier Uhr morgens. Das war genau zu der Zeit gewesen, als er durch den Tunnel der Aale schwamm. Er erinnerte sich daran, wie er kurz davor gewesen war, aufzugeben. Aber dann hatte er diese Stimme gehört, die seinen Namen rief. Er war bestimmt nicht abergläubisch; er glaubte weder an Geister noch an irgendwelche Phantome oder Botschaften aus dem Jenseits. Dennoch überlief ihn jetzt ein Schauer und alle Haare stellten sich ihm auf.

Max war zwei Tage nach seinem Tod in aller Stille zu Grabe getragen worden. In seinen Sarg hatte man seine geliebte Angel gelegt und den kleinen Gipssoldaten, den James auf dem Jahrmarkt gewonnen hatte.
Nun, da es James etwas besser ging, organisierte Charmian einen Trauergottesdienst in der kleinen örtlichen Kirche, welche die Einheimischen und angereisten Freunde von Max gar nicht alle fassen konnte. May war mit ihrem Ehemann gekommen, ebenso Dr. Walker und Max' Anglerfreunde: grauhaarige, rotgesichtige Männer, die in den ungewohnten Anzügen seltsam verkleidet aussahen.
Als die Trauergäste nach dem Gottesdienst den schmalen Kirchhof verließen, entdeckte James unter ihnen Red Kelly. Er hielt ihn

zurück, um mit ihm zu sprechen. Kelly trug einen Gips am Fuß und humpelte am Gehstock.
»Ich wollte nicht mit reinkommen«, sagte er und nickte zum Gotteshaus hin. »Es war ja für die Familie und Freunde gedacht. Ich hab ihn ja eigentlich gar nicht gekannt und wollte nicht, na ja, im Weg rumstehen oder so.«
»Ist schon in Ordnung«, sagte James. »Ich freu mich, dich zu sehen.«
»Morgen reise ich ab«, sagte Kelly mit seinem typischen Schniefen. »Zurück nach London.«
»Ich werde dich vermissen.«
»Geht mir auch so. Schon komisch, was? Wir zwei und Freunde. Du, der feine Pinkel, und ich, ein ganz gewöhnlicher Bursche. Aber gleich als ich dich zum ersten Mal sah, wusste ich, du bist 'n prima Kerl. Wer hätte damals in King's Cross gedacht, was so alles passieren würde. Und jetzt . . . Vielleicht sehen wir uns nie wieder.«
»Wir bleiben in Verbindung«, sagte James. »Ich schreibe dir meine Adresse auf und du gibst mir deine. Wenn ich in London bin, besuche ich dich.«
»Ich bin kein großer Schreiber«, sagte Kelly.
»Ich auch nicht«, gab James zurück und sie lachten.
»Wie auch immer«, fuhr Kelly fort. »Ich bin mir nicht sicher, ob's dir da, wo ich wohne, gefällt. Ist nicht gerade das, was du gewöhnt bist. Ein Palast ist es jedenfalls nicht. Ich teile mein Zimmer mit drei meiner Brüder. Es klingt vielleicht komisch, aber ich vermisse sie. Ich war vorher ja noch nie auf dem Land. Für mich ist das nichts, zu viel freier Raum. Ich kann nicht gut schlafen, wenn ich nicht Dan und Freddie und Bill neben mir schnarchen höre.«
Sie verließen den Kirchhof, gingen langsam die Straße entlang und bogen dann in die Auffahrt zum Cottage ein.

»Was im Moor passiert ist . . .«, begann James. »Wirst du es für dich behalten?«

»Dein Schulkamerad George hat uns so gut es ging aus der Sache rausgehalten, Kumpel. Und dabei sollten wir's belassen. Zum Glück hat deine Tante dich weggebracht, bevor die Polizei dahinter kam, was dort oben vor sich ging. Diese Dummköpfe haben auch jetzt noch keinen Schimmer.«

»Ich hielt George immer für einen Feigling«, sagte James. »Für einen Feigling und Betrüger. Aber was er zum Schluss getan hat, wie er sich gegen seinen Vater auflehnte, das war wirklich sehr mutig von ihm.«

»Ja, das war echt klasse«, sagte Kelly.

»Sogar als wir bereits aufs Schloss zuruderten, habe ich mich immer noch gefragt, ob er mich nicht in eine Falle locken will. Bis er das erste Regal mit dem Serum zerstörte.« James sah Kelly grüblerisch an. »Wir haben doch das Richtige getan, oder?«

»Wenn's nach mir gegangen wäre«, sagte Kelly, »hätte ich diesen Lord mit bloßen Händen erwürgt, allein für das, was er Alfie angetan hat. Zugegeben, ich hab in meinem Leben schon einige Dinger gedreht – Einbruch, Taschendiebstahl, Ladenklau und so –, und ich war in so manche Kämpfe verwickelt, bei denen mein Gegner kräftig was abbekam. Aber das ist nichts im Vergleich zu dem, was Hellebore auf dem Kerbholz hat. Was er getan hat, was er noch tun wollte, war 'ne echte Sauerei. Er war ein ganz übler Schurke, James, und du hast ihm das Handwerk gelegt. Ich bin froh, das ich dich kennen gelernt hab, Kumpel.«

»Ohne dich hätte ich es nicht geschafft, Red. Ohne dich und George und Wilder.«

»Ah ja. Wilder . . .«, sagte Kelly mit hochgezogenen Augenbrauen. »Ich hab echt mein Bestes versucht bei ihr, aber sie scheint ihr Pferd lieber zu mögen.«

Wie als Antwort darauf hörten sie das Klappern von Hufen und

gleich darauf kam Wilder Lawless auf Martini um die Ecke gebogen. Sie ritt direkt auf die beiden Jungen zu und stieg ab.
»Da sind ja die Fürchterlichen Zwei«, sagte sie.
»Wir reisen bald ab«, sagte James.
»Es wird schrecklich langweilig ohne euch sein.«
»Bestimmt komme ich irgendwann einmal zurück«, versprach James.
»Wer sagt, dass ich dann noch hier bin? Die Welt ist groß, James Bond, und ich bin fest entschlossen sie kennen zu lernen. Versauern werde ich hier jedenfalls nicht.« Sie berührte den Verband auf James' Wange. »Tut's noch weh?«
»Ein bisschen«, sagte James. »Aber Tante Charmian sagt, es heile sehr schnell und man werde später nichts mehr davon sehen.«
»Das ist gut«, lächelte Wilder. »Wir wollen doch nicht, dass dein hübsches Gesicht von so einer dummen, hässlichen Narbe verunstaltet wird, nicht wahr?« Nach diesen Worten gab sie den beiden Jungen einen dicken Kuss, lachte, stieg in den Sattel – und weg war sie. Martinis Hufe wirbelten zu Kelly Erdklumpen auf, so schnell ritt sie davon.
James wischte sich verlegen über den Mund und sah Kelly an, der mit puterrotem Gesicht dastand und zur Abwechslung einmal sprachlos war.

Ein paar Tage später, nachdem sie veranlasst hatte, dass Max' Habseligkeiten in den Süden verbracht wurden, schloss Charmian das Cottage hinter sich zu. Das Testament ihres Bruders war eröffnet worden und wie versprochen hatte Max James das Auto hinterlassen. James wusste nicht recht, was er damit anfangen sollte, denn es würde noch einige Jahre dauern, bis er auf öffentlichen Straßen fahren durfte. Der Wagen wurde – wie all die anderen Sachen auch – zu Tante Charmian gebracht und würde dort wohl für die nächsten paar Jahre in der Garage eingemottet werden.

Sie verabschiedeten sich von May und Dr. Walker, luden ihr Gepäck in Charmians Bentley und stiegen ein.

Bald darauf fuhren sie die holprige Straße entlang. James wandte sich um und sah, wie die Hütte zwischen den Bäumen verschwand. Er ließ seine Abenteuer hinter sich, er ließ diesen außergewöhnlichen Abschnitt seines Lebens zurück, und er wusste, egal, was er zu Wilder gesagt hatte, dass er wohl niemals wieder hierher zurückkehren würde.

Die Dreitagesfahrt nach Kent war düster, kalt und langweilig. Der Himmel blieb bleigrau und James fühlte sich leer und ausgepumpt, als kehrte er von einem seltsamen und aufregenden Traum in die Wirklichkeit zurück. Wie eintönig war doch England, wie sicher, behäbig und langweilig schien hier alles zu sein. Dishforth, Leeds, Barnsdale, Doncaster, Peterborough, Stevenage, Hatfield ... welch eine langweilige Parade von farblosen Orten, an denen nie etwas passierte.

Gleich nachdem sie wieder in Pett Bottom waren, stürzte sich James in seine Schulvorbereitungen. Ein wenig aufgeregt kehrte er nach Eton zu seinen Freunden zurück.

Sie freuten sich, ihn zu sehen, und fragten ihn über seine Krankheit und die schlimme Wunde an seiner Wange aus. Er antwortete vage und ausweichend und wechselte das Thema. Sie erzählten ihm freudestrahlend, was sie alles getrieben hatten, wie sie Ostern verbracht hatten, welche Spiele sie gesehen hatten, wie viele Fasane sie geschossen hatten, in welche Klemmen sie geraten waren.

George Hellebore war nicht in die Schule zurückgekommen. Alle möglichen Gerüchte über ihn und seinen Vater machten die Runde, aber keines von ihnen stimmte. James erfuhr später, dass er nach Amerika zu seiner Mutter zurückgekehrt war.

Eines Morgens, als James nach dem Cricketspiel zum Codrose-Haus zurückschlenderte, lief er Sedgepole und Pruitt über den Weg. James dachte sich nichts dabei, aber Sedgepole legte ihm die Hand auf die Schulter und hielt ihn auf.

»Was glaubst du, wo du hingehst, Bond?«, sagte er und versuchte drohend zu klingen.

»Zurück in mein Haus«, antwortete James gelassen. »Aber das geht euch nichts an.«

»Wenn wir wollen, geht uns das sehr viel an«, sagte Sedgepole und Pruitt kicherte. »Für dein Alter spuckst du ziemlich große Töne«, fuhr Sedgepole fort. »Glaub bloß nicht, dass sich etwas geändert hätte, weil Hellebore nicht mehr da ist.«

James schaute den älteren Jungen nacheinander fest in die Augen und er begriff, dass sie ihm keinen Schrecken mehr einjagen konnten. Nach allem, was er erlebt hatte, waren ihm diese beiden Riesenaffen gleichgültig. Er hatte erlebt, was wirklicher Schrecken ist, und er hatte um sein Leben gefürchtet. Was waren die beiden im Vergleich dazu?

Letzten Endes waren sie Jungen. So wie er. Vielleicht ein bisschen größer, aber eben doch nur Jungen, und von Jungen ließ er sich keinen Schrecken mehr einjagen.

Er hielt Sedgepoles Blick stand und der größere Junge musste in dem Blick etwas gelesen haben, was ihn verunsicherte, denn er nahm seine Hand von James' Schulter.

»Solltet du jemals wieder deine Hand auf meine Schulter legen«, sagte James ruhig, »werde ich sie dir ausreißen. Und dann werde ich dir den Arm ausreißen. Hast du das verstanden?«

»Ja«, antwortete Sedgepole. »Entschuldigung.«

James lächelte verbindlich. »Schon in Ordnung. Ich wollte das nur mal klarstellen.«

James drehte sich auf dem Absatz um und ging weg. Er ließ die beiden Unruhestifter zurück, die nicht recht wussten, wie ihnen geschehen war und wie der Jüngere derartig mit ihnen hatte umspringen können. Aber sie hatten etwas Kaltes und Furchteinflößendes in seinen Augen gesehen. Sie wussten, das war ein Junge, dem man besser nicht in die Quere kam.

Keiner von ihnen sprach jemals über diesen Vorfall.

Was den Hellebore-Cup angeht, so geriet er völlig in Vergessenheit.

Der Wettkampf um den Hellebore-Cup wurde nie wieder ausgetragen. Die Trophäe stand auf Carltons Schrank und diente zur Aufbewahrung von Golfbällen.